KB082839

마음놓고 뀌는 방귀

마음놓고 뀌는 방귀

김동규 에세이

서문

세계에서 가장 오래된 동굴 벽화의 주제가 '요즘 젊은 사람들은 버릇이 없다'라는 우스갯소리가 있다. 최근 우리나라에서 유행하는 '아재 개그'로 '라떼는 말이야…'라는 우스갯소리도 있다. 커피의 한가지 종류인 '라떼(Latte)'가 어떻게 '말(馬)'이 되는지 상식적으로는 난센스지만, 툭하면 '나 때는 말이야…'라고 하면서 훈계조로 말을 시작하는 '꼰대'들을 비웃는 말이다.
동서고금(東西古今)을 막론하고 세대 간 사고의 차이를 주제로 한 이야기는 셀 수 없이 많다. 인류의 역사가 시작된 이래로 크고 작은 세대 간의 갈등이 항상 있었다. 환경의 변화에 따라 사람들의 생각이나 생활 양식이 달라지기 때문에 당연한 이치다. 이런 견해 차이는 극히 자연스러운 현상이고 나아가 인류 발전의 중요한 원동력이다. 하지만 실제 부닥치는 개개인에게는 풀기 쉽지 않은 난제인 경우가 많다. 특히 요즈음은 세상 변하는 속도가 정말 쏜살같아서 세대 차가 아니라 나이 차라고 해야 할 지경이다. 한 학년 차이에도 갈등이 있을 정도다.
자식을 낳아 키우다 보면, 자식들이 부모의 생각을 전혀 이해하지 못하는 경우가 심심찮다. 심지어 단도직입적으로 집의 애들에게서 면박을 받은 적도 여러 번이다. 부모 말씀을 거역할 수 없는 지상 명령으로 알고 산 구닥다리에게는 큰 충격이 아닐 수 없다. 자식 또래 제자들은 어떤 경우에도 저항이 없는데, 왜 자식들은 부모에게 반항할까. 자식을 잘못 키웠나 아니면 제자들이 유독 착하고 순한가.

나이가 들면서 조금씩 깨닫게 됐다. 자식들이 일러준 방식으로 제자들을 대하니 관계가 한결 부드러워졌다. 젊은 사람들 생각은 비슷하다는 것을 알았다. 제자들은 선생이 어려워 말을 못 했을 뿐이었다. 시대 흐름에 맞추지 못하는 어리석은 부모가 안타까워 직설적으로 잘못을 지적한 자식을 이해하게 됐다. 고마운 마음마저 들었다.

그렇다고 전통적인 사고와 행동이 모두 틀렸다는 것은 아니다. 옛날 방식 그대로, 혹은 온고지신(溫故知新)의 정신으로 옛것의 기반 위에 새롭게 발전시켜야 할 부분도 많다. 새로운 세대는 오랜 기간 선대에서부터 축적된 삶의 지혜를 배우고, 기성세대는 새롭게 만들어지는 새로운 세대의 가치관을 흔쾌히 받아들일 줄 아는 아량을 가져야 마땅하다.

나이 60줄에 들고부터 젊을 적 생각이 많이 난다. 새로운 아이디어를 낼 만한 능력이 없어졌고, 또 그럴 이유나 필요도 없는 데다 시간 또한 바쁠 것 없이 한가하기 때문이다. 공연히 안 계신 부모님을 떠올리며 우울해지기도 하고, 아름다운 아내와 신혼의 달콤한 꿈에 젖어 있던 때를 그리며 혼자 미소 짓기도 한다. 자식 낳아 키우며 우왕좌왕하던 젊은 날, 작지만 학문적 성취를 이루고 포효하던 순간이 그리워지기도 한다. 반대로 잘못이나 실수가 생각날 때면 지금은 뭐라 하는 사람도 없고 모두 지나간 일이건만 얼굴이 화끈 달아오른다.

어르신들은 과거에 경험한 자신의 이야기를 장황하게 반복하는 경우가 많다. 노화에 따른 기억력 감퇴와 더불어 새로운 화젯거리가 없는 따분한 생활이 반복되니 레퍼토리를 계속 우려먹는 과정에서 자연스레 나타나는 현상이다. 젊은 사람들은 처음 한두 번은 그런대로 견디지만 나중에는 자리를 슬슬 피한다. 결국 노인 스스로가 자신을 외톨이로 만들어 버리는 것이다.

조금씩 나이가 들면서 말수를 줄여야겠다는 다짐을 수없이 했다. 그런데 문제는 이런 각오가 잘 지켜지는지 판단할 능력을 잃어버린 것이다. 추측해 보건대 흉보면서 닮는 우를 범하고 있을 가능성이 농후하다. 젊은이들과 모임에서 혼자 목청을 높이는 자신을 발견하고 흠칫 놀라기도 한다.

내용도 없는 이야기를 늘어놓는 주책바가지 늙다리가 되고 싶진 않지만, 기억할 만한 삶의 지혜를 정리하는 것은 괜찮을 듯했다. 말싸움을 통한 세대 간의 갈등을 피하고, 원할 때 볼 수 있도록 생각을 정리해서 글로 남기면 노추(老醜)는 피할 수 있겠다고 생각했다. 만에 하나 글을 읽은 젊은 세대 중 한 사람이라도 교훈이 될 만한 내용을 발견한다면 더없이 뜻깊은 일이다.

글쟁이가 아닌 사람에게 글은 항상 어렵다. 글이 서투른 만큼 내용이라도 좋아야 할 텐데 그렇지도 않다. 남은 것은 진솔함밖에 없다. 특징 없는 밋밋한 글이라도 빼지도 더하지도 않고 사실 그대로를 기술하려고 나름대로 최선을 다했다.

가족과 살을 맞대며 사는 이야기, 40여 년간 신경외과 의사로서의 생활과 의료계에 대한 단상, 일반 사회 현상에 대한 나름대로의 생각과 느낌, 급변하는 세상과 그로 인한 신세대와의 갈등 이야기, 그리고 가족과 함께하는 여행에 대한 소회를 담았다. 내용은 모두 옛이야기라도 행간에 비전 제시의 흔적을 남기려고 나름대로 애썼다.

지금까지 생의 첫 삼분의 일은 부모님의 그늘에 있었고, 나머지 삼분의 이는 아내와 애들이 안주할 그늘을 만들었다. 아무리 순간순간이 뜻깊고 관계를 맺은 사람들 하나하나가 소중해도, 하늘이 맺어주신 부모님과 스스로 선택한 아내와의 인연은 무엇과도 비교될 수 없다.
부모님에게서 더할 수 없는 애정과 보살핌을 받았다. 엄하시지만 한없이 자상하신 아버지, 자식의 마음까지도 따뜻하게 어루만져 주신 어머니의 은혜는 말로 다 할 수 없다. 당신께서 주신 건강한 신체와 살아가는 지혜는 무엇과도 바꿀 수 없는 보석이다. 지독하리만큼 철저한 선비 정신을 선친에게서 보았고, 자신의 모든 것을 자식에게 스스럼없이 내주시는 희생정신을 어머니에게서 보았다. 꿈에도 잊지 못 할 일이다.
평생의 반려자인 아름다운 아내를 만난 것은 못난 사람에게 더할 수 없는 행운이다. 나약하고 무능한 남편이 바로 설 수 있도록 뒷받침한 사람이기 때문이다. 밴댕이 소갈딱지 같은 남자가 바다처럼 마음이 넓은 여자에게서 사는 법을 배우면서 고희를 향해 달려가고 있다.
많은 것을 주지 못했어도 딸과 아들은 스스로 훌륭하게 자랐다. 자식을 볼 때 미안함과 기특함이 함께 머리를 스친다. 행복한 가정을 꾸린 사위와 딸의 모습이 보기 좋고, 귀엽고 예쁜 외손주들은 무엇과도 비교할 수 없는 삶의 활력소다. 듬직한 아들도 앞으로 큰 몫을 하리라 기대된다.

신경외과 의사가 된 것 또한 큰 행운이다. 훌륭하신 선생님을 만났고 좋은 선후배와 동료로부터 많은 도움도 받았다. 수많은 환자와 희로애락(喜怒哀樂)을 같이 하면서 기쁨도 좌절도 경험했다. 분에 넘치는 자리에서 동분서주(東奔西走)하면서 어려운 처지의 환자들을 도우려 했으나 기대에는 많이 못 미쳤다. 최선을 다한다는 각오를 늘 마음속에 품고 진료에 임했으니 후회는 없다.
외국 여행을 꽤 많이 다녔다. 혼자 국제 학회에 참석하는 경우 말고는 아내의 주도로 가족 여행을 즐겼다. 기막힌 경치에 가슴이 벅찼고, 맛좋은 음식에 어린애처럼 좋아했다. 세계 여러 나라를 돌아다니며 삶의 지혜도 많이 배웠다. 돈으로 환산할 수 없는 소중한 경험이다. 유연하고 폭넓은 사고를 갖자면 외국 여행만큼 좋은 것이 없다고 생각한다.

신통치 못하지만 용기를 내서 경험한 일들을 기록으로 남기려는 이유를 몇 가지 적어 본다.
첫째는 새롭게 벌어지는 일들을 따라잡기에 힘이 달리고 진땀이 났던 과정을 남기고 싶다. 신세대와의 갈등을 혼자서 삭이는 과정이 녹록하지 않았다. 길지 않은 세월이지만 살아오는 동안 많은 것들이 눈앞에서 변했고, 그것이 신기할 따름이다. 상상도 할 수 없었던 일이 일상이 되고, 흔해서 아무짝에도 쓸모없던 것이 보물이 되는 것이 나름대로 재미있다. 세상은 변하기 마련이나 최근에 나타나는 변화의 속도와 정도에 놀라움을 금치 못한다.
둘째로 주제넘은 생각이지만 '우물물을 마실 때 우물을 판 사람을 기억하자' 는 교훈을 알려주고 싶다. 부모 없이 태어난 사람이 없듯 매사에는 뿌리가 있기 마련이다. 젊은이들은 나이 든 사람들의 행태를 진부하고 답답하게만 보지 말고, 지금의 밑바탕이라고 생각하면 좋을 것이다. 과거를 그대로 답습하라는 뜻이 아니다. 발전의 과정을 이해하면 좋다는 것이다. 반면에 어르신들은 신세대를 폭넓은 아량으로 이해해 주시길 바란다. 자신과 다른 것을 이해하고 포용하지 못하면 영원히 '꼰대' 로 남을 수밖에 없다. 인류가 생긴 이래 수만 년을 이어온 세대 간 갈등은 어찌 생각하면 어렵지 않게 해결할 수 있다. 기성세대가 먼저 마음을 열고 새로운 현상을 받아들이려는 자세를 취하는 것이 중요하다. 아래 세대에 무언가를 먼저 요구하면 일이 꼬일 수밖에 없다.

셋째로 잘난 것 없는 인생이었지만 개인사에 대한 기록을 남기고 싶다. 마음속 생각을 글로 구체화하면 부모님의 기대에 부응하지 못한 죄책감이 조금은 덜해질 것 같다.

넷째로 살면서 아내에게 직접 사랑의 말을 못 한 미안함을 달랠 수 있지 않을까 하는 마음도 있다. 서양 사람들이 왜 시도 때도 없이 사랑의 말과 입맞춤을 하는지 어느 정도 이해가 된다. 부부 간의 사랑도 자주 직설적으로 표현하는 것이 좋다.

다섯째로 졸장부 배필을 만나 고생이 막심한 아내의 정년 퇴임을 기념하는 선물이 됐으면 하는 바람도 있다. 수년 전 어느 선배가 교수직을 퇴임하는 아내에게 색소폰 연주로 감사를 표현하는 광경을 보고 감명을 받았다. 책을 보고 아내가 좋아했으면 더 바랄 나위 없겠다.

마지막으로 신세대의 변화를 이해하지 못한 아비를 묵묵히 따라준 자식에게 용서받을 수 있지 않을까 하는 기대도 있다. 부족했지만 자식의 사고를 이해하려고 노력했다는 사실을 알면, 애들 머릿속에 남아 있는 '아빠는 꼰대' 라는 인식이 어느 정도는 희석되지 않을까.

살면서 인연을 맺은 모든 이에게 사랑의 마음을 전하고, 도움을 주신 모든 이에게 감사의 인사를 드린다.

2020년 맹하

좁쌀영감과 여장부의 궁합

좁쌀영감과 여장부의 궁합

막내아들로 태어나 줄곧 응석받이로 자랐다. 몸도 실하지 않아서 어머니께서 늘 치마폭에 감싸서 키우셨다. 원래 성격이 활달하지 못하고 온실 같은 보호막 속에서 크다 보니 섬세한 부분은 있으나 남자다운 호방한 면은 찾기 어려웠다.
게으르고 편한 것만 좋아해 전혀 진취적이지 못하고 부모가 시키는 것만 마지못해 따랐다. 남이 보기에는 착하고 부모 말씀 잘 듣는 모범생이었지만 자생력을 갖춘 씩씩한 사내의 면모는 없었다.
고등학교까지는 형들이 가는 길을 따라가면 됐는데 대학교에 입학하고부터 모든 것을 스스로 판단하고 행동해야 했다. 부모님도 더는 세세한 것까지 도와줄 입장이 못 되었다. 대학생 시절 힐끔힐끔 주위의 눈치를 봐가며 홀로서기를 배웠다.
대학교를 졸업하고 병원에서 인턴으로 사회생활을 시작했다. 윗분의 지시 사항은 그런대로 잘 따랐는데 사람을 대하는 방법이 서툴렀다. 환자와 다툼도 잦았고 간호사나 다른 직종 직원과의 관계도 원만치 않았다. 선후배에게는 까칠한 사람으로 통했다. 착실하기는 했지만 너그럽지 못했다. 큰 것을 보지 못하고 사소한 일에 집착했다. 사회인으로서 성숙도가 많이 부족했기 때문이었다.
하지만 성실한 마음으로 최선을 다하는 자세를 인정받아 대과 없이 전공의 생활을 이어 갔고 나름 자신감도 키울 수 있었다.

전공의 3년 차를 시작한 지 얼마 지나지 않은 때였다. 인턴으로 온 여의사가 눈에 들어왔다. 날씬하고 큰 키에 행동이 활발했다. 항상 웃은 낯의 예쁜 얼굴이 마음을 끌었다. 적극성도 남자 인턴 못지않았다. '화끈하게 일 잘하는 인턴이 왔다' 고 칭찬이 자자했다. 선부른 판단일 수도 있으나 일생의 반려자로 삼아도 좋겠다고 혼자 생각했다. 운 좋게 같은 팀에서 일하게 돼서 한 달 내내 함께 움직였다.

마음이 동한 김에 수작이라도 부려 보려는데 소심한 성격에 시작이 쉽지 않았다. 더구나 상하 관계가 분명한데 잘못하다가는 큰코다칠 수도 있는 노릇이다. 한 달간의 신경외과에서 인턴 임기가 거의 끝날 무렵에 용기를 냈다. 그동안 수고가 많았으니 저녁 한 끼 사겠다고 조심스럽게 말을 건넸다. 고심 끝의 제의였는데 예상외로 시원한 수락의 답이 돌아왔다. 너무 기뻐 흥분을 가라앉히기 힘들었다.

인턴은 통상 한 달씩 여러 과를 돌면서 근무한다. 진료과마다 다소 간의 차이는 있으나 갖은 자질구레한 일을 도맡아 하느라 인턴의 고생이 막심하다. 전공의들은 감사와 격려 차원에서 통상적으로 월말에 떠나는 인턴과 함께 저녁 식사를 한다. 하지만 이런 모임은 과원이 모두 모여서 회식을 하는 것이지 전공의와 인턴이 개인적으로 식사를 같이하는 경우는 드물었다. 더구나 일대일로 만나 저녁 식사를 하자고 남자 전공의가 여자 인턴에게 하는 제의가 다분히 복선을 깔고 있다는 건 불문가지(不問可知)였다.

다행히 그 뒤로도 몇 번 만나면서 서로 호감이 있는 것을 확인했다. 교제를 시작한 지 얼마나 됐을까. 마음먹고 거금을 들여 '워커힐 쇼' 를 예약했다. 식사하면서 쇼를 구경하는 당시 우리나라 최고의 무대였다.

1부는 국악, 2부는 미끈한 8등신 서양인들의 서커스로 구성됐고 식사는 스테이크가 나왔다. 오늘은 꼭 프러포즈해야지 하는 생각이 머릿속에 가득 차 두툼한 스테이크가 입으로 들어가는지 코로 들어가는지도 몰랐다.

아내는 깍쟁이로 유명한 개성(開城) 사람도 울고 간다는 수원(水原) 사람이다. 5남매 중 첫째로 남동생이 하나, 여동생이 셋이다. 부모님이 수원에 계신 관계로 동생들을 데리고 서울서 학교를 다녔다. 중학생 시절부터 서울에 집을 얻어 자신은 물론이고 동생들까지 보살피며 지냈다.
살면서 보니 생각했던 대로 성격이 시원시원하고 강인한 돌파력을 갖고 있었다. 어려운 일이 닥쳐도 긍정적으로 생각하고 쉽게 문제를 해결했다. 조그만 일에도 겁을 내고 움츠러드는 소극적인 남편과는 완전 딴판이었다. 새로운 것에도 도전 정신이 강했다. 한 번 마음 먹은 일은 무슨 수를 써서라도 관철했다. 호기심도 많아 경험하지 않은 것은 그냥 지나치지 않았다. 하다못해 시장에서 새로 나온 과자가 눈에 띄면 맛보지 않고는 견디지 못했다.
장인어른께서는 자식을 키우면서 아들과 딸에 차이를 두지 않으셨다고 했다. 그래서 그런지 사소한 일에 삐지거나 여자라고 뒤로 숨는 법이 없었다. 전통적인 여자다운 맛은 없어도 남편 공경은 누구에게도 뒤지지 않았다. 매일 출근하는 직장 여성이면서 지금까지 하루도 빠짐없이 남편을 위해 따뜻한 아침밥을 대령했다.
결혼 초부터 돈 관리도 아내의 몫이었다. 넉넉하지 못한 살림을 꾸리면서도 남편에게 돈에 대한 불평 한마디 없었다. 애들 교육도 아내가 모두 알아서 했다.
생각해 보니 남편과 아버지로 한 일이라고는 좁쌀영감같이 하찮은 일로 미주알고주알 따지거는 일밖에 없었다.

"너는 사주팔자에 배필로 여장부 같은 사람을 만난다고 나와 있어. 네가 섬세한 성격이니 씩씩한 여자와 궁합이 잘 맞을 거야."
어머니께서는 농담같이 말씀하시곤 했다. 그럴 때마다 크게 마음에 두지 않으면서도 "같은 값이면 예쁘고 여자다운 사람이 좋지, 왜 여장부를 만난다고 하시지" 하며 달갑게 생각하지 않았다.
말이 씨가 됐는지 아니면 진짜 팔자에 있는 것인지 여태껏 여장부 아내에 기대어 살고 있다. 프러포즈할 때는 예쁘고 착하기만 한 처녀로 보였는데 결혼하고 보니 보통 여자가 아니었다. 어머니 말씀이 맞았다.
아내와 어머니의 역할은 물론이고 졸장부 같은 남편의 부족까지 메꾸랴 그동안 아내의 고생이 심했다. 고생 때문인지, 나이 때문인지 지금 아내의 얼굴은 옛 모습이 아니다. 몸도 많이 불어 전형적인 아줌마 스타일이다. 하지만 아내를 사랑하는 마음은 세월이 흐를수록 더해지는 것을 느낀다.
꽁생원 좁쌀영감이 여장부를 만나 일생을 맘 편히 지내고 있으니 기막힌 궁합이 아닐 수 없다.

솜틀집

달콤한 신혼살림을 부모님께서 장만해 주신 서울시 강남구 역삼동(驛三洞)의 17평 아파트에서 시작했다. 방 하나, 거실 하나지만 동화 속에 있을 것 같은 아담한 공간이었다. 아내가 고른 은은한 분위기의 커튼과 처가에서 정성껏 마련한 가구들이 어우러져 사랑하는 아내와 행복한 꿈을 꾸기에 부족함이 없었다.
안방에는 장롱과 경대 그리고 문갑이 자리를 잡았고 거실에는 예쁜 장식장, 실용적인 소파, 탁자와 식탁을 배치했다. 소파 뒤에 화조도 수(繡)병풍을 치고, 의사 막내며느리를 기특하게 생각하신 아버지께서 선물로 주신 그림 액자들도 벽에 걸었다. 텔레비전, 냉장고, 전기밥솥, 토스터 그리고 각종 식기도 모두 갖췄다. 모든 것이 양가 부모님 덕으로 과분한 보살핌에 그저 황송할 따름이었다. 이처럼 필요한 것은 모두 준비했는데 침대는 없었다. 대신 목화솜을 넣어 꾸민 푹신한 킹사이즈 원앙금침에서 밤을 보냈다. 함께 벨 수 있게 만든 전통 베개 양쪽에는 다산과 다복을 기원하는 박쥐 문양의 자수가 새겨 있었다.
결혼 전에 아내와 상의 끝에 집에 침대를 들이지 않기로 했다. 총각 시절 내내 이부자리를 사용했기에 침대 생활이 익숙하지 않았고 무엇보다 아파트가 협소해 침대를 사용하면 안방이 꽉 찰 것 같았다. 아내도 처녀 시절 이불과 요를 사용했기에 침대 없이 지내는 것에 특별한 거부감이 없었다. 유별난 사위를 보신 덕분에 장모님께서 철 따라 덮을 여러 채의 이부자리를 장만하시느라 힘이 드셨다는 얘기를 나중에 전해 들었다.

예로부터 우리나라는 좌식 문화다. 밥상이나 소반에서 식사하고 바닥에 방석을 깔고 앉았다. 중고등학교 시절 공부할 때는 앉은뱅이책상 앞에 가부좌를 틀었다. 결혼할 때까지 줄곧 좌식 생활을 했기에 침대가 꼭 필요한 물건이란 생각이 들지 않았다.

건강에 대한 걱정도 있었다. 푹신한 침대는 허리 건강에 좋지 않다. 신경외과 의사로 근무하면서 허리가 아픈 사람들에게 침대의 매트리스에 하드보드를 깔거나 이부자리를 사용하라고 권했다. 남의 허리는 챙기면서 스스로 침대 생활을 하는 것은 담배가 해롭다고 하면서 의사가 담배 피우는 것과 마찬가지 아닌가.

침대 매트리스에서 암을 유발하는 방사성 물질인 라돈이 허용치 이상으로 검출됐다고 난리도 났었다.

침대는 청결에도 문제가 있다. 세탁이 어려워 먼지나 진드기에 취약하다. 침대 밑에 먼지도 쌓인다. 이부자리를 사용할 경우 홑이불이 더러워지면 뜯어서 빨고 눅눅하다 싶으면 햇볕에 말리면 그만이다. 장마가 끝나고 날 좋을 때 말린 요에 누우면서 느끼는 폭신한 감촉은 정말 상쾌하다. 버스를 타고 꽉 막힌 고속 도로를 전용 차선으로 쌩쌩 달릴 때와 흡사한 느낌이다.

하지만 뭐니 뭐니해도 이부자리의 가장 큰 장점은 공간을 넓게 쓸 수 있는 점이다. 자고 난 뒤 개서 장롱에 넣으면 계속 공간을 점유하고 있는 침대와 달리 방 전체를 사용할 수 있다. 특히 집이 작은 경우는 침대가 차지하고 있는 공간이 상대적으로 크다.

이불을 장롱에 넣으면 누울 곳이 없어져 잠자는 시간과 깨어 활동하는 시간의 구별이 확실해지니 게으름을 피울 수 없는 이점도 있다.

하지만 다소의 불편함도 있다. 자고 깰 때 자리를 펴고 개는 수고를 감내해야 한다. 졸음이 갑자기 몰려올 때 잠자리가 준비돼 있지 않으면 짜증이 난다. 아내와 이부자리 펴는 문제로 장난기 섞인 말다툼을 할 때도 있는데 대개는 웃음으로 끝난다.
침대와 달리 무릎을 세우고 일어나는 것이 조금은 힘들다. 특히 나이가 들고는 무릎을 짚고 일어나면서 "아이고" 소리가 절로 나온다.
아이들이 커서 각자 다른 방에서 재우기 시작하면서 침대 청정지대가 무너졌다. 아이들이 침대를 강력히 원했기 때문이다. 자라나는 신세대가 고리타분한 옛것을 좋아할 리 만무하니 당연한 귀결이다.

40년 가까이 쓰다 보니 중간에 한 번 손을 보긴 했어도 솜의 탄력성이 많이 떨어졌다. 어릴 적 동네 어귀에 있던 솜틀집이 있으면 좋으련만 아무리 생각해도 먼지 풀풀 날리는 공장이 남아 있을 것 같지 않았다. 그렇지 않아도 어려서 학교에 다녀올 때 골목의 솜틀집 앞을 지날 때는 먼지 때문에 숨을 참고 잰걸음으로 지나쳤던 생각이 난다. 가끔 어머니를 따라 온통 먼지투성이인 솜틀집에 갔을 때도 기다리는 내내 손으로 입과 코를 막고 있었다.
어느 날 집에서 조금 떨어진 길을 지나다 "솜 틀어 드립니다"라고 써 붙인 이불 가게가 눈에 띄었다. 동지섣달 꽃 본 듯이 반가웠다.
이부자리 솜을 목욕시킬 수 있어 좋았고 그보다 솜틀집이 남아 있다는 것 자체가 향수를 불러일으켰다. 아직 솜으로 만든 이부자리를 쓰고 있는 동지가 있는 것을 확인할 수 있어 더욱 기분이 좋았다.
일요일에 이불과 요를 커다란 이불 보자기에 싸서 가게로 향했다.

마음 한구석에는 걱정도 있었다. 가게 주인이 보고 너무 오래됐으니 버리고 새것을 쓰라고 하면 어쩌나. 그런 말을 들으면 창피할 것 같았다. 꽤 무거워 차에 싣고 내리느라 손가락과 손목이 시큰했다. 주인 아주머니가 손을 잽싸게 놀려 홑청을 뜯고 솜을 만지더니 최고급 국산 목화라고 하면서 요즘에는 보기 힘들다고 했다. 속으로 쓸데없는 걱정을 했네 하는 생각에 괜한 헛기침을 했다.
알고 보니 솜을 트는 공장은 다른 곳에 있었다. 연락을 넣으면 업자가 물건을 가져간다고 했다. 오랜만에 솜 트는 광경을 볼 수 있을까 했는데 조금은 섭섭했다.
새로 차린 이불과 요를 찾아왔다. 거짓말을 좀 보태면 부피가 두 배는 된 것 같다. 이보다 더 편한 잠자리가 있을까. 좋은 꿈이 찾아오리라.

주말부부

우리나라에서는 불과 얼마 전까지만 해도 집안 살림은 여자가 도맡아 했다. 직장을 갖고 있던 여성도 가정을 꾸리면 대부분 회사를 그만두고 가사를 돌봤다.
약 75년 전 일제강점기에 어머니께서도 결혼하시면서 다니던 직장을 그만두셨다. 그리고 30년이 지나 당신의 딸, 그리고 두 며느리도 결혼과 동시에 직장인에서 전업주부가 됐다. 모두가 당연한 일로 여겼다.
과거에 남자들은 취직을 하든 자영업을 하든 한번 자리를 잡으면 나이가 들어 그만둘 때까지 대개 같은 곳에 머물렀다. 군인이나 법관 등 일부 직종을 제외하면 멀리 다른 지방으로 근무지를 옮기는 경우도 많지 않았다. 따라서 직장 때문에 가족이 떨어지는 경우는 별로 없었다. 설사 타지로 전근 가더라도 온 가족이 가장을 따라서 함께 삶의 터전을 옮겼다.

수석 전공의 시절인 1981년 12월 13일, 의사를 아내로 맞았다. 두 분의 손윗 동서는 직장 생활을 그만두고 가정주부가 됐는데 아내는 강력히 의사 생활을 계속하고 싶다는 의견을 피력했다. 의사라는 특수성 때문에 부모님을 위시한 가족들도 반대 의사를 표하지 않았다.
꿈같은 신혼생활을 보내면서 첫째 아이를 얻었다. 그리고 몇 달 뒤 전공의 생활을 마치고 군에 입대하게 됐다. 3개월의 훈련을 마치고 육군 대위로 임관했다. 첫 임지가 경기도 전곡(全谷)이었다. 철책

방어를 담당한 연대의 의무중대장을 보직으로 받았다. 부임하고 6개월은 위수지역을 벗어날 수 없어 일요일마다 아내가 첫딸을 업고 기차 편으로 관사를 찾았다. 싸 온 음식으로 점심을 먹고 아쉬운 몇 시간이 지나면 대광리(大光里)역에서 헤어져야 했다. 웃으며 배웅했어도 가슴은 쓰렸다. 그리고 일주일 내내 아내와 딸의 얼굴을 떠올리며 시간을 보냈다. 6개월이 지나고부터는 토요일 늦은 오후에 서울로 올라왔다. 하룻밤을 지내고 일요일 오후 귀대할 때는 발걸음이 천근만근이었다.

군의관 생활은 힘들지 않았다. 짜여진 틀 속에서 생활하는 것이 익숙하지 않아서 그렇지 스스로 고생이라고 생각해 본 적은 없다. 반면 아내는 말을 안 해서 그렇지 하루하루가 힘에 부쳤을 것이었다. 전공의로 근무하면서 쥐꼬리만 한 월급으로 살림과 애들 건사를 도맡아 했다. 바쁜 중에도 시부모께 정성을 다했다. 왜 그때 고맙고 사랑한다는 표현을 자주 못 했는지 후회스럽다.

군의관 생활 3년 중 2년을 지방에서 보냈다. 이렇게 주말부부 생활을 하면서도 전역만 하면 좋은 세상이 열리리라는 희망을 품고 견뎠다. 인생은 생각대로만 굴러가는 것이 아니었다. 제대한 뒤 첫 취직자리가 경상남도 진주(晉州)의 경상대학교 의과대학이었다. '진주라 천 리 길', 서울에서 가장 먼 곳이었다. 아내는 전공의를 끝내고 서울에 직장을 잡고 있었다.

아닌 밤중에 홍두깨도 유분수지, 느닷없이 아무 연고도 없는 진주에 내려가라니. 교수님의 말씀을 듣고 귀를 의심했다. 정말 가고 싶지 않았다. 가족과 또 떨어지는 것이 너무 싫었다. 울고 싶었다. 아내는

"남자가 큰 뜻을 품어야지 서울의 조그만 병원에서 일생을 보내려 하십니까?"라고 일갈했다. 할 말을 잃었다. 소형차에 이부자리를 싣고 떨어지지 않는 발걸음을 옮겼다. 어린 딸과 아들이 눈에 밟혔다.
신설 대학에 신경외과 의사는 하나뿐이니 모든 일을 혼자 처리했다. 토요일에 오전 일과를 끝내고 오후 2시경 고속버스를 타면 꼬박 6시간이 걸려 반포(盤浦) 버스터미널에 도착했다. 저녁 식사는 중간 휴게소에서 가락국수 혹은 찐만두로 대신했다. 시내버스로 집에 도착하면 9시가 넘어 애들은 이미 잠자리에 들었다. 못난 아빠를 기다리다 잠든 애들의 뺨을 쓸어내리며 마음속에서 눈물을 흘렸다. 아침에 일어나 휴게소에서 사 온 호두과자를 먹으며 신나 하는 모습에 기분이 좋기보다는 안쓰러운 마음이 더했다. 다소 피곤해도 일요일 만큼은 가족과 함께 즐기려고 노력했다. 아내와 애들은 성에 차지 않았겠으나 마음은 그랬다.
월요일 아침에 정상 출근을 해야 하기에 일요일 밤 기차를 탔다. 특히 추운 겨울에는 매서운 밤바람을 맞으며 길을 나서는 마음이 물먹은 솜처럼 무거웠다. 밤새 기차에서 시달리다가 새벽에 진주역에 떨어졌다. 역전 목욕탕에서 서둘러 샤워를 하고 곧장 출근해 환자를 만났다.
이렇게 4년이 흘렀다. 인내가 한계에 도달할 즈음 은사님의 부름을 받아 모교 교수로 발령을 받았다. 고생 끝에 낙이라는 말이 틀린 말이 아니었다. 결혼한 지 7년 만에 가족이 함께 지내게 됐다. 가족과 같이 즐기려 나름 노력했지만 7년의 공백이 크게 느껴졌다.
산 넘어 산이라고 더 큰 시련도 있었다. 서울 생활 2년 만에 혼자 독일로 유학을 떠나게 됐다. 타국에서의 홀아비 생활은 뼈에 사무치게 외로웠다. 기숙사 방에 홀로 앉아 공연히 팔자를 탓하기도 했다. 다행히 10개월 만에 아내가 두 아이를 데리고 쾰른 본(Köln Bonn) 공항에 내렸다. 그 뒤로 1년 동안 주말마다 또는 휴가를 내서 유럽의 곳곳을 누볐다. 인생 최고의 날들이 이어졌다.

2019년 은퇴한 뒤 얻은 새로운 직장에서 직원 회식이 있었다. 직장 근처 횟집에 앉아 이런저런 얘기 중에 주말부부가 화제에 올랐다. 취기가 좀 오르자 어느 분이 탄식하듯 심정을 토로했다.
"최근까지 10년 가까이 이곳저곳으로 옮겨다니는 통에 주말부부로 살았습니다. 힘들지 않은 것은 아니지만 내색하지 않고 회사나 가족에게나 최선을 다했죠. 그런데 사춘기가 막 끝난 딸아이로부터 충격적인 말을 들었습니다. 아빠는 본인의 출세를 위해서 엄마만 고생시키고 가족을 소홀히 했다고요."
사내 커플인 다른 여자분이 말을 이었다.
"같이 산 날보다 주말부부로 지낸 날이 더 많았죠. 매일 출근하면서 두 아이도 거의 혼자서 키웠습니다. 남모르게 눈물도 많이 흘렸습니다. 아빠는 주말에도 집안일에는 별 관심이 없고 회사 일에만 매달렸습니다. 덕분에 지금은 나이에 비해 꽤 출세한 편이죠. 아빠가 승진이 빠른 것은 가족 모두에게 좋은 일이지요. 하지만 제 눈에는 남편이 너무 이기적으로 보여요."
갑자기 정신이 번쩍 들었다. 과거 떨어져 지낸 것은 자신을 위한 것이라기보다 선택의 여지가 없는 어쩔 수 없는 것이었다. 그때 먼

길을 오가며 팔자타령도 하고, 고생한다고 스스로 위로도 많이 했었다. 그렇게만 생각했다. 아내와 자식들에게 주말에만 나타나는 남편이나 아빠가 어떠했을지는 생각해 본 적이 없었다. 가슴이 뜨끔하고 머릿속이 혼란스러워졌다.

다음 날에도 회식 때 대화가 머릿속에서 맴돌았다. 결혼하고 7년 이상 주말부부로 지냈는데 아내와 애들은 남편과 아빠를 어떻게 기억하고 있을까.

아내에게 바치는 노래

장가들일 때 어머니들은 아들에게 부엌 근처에는 얼씬거리지도 말고 집안일은 몽땅 여자에게 맡기라고 가르친다. 한편 며느리에게는 남편을 하늘이라 여기고 스스로 낮추라고 말씀하신다. 좋게 해석하면 남자는 가족의 생계를 책임져야 하니 집안 걱정하지 말고 마음껏 사회 활동하라는 뜻일 것이다. 많은 여성들이 그렇게 이해하고 혼신으로 남편과 자식을 뒷바라지했다.

모두가 경제적으로 어렵던 시절에는 풍족한 살림을 꾸리는 가정이 흔치 않았다. 남자는 많건 적건 돈을 벌어오면 그만이지만 가정주부는 없는 형편에도 가족을 위해서 무한대의 책임을 져야 했다. 정신적으로 육체적으로 여자가 짊어진 삶의 무게가 너무 무거웠다. 집안일과 집 밖의 일 모두 힘든 것은 자명한데 왜 여자에게 더 큰 멍에를 씌웠던 것일까.

이유 없이 남자라고 으스대다 나이 먹고 철이 들면서 아내의 얼굴에서 고생의 흔적이 보이기 시작한다. 깊게 팬 주름살에 마음이 아파지고 아내를 칭송하는 노래에 많은 남편이 공감하며 눈물을 흘린다.

여자의 가슴에는 수없이 많은 응어리가 쌓여 있다. 지난 세월이 너무 힘들었다. 어려운 역경을 모두 이겨내고 자식을 장성시켰지만 잃어버린 청춘이 아깝다. 같이 늙은 배우자이지만 젊은 시절 힘들었던 인생 여정을 따뜻이 보듬어 주지 못한 남편이 못내 야속하다.

귀중한 사람이라는 생각은 들어도 선뜻 남편에 대한 사랑 노래가 가슴에서 우러나오지 않는다. 고생한 아내에게 사랑과 감사의 마음을 바치는 유행가는 많은데 늙은 남편을 사모하는 노래를 아직 들어 보지 못한 이유다.

세월이 흘러 우리나라 일반 가정에도 아내와 남편의 역할과 위상에 많은 변화가 생겼다. 과거와 달리 요즈음은 맞벌이 부부가 대부분이다. 남자 혼자서 벌어서는 살기 힘들뿐더러 여자도 집에서 살림만 하기 싫어하기 때문이다. 남편이 밖에서 돈을 벌어와 가족을 먹여 살린다는 가장(家長)이라는 전통적인 개념이 자연스럽게 많이 약해졌다.
경제적인 책임을 분담하니 집안 살림도 분담해야 한다고 생각하는 여성이 많다. 자식을 낳아 기르는 것이 오롯이 여자 몫이라는 과거의 생각에도 많은 변화가 있다. 임신과 출산이야 인력으로 어떻게 할 수 없어도 육아만큼은 함께 해야 한다고 생각한다. 이러한 변화에 발맞춰 남자의 육아 휴직 제도가 마련돼 있다.
회사 일이 끝나면 남자들은 이런저런 술자리가 많았다. 여자는 늦은 귀가에 화가 나지만 보통은 술 취한 남편에게 바가지를 긁는 것으로 분을 풀었다. 하지만 요즘은 다르다. 남자들이 알아서 일이 끝나기 무섭게 집으로 향한다. 혹 간 큰 남자가 친구와 어울려 한잔하다가도 휴대폰에서 나오는 귀가 명령에 서둘러 모임을 파한다. 멋모르고 아내에게 항명했다가는 시부모가 호출당할지도 모를 일이다.
결혼 초에는 가정 내에서 남편이 압도적인 우위를 차지하다가 나이가 들면서 여성의 발언권이 커지는 것이 지금까지의 상례였다. 하지만 최근에는 가정 내 서열이 처음부터 실질적으로 동등하든지 아니면 여성이 우위인 경우가 더 많다. 나이가 들면서 남자의 테스토스테론이 감소하는 시기가 오면 지금의 젊은 남성들은 어떻게 살아갈지 쓸데없는 궁금증이 생긴다.

결혼한 지 40년이 다 돼 간다. 같은 직업을 가진 예쁜 여성과 인연을 맺고 줄곧 맞벌이 부부로 살았다. 애를 낳아 키울 때 직장 여성을 위한 사회적 제도가 전혀 없던 시절이었다. 주말부부로 살던 결혼 초 아내는 정말 억척같이 살림을 꾸렸다. 남편이 함께 도와줘도 힘에 부쳤을 텐데 지금 생각해도 훌륭하게 두 아이를 키운 것이 불가사의(不可思議)하다.
주말에 만나면 떨어져 홀아비 생활하는 남편을 걱정할 뿐 힘들다는 불평은 일언반구(一言半句)도 없었다. 속이 정말 넓은 사람이었다. 나이가 들어서도 남편을 무시하는 일이 결코 없다.
설거지를 마친 아내가 과일을 들고 와 옆에 앉는다. 소파에서 함께 텔레비전을 보는 아내의 손을 주책맞게 슬쩍 잡아본다. 싫지 않은지 아내도 손을 꼭 쥔다. 연애 시절 처음 손을 잡은 게 언제였던가. 보드랍고 탱탱하던 피부가 거북이 등처럼 수분이 빠졌다. 뼈와 따로 논다. 고개를 돌려 눈을 바라본다. 아내는 쑥스러운지 침만 삼킬 뿐 시선은 앞에 고정돼 있다.
나이가 들어 주름 잡힌 얼굴은 젊었을 때 같이 불타는 사랑의 마음을 불러내지 못한다. 하지만 마음속 사랑의 깊이는 세월이 흐를수록 깊어진다. 힘들었지만 묵묵히 가정을 지켜낸 아내의 거칠어진 손이 마음을 촉촉하게 한다.

아내에게 어떤 남편이었을까. 힘 빠진 남편에게 아직도 잘해주는 걸 보면 안 좋게 생각하지는 않는 것 같다. 하지만 과거에 약속했던 일들을 들춰내 얼굴을 붉힐 때는 몸이 움츠러든다. 가만히 생각해 보면 잘 해줬던 일은 별로 없고 공연히 버럭 화를 냈던 기억만 있다. 하지만 아내는 결혼이 후회스럽다고 말하지 않는다. 마누라 복은 타고난 사람이다.

요절한 가수 하수영(河秀英)이 부른 '아내에게 바치는 노래'가 떠오른다.

청려장

선친께서는 비교적 젊으실 적부터 지팡이를 짚으셨다. 몸이 불편해서가 아니고 등산이나 야외로 고적 답사를 자주 다니셨기 때문이다. 말하자면 요즘 사람들이 트레킹 갈 때 스틱을 사용하는 것과 마찬가지다. 지팡이를 항상 '단장(短杖)'이라고 하셨다. 수집 욕심이 많아서 집에는 각양각색의 지팡이들이 있었다. 절기, 복장, 모임의 성격에 따라 지팡이를 맞춰서 사용하셨다.

오래전 외국 학회에 참석했을 때 우연히 지팡이 파는 가게가 보였다. 꽤 괜찮은 물건들이 눈에 띄었는데 그중 짙은 황토색의 가볍고 날씬한 것이 맘에 들었다. 당시 주머니 사정에 비해 다소 비쌌는데 아버지를 기쁘게 해 드릴 수 있다는 생각에 주저 없이 지팡이를 집어 들었다. 귀국해서 얼른 아버지께 갖다 드렸다. "웬 단장이냐"고 물으셔서 사정을 말씀드리니 웃으시며 받으셨다. 큰 효도를 한 것 같아 기분이 으쓱했다. 한참 지난 뒤에 아버지께서 넌지시 말씀하셨다. "네가 가져다준 단장이 아주 가볍고 좋더구나. 덕분에 잘 쓰고 있다. 그런데 자식이 직접 부모에게 지팡이를 드리는 것은 예로부터 꺼리는 일이야. 하지만 너의 마음을 잘 알고 있기에 기분 좋게 받았으니 걱정할 건 없다"라고 하시곤 껄껄 웃으셨다.

생각이 짧았던 것이 부끄러웠지만 아버지의 세심한 배려 덕분에 중요한 삶의 지혜를 터득하게 됐고 마음도 편안했다. 얼마나 나이를 더 먹어야 부모님같이 지혜로운 사람이 될 수 있을까 하는 자책도 했다.

명아줏대로 만든 지팡이를 '청려장(靑藜杖)' 이라고 한다. 들판에
자생하는 명아주는 다년생 나무가 아니고 한해살이풀이다. 봄에는
어린싹을 뜯어서 나물로 먹기도 한다. 서리가 내릴 때까지 자라며
밑동은 직경 3-4센티미터 정도이고 키는 2미터쯤 된다. 곧게 뻗으며
단단할뿐더러 무엇보다 가벼워 노인들의 지팡이 재료로
안성맞춤이다. 모양 또한 기품과 품위가 있다.
『본초강목(本草綱目)』에 '청려장을 짚고 다니면 중풍에 걸리지
않는다' 는 기록이 있고, 많은 사람들이 허리와 다리 건강에 좋다고
하여 귀한 지팡이로 여겼다. 이런 이유로 특히 연로하신 어르신들께서
명아주 지팡이를 즐겨 사용하셨다.
예로부터 중국에서는 연세 높으신 노인에게 나라에서 청려장을
하사했다. 장수를 축하하고 앞으로도 오래오래 건강하게 지내시라는
의미다. 이러한 풍습은 우리나라에도 전해져 통일 신라 시대부터 이런
제도가 시행됐다고 한다. 조선 시대에는 장수한 재상에게 임금님이
의자(几)와 함께 지팡이(杖)를 하사했고 이는 문중의 가보로
전해지기도 했다. 대표적인 유명인으로 이원익(李元翼), 허목(許穆)
등이 궤장(几杖)을 하사받았다.
1992년부터는 매년 10월 2일 '노인의 날' 에 그해 100세를 맞은
노인들에게 대통령이 청려장을 수여하면서 옛 전통을 이어가고 있다.
2019년에도 새로 100세를 맞으신 1,550명의 어르신께 대통령 내외의
친필 서명이 담긴 축하 카드와 함께 청려장을 드렸다고 한다.
당사자와 가족에게는 더할 수 없는 영광이고 크나큰 축복이 아닐 수
없다. 한편 1,500명 이상이 100세를 맞으셨다니 우리나라가

본격적으로 노령사회로 들어섰다는 실감이 나기도 한다.

어느 날 아버지께서 지팡이 두 개를 주셨다. 부부가 한 개씩 쓰라고 하시며 경위를 말씀하셨다. 댁 근처의 탄천(炭川) 변을 산책하시다 우연히 명아주가 자생하는 것을 발견하시고 날을 잡아 연장을 챙겨 여러 그루의 명아주를 베어다가 잔가지를 쳐내고 잘 다듬은 뒤 손잡이 부위에는 호두기름을 발라서 반들반들하게 만드셨단다. 운치를 더하기 위해서 손잡이에 구멍을 뚫어 조그만 술까지 다셨는데 그 술이 눈에 익었다. 알고 보니 유명 위스키 시바스 리갈(Chivas Regal) 병을 담은 주머니를 여미던 줄에 달려 있던 것이다. 전에 드시라고 드린 위스키의 주머니를 보관했다가 재활용하신 것이다. 재미있기도 하고 뭐 하나 허투루 버리시지 않는 마음가짐에 고개가 숙어졌다.
그 뒤로 등산이나 산책할 때 명아주 지팡이를 반드시 챙긴다. 멋지고 가벼워 더없이 좋을뿐더러 손에 쥐고 있으면 아버지의 손길이 느껴진다. 보는 사람마다 지팡이가 범상치 않다며 집안에서 내려오는 골동이냐고 묻기도 하고 어디에 가면 구할 수 있냐고 묻기도 한다. 선친께서 직접 만들어 주셨다 하면 모두가 깜짝 놀란다. 더 재미있는 것은 손잡이에 달린 술의 내력을 설명한 다음이다. 듣는 사람마다 박장대소(拍掌大笑)하며 배꼽 빠지게 웃는다.
부모님 산소에 두 분을 뵈러 갈 때도 늘 아버지가 만들어 주신 청려장을 짚고 가파른 산에 오른다. 두 손 모으고 잘 자란 잔디가 덮인 봉분을 바라보고 있노라면 "청려장 잘 쓰고 있냐"고 물으시는 것 같아 눈물이 핑 돈다.

생전에 단장을 참 좋아하셨던 아버지와는 반대로 어머니께서는
말년에 무릎이 안 좋아 고생하시면서도 지팡이 짚는 것을 꺼리셨다.
그렇지 않아도 늙어 보이는데 지팡이까지 짚으면 정말 꼬부랑 할머니
같다는 게 이유였다.
아버지께서는 당신이 만들어 준 단장을 보시고 좋아하실 것이고
어머니께서는 아직 젊은 사람이 지팡이를 들고 다닌다고 못마땅하게
생각하실지도 모르겠다. 자식에게 좋은 거 주시고 싶은 아버지께,
막내아들이 항상 팔팔하게 돌아다니기를 바라던 자친(慈親)께도
감사와 존경의 마음을 드린다.
아버지가 만들어 주신 가볍고 단단한 청려장은 보면 볼수록 묘하다.
지팡이는 올라갈 때보다 산에서 내려갈 때 더 요긴하다.

그리운 어머니

어머니는 마분지에 바둑판처럼 상하좌우로 줄을 치시더니 '가갸거겨… 나냐너녀…' 라고 정성 들여 쓰셨다. 막내아들 초등학교 입학을 앞두고 한글 공부를 시키시기 위함이었다. 어머니의 위세에 눌려 매일 '가갸거겨… 나냐너녀…' 를 외었다.
초등학교 입학을 앞둔 3월 어느 날 어머니의 손을 잡고 동네 시장이 아닌 큰 시장에 갔다. 경복궁 서쪽 영추문(迎秋門) 앞에서 전차를 타고 갔는데 동대문 시장에 간 것으로 기억한다. 입학식에 입고 갈 비둘기색 더블 버튼 양복과 헌팅캡을 샀다. 연필, 공책, 필통, 지우개, 칼 그리고 힘차게 달리는 말이 그려진 소가죽 란도셀(네모난 건빵같이 생긴 어린이용 책가방으로 물에 빠졌을 때 튜브 대용으로 쓸 수 있고, 교통사고를 당했을 때 충격을 흡수하는 완충기능이 있다)도 사서 어깨에 둘러멨다. 돌아오는 길에 변발한 중국 할아버지와 전족한 중국 할머니가 하는 호떡집에서 고기만두와 계란빵도 먹었다.
입학식 날 아침 조금은 불안했지만 꼭 잡은 어머니의 손이 따뜻했다. 다음날부터는 씩씩하게 혼자서 등교했다.

초등학교 3학년 여름 방학 때다. 배탈이 났는지 배가 아팠다. 그러다 낫겠거니 했는데 웬걸 갈수록 증세가 심해졌다. 나중에는 너무 힘들어 데굴데굴 굴렀다.
어머니는 얼굴이 하얗게 질렸다. 다짜고짜 들쳐업더니 동네 병원을 향해 달리기 시작하셨다. 힘이 빠지는지 심장 소리가 빨라지고 점점 숨소리가 거칠어졌다. 그 순간 울컥하면서 참지 못하고 그만, 어머니 등에 토하고 말았다. 토사물이 어머니의 모시 적삼을 타고 떨어져 길에 흩어졌다. 어머니는 급히 손으로 흙을 쓸어 토사물을 덮었는데 지켜보던 어느 아저씨가 그냥 놔두고 빨리 가라고 했다. 서둘러 고맙다는 인사를 하곤 다시 병원으로 달리셨다.
토하고 나니 속이 한결 편해졌다. 주사 한 대 맞고 약을 지어 집으로 돌아왔다. 안정을 찾은 막내아들의 머리를 쓰다듬으며 그제서야 어머니의 굳었던 얼굴이 펴졌다.

저녁 설거지를 끝으로 하루의 집안일이 대충 마무리됐지만 방으로 들어오신 어머니는 바느질을 시작하셨다. 희미한 백열등 아래서 못쓰게 된 전구를 넣어 양말을 깁거나 털실로 뜨개질을 하셨다. 지금도 가끔 바늘귀를 꿰어 드린 기억이 나곤 한다.
손재주가 좋으신 어머니는 다섯 남매에게 웬만한 옷은 만들어 입혔다. 겨울철에는 항상 어머니가 짠 털 바지와 털 스웨터를 입었다. 지금 생각하면 온전히 '핸드메이드' 인데 그때는 그런 패션이 싫었다. 특히 허리춤에 고무줄을 넣은 털 바지가 마음에 들지 않았다. 남들처럼 시장에서 산 옷에 허리띠를 두르는 것이 훨씬 멋져 보였다. 어머니께 투정을 부리면 "얘야, 털옷이 따뜻하고 보기에도 좋아. 파는 옷보다 훨씬 좋은 거야"라고 하며 달래 주셨다.
당신이 힘들여 지은 옷을 두고 자식이 투정을 부릴 때 어머니는 어떤 마음이셨을까.

뜨거운 여름이 시작되면 장에서 닭을 잡아 오셨다. 반나절 생닭을 솥에 삶으면 기름이 동동 뜨는 뽀얀 국물이 우러났다. 바짝 졸은 국물을 대접에 담고 소금을 조금 넣은 다음 소반에 올려 들고 오셨다. 닭 냄새와 느끼한 맛이 싫었다. 잠시 앙탈을 부려 보지만 지키고 앉아 계신 어머니의 엄한 표정에 눈을 질끈 감고 단숨에 들이켰다. 일주일 내내 같은 일이 계속됐다. 닭살은 뜯어 죽을 끓이거나 무쳐서 식구들이 먹었고, 뼈에 붙은 살은 어머니가 발라 드셨다. 어려서부터 골골한 막내아들에게 이처럼 특별 대접을 하셨다.
닭 국물을 예닐곱 번 먹고 나면 코끝에서 닭 냄새가 났다. 닭고기가 싫어졌다. 우리나라 사람들이 맥주와 함께 즐겨 먹는 닭고기를 지금도 별로 좋아하지 않는 이유다. 하지만 어머니의 특별 대접 덕분에 어려운 의대 공부를 큰 탈 없이 마칠 수 있었다고 믿고 있다.

신혼여행을 다녀와 살던 집 2층 방에서 아내와 하룻밤을 지내고 날이 밝아 부모님 곁을 떠나 독립하는 날이었다. 신혼집으로 가기 전 새색시와 함께 큰절을 올렸다. 절을 하는 짧은 순간에도 많은 생각이 머릿속을 흔들었다. 고개를 들어 보니 어머니 눈가가 촉촉했다. 서운함보다 기특하다는 의미의 눈물로 보였다. 이내 환한 얼굴로 막내며느리의 등을 두드리시며 "늦었다. 빨리 가야지. 잘 살아야 한다" 하시며 배웅해 주셨다.
조교수 시절 독일로 2년간 유학을 떠나기 앞서 부모님께 인사를 드렸다. 어머니 얼굴이 어두웠다. 건강하시지만 연세 때문인지 마음이 많이 약해지신 것 같았다. 외국에서 공부하는 내내 떠날 때 본 어머니 모습이 마음에 자리잡고 있었다.

국제 학회에 참석도 하고 또 가족여행도 하느라 해외여행을 꽤 많이 했다. 새로운 경험은 항상 즐거웠다. 출국하는 비행기를 기다리는 마음은 솜털보다 가벼웠다. 하지만 부모님 생전에 함께 해외여행 한 번 못한 것이 항상 마음에 걸렸다. 좌석에 앉자마자 앞의 모니터를 켜고, 오디오의 흘러간 가요를 찾아 들어가 남진(南珍)의 노래 〈어머니〉를 들었다. 작은 소리로 노래를 따라 부르면 마음이 조금 풀렸다.
비행기를 탈 때마다 〈어머니〉를 듣는다. 노래 한 곡으로 불효를 조금이나마 덮어 보려는 얄팍한 속이지만 그래도 남진의 〈어머니〉를 작은 소리로 따라 부른다.

재산 목록 1호

아버지께서는 집에서 한복을 즐겨 입으셨다. 겨울에 외출하실 때도 마고자에 두루마기를 단정하게 차려입고 나가셨다. 온돌방에 앉아 대님 매시던 모습, 그리고 마고자에 달린 발그레한 둥근 호박 단추가 지금까지도 정겹게 느껴진다.

아버지는 이렇게 한껏 멋을 내시지만 뒷감당은 오롯이 어머니 몫이었다. 여름에는 손수 지으신 모시 적삼과 고의에 빳빳이 풀을 먹여 대령하셨다. 겨울에는 솜을 틀어 새롭게 바지를 꾸미시고 저고리와 두루마기의 동정도 정성껏 시치셨다. 어려서 생각에도 어머니의 손재주는 정말 남달랐다.

오 남매가 입는 옷들도 외출복 말고는 대부분 어머니께서 지으셨다. 저녁 식사를 마치면 쉬실 틈도 없이 재봉틀이나 털실과 바늘을 손에 달고 계셨다. 재봉틀을 돌리는 발놀림과 재빠른 양손 움직임의 박자가 기막히게 맞아떨어졌다. 한복 치마에 허리띠를 질끈 동여매고 재봉틀에 앉아 계신 뒷모습을 다시 보고 싶은 마음이 문득문득 든다.

시집오실 때 혼수로 장만한 '싱어(Singer)' 재봉틀은 의식주(衣食住) 중 우리 식구의 '의(衣)'를 해결해 주는 재산 목록 1호였다. 무엇과도 바꿀 수 없는 보물이 한국전쟁 때 최대 위기에 처했다. 전쟁이 발발한 뒤로 서울 수복 때까지 고생이 막심했던 까닭에 1.4 후퇴 때는 피난을 떠나야 했다. 그런데 재봉틀은 들고 가기에 부피도 크고 너무 무거웠다. 놔두고 가면 없어질 것이 뻔했다. 궁리 끝에 꼼꼼히 싸서 창고 바닥에 묻고 집을 나섰다.

손때가 반질반질하게 묻은 보물은 이렇게 살아남았다. '싱어'는 당시 널리 쓰이던 재봉틀 상표였고, 어머니는 좋은 재봉틀로 가족의 옷을 만든다는 자부심이 대단하셨다.
세월이 흐르고 세상이 변해서 재봉틀은 더이상 필요치 않은 물건이 됐다. 어느 날 공연히 공간만 잡아먹고 또 쓰지 않는 물건이니 처분하자는 말씀을 드렸다. 하지만 어머니는 당신의 분신을 버릴 수 없었다. 계속 간직하고 싶은 마음에 어머니는 재봉틀 다리를 떼어내서 앉은뱅이 재봉틀로 만드셨다. 보자기에 곱게 싸인 재봉틀은 거실 벽장에 자리를 잡았다. 사용하지는 않아도 재봉틀을 끝까지 놓지 않으셨다. 어머니가 돌아가신 뒤 누님의 손을 거쳐 지금은 막내아들이 보관하고 있다.

초등학교 1학년 때 집에 텔레비전이 들어왔다. 일본제 17인치 '히타치(Hitachi, 日立)' 텔레비전이었다. 각목 끝에 안테나를 단단히 동여매서 지붕 위에 달았다.
정말 꿈 같은 일들이 펼쳐졌다. 미국 시트콤, 서부 총잡이 드라마는 물론이고 극장에서나 볼 수 있는 영화를 집에서 즐길 수 있게 된 것이다. 특히 프로 레슬링 중계가 있는 날이면 가까이 사는 친척이나 동네 아이들도 모여들었다. 당시 우리나라 채널은 KBS밖에 없었고, 화질이 좀 못 하지만 AFKN도 시청할 수 있었다. 웬만한 컴퓨터 모니터보다 작은 17인치 텔레비전에 열 명도 넘는 사람들이 뺑 둘러앉아 시청했으니 지금 생각하면 고소를 금치 못할 일이다.
어느 정도 예상되는 문제도 있었다. 텔레비전이 공부에 막대한 지장을 초래하는 것이었다. 저녁 시간에 공부보다 텔레비전 시청에 정신이 팔렸다. 더구나 아이가 다섯 명이니 입학시험이 없는 해가 없었다. 좁은 집에 텔레비전 소리 때문에 수험 준비에 방해가 이만저만이 아니었다. 어머니의 잔소리가 점점 늘어갔다. 그래도 몰래몰래 텔레비전을 봤다. 유혹을 뿌리치기 어려웠다.

끝내 청천벽력(青天霹靂) 같은 일이 생기고 말았다. 교육에 지장이 많다고 생각한 어머니께서 아버지와 상의 끝에 텔레비전을 팔기로 하셨다. 어머니의 경고를 귀담아듣지 않은 것이 화근이었다. 후회해도 소용이 없었다. 부모님의 뜻은 확고했다. 자업자득(自業自得)이라는 생각보다는 부모에 대한 야속한 마음이 더했다.

여러 해가 흘렀다. 아이들이 꽤 자랐고 입학시험도 어느 정도 정리가 됐다. 또 과거보다 텔레비전이 많이 대중화됐다. 중학교 때 국산 금성(金星) 텔레비전이 새로 집에 들어왔다. 처음보다 더 애지중지하며 아꼈다. 철이 좀 들어서 부모님께 걱정을 끼치지 않을 정도로 자제력도 보여 드렸다.

더운 여름철이었다. 문단속이 다소 허술했던지 도둑이 들었다. 도둑에게 텔레비전만큼 좋은 대상이 없었다. 당시 경제 수준에 비춰 상당한 고가품이기 때문이었다. 전선을 빼고 막 들고 달아날 참이었다. 아버지께서 이상한 소리에 마루 문을 여니 도둑이 후다닥 줄행랑을 쳤다. 최고 귀중품이 지켜지는 순간이었다. 아침에 일어나 소식을 듣고 가슴을 쓸어내렸다.

요즈음은 텔레비전을 도둑맞았다는 이야기도 없고, 집에서 큰 화면의 텔레비전을 보면서 잃어버릴까봐 걱정하지도 않는다.

1970년대 말 현대(現代)자동차에서 포니(Pony)를 출시하면서 소위 마이카 붐이 일기 시작했다. 경제적 여건도 여의치 않고 성격 또한 보수적이라 자동차를 살 엄두를 못 내고 지냈다. 하지만 여기저기에서 차를 몰고 가족과 바캉스 떠나는 모습을 보니 부럽기 짝이 없었다.
1986년에 군을 제대하니 움츠러졌던 마음이 조금은 펴지는 듯했다. 처음 만져보는 거금의 퇴직금도 받았겠다 '에라, 모르겠다' 하는 심정으로 현대 차 '프레스토(Presto)'를 계약했다. 아내도 동의했다. 모자라는 돈은 적금을 깨서 충당했다. 출고되기까지 기다리는 동안 시내 운전 연수도 받았다.
반짝반짝 윤이 나는 차를 마당에 세웠다. 집에 들어오면 밖에 혼자 있는 차 걱정에 좌불안석(坐不安席)이었다. 수시로 창문을 열고 내다보았다. 날마다 물통과 걸레를 들고 나가 차를 닦았다. 하도 유난을 떠니 아내는 물론 아이들에게서까지 놀림을 받았다.
8월의 어느 토요일에 영동 고속 도로를 신나게 달렸다. 속초로 여름 휴가를 떠나는 길이다. 아직은 초보 운전이라 긴장은 됐어도 기분은 최고였다. 먹을 것과 물놀이 기구도 챙겼다. 환호성이 절로 나왔다. 흥분에 들뜬 두 아이와 아내의 모습을 보는 것만으로도 본전을 충분히 뽑은 느낌이었다.
'명성(明星) 콘도'의 17평 숙소에 짐을 풀었다. 밥을 짓고 준비한 삼겹살로 저녁을 먹었다. 아내와 화이트 와인 '마주앙'도 한잔 곁들였다. 몇 해 전만 해도 가족이 고속버스를 타고 왔었는데 그때와는 느낌이 사뭇 달랐다. 마이카 첫 나들이는 30년도 넘은 일로 지금까지 기억이 생생한 즐거운 추억이다.

지금은 훨씬 안락하고 큰 차를 타지만, 당시 전 재산을 투자한 우리 가족의 첫 차 하얀색 '프레스토'를 잊지 못한다. 당시 '프레스토'는 갖고 있던 물건 중 값도 가장 비쌀뿐더러 우리 가족의 문화생활을 책임진 소중한 재산 목록 1호였다.

지금의 우리 집 재산 목록 1호는 무엇일까? 텔레비전, 냉장고, 세탁기, 청소기 그리고 자동차 등은 없어서는 안 될 필수품이지 중요 재산 목록에 올릴 대상은 아니다. 곰곰히 생각해도 과거의 재봉틀, 텔레비전, 자동차같이 마음으로부터 소중하게 여겼던 보물은 잘 떠오르지 않는다. 물질의 풍요가 만든 정서의 메마름인가? 소박했던 옛날이 더더욱 그리워진다.

월동 준비

귀뚜라미와 풀벌레의 교향악이 시들해지면서 가을바람이 소슬하면 아버지께서 마당 한쪽에 땅을 파고 김칫독 네다섯 개를 묻으셨다. 당시는 어렸기 때문에 도울 수 없어서 그저 바라보고만 있었는데 땅이 아직 얼지 않았어도 꽤 힘들어 보였다.

김장은 집안의 큰 연중행사였다. 배추 150포기에 깍두기, 동치미 등에 필요한 무까지 김칫거리가 손수레로 한가득 집에 배달됐다. 한창 자라느라 먹성 좋은 5남매에 부모님까지 일곱 식구가 겨우내 먹을 양이다.

온 식구가 매달려 배추와 무를 씻었다. 매년 두 분의 이모님까지 오셔서 일을 도왔다. 추운 날씨에 찬 수돗물로 하는 작업은 보통 일이 아니었다. 당시는 고무장갑이 없던 시절이라 모두 손이 얼어 새빨갛게 됐다. 씻은 배추는 드럼통에 넣어 소금에 절였다.

다음날 한쪽에서는 배추를 물로 헹구고 다른 쪽에서는 깍두기 만들 무를 썰고 배춧속도 만들었다.

어머니는 황석어젓을 써야 김치가 담백하고 시원한 맛이 난다고 하셨다. 마지막 날은 배추에 속을 버무려 넣고 깍두기와 동치미도 담가 묻어 둔 독에 넣었다.

남은 배추와 무는 신문지에 잘 싸서 김칫독 옆에 땅을 파서 묻고 짚으로 만든 고깔을 덮어 갈무리했다.

김장을 마치는 날의 반찬은 항상 배춧속 쌈과 겉절이였다. 어른들은 맛있게 드셨지만 애들 입맛에 썩 맞는 편은 아니었다.

김치 담는 일은 꼬박 사흘이나 걸렸다. 고된 작업을 마친 어머니는
해마다 몸살을 앓으셨다.
아버지는 창고에서 난로를 꺼내 솔로 녹을 속속들이 닦아 내셨다.
마루 중앙에 난로를 놓고 사람을 불러 함석으로 만든 연통을
연결했다. 연통이 꺾이는 곳에는 녹물을 받아내려고 철사로 깡통을
매달았다. 웃풍이 세고 난방 시설이라고는 온돌밖에 없던 시절,
32공탄 난로는 겨우내 효자 노릇을 톡톡히 했다. 아궁이에 넣는
연탄은 구멍이 열아홉 개여서 19공탄이라 했고 난로에 쓰는 연탄은
구멍이 서른두 개여서 32공탄이라고 불렀다.
어느 정도 몸을 추스른 어머니의 다음 행보는 연탄을 들여놓는
일이었다. 온돌방 세 개에 난로까지 네 곳에서 불을 때기 위해 적어도
하루에 연탄 여덟 장이 필요했으니 겨울을 나려면 족히 천 장은
비축해야 했다. 본격적인 겨울철이 되면 공급이 달리기에 서둘러
단골집에 부탁해서 창고에 차곡차곡 연탄을 쌓았다.
겨울옷 등 소소한 월동 준비는 혼자서도 하실 수 있는 일들이라 김장,
난로 설치, 연탄 비축 등이 끝나면 어머니는 한숨을 돌리셨다.

누구에게나 그렇겠지만 우리 집 역시 어머니 손맛의 김치는 최고였다.
김칫독 뚜껑을 열면 눌러놓은 돌멩이 아래로 살얼음이 보였다. 손으로
쓱쓱 얼음을 걷어 내고 꺼낸 김치는 보시기에 담겨 밥상에 올랐다.
땅속 온도는 늘 일정해서 겨우내 얼지 않고 시어지지 않았다.
시원하고 담백한 맛이 그만이었다.
겨울철에는 도시락 반찬으로 김치와 김을 자주 싸주셨다. 김치는 빈

미제 커피 병에 담고 비닐봉지에 넣은 김은 도시락 위에 놓은 뒤 보자기로 쌌다. 김치와 김은 항상 큰 인기를 끌었다. 덕분에 점심시간에 친구들이 뺏어 먹어 언제나 반찬이 부족했다. 곤혹스럽지만 은근히 자랑스럽기도 했다.

인기 만점의 김치 도시락 반찬에는 치명적인 단점이 있었다. 커피 병 속 김칫국물이 새어 나와 책에 얼룩을 만들었다. 새지 말라고 비닐을 대고 뚜껑을 닫기도 하고, 뚜껑 겉을 비닐로 싸서 고무줄로 감기도 했지만 완전하지는 못했다. 그 당시 병마개의 성능이 그 정도였다. 교과서에서 냄새도 나고 젖었다 말랐다 하는 통에 종이가 부풀어 올라 보기에도 흉했다.

마루의 난로는 난방 말고도 여러 가지 역할을 소화했다. 밖에 나갔다 들어오면 언 몸을 녹이려고 연통을 부둥켜안았다. 난로 위에는 늘 주전자나 양동이가 놓여 있어서 따뜻한 보리차도 마실 수 있고, 세수나 머리 감을 때 더운물도 쓸 수 있었다. 연통에 빨래를 널면 금방 바싹하게 말랐다. 게다가 건조하기 쉬운 겨울철에 습도를 유지하는 데도 큰 몫을 했다.

입이 심심할 때면 흰떡이나 인절미를 구워 먹었다. 난로 위에 떡을 올려놓으면 속의 공기가 팽창하면서 빵빵하게 부풀어 올랐다가 이내 저절로 공기가 빠지면서 풀이 죽었다. 타지 않도록 몇 번 뒤집으면 말랑말랑하게 구워져 맛이 그만이었다. 특히 알맞게 구워진 인절미를 주발에 넣어 꿀에 절였다가 먹는 맛은 환상적이었다.

저녁 식사 뒤에는 온 식구가 난로를 중심으로 빙 둘러앉아 이런저런 이야기를 나눴다. 하루 중 재미있었던 일로 이야기꽃을 피웠고 때로는 부모님으로부터 훈육의 말씀도 들었다. 난로는 식구들 단합의 구심점이었다.

얼마 전 김치냉장고를 새로 들여놓았다. 사실은 벌써 오래전부터 15년 된 고물 김치냉장고를 바꾸고 싶었지만 차일피일하던 차였다. 공간이 부족해 새것을 들여놓으려면 공사를 해서 주방에 공간을 확보해야 했다. 은퇴하고 집에만 있으니 공연히 뭔가 일을 벌이고 싶었다. 심심하기도 했지만 아직은 기가 살아 있다는 것을 보여 주고 싶은 마음이라고 할까. 내친김에 냉장고까지 바꾸기로 하고 사람을 불러 하루짜리 공사를 했다.
냉장고와 함께 커다란 김치냉장고를 나란히 놓으니 기분까지 좋아졌다. 기왕 시어 꼬부라진 김치는 할 수 없지만 앞으로 담는 김치는 제대로 된 맛을 볼 수 있으리라 기대에 부풀었다.
겨울에 반팔 셔츠를 입어도 춥지 않은 아파트에서 지내니 난로를 손질하거나 연통을 다는 수고도 없다. 수도꼭지를 틀면 더운물이 나오니 물을 데울 필요도 없다. 날을 잡아 모처럼 하던 목욕도 매일 매일 샤워로 대신한다. 난로에 떡을 구워 먹는 궁상을 떨지 않아도 맛 좋은 간식거리가 많다. 오히려 체중 관리 때문에 먹는 것을 자제하는 실정 아닌가.
참으로 좋은 세상이다. 해마다 월동 준비로 힘겨웠던 시절을 어떻게 살았나 싶다. 불편했던 과거로 돌아가고 싶은 마음은 없으나 문득문득 어릴 적 오 남매가 복작거리던 시절이 생각난다.

호박나물의 추억

새로 얻은 직장인 근로복지공단에는 구내식당이 없어서 점심을 어디서 먹을지 정하는 것이 하루하루의 큰일이다. 매일 정오경 지사장님 그리고 세 분의 부장님과 함께 점심 식사를 한다. 근처의 음식점에서 끼니를 때워야 하는데 손바닥만 한 봉담(峰潭)에서 마땅히 갈 곳을 찾기가 쉽지 않다. 다섯 명이 만나면 "오늘은 어디로 갈까요?" 하며 웃는 것이 인사다. 곰탕, 국수, 찌개, 해물탕 등이 단골 메뉴다. 가끔은 햄버거, 짜장면, 김밥 등도 별식으로 먹기도 한다.
오늘은 회사 바로 옆 빌딩에 있는 허름한 식당으로 들어갔다. 돼지고기볶음을 시키니 서너 가지 반찬이 따라 나왔는데 그중 하나가 호박나물이었다. 고기가 익기를 기다리는 동안 무심코 호박나물을 한 젓가락 입에 넣었다. 새우젓에 무친 나물은 간도 맞고 호박도 알맞게 물렀다. 어려서 어머니께서 해주신 호박나물만은 못해도 오랜만에 꽤 괜찮은 호박나물을 만났다.
환갑쯤 돼 보이는 여주인에게 나물 맛이 좋다고 일부러 말을 건넸다. 기분이 좋은지 수줍은 듯 웃으며 반찬은 '셀프'라며 많이 먹으라고 했다.

어머니께서는 매일 일곱 식구의 먹거리를 준비하시느라 고생을 많이 하셨다. 지금처럼 풍요롭지 못한 시절이었지만 이것저것 메뉴를 바꿔가며 제철 음식을 상에 올리셨다.
봄철 연평도 황금빛 조기는 매운탕을 끓이기도 하고 구워서 먹기도 했는데 담백하면서도 깊은 맛이 일품이었다. 잘 마른 굴비는 살만 발라내어 조그만 보시기에 담아냈는데 아버지 약주 안주로 최고였다. 굴비 대가리는 따로 두었다가 찌갯거리로 쓰셨다. 조그만 뚝배기에 물을 적게 잡아 풋고추와 함께 끓여내면 무엇과도 비교할 수 없는 맛이었다.

찬바람이 불어 선선해진다 싶으면 아침부터 다시마와 무를 커다란 냄비에 끓이셨다. 저녁에 먹을 어묵 요리의 국물이었다. 아이들은 갖가지 모양의 어묵을 골라 먹는 재미에 정신이 팔렸는데 부모님께서는 푹 삶아진 무를 좋아하셨다.

아버지께서는 반주 한 잔 하시며 "얘들아, 무와 국물 맛이 일품이다. 이런 깊은 맛은 너희 어머니 아니면 내지 못하지"라고 말씀하셨다. 그런 말씀이 당시에는 귀에 들어오지 않았다. 맛 좋은 어묵을 우리에게 먹이려고 일부러 하신 말씀 아닐까 하는 생각만 언뜻 들었다. 하지만 어른이 된 요즈음 어묵 요리를 만나면 잘 무른 무에 제일 먼저 손이 간다.

땅에 묻은 독에서 꺼낸 김장김치는 시원한 맛이 났다. 삼시 세끼 매일 먹어도 때마다 새로운 맛이었다. 배추김치도 그렇지만 서걱서걱 얼음이 씹히는 동치미도 별미였다. 추운 겨울밤 출출할 때 동치미에 찬밥을 말아 먹었다. 덜덜 떨면서도 탱글탱글한 밥알이 입속에서 터지는 느낌이 좋았다.

전갱이, 갈치, 병어 등이 구이나 조림으로 상에 올랐다. 연탄불 구운 알이 꽉 찬 도루묵의 얄은맛은 생각만 해도 군침이 돈다.

이것저것 간식거리도 많이 만드셨다. 마당의 진달래가 꽃망울을 터트리면 화전을 부치셨다. 보기에 좋을뿐더러 기름에 노릇노릇하게 지진 찹쌀이 입속에서 끈적하게 달라붙는 재미가 있었다. 유월 유두가 지나면서 날이 더워지면 연두색 애호박과 고추를 썰어 넣고 밀전병을 부치셨다. 아이들 입맛에는 다소 심심하지만 한 철 별미였다. 여름 방학 때는 옥수수나 밤고구마를 쪄 주셨다. 고구마 한 솥을 준비해도 다섯 명이 먹어대니 금방 동이 났다.
늦가을에는 해마다 고사(告祀)를 지냈다. 음력으로 어떻게 어떻게 날짜를 잡으시는데 들어도 이해하기 어려웠다. 밤 중에 고사가 끝나면 떡 잔치가 벌어졌다. 특히 찹쌀가루에 콩을 얹은 고사떡이 좋았다. 사이사이에 들어간 다홍색 호박고지의 단맛이 단연 압권이었다.
동짓날 저녁 메뉴는 항상 집에서 쑨 팥죽이었다. 어른은 소금으로 간을 해서 드셨고 애들은 설탕을 쳐서 달게 먹었다. 속에 든 새알심을 서로 많이 먹겠다고 싸우던 일을 생각하면 지금도 웃음이 나온다.
양력 1월 말 셋째 아들 생일날에는 가마솥에 시루를 얹어 백설기를 찌셨다. 겨울이라 떡이 상하지 않기 때문에 오래 두고 먹었다.

어머니는 음식 솜씨가 참 좋으셨다. 특별한 음식도 좋지만 매일 상에 올리는 평범한 반찬에서 진짜 손맛을 내셨다. 특히 나물을 잘 무치셨다.
오이나물은 사각사각 씹히는 맛과 새콤한 맛이 핵심이다. 마늘을 위시한 갖은양념에 마지막에 더해지는 식초가 알맞게 들어가야 제대로 된 시원한 맛을 낼 수 있다.
지금은 호박나물을 즐겨 먹지만, 아주 어려서는 왠지 호박나물이 싫었다. 어머니께서 음식을 골고루 먹어야 한다며 호박나물을 권하시는 통에 한두 번 먹으면서 맛을 알게 됐다. 딱딱하지 않고 그렇다고 흐물흐물하지도 않게 알맞게 익은 호박이 달콤했다. 새우젓 특유의 짭짤한 맛이 호박의 단맛과 궁합이 잘 맞았다. 왠지 모르게 호박나물에서는 어머니 냄새가 났다.

오랫동안 입에 맞는 호박나물을 만나지 못하다가 그 맛을 보니 어머니 생각이 났다. "오늘은 또 뭘 해 먹지" 하시면서 매일 장을 봐서 일곱 식구 먹을 것을 챙기시던 어머니 모습이 오늘따라 눈에 아른거린다.

참기름 알레르기

매일 집에서 끼니를 해결하다 보면 조금은 별식이 먹고 싶어질 때가 있다. 식구들이 의기투합하면 곧바로 차를 타고 나가 냉면이나 짜장면 한 그릇씩 후딱 먹고 온다. 식구들은 집밥에 다소 식상했던 차에 잘됐고, 아내는 밥상 안 차리고 설거지 안 하니 누이 좋고 매부 좋은 셈이다. 비용을 따져봐도 집에서 조리해 먹는 것과 별 차이가 없어 그렇게 큰 부담이 아니다.

어렸을 적 서민들에게는 외식 문화라는 개념조차 없었다. 삼시 세끼를 주야장천(晝夜長川) 집에서 해결했고 어머니께서는 일 년 365일 내내 식사를 챙기느라 정신이 없으셨다. 당시는 가정주부가 매끼 음식 준비하는 것을 당연시했지만 돌이켜보면 어머니가 정말 힘드셨다. 냉장고도 없던 시절이라 매일 장을 보셔야 했고 지금처럼 먹거리가 풍성하지도 못했다. 주머니 사정도 여의치 않으셨을 테니 어머니는 몸고생, 마음고생이 심하셨을 것이다. 아버지께서는 그런 사정을 아셨는지 식사 때마다 "너희 어머니 음식 솜씨가 최고다"라는 말씀을 연발하셨다. 어머니께서는 민망하신지 그만하라고 손사래를 치셨지만 싫지 않은 표정이었다.

방학 때 하루 내내 집에 있는 다섯 남매를 먹이는 일은 보통 일이 아니었다. 숟가락을 놓자마자 먹을 거 없냐고 칭얼대는 자식들이 어머니는 야속하셨을 것이었다. 하지만 그럴 때마다 어머니는 자식들을 위해 별식을 준비하셨다. 겨울철에는 인절미나 백설기를 쪄 주셨고 김치가 시어질 때쯤이면 만두를 빚으셨다. 봄철 진달래가 필

때면 화전을 부치셨고 고추장 담글 때면 경단에 팥고물을 묻혀 주셨다. 여름철에는 밀전병, 칼국수, 수제비 등이 별미였다. 이것저것 마땅한 것이 없을 때는 비빔밥을 만들어 주셨다. 더운 여름에 매운 고추장 비빔밥을 먹으면 온몸이 땀 범벅이 되었다. 커다란 양푼에 찬밥과 호박나물, 콩나물 등 먹다 남은 나물과 열무김치를 넣고 비볐다. 그리고 마지막에 참기름을 아끼지 않고 넣었다. 새우젓으로 무친 호박나물과 열무김치 그리고 참기름이 비빔밥의 핵심이었다.

그리스에서 열리는 학회에 참석하느라 파리행 비행기를 탔다. 기내식 메뉴에 비빔밥이 있어 맛있게 먹었다. 참기름까지 준비돼 있어 맛깔스러웠다. 그런데 학회에 참석하는 내내 배 속에서 구라파전쟁이 났는지 이유 모르게 속이 꾸르륵거리며 몹시 거북했다. 얼마 전 받은 담낭 절제 수술 때문에 소화 기능이 떨어진 것일까. 그리스 음식이 입맛에 잘 맞았는데도 진수성찬(珍羞盛饌)이 그림의 떡이었다. 배가 더부룩해 맛 좋은 음식을 보고도 먹지 못해서 유독 그리스 학회가 기억에서 지워지지 않는다.
그 뒤로도 왠지 모르게 트림이 나면서 속이 불편할 때가 종종 있었다. 늘 그런 것이 아니어서 그럴 때마다 소화제를 먹고 속을 가라앉혔다. 세월이 흘러 쓸개가 없는 것에 몸이 적응하면 괜찮겠거니 하고 지나쳤다.
중국 여행을 하면서도 배가 몹시 아프고 소화가 안 돼 혼이 났다. 그리스 여행 때 겪었던 증상과 비슷했다. 여행하는 일주일 내내 밥만 꼭꼭 씹어 먹으며 간신히 버텼다. 문득 어떤 특정 식품이 몸에 좋지 않은가 하는 생각이 스쳤다.

비빔밥과 중국 음식이 용의 선상에 올랐다. 둘 사이에 어떤 공통분모가 있을까. 밥, 채소, 참기름 중에 무엇이 범인일까. 늘 먹는 밥과 채소는 아닐 것이어서 참기름이 유력했다. 대부분의 중국 요리에는 마지막에 참기름을 조금씩 친다. 그 뒤로 몇 번 테스트를 해보니 참기름이 들어간 음식을 먹으면 소화가 안 되고 배가 아픈 것이 확실했다. 마지막으로 풀어야 할 과제는 기름이 나쁜 것인지 기름 중에서도 유독 참기름이 안 좋은 것인지를 가리는 것이다. 식용유, 들기름 등은 이상이 없음을 확인하자 결국 참기름이 범인으로 지목됐다. 하지만 이때까지만 해도 담낭 절제 수술을 받아서 지방을 소화시키는 쓸개즙이 부족하니 참기름을 소화시키지 못한다고 단순하게 생각했다.

어느 날 병원 구내식당 점심 식사에 미역국이 나왔다. 미역국에 참기름이 들어가는 것을 알기 때문에 미역국 대신 그냥 물에 말아서 먹고 있었다. 마침 담낭 절제 수술을 해 준 외과 교수가 앞에 앉더니 왜 국을 안 먹느냐고 물었다. 자초지종(自初至終)을 얘기하니 담당 절제 수술을 수없이 했어도 참기름을 소화시키지 못한다는 얘기는 금시초문(今時初聞)이라며 웃었다. 정색하며 참기름만 먹으면 속이 안 좋다고 하니 그렇다면 참기름 알레르기 아니겠냐고 했다. 속으로 무릎을 쳤다. 그래 알레르기야. 쓸개즙 때문이라면 다른 기름도 소화를 못 시켰겠지.

집에는 참기름을 아예 없앴지만 문제는 외식할 때였다. 양식에는 참기름이 안 들어가니 괜찮지만 한식이나 중국식을 먹을 때는 신경이 곤두선다. 참기름이 들어가는 한식은 대강 알기 때문에 골라 먹지만 중식을 먹을 때가 가장 힘들다.

어떤 냉면집은 무채에도 참기름을 넣는다. 한식집에서 나오는 샐러드에는 참기름이 들어 있는 수가 많다. 죽을 쑬 때 반드시 참기름을 넣는다는 것도 알고 있다. 잡채도 먹으면 안 된다. 고깃집에서 파무침을 안 먹으면 모르는 사람들은 의아해한다. 중국집에서 주문하면서 참기름을 못 먹는다고 하면 우선 이상한 눈빛을 보낸다. 참기름이 안 들어가면 맛이 안 난다며 표정이 굳어진다. 주문 받는 종업원은 동행한 사람이 모두 동의해야 뺄 수 있다고 하면서 눈을 흘긴다.

가깝게 지내는 사람들은 이제 이유를 잘 알고 있어 편하다. 그래도 괜히 까탈스럽게 구는 것 같아 나름 신경이 많이 쓰인다. 참기름 알레르기가 있다고 하면 그런 병도 있냐며 의아해하는 사람이 많다. 하기야 의사들도 처음 듣는 얘기니 그럴 만도 하다.

참기름 때문에 고생을 많이 해서 이제 참기름이 들어간 음식에는 고개를 돌린다. 하지만 딱 한 가지 예외가 있다. 어려서 어머니께서 비벼 주시던 여름철 비빔밥은 지금도 생각하면 군침이 돈다. 이유 없이 참기름 알레르기가 생겼듯이 거꾸로 언젠가 참기름 알레르기가 스스로 없어지지는 않을까. 만일 그런 날이 온다면 어머니표 비빔밥을 제일 먼저 먹어 보고 싶다.

관상

초등학교 5학년 때다. 학교에 다녀오는데 골목 구석에 앉아 계시던 어른이 손짓을 했다. 무슨 일인가 싶어 다가가 보니 잠깐 앉으라고 하셨다. 쪼그리고 앉아 앞에 벌어진 판을 보니 길거리 점쟁이가 틀림없었다. 길게 기른 흰 수염에 범상치 않은 자태가 마치 계룡산(鷄龍山)에서 내려온 도사 같았다.

"얼굴이 하도 좋아 일부러 불렀다. 내가 관상 공부를 오래 했어. 그런데 가만히 보니 네 얼굴이 '쥐 상' 이야."

"네? 뭐라고요. 쥐는 안 좋은 동물이잖아요. 저는 얼굴이 길어 '말 상' 이라는 얘기는 많이 들었는데요."

"음, 관상은 눈에 보이는 것만 가지고 말하는 것이 아니야. 전체적인 느낌을 봐야지."

"어쨌든 쥐는 좀 그런데요."

"왜? 쥐가 어때서. '쥐 상' 이라는 뜻은 평생 먹을 걱정이 없다는 뜻이야. 쥐가 굶어 죽는 거 봤어? 12간지에도 쥐가 제일 처음 나오지."

손님이 없어 심심하셨는지 비범해 보이는 도사가 돈도 나오지 않을 어린아이를 두고 장황하게 말씀을 이어갔다. 하지만 듣고 있다 보니 무슨 얘기인지도 잘 모르겠고 무엇보다 시간이 자꾸 늦어져 집에서 걱정하시겠다 싶어 자리를 떴다.

집에 돌아와 어머니께 하굣길에 점쟁이 할아버지가 얼굴이 '쥐 상' 이라고 했다고 알려 드렸다가 혼쭐이 났다. 학교가 파하면 곧장 집으로 와야지 왜 길거리에서 모르는 사람과 쓸데없는 얘기를 했냐며 역정을 내셨다. 그리고는 "쥐 상이 뭐 어떻다고?" 물으며 궁금해 하셨다. 쥐는 평생 먹을 걱정없이 사는 동물이라고 설명하자, "네가 먹을 걱정만 없겠냐? 크게 출세할 팔자인데"라고 하시며 표정이 다소 누그러졌다. 자식이 풍족하게 살 팔자라는 게 싫지 않으셨던 모양이다.

사람의 특징을 동물에 빗대 말하는 때가 종종 있다. '호랑이' 같다고 하면 기골이 장대하고 좀 무섭게 생긴 사람을 뜻하는데 남자의 경우라면 장군감과 비슷한 의미다. '소' 같다고 하면 약삭빠르지 못하고 우직하게 일을 열심히 하는 사람을 일컫는다. '원숭이' 같다는 말도 자주 쓰이는데 대체로 긍정적 의미보다는 부정적인 뜻이다. 교활하다거나 치사한 사람이라고 생각할 때 원숭이 같다고 말하곤 한다. 흔히 착하고 순한 사람을 '양' 같다고 한다. 들창코에 몸이 뚱뚱한 사람은 '돼지' 같다고 하는데 행동과 사고가 민첩하지 못하고 미련하다는 뜻이다. 하지만 돼지는 복이나 재물을 상징하니 좋은 뜻이기도 하다.
쥐는 무슨 뜻을 품고 있을까? 쥐는 사람에게 해를 끼치는 동물이다. 음식물을 훔쳐먹고 병을 옮기기도 한다. '쥐새끼'라는 말은 주로 욕으로 쓰인다. 하지만 전래되는 이야기 「쥐의 보은」에 나오는 쥐는 은혜를 갚을 줄 아는 동물이다. 또한 쥐가 곡식을 물고 들어오는 꿈은 이득이 생기는 길몽으로 여긴다.
일본의 토요토미 히데요시(豊臣秀吉)를 쥐에 비유한 유명한 일화가 있다. 조선 중기 선조 임금은 왜(倭)가 쳐들어온다는 소문에 사정을 알아보라고 일본에 통신사를 파견했다. 임무를 마치고 돌아온 정사 황윤길(黃允吉)과 부사 김성일(金誠一)은 서로 상반된 보고를 올렸다. 국가의 안위든 정파의 이익이든 우선으로 생각하는 것이 달랐기 때문이었다. 선조는 토요토미 히데요시의 얼굴이 어떻게 보이더냐고 물었다. 임금의 하문에 황윤길은 눈이 반짝반짝 빛나는 범상치 않은 인물이니 반드시 방비를 서둘러야 한다고 했고, 김성일은 눈이 쥐 눈이라 별 볼 일 없는 사람이라고 했다. 왕이 정세 판단을 관상으로 하려 했다는 것이 어처구니없지만, 조선시대에도 쥐는 아주 하찮은 동물이었다는 것을 알 수 있다.

인물을 외모로 판단한 예는 삼국지에도 나온다. 생김새가 시원치 않은 방통(龐統)이 유비(劉備)에게 괄시를 당했고 위연(魏延)은 얼굴빛과 머리 모양 때문에 반골로 낙인찍혔다.

멀리 갈 것도 없다. 우리나라 최대 기업을 일으킨 어느 기업인은 신입사원 면접 때 관상 보는 역술인을 대동했다고 한다. 아무리 성적이 우수해도 관상이 나쁘면 탈락시켰다는 전설 같은 일화가 전해지고 있다.

반백 년이 넘은 지금까지 '쥐 상' 이라는 점쟁이 할아버지의 말씀이 생생하다. 그만큼 그때 얘기가 인상에 깊었던 까닭이다. 일반적으로 긍정적 의미를 갖는 동물에 빗대었으면 그냥 흘려들었을지도 모를 텐데 '쥐' 라는 말이 마음에 걸렸던 것 같다. 한편 잘 먹고 잘 사는 팔자라니 기분이 과히 나쁘지 않기 때문이기도 했다. 그렇게 꽤 오랫동안 동안 '쥐 상' 이라는 말이 머릿속에서 맴돌았다. 좋기도 하고 또 찜찜하기도 했다. 혼란스러운 생각을 정리하는 것이 좋겠다는 마음이 들었다. 꿈보다 해몽이라지만 쥐처럼 항상 조심하면 좋은 일이 많이 있을 거라고 결론 지었다. 쥐의 긍정적 이미지를 마음에 새기려고 애를 썼다. 한결 마음이 편해졌다.

쥐는 스스로 잘난 동물이라고 생각하지 않는다. 몸을 낮추고 매사에 조심하고 나대지 않으면서 실속을 챙긴다. 많이 부족했지만 겸손해지려고 노력했고 돌다리도 두드려 보면서 살려고 했다. 타고 난 욱하는 성질을 잘 다스리지는 못했어도 어머니의 말씀인 '참을 인(忍)'을 항상 마음에 새겼다. 실없이 던진 말이 이처럼 많은 영향이 될 것을 그 점쟁이 할아버지는 알았을까.

일생을 대과 없이 지내고 있다. 분에 넘치는 자리에도 있었고, 화목한 가정을 꾸려 삼시 세끼 배불리 먹는다. 부모님께서 주신 '쥐 상'의 팔자 덕분이다.

파커 만년필

초등학교 때는 연필로 필기를 했다. 저녁에 숙제를 마치고는 노란색 나무 자루 끝에 지우개가 달린 연필을 깎아서 가지런히 필통에 넣던 생각이 아득하다. 매일 연필 다듬는 일이 좀 귀찮기는 해도 흑연으로 된 연필심을 칼로 뾰족하게 만들 때 나는 사각사각하는 소리와 느낌이 좋았다.

형과 누나의 만년필이 부러웠다. 중학교에 진학해야 연필 대신 잉크와 펜을 사용할 수 있는 시절이었다. 중학생이 되면 어머니께 만년필을 사 달라고 조를 참이었다. 그런데 중학교의 영어 선생님께서 만년필을 사용하면 글씨를 버린다며 펜으로 알파벳을 쓰게 했다. 실망이 컸지만 어쩔 수 없는 노릇이었다. 펜촉에 잉크를 묻혀 쓰는 것이 좀 멋있게 보이기는 해도 사용하기가 몹시 번거로웠다. 병뚜껑이 부실해 가방 속에서 잉크가 새기도 일쑤였다.

당시 학생들 사이에 최고 인기는 미제 '파커(Parker) 만년필'이었다. 친구의 교복 왼쪽 가슴 주머니에서 빛나는 은색 화살표 모양의 '파커 만년필' 꼭지를 보며 부러움을 감추지 못했다. 손재주 없는 목수가 연장 탓한다는 말이 있듯이 만년필만 있으면 공부를 잘할 것 같다는 얼토당토않은 생각을 했다.

고등학교에 입학하고서야 드디어 만년필을 손에 쥐었다. 하지만 미제 '파커'가 아니고 국산 P사 제품이었다. 그래도 기뻤다. 어린아이가 성인이 된 느낌이었다.

필기구로 사치하던 시대가 지나고 실용적이고 값싼 볼펜이 대세인 시대가 됐다. 대학생이 되고는 줄곧 볼펜을 사용했고 의사가 돼서 의무기록을 작성할 때도 늘 사무용 볼펜을 사용했다. 그 뒤로 전산화 시대가 되면서 글씨를 쓰는 시대는 가고 자판을 두드리는 시대가 됐다. 이제는 의사가 환자를 진료할 때도, 회사원이 사무를 볼 때도 모니터를 앞에 두고 키보드를 두드린다.

10여 년 전부터 심심할 때마다 볼펜으로 이면지에 긁적였다. 뭐 대단한 것은 아니고 살면서 경험한 시시콜콜한 일들을 정리해 볼 심산이었다. 시작은 했는데 학생 시절 글짓기 시간 외에 글이라고는 써본 적이 없어 지지부진(遲遲不進)했다. 되지도 않는 글을 쓰면서 마음속으로는 수필을 쓴다고 스스로 과대 포장했다.
이상하게도 모니터를 보고는 영 생각이 떠오르지 않았다. 일할 때는 컴퓨터를 이용해도 글쓰기는 자판을 두드려서 되지 않는 것을 알았다. 손에 볼펜을 들었다. 머리를 긁적이면서 볼펜을 손으로 돌리거나 뒤꽁무니를 씹으면 없던 생각이 떠오르곤 했다. 가까스로 쥐어 짜낸 정리되지 않은 글에 이리저리 가필하며 쓰고 나면 종이가 몹시 어지러웠다. 비서에게 타이핑을 부탁했다. 흘려 쓴 글자를 잘 못 알아보던 비서는 이내 익숙해져서 깔끔하게 정리된 글을 프린트해서 대령했다.
타이핑한 글을 찬찬히 읽으면서 글이 만족스러운 때도 있지만 얼굴이 화끈거리는 경우가 훨씬 많았다. 글의 주제가 무엇인지도 모르겠고 문맥이 이어지지도 않았다. 뒤죽박죽인 내용을 빨간색 볼펜으로 고치기 시작했다. 지저분해진 A4 용지는 비서에게 건네지고 다시 말끔하게 탈바꿈해서 책상 위로 돌아왔다. 훑어보면 마음에 들지 않는 곳이 한두 군데가 아니었다. 이리저리 고치느라 엉망이 된 원고는 다시 비서에게 전달되고 이런 과정이 수도 없이 반복되었다.
몇 편의 글을 완성하니 뿌듯하기는 한데 난필을 타이핑 해야 하는 비서에게 미안한 마음이 들었다. 마음을 고쳐먹었다. 비서 고생시키지 말자고 컴퓨터로 글쓰기를 다시 시도했다. 하지만 참담한 실패로 끝이 나고 다시 볼펜을 잡을 수밖에 없었다. 학창 시절에 익숙한 연필이나 볼펜을 손에 쥐어야 글이 써지니 참 이상한 일이었다.
볼펜으로 쓴 졸필을 모아 두 권의 수필집을 출판했다. 하나는 신경외과 의사로 생활하면서 환자들과의 경험을 엮은 책 『브레인』이고, 다른 하나는 은퇴를 앞두고 지나온 삶을 돌아보며 쓴 글을 모은 책 『삶의 기쁨』이다. 형편없는 글이지만 서가에 꽂힌 책을 보면 뿌듯한 마음이 든다.

모니터를 보고서는 좀처럼 생각이 떠오르지 않는데, 왜 볼펜을 잡으면 형편없는 글이나마 쓸 수 있을까. 아마도 감수성이 예민한 성장기에 펜으로 필기를 했기 때문인 듯하다.
프로 작가들도 각자 글 쓰는 버릇이 있는 모양이다. 일본의 소설가 무라카미 하루키(村上春樹)는 몸에 맞는 만년필을 특별히 맞춰 사용한다고 한다. 『칼의 노래』로 유명한 소설가 김훈(金薰)은 연필로만 글을 쓴다는 기사를 본 적이 있다. 이외에도 적지 않은 작가들이 아직도 원고지에 펜글씨로 작품 활동을 한다고 들었다. 편리성을 따지면 컴퓨터를 따라갈 수 없겠으나 펜을 잡아야 시상이 떠오르기 때문이리라.

세 번째 수필집을 준비 중이다. 얼마 남지 않은 아내의 은퇴를 기념하여 좋은 선물이 없을까 궁리하던 차에 부부의 옛 추억과 소소한 일상사를 소재로 한 수필집이 어떨까 하는 생각을 했기 때문이다. 일단 아내에게는 비밀로 하고 100편 정도의 수필을 써 보기로 거창하게 계획을 세웠다. 글재주도 없는 데다 날짜마저 다가오니 초조해졌다. 사나이가 칼을 들었으니 호박이라도 찔러야 할 텐데 큰일이 아닐 수 없다.

하루키의 맞춤 만년필은 아니더라도 싸구려 볼펜 말고 중학생 때 오매불망(寤寐不忘)하던 '파커 만년필'을 손에 쥐면 어떨까. 흥부네 박에서 보물 쏟아지듯 수필이 와르르 쏟아지지 않을까.

궁하니 별생각을 다 해 본다.

금연, 금주의 사연

대학교에 입학하니 세상을 모두 얻은 것 같았다. 한순간에 부모와 학교로부터의 규제에서 해방됐다. 당시 유행하던 장발에 나름대로 옷으로 멋을 부렸다. 실제 나이는 만 18세에 불과해도 대학생이 되면 술과 담배도 자유롭게 손댈 수 있었던 것이 당시 사회적 통념이었다. 대학생은 약간의 사회적 일탈 행위가 용인되기도 하고 나아가 멋져 보이기도 하던 때였다. 신입생 환영회에서 선배들이 담배를 꼬나물고 소주잔을 기울이는 모습은 남자다워 보였다. 좋고 나쁘고를 생각할 필요도 느끼지 못하고 자연스럽게 따라 하게 됐다. 그렇지 않으면 요새 말로 '왕따'가 되기 십상이었다.

세상 물정 모르고 부모님이 주신 용돈으로 제일 비싼 담배를 샀다. 공부는 안전에 없고 친구들과 무리 지어 소주나 '카바이드'로 만든 막걸리를 맛도 잘 모르면서 마셔 댔다. 지금처럼 담배나 술의 폐해에 대해 잘 알려지지 않았던 시절의 잘못된 일탈이었다.

의과대학 시절 담배를 피우면서 강의하는 교수님도 있었다.

학생들에게 얼마나 술을 많이 사주느냐에 따라 교수님들의 인기도가 정해지기도 했다.

의과대학을 마치고 대학병원에서 전공의 생활을 시작했다. 병동 의사실은 재떨이가 필수품이고 늘 담배 연기로 자욱했다. 환자와 마주 앉아 문진하면서 담배를 피우기도 했다. 진료과마다 신입 전공의에 대한 소위 '신고식'이 있었다. 말이 점잖아 신고식이지 술로 반쯤 죽여 충성을 맹세 받는 자리였다.

인턴 시절 따라간 어느 과의 신입 전공의 신고식은 상상을 초월했다. 신입 전공의는 양푼을 입에 댄 채 두 손으로 받치고 땅바닥에 엎드렸다. 수석 전공의가 2리터짜리 청주병을 들고 플라스틱 펌프로 술을 계속해서 양푼에 쏟아 냈다. 신입 전공의는 한 방울도 흘리지 않고 받아 마셨다. 한 병을 모두 마시고 나니 정신이 없는 것 같았다. 일어나 뒤돌아서더니 용이 불을 뿜듯 술을 토해내고 이내 쓰러졌다. 모두가 한바탕 크게 웃었다.

최고 지성이라는 대학교수들의 이런 행태가 나이 어린 인턴의 눈에도 좋아 보이지 않았다. 사고가 나지 않은 것이 천만다행이었다.

전공의 시절 일과가 끝나면 당직을 빼고는 우르르 몰려나가 부어라 마셔라 했다. 회식에는 고급 양주가 등장했다. 의례 폭탄주가 돌았다. 연배 높은 교수님부터 돌아가는 폭탄주를 거부한다는 것은 상상도 할 수 없는 일이었다. 술이 약해 고꾸라질망정 일단 한숨에 들이켜야 했다. 특별한 행사에는 위스키나 코냑을 냉면 사발에 부어 마시기도 했다. 스코틀랜드 위스키와 프랑스 코냑이 한국까지 건너와 고생이 이만저만이 아니었다.

전공의 시절 하루에 한 갑 정도 담배를 피웠다. 담배가 그렇게 맛있던 것은 아니었는데 스트레스 때문인지 저절로 손이 갔다. 울화통이 터지는 일이 있을 때 담배 한 모금을 깊게 들이마셨다가 연기를 길게 뿜어내면 속이 조금은 가라앉는 느낌이 들었다.

회식 자리에서는 자연스럽게 술과 담배가 어우러졌다. 어른 앞에서는 담배를 피지 않는 것이 상식이었는데 그토록 엄격하신 교수님이 술자리에서는 자유롭게 흡연을 허락하셨다. 연유를 직접 여쭤보지는 못했지만 젊은 제자들과 원활한 소통을 위한 것이 아니었을까.

수석 전공의 시절 어느 날이었다. 감기에 걸려 콜록콜록하면서도 무심코 담배를 물었다. 기침이 나면서 가래에 피가 섞여 나왔다. 깜짝 놀랐다. 겁이 덜컹 났다. 호흡기내과를 전공하는 친구를 급히 찾았다. 목소리가 잔뜩 겁에 질려 있었던 모양이었다. 깔깔 웃으면서 기관지염이라고 했다. 큰 병이 아니라니 일단 안심은 됐다. 하지만 "담배를 그만 끊어야 하는 거 아닌가" 하는 생각이 머리를 스쳤다.

갓 태어난 첫아이가 있어 집에서는 담배를 피울 수 없었다. 그렇지 않아도 부모님과 식구들이 담배를 끊으라고 압력을 넣던 차였다. 이 기회에 금연을 결심하면 성공할 거라는 생각이 들었다. 침에 묻어 나온 피가 무엇보다 큰 충격이었기 때문이다. 마음이 바뀌기 전에 서둘러 금연 선언부터 했다. 부모님께 말씀드리고 동료들에게도 금연 결심을 알렸다. 잘했다며 격려해 주는 사람이 있는가 하면 작심삼일(作心三日) 아니겠냐며 빈정대는 친구도 있었다.

유혹이 뒤따랐다. 알면서도 짓궂게 담배를 권하기도 하고 일부러 코앞에 담배 연기를 뿜어 대는 친구도 있었다. 가장 큰 문제는 술자리였다. 술을 마시면 마음이 풀어지면서 한 대 피우고 싶은 욕망이 꿈틀거렸다.

멋도 모르고 시작한 흡연이 이렇게 약 10년 만에 막을 내렸다. 지금 생각해 봐도 대학에 입학한 뒤 생각 없이 남들 따라서 담배에 손을 댄 것이 가장 바보 같은 짓이었다. 반면 수석 전공의 시절 과감하게 백해무익(百害無益)한 담배와 절교한 것은 다소 늦긴 했어도 지극히 현명한 판단이었다.

대학생 때도 간간이 술을 마셨다. 하지만 돈도 부족하고 또 공부 때문에 과음하는 경우가 흔치 않았다. 본격적으로 음주를 시작한 것은 전공의 시절부터였다. 일이 대강 마무리되면 당연히 술을 마셔야 하는 분위기였다. 한번 시작한 술자리는 2, 3차는 보통이고 통금을 넘어서까지 계속되기도 했다.
전공의 때는 밥값, 술값 걱정은 없었다. 수석 전공의가 비용을 모두 책임지는 관행 덕분이었다. 허름한 선술집에서 먹기도 하고 맥줏집을 기웃거리기도 했다. 술을 많이 마셔도 다음날 일과를 소홀히 한 적은 없었다. 정신력도 좋았지만 지금 생각하면 젊은 시절이라 체력의 뒷받침이 컸던 것 같다.
교수가 되고부터는 식당에 뺑 둘러앉아 음식과 술을 먹는 회식이 많았다. 음식이 나오기 무섭게 폭탄주가 돌기 시작했다. 맥주컵에 담긴 폭탄주를 한 번에 들이키면 박수가 터졌다. 최소한 서너 잔은 마셔야 했다. 그릇된 음주 문화였으나 이런 생각을 감히 입에 담지 못했다.
매년 시행하는 정기 신체검사 결과지를 받아들고 깜짝 놀랐다. 간 기능이 엉망이었다. 괜히 피곤하다 싶었는데 원인이 밝혀진 것이다. 곧장 내과로 달려갔다. B형 간염이었다. 일상생활은 가능하지만 무리하지는 말고 특히 술은 마시지 말라는 명령이 떨어졌다.
병에 걸린 것보다 더 큰 걱정이 있었다. 술을 못하게 된 것을 어떻게 윗전에 말씀드리냐 하는 것이었다.

며칠 뒤 회식이 있었다. 여느 때와 같이 폭탄주가 돌기 시작했다.
차례가 돼서 맥주에 위스키를 섞은 잔이 왔다. 비장한 얼굴로 경위를 말씀드리고 잔을 사양할 수밖에 없음에 대해 용서를 빌었다. 분위기가 싸늘해졌다. 잘못하면 조직에서 매장당할지도 모르는 순간이었다.
다행히 선배님들이 너그럽게 받아주셨다. 몸이 좋아지면 다시 시작하겠다고 말씀드렸는데 마음속으로는 술을 완전히 끊기로 작정하고 있었다.
건강이 최우선이지만 짧지 않은 동안 즐기던 술을 더는 못한다는 생각에 말은 못 해도 섭섭한 마음이 들었다.
술을 안 마신 지 20년이 훨씬 넘었다. 그동안 건강도 되찾았다.
지내고 보니 술 없는 세상도 살 만한 세상이다.

대머리

연세 지긋한 어르신 중에는 겨울철에 모자를 쓰고 외출하는 분이 많다. 특히 대머리 어르신은 십중팔구 모자를 애용한다. 젊었을 때 생각하기로는 대머리가 보기 좀 뭣해서 혹은 멋을 부리려고 그러는 줄 알았다. 그런데 스스로 대머리 노인이 되고 보니 겨울에 모자를 쓰지 않으면 추워서 견디기 어렵다. 찬 바람이라도 매섭게 부는 날이면 머리가 시려 어지러울 지경이다. 머리에서 체온을 뺏겨 몸까지 움츠러든다. 의학적으로 봐도 두피에는 혈관 분포가 유난히 많기에 찬 바람에 노출되면 다른 부위보다 훨씬 많은 열이 손실된다. 열을 최대한 발산시키기 위해 라디에이터에 요철을 많이 만들어 뜨거운 물이 지나가는 표면적을 넓게 하는 것과 같은 이치다.

여름철에도 대머리가 괴롭기는 마찬가지다. 모자로 햇빛을 가리지 않으면 머리가 직사광선에 무방비로 노출되기 때문이다.

약 15년 전 뜨거운 여름날 소풍을 다녀온 적이 있었다. 다음날 자고 일어났는데 두피가 당기고 아팠다. 만져봐도 특이한 것이 없고 견딜 만해서 그러려니 했는데 한 이틀 뒤부터는 괜히 머리가 가렵기 시작했다. 그때까지도 무슨 일인지 정말 몰랐다. 또 며칠이 지나고 머리를 긁는데 무언가 손에 묻어 나왔다. 어라, 이게 뭐지? 거울을 들여다보니 머리의 피부가 벗겨지고 있었다. 선크림을 바르지 않고 해수욕을 한 뒤 등 꺼풀이 벗겨지는 현상이 두피에서 발생한 것이다. 희한한 일에 우습기도 하고 좀 창피하기도 했다. 아내와 아이들에게 보여 주니 모두 가가대소(呵呵大笑)했다.

그 뒤로 겨울은 물론이고 더운 여름철에도 외출할 때는 꼭 모자를 챙긴다. 이제 모자는 패션이 아니고 생활필수품이다.
모자를 이용하고부터 주위 사람들에게서 모자를 선물로 받기도 한다. 야구 모자는 주말에 부담 없는 자리에서 쓴다. 멋진 중절모도 몇 개 있는데 너무 튀는 것 같아서 장롱에 그냥 모셔 놓고 있다. 중절모는 우리나라에서 일반인이 쉽게 소화할 수 있는 패션이 아닌 것 같다. 베레모는 그림 그리는 사람으로 보여질 것 같아 쉽게 손이 가지 않는다. 가장 무난한 것이 헌팅캡(Hunting Cap, 사냥꾼 모자)이다. 직장에 나갈 때도, 점잖은 자리에서도 모두 무난하다. 그래서 그런지 오래전 아이들이 생일 선물로 준 짙은 감청색 헌팅캡에 정이 많이 간다.

가친께서도 대머리셨다. 외할아버지와 외삼촌 역시 마찬가지다. 어머니도 머리숱이 적었다. 아니나 다를까 40대부터 머리가 빠지기 시작했다. 40대 중반에 접어들면서 이마가 훤해졌다. 어려서도 그랬지만 중년에 머리가 빠지면서 부쩍 아버지와 똑같다는 소리를 많이 들었다. 유전이 무섭다고들 했다.
꼼짝없이 대머리라는 별명이 따라다니게 됐다. 가발을 권하는 사람도 있고 약을 먹어보라는 얘기도 들었다. 피부과에서 관리를 받으라는 권유도 많았는데 마음이 내키지 않았다. 스스로 거울을 들여다봐도 대머리가 좋아 보이지 않았다. 하지만 생긴 대로 사는 것이 순리라고 생각했다.
간혹 짓궂게 대머리라고 놀리는 친구들이 있다. 기분 좋은 일은 아니다. 농담 삼아 하는 말이라도 남의 신체적 특징을 비하하는 투로 말해서는 안 된다. 하지만 대머리를 대머리라고 하는 것이 틀린 말은 아니니 허허 웃어넘기고 만다.

스트레스 때문인지, 공해의 영향인지 잘 모르겠지만 젊어서 머리가 빠지는 사람들이 과거보다 더 많은 것 같다. 30대 초반의 젊은이도 머리가 빠진다고 걱정을 하는 경우가 많다. 샤워를 끝내면 하수구 구멍에 머리카락이 수북하다고 한다.

유전적 요인이 있는 사람은 물론이고 그렇지 않은 경우라도 탈모가 시작되는 경우 약을 쓰면 효과가 있다. 탈모 방지제와 항생제 그리고 탈모 방지용 샴푸를 꾸준히 사용하는 것이 중요하다.

약 복용을 시작하면서 탈모의 양이 줄고 눈으로 보기에도 숱이 많아진다. 또 녹차를 많이 마시면 머리털 영양에 좋다.

젊어서 탈모가 시작될 때 약을 먹었으면 대머리가 되지 않았을까 하는 부질없는 생각도 잠깐씩 한다. 거울을 보면 얼굴은 쭈글쭈글한데 이마는 나날이 반들반들해진다. 남아 있는 머리털은 흰머리가 태반이다. 그래도 제 눈에 안경이라고 흉하거나 이상하게 보이지 않는다. 마음속으로 최면을 걸기도 한다.

"그래, 이 정도면 잘 늙은 거야. 건강한 몸을 주신 부모님께 감사해야지."

1960년대 중후반에 학사 여가수 김상희(金相姬)가 부른 '대머리 총각'이라는 노래가 대유행을 했다. 나이가 들어 보이지만 진실한 대머리 총각을 처녀가 출근길에 먼발치에서 보며 사모의 정이 생겼다는 내용이다. 여자가 남성에 대한 속마음을 직접적으로 표현한 점, 더불어 좀 부족해 보이는 대머리 남성이 대상이라는 점이 당시로는 파격이었다. 학생 시절 흥얼흥얼 따라 부르기도 했는데 왜 잘생긴 사람을 대상으로 노래를 만들지 않았을까 하는 의문이 들었다. 예나 지금이나 대머리를 좋아하는 사람은 없다. 특히 요즘 대머리 총각은 평생 혼자 살 각오까지 해야 한다고 한다. 젊은 여자들이 대머리를 아주 싫어하기 때문이란다.

남녀를 불문하고 잘생기고 예쁜 사람을 좋아하는 것이 인지상정(人之常情)이다. 하지만 대머리가 무슨 죄도 아닌데 결혼도 하기 힘든 천덕꾸러기 처지가 됐다니 너무 불쌍하다.

무료한 어느 날 오후 '대머리 총각' 노래에 대해 인터넷을 뒤져 봤다. 산업화에 박차를 가하던 시대에 겉치레보다는 실속이 중요하다는 것을 강조하기 위함이라는 설명이 있었다. 조금은 억지스럽기도 하고 일개 유행가에 뭐 그리 큰 의미가 있을까 하는 생각도 했지만 한편 일리가 있는 것 같기도 하다.

외모가 사람의 판단 기준이 돼서는 곤란하다. 하지만 알찬 실력과 함께 상식적인 범위에서 꾸미는 노력도 필요한 시대인 것 같다. 앞으로 머리숱도 많고 머릿속도 꽉 찬 젊은 사람이 더 많아지기를 기대한다.

면도날

철없던 초등학교 그리고 중고등학교 시절 쉬는 시간이면 친구들끼리 선생님들 별명을 부르며 깔깔거리곤 했다. 학생들은 선생님마다 별명을 붙이곤 했는데 '저팔계', '깜상', '뚱땡이', '털보', '라이터돌', '짜리몽땅', '뺑코', '꼴통', '독사' 등 대개가 외모를 비하하거나 부정적 의미의 단어들이었다.
수학 시간에 선생님이 딴짓하는 학생을 교단 앞으로 불러내 꾸중을 하던 중이었다. 뒤에서 누군가 "야, 생쥐, 너 왜 교단에 똥을 쌌니?" 하며 큰소리로 말했다. 동시에 교실이 떠나가도록 모든 학생이 웃음을 터트렸다. 불려 나간 학생 별명이 '생쥐' 였는데 새카만 얼굴에 작은 체구의 수학 선생님 별명이 마침 '쥐똥' 이었다. 선생님의 얼굴이 상기되면서 그 학생을 불러내 초주검을 만들었다. 장난이 좀 지나치다 싶었는데 폭력을 행사한 선생님도 어른답지 못하다고 생각했다.
지각한 어느 학생이 헐레벌떡 뛰어와 교실 문을 열고 "야, 미친개 아직 안 왔지?" 하면서 황급히 들어왔다. 폭풍 전야의 고요가 잠시 지나면서 "뭐라고, 미친개? 이놈 너 오늘 제대로 걸렸다" 하는 담임 선생님의 날카로운 목소리가 들렸다. 아차, 하는 순간 원투 스트레이트가 학생의 얼굴로 날아갔다. 학생들을 잘 때려 '미친개' 라는 별명이 붙은 담임 선생님은 이성을 잃은 듯했다.

학생들은 못마땅한 선생님을 흔히 '꼰대' 라고 했다. 어원은 모르지만 학생끼리는 그렇게 불렀다. 꼰대는 권위적이고 구태의연한 사고를 가진 남자 어른, 즉 '늙은이'를 이르는 말인데 학생들은 마음에 들지 않는 선생님을 비하하는 은어로 사용했다. 부당한 대우를 받고 있다고 생각하는 어린 학생들의 어른에 대한 반항심이었다.
학생들도 지나친 면이 있지만 무턱대고 아이들을 때리고 억누르려고 했던 권위적인 선생님들 역시 도를 넘는 때가 많았다. 실력이 아무리 좋아도 학생을 사랑하지 않는 선생님을 마음으로 존경하기는 어려웠다.

인턴과 전공의 생활을 하면서 교수님은 공포의 대상이었다. 교수님의 말 한마디는 법보다 무서웠다. 멀리서 교수님 발 디디는 소리만 들려도 오금이 저렸다. 선배 전공의들 앞에서도 말 한마디 제대로 할 수 없었다. 도제식 교육 제도 아래서 윗분의 말씀은 신의 계시와 같았다.
일과가 끝나고 윗분들이 모두 퇴근하면 당직실은 조무래기 의사들의 세상이 됐다. 근처 상점에서 배달 온 맥주와 골뱅이나 새우깡 같은 안주를 놓고 교수님과 선배들 성토에 핏대를 세웠다. 중고등학교 때처럼 고약한 별명도 붙이며 눌렸던 감정을 폭발시켰다. 이렇게 동년배들과 어울리고 나면 속이 좀 풀렸다. 하지만 다음날은 다시 포수의 사냥개마냥 꼬리를 흔들며 교수님 뒤꽁무니를 따라다녔다.
전공의 수련 뒤 3년간의 군의관 생활을 마치고 운 좋게 신설된 지방 대학교의 교원이 됐다. 부족한 사람이 단숨에 피교육자에서 교육자로 탈바꿈한 것이었다. 교수 생활을 시작하면서 학생을 배려하는 좋은 선생님이 되자고 스스로 다짐했다.

처음에는 진료와 강의 준비 하느라 정신을 못 차렸는데 한 해 두 해 지나면서 학생들에게 어떤 평가를 받고 있는지 궁금했다. 열심히는 했는데 실력 없는 선생이라고 학생들이 수군대면 어쩌지. 학생들에게 직접 물어볼 수도 없는 노릇이었다. 또 물어본들 면전에서 싫은 소리를 할 리 만무했다.

혹 좋지 않은 별명으로 불리는 것은 아닌지, 말소리와 몸동작을 흉내내며 자기들끼리 시시덕거리는 것은 아닌지 걱정도 들었다. 학창 시절 선생님을 '꼰대'라고 부르며 수군대던 생각을 하니 식은땀이 흘렀다. 스승의 그림자도 밟지 않는다고 했는데 오히려 선생님을 비하하고 반항하던 어린 시절에 대한 벌을 받게 될까봐 두려운 마음도 들었다.

너무 깐깐하다는 풍문을 들었다. '깐깐하다'라는 단어는 긍정적인 말이 아니다. 하지만 싫지 않았다. '좋은 게 좋은 거다'라는 식으로 얼렁뚱땅 학생들을 대하지 않았기에 당연한 평가라고 생각했다.

학생을 사랑하고 인격적으로 대하고 있다고 자신했다. 진정한 교육을 위해 엄했기에 깐깐하다는 말에 크게 신경쓰지 않았다.

4년 만에 모교로 자리를 옮기게 됐다. 동료 선후배와 제자들이 아쉬워했다. 모자라는 점이 많았겠지만 나쁜 선생님으로 평가되지는 않았다는 생각에 서울로 향하는 발걸음이 가벼웠다.

첫 직장에서는 진료와 학생 교육만 하면 됐다. 신설 대학교 병원이라 전공의가 없었기 때문이었다. 하지만 모교에서는 학생 교육은 물론이고 전공의 교육도 해야 했다.

원래 너그럽지 못하고 성질이 급해서 전공의의 조그만 잘못도 그냥 지나치지 않았다. 사람의 생명을 다루는 데 대충이라는 것은 용납할 수 없었기 때문이었다. 당연히 싫은 소리 많이 하는 사람으로 찍혔고 전공의들에게 공포의 대상이 됐다. 모두 지난 일이지만 제자들을 다독거리면서 교육했으면 더 좋지 않았을까.
우연한 기회에 별명이 '면도날' 이라고 전해 들었다. 밤늦은 당직실에서 전공의들 맥주 파티에 단골 안줏감일 것이 뻔했다. 모든 것이 부덕의 탓이다.

은퇴하면서 한 명 한 명 제자들의 얼굴이 떠올랐다. 좋은 선생이 되려고 노력했으나 면도날 같았던 사람이 어떤 기억으로 남을까. 만나기만 하면 잔소리를 늘어놓던 사람을 피해 다니던 전공의들이 보이는 듯했다. 중고등학생 때 학생을 때리는 선생님을 많이 원망했었는데, 말로 제자들의 마음을 때린 것은 아닌지 후회가 들었다. 하지만 길러낸 제자들이 하나같이 훌륭한 신경외과 의사요, 교육자가 되었다. 그들이 스스로 노력한 결과이지만 어쨌든 모두 성공했으니 선생으로서 보람을 느낀다.
좋은 제자를 키워낸 못난 선생을 뭐라고 불러야 할까.

욕심

테레사 수녀(Mother Teresa)는 일생을 스스로 가난하게 살면서 어려운 사람과 생사고락(生死苦樂)을 함께해 노벨상 수상은 물론 성인(聖人)의 반열에 오른 분이다. 돌아가시면서 남긴 물건이라고는 몸을 가리는 '사리' 두 벌 그리고 작은 성모상이 들어 있는 낡아 빠진 헝겊 가방뿐이었다고 한다.
옛 우리나라 선비도 가장 경계해야 할 것으로 물적 욕심을 들었다. 나아가 생전의 지적 저작물마저도 부질없는 일이라고 여기고 세상을 뜨기 전에 태워 없애기도 했다.
"아무것도 갖지 않을 때 비로소 온 세상을 갖게 된다는 것은 무소유의 또 다른 의미이다"라며 비움으로 영혼을 채운다는 법정(法頂) 스님의 '무소유'도 많은 사람이 공감한다. 좋은 말씀이고 가르침이다.
한가한 시간에 이런 생각들을 하고 있노라면 머릿속이 욕심으로 가득한 것이 부끄러워진다. 하지만 '뱁새가 황새를 따라가면 다리가 찢어진다'는 말이 있지 않은가. 오르지 못할 나무를 쳐다보며 한숨짓느니 그릇이 크지 않은 사람은 적당히 욕망과 타협하면서 사는 것도 괜찮은 처세라는 생각이 든다.

초등학교 5학년 무렵부터 우표를 모았다. 학생들 사이에 우표 수집이 큰 인기를 끌던 때였다. 아버지께서 건네주시는 세계 각국에서 온 편지 봉투에 붙은 우표에 호기심이 발동했다. 우표에 그려진 그림도 신기하고 처음 들어보는 나라 이름을 익히는 것도 흥미로웠다. 우표가 붙어 있는 곳을 오려내 물에 불렸다가 조심스럽게 우표를 떼어 냈다. 우표첩을 마련해 차곡차곡 끼워 넣었다. 부모님께서도 견문을 넓힐 수 있는 좋은 취미라고 하시며 격려해 주셨다.
하지만 얼마 지나고부터는 외국 우표 수집에 회의를 느꼈다. 이미 사용한 흔한 것이라 가치가 높지 않다는 것을 알았기 때문이었다. 일부 저개발국가에서 발행하는 수집가에게 팔기 위한 우표들도 가치가 없었다.
자연스럽게 우리나라 우표에 집중해서 모으기 시작했다. 신문에서 새로운 우표가 발행된다는 소식을 접하면 하굣길에 우체국에 가서 열 장이고 스무 장이고 사서 모았다. 용돈을 아꼈다가 우표상이나 충무로 중앙우체국에 가서 옛것도 꽤 많이 샀다. 모으면 모을수록 채워야 할 것들이 많아졌다. 간절히 원하던 것을 손에 넣으면 그 다음 빈자리가 더 크게 보였다. 하지만 희귀한 것들은 학생 용돈으로 살 수 있는 것이 아니었다. 어린 나이지만 사람의 욕심이 끝이 없다는 것을 깨달았다.
대학에 입학하고부터 특별한 이유 없이 우표 수집이 시들해졌다. 의예과 때는 노느라, 본과에 올라가서는 공부 때문이었던 것 같다.

대학을 마치고 전공의, 결혼, 군복무 등으로 정신없는 세월을 보냈다. 1986년 전문의로 첫 직장인 진주(晉州) 경상대학교에 부임했다. 집안 사정 때문에 진주에 방을 얻어 혼자서 지내야 했다. 일과 중에는 정신없이 바빠도 퇴근한 뒤에는 소일거리가 필요했다.
저녁 식사를 마치고 진주성 촉석루(矗石樓) 부근을 어슬렁거리다 보니 토기를 파는 가게가 유난히 많았다. 진주가 가야와 신라의 옛 지역이라 토기가 많이 출토됐기 때문이었다. 심심풀이 삼아 토기에 관한 책도 읽고 골동품점도 드나들게 됐다.

처음에 상점 주인은 1, 2만 원짜리 토기 잔을 권했다. 값도 싸고 또 1500년이나 됐다고 하니 한두 개 갖는 것도 괜찮을 것 같았다. 상점 주인과 친해지면서 같이 막걸리도 마시는 사이로 발전했다. 어느 날 퇴근하고 시간 있으면 한번 나와 보라고 전화가 왔다. 손잡이가 달린 멋진 문양의 큼지막한 토기 잔을 사이에 두고 마주 앉았다. "요즘에 이런 물건 만나기 쉽지 않습니다. 두말하지 마시고 들고 가세요. 절대 후회하지 않으실 겁니다. 사실 찾는 사람이 많은데 교수님께서 좋은 것을 알아보시니 특별히 먼저 보여 드리는 겁니다" 하며 상점 주인이 연신 바람을 잡았다. 순진한 30대 청년은 노회한 상인의 적수가 되지 못했다. 신문지에 둘둘 말아 집으로 가져와 헌 칫솔로 속속들이 흙을 깨끗이 닦았다. 책상 위에 올려 놓고 멀찌감치서 보니 정말 근사했다. 가슴이 두근두근했다.

다음날부터는 외상값 갚을 궁리를 하느라 머리가 지끈지끈했다. 월급에서 떼어내면 살림은 어떻게 하지. 어디 공돈 생길 곳 없나. 아내에게는 어떻게 얘기하지. 묘책이 떠오르지 않았다. 그래도 이런 것은 행복한 고민이었다. 비용 문제로 아까운 물건을 놓쳤을 때는 가슴이 무척이나 쓰렸다.

고려청자 혹은 조선백자에 견주어 토기는 질감이 떨어질뿐더러 투박하기 이를 데 없었다. 멋진 조형과 깨끗한 태토(胎土)의 자기에 비교해 값도 헐하고 사람들의 관심도 많이 끌지 못했다. 하지만 자주 접하면서 토기의 매력이 보이기 시작했다. 투박함은 친근감으로,

비뚤어진 조형은 자유분방한 예술인의 숨결로 바뀌었다.
진주에 근무한 4년을 끝으로 토기 수집도 끝났지만 토기 사랑은
계속됐다. 요즘도 매일 거실에 놓인 커다란 토기 항아리를 보며
하루를 시작한다.

20년쯤 됐을 것 같다. 눈 내린 겨울에 관광열차를 타고 강원도
정선(旌善) 5일장에 다녀왔다. 시골장의 왁자지껄한 분위기와 정선의
때묻지 않은 풍광 모두 좋았다. 정선 아리랑의 한이 서려 있는
'아우라지' 강가에도 가 보았다.
장을 둘러보다 어느 어르신이 파는 산에서 따온 가래 한 쌍을 천 원에
샀다. 어려서 가친께서 손에 쥐고 달그락달그락하시던 모습이
생각났기 때문이었다. 집에 돌아와 깨끗이 닦은 뒤 아버지처럼
조물락거리기 시작했다. 저녁 식사한 뒤 양재천변 산책할 때 심심하지
않아 좋았다.
신경외과 의사가 가래를 손에 쥐고 달그락거리니 보는 사람들은 뇌에
좋은 운동이냐고 묻는데, 집의 애들은 노인네 같다며 노골적으로 싫은
내색을 했다.
평소 가래를 달그락거리는 것을 눈여겨 본 친구가 중국을 다녀와서
선물이라며 커다란 호두 한 쌍을 주었다. 크기도 클뿐더러 생김새도
범상치 않았다. 그 뒤로 책도 구해 보고 중국에 갈 기회가 되면
시장에서 구경도 했다. 종류도 많고 품질에 따라 값도
천차만별이었다. 알면 알수록, 물건을 직접 보면 볼수록 욕심나는
물건들이 많았다. 터무니없는 가격에 화를 내기도 했고, 싼값에 좋은

것을 사려는 어리석음에 능글맞은 중국 상인에게 사기를 당하기도 했다. 집의 벽장에는 그간 모은 가래와 호두가 꽤 많다. 종류도 많고 모양과 크기가 다양해 이제 더는 살 필요가 없을 것 같지만, 아직도 잊지 못하는 물건이 하나 있다. 중국 베이징(北京) 골동 시장에서 만났던 상아를 깎아 호두처럼 만든 것이 지금도 삼삼하다. 값이 너무 비싸 발길을 돌렸는데 부질없는 생각인 줄 알면서도 여태까지 마음 한구석에 아쉬움으로 남아있다.

나이가 들어 소위 '지공(지하철을 공짜로 탄다는 뜻) 도사'가 됐다. 눈코 뜰 새 없이 뛰어다니던 시절에 비해 시간도 많고 마음도 많이 비웠다. 섭섭하기도 하지만 여유로운 시간을 즐길 수 있는 특권이 주어졌으니 감사하기도 하다.

예전보다 더 많은 시간을 호두와 함께 보낸다. 천천히 호두를 조물락거리며 산책하면 더는 바랄 것이 없지만 문득문득 손에 넣지 못한 상아 호두가 떠오른다. 거실에 놓인 토기 항아리를 보면서 지금은 남의 물건이 됐을 기러기 모양 토기를 아쉬워하기도 한다. 언제나 철이 들려나. 나이 들어서도 머릿속에 욕심만 꿈틀거리고 있으니 소인(小人)은 소인인가 보다.

입방정

어려서부터 부모님께서는 책을 볼 때 꼭 30센티미터 이상 떨어져 읽으라고 하셨다. 또 흔들리거나 어두운 곳에서는 무리하게 책을 읽지 말라고 엄하게 가르치셨다. 부모님으로부터 받은 우월한 유전자와 자상한 보살핌 덕분에 시력이 정말 좋았다.

친구들과 누가 더 멀리 보나 시합을 하면 하는 족족 이겼다. 학교에서 시력 검사를 하면 매년 두 눈 모두 2.0이었다. 나중에 어른이 돼서 안경이 필요할 줄은 꿈에도 생각하지 못했다. 시력 얘기만 나오면 천리안이 따로 없다고 으스대며 침을 튀겼다.

나이 40이 가까워지면서 손에 든 책과 눈 사이가 점점 멀어졌다. 글을 읽으면서 무언가 답답했다. 두 눈을 비벼 봐도 마찬가지였다. 왜 그런지 이유를 알 수 없었다. 누군가 노안 아니냐며 안경을 권했다. "뭐, 노안이라고? 나이가 몇인데 벌써 노안?" 하며 스스로 아직 팔팔한 청년이라고 자부했다. 노안이라는 말은 선뜻 납득할 수 없었다.

어느 날 부모님 댁에 갔다가 우연히 아버지가 쓰는 돋보기안경을 써 봤다. 어두운 방에 전등이 켜진 것 같이 시야가 밝아졌다. "이런, 노안이었던 거야" 하며 무릎을 쳤다.

안과를 방문했다. 멀리 보는 시력은 아직 괜찮은데 가까운 것이 잘 안 보이는 노안이 맞았다. 왜 이렇게 빨리 노안이 왔냐고 물었다. 안과 의사는 나이 40이 노안이 오기에 이른 나이가 아니고 또 눈이 좋았던 사람일수록 노안이 빨리 올 수 있다고 했다. 근시는 나이가 들면서도 가까운 곳을 안경 없이 잘 보기 때문에 돋보기안경이 필요 없는 경우가 많다고 했다. 세상은 공평하다는 생각이 머리를 스쳤다.
안경 처방을 받아 휴대용 돋보기안경을 맞췄다. 셔츠 왼쪽 가슴 주머니에 돋보기안경을 꽂고 거울을 봤다. 봉긋이 나온 아랫배와 함께 후줄근한 차림새가 영락없는 중년의 모습이라 마음마저 움츠러들었다. 말이 씨가 된다더니, 시력이 좋다고 까불고 다니다 꼴 좋게 됐구나.

약 10여 년 전쯤이다. 눈이 거북해서 한쪽 눈을 감고 바라보니 왼쪽 눈이 잘 보이지 않았다. 무슨 일이지 하고 가슴이 철렁했다. 급히 안과에 갔다. 왼쪽 시력이 0.7이 될까 말까 하는 정도였다. 정밀 검사를 해보니 망막에 변성이 왔다고 했다. 원인은 잘 모르는데 스트레스나 과로를 피하는 것 외에 특별한 치료법이 없으니 좀 지켜보자고 했다. 안경을 써 보기로 했다.
돌이켜보니 그동안 눈을 너무 혹사했다. 수술 현미경을 장시간 들여다보는 일을 밥 먹듯 했고 깨알 같은 논문을 눈이 빠지도록 읽었다. 특히 대한신경외과학회지 편집장을 맡으면서 제출된 논문을 검토하느라 잘 때 빼고는 논문을 눈에 달고 살았다. 일을 게을리할 수 없으니 눈이 쉴 틈은 없었다. 미련한 짓이었지만 당시에는 건강은 뒷전이고 코앞에 닥친 일을 처리해야만 하는 상황이었다. 그렇다고 뭐 장한 일을 하지도 못했고 이룬 것도 별로 없었다. 무엇보다 건강이 제일 중요한 것인데 너무 무리한 것이었다. 후회해도 소용없었다.
오른쪽 눈도 시력이 떨어지면서 서서히 멀리 있는 것도 가물가물해지기 시작했다. 거실에서 텔레비전을 볼 때 자막을 읽으려면 눈에 힘이 들어갔다. 얼굴이 저절로 찡그려졌다. 글을 읽을 때 글씨가 작으면 짜증부터 났다. 손목시계조차 안경을 써야 보였다. 양쪽 모두 시력이 형편없었다. 돋보기안경의 도수를 높이고 먼 곳을 보는 안경도 새로 마련했다.
어디 여행이라도 가려면 최소한 3개의 안경을 챙겨야 한다. 돋보기안경, 그냥 다닐 때 쓰는 안경, 그리고 선글라스다. 이상하게 나이가 들면서 강하지 않은 햇살에도 눈이 부시다. 멋을 부리려는 게 아니다. 이제 선글라스는 필수품이다. 낮에 운전할 때도 선글라스를 쓰지 않으면 눈이 찡그려진다. 해변같이 햇빛이 강렬한 곳에서는 선글라스 없이 눈을 뜨기 어렵다.

지방에 볼일이 있어 서울역에서 기차를 탔다. 한 손에는 가방을 또 한 손에는 읽을 책을 들었다. 좌석을 찾아가는데 맨눈으로 좌석 번호를 볼 수 없었다. 양손에 든 것을 잠시 근처 빈 좌석에 놓고 주섬주섬 주머니에서 돋보기안경을 꺼내 썼다. 가까스로 좌석을 찾아 앉았다. 뒤에 기다리던 사람들이 힐끗힐끗 쳐다보며 지나갔다. 실제로는 그렇지 않겠지만, 행동이 굼뜬 노인에게 짜증을 내는 듯했다.
국제 학회 참석을 위해 외국에 나가 호텔에 들었다. 짐을 풀고 동료와 같이 식사를 하기로 했다. 금방 옷을 갈아입고 전화를 할 테니 방에서 기다리라고 하고 서둘러 준비를 마쳤다. 그런데 아뿔싸, 동료의 방에 전화하려는데 전화기에 붙어 있는 안내문이 보이지 않았다. 글씨도 작고 방이 어두웠다. 지금 같으면 휴대폰으로 하면 되겠지만 그때는 유선전화 아니고는 연락이 어려웠다. 어쩔 줄 모르고 있는데 동료가 전화를 걸어왔다. 시간이 지체되니 이상해서 먼저 연락을 한 것이었다. 약속하고도 게으름을 피운 예의 없는 선배가 되고 말았다. 그 뒤로 지갑에 신용카드처럼 생긴 돋보기를 늘 넣고 다닌다.
아, 이렇게 오감이 무뎌지면서 늙어가는 거구나. 본의 아니게 젊은이에게 실례하게 되니 자책하는 마음이 들었다. 아직 몸놀림이나 청력 등은 그런대로 괜찮은데 시력이 발목을 잡았다. 어려서 시력 좋다고 떠들던 일들이 후회스러웠다. 그런 입방정을 떨지 않았다면 지금처럼 눈이 나빠지지 않을 수도 있지 않았을까.
다른 것도 물론이지만 특히 건강에 대해서는 입방정을 떨면 안 된다는 것이 어리석은 사람의 뒤늦은 후회다.

남성 갱년기 극복기

북한의 김정은(金正恩) 위원장이 가장 두려워하는 사람이 남한의 중학교 2학년 학생이라는 우스갯소리를 들었다. 사춘기의 애들을 통제하기 매우 어렵다는 뜻이다. 사춘기 때 신경이 예민해지고 어느 정도의 반항심이 생기는 것은 당연하지만 요즘에는 그 정도가 심하다고들 한다. 어느 지인은 딸이 중2가 됐는데 아버지가 말만 붙여도 짜증을 부려 감히 말을 걸지도 못한다고 한다.

여자의 경우 경도를 포함한 이차성징(二次性徵)이 나타나면서 사춘기가 시작하는데 호르몬의 변화는 육체뿐 아니라 정신세계에도 많은 영향을 미친다. 하지만 남성의 경우 '테스토스테론'이라는 호르몬의 상승으로 나타나는 사춘기 때 변화가 일반적으로 여성만큼 심하다고 할 수 없다. 몸에 털이 많아지고 목소리가 굵어지면서 여드름이 나는 정도다.

사춘기 때 겪는 갈등은 사람마다 차이가 있지만 심하지 않은 애들도 약간은 부모와 마찰이 있다. 하지만 스스로를 돌이켜보건대 중학생 때 이차성징이 나타나면서도 감정의 변화나 부모와의 갈등은 없었다. 따라서 사춘기가 언제였는지 지금 생각해 봐도 잘 모르겠다.

사춘기가 어린이에서 여성 또는 남성으로 발달해 가는 분기점이라면 사람이 본격적인 노화로 들어가는 길목은 갱년기라고 할 수 있다. 여성의 경우는 갱년기가 비교적 명확하다. 가장 뚜렷한 것은 경도가 없어지는 것이지만 이것 말고도 여성 호르몬의 감소로 여러 가지 정신적 신체적 변화가 나타난다. 자율신경계가 불안정하여 이유 없이 몸이 화끈거리고 골다공증 또한 빠르게 진행되기 시작한다.
정신적으로는 우울증에 빠지기 쉽다. 증상이 심한 여성은 호르몬 치료를 받아야 하고 혹자는 정신과의 도움을 받기도 한다.
여성에게도 소량이지만 남성 호르몬이 존재한다. 갱년기에 여성 호르몬이 줄면서 상대적으로 남성 호르몬의 영향력이 커지는데 이에 따라 갱년기를 넘어서면서 여성의 남성화가 진행된다. 수줍음 같은 여성성이 쇠퇴하고 남자처럼 씩씩하게 변한다.

남성에게도 갱년기가 있는가? 여성같이 눈에 띄는 변화는 없으나 남성에게도 갱년기가 존재하고 이에 적극적으로 대처해야 한다는 주장이 설득력을 얻고 있다. 대체로 50대에 접어들면서 남성 호르몬의 수치가 떨어져 여성화의 경향을 보인다. 더불어 기운이 빠지고 정신적으로도 위축된다. 성 기능도 현저히 떨어진다. 하지만 자존심 때문에 또한 남들에게 약한 모습을 보이고 싶지 않아 이런 현상을 쉽게 입에 올리지 않는다.
갱년기는 단지 성 기능 저하만을 뜻하는 것이 아니다. 노화가 진행되면서 신체 저항력이 떨어져 삶의 질이 급격히 나빠진다. 남성도 갱년기에 적극적으로 대처해야 하는 이유다. 갱년기는 더이상 여성들만의 고민이 아니다.
세계보건기구(WHO)에서는 남성 갱년기를 '남성이 중년이 돼 활동성 남성 호르몬이 감소하는 시기'라고 정의하고 있다. 고환에서 분비되는 남성 호르몬 '테스토스테론'의 가장 중요한 기능은 성 기능을 유지하는 것이지만 이외에도 여러 기능이 있다. 근육과 뼈, 체모의 발달에 관여하고 기억력, 인지 기능을 높이는 작용도 한다. 따라서 남성 호르몬이 감소하면 성 기능 저하 말고도 여러 가지 육체적, 정신적 기능이 감퇴한다. 울적해지고 이유 없이 자주 짜증이 난다. 만사가 귀찮고 인생이 허무하다. 쉽게 피로하고 충분히 잠을 잤는데도 기운이 회복되지 않는다. 근육이 줄어 팔다리가 가늘어지고 반대로 아랫배는 불룩해져 영락없는 맹꽁이가 된다.

여성들의 갱년기에 대한 대책은 비교적 잘 알려져 있다. 호르몬 치료도 받고 적극적인 운동 요법도 받는다. 하지만 남성들의 갱년기를 극복하는 방법을 아는 사람은 많지 않다.

유산소 운동과 근력 운동으로 적절한 체중을 유지하는 등 올바른 생활 습관을 실천하는 것이 중요하다. 금연하고 과음을 피하는 것이 좋고 지방이 많은 음식을 되도록 적게 먹도록 한다. 등 푸른 생선 등 고단백 음식과 채소를 많이 섭취하는 것을 권한다. 더불어 적당한 휴식과 취미 활동으로 생활의 활력소를 찾도록 노력해야 한다. 고혈압이나 당뇨병 같은 성인병에 대한 예방이나 적극적 대처는 필수다.

나이가 들면서 기운이 좀 떨어지기는 해도 은퇴 전까지는 갱년기가 왔다고 느끼지 못했다. 병원 생활을 끝내고 나니 안도감도 있었지만 허전한 마음이 많이 들었다. 마음뿐 아니라 기력이 급속히 감퇴했다. 조금 늦게 잠자리에 들면 아침에 힘이 들었다. 갑자기 환경이 변했기 때문이라고 생각했는데 시간이 흘러도 별로 나아지지 않았다. 단순한 노화가 아니고 남성 갱년기인 것을 뒤늦게 깨달았다.

마음을 편히 가지려고 노력했다. 굳어 있는 얼굴을 펴려고 사람을 대하면서 일부러 웃었다. 혼자 있을 때도 거울을 보면서 입꼬리 올리는 연습을 했다.

은퇴한 뒤로 하루 10킬로미터 이상 걷는다. 휴대폰 앱에 10킬로미터가 찍히지 않으면 잠자리에 들지 않는다. 반대로 10킬로미터가 넘으면 뿌듯한 성취감이 몸을 감싼다. 덕분에 허리띠에 구멍 한 칸이 줄었다.

또한 집안일도 조금이나마 도우려고 한다. 청소, 설거지, 빨래는 어렵지 않게 할 수 있는 일이다. 집이 훨씬 깨끗해지고 정돈도 잘 돼 한결 기분이 좋다. 청소를 마치고 소파에 앉아 여유롭게 마시는 차 한 잔은 살아 있음을 느끼게 한다.

요즈음 몸도 마음도 모두 가볍다. 하는 일은 별로 없지만 스스로 정한 일정을 소화하려면 지루할 틈이 없다.

사춘기는 언제인 줄도 모르고 지났는데 갱년기는 은퇴 시기와 맞물리면서 적지 않은 충격을 주었다. 하지만 나름 개똥철학으로 극복하는 중이다. 사는 게 뭐 별건가. 마음 내키는 대로 하루하루 즐겁게 살면 되는 거지.

불타는 금요일

학창 시절 기말고사가 끝나면 방학을 앞두고 가슴이 많이 설레였다. 방학 중에는 매일 아침 일찍 일어날 필요도 없고 집에서 마음놓고 뒹굴뒹굴할 수 있기 때문이었다. 여름 방학 동안은 동네 친구들과 공놀이도 하고 집 뒤편에 있는 인왕산(仁王山)에 올라 매미나 잠자리를 잡으며 놀았지만, 겨울 방학 동안은 주로 집에서 보냈다. 오들오들 떨며 수업을 받는 추운 교실과는 딴판으로 안방 아랫목은 정말 따뜻했다.

방학 동안 5남매가 북새통을 떠니 집이 시끌시끌했다. 어머니께서는 삼시 세끼는 물론 한창 자라는 자식들 간식까지 준비하랴 몹시 분주하셨다. 고구마를 한 보따리 찌거나 떡을 한 시루 쪄도 눈 깜짝할 사이에 빈 그릇만 남았다. 그때는 먹고 노느라 몰랐는데 어머니께서 많이 힘드셨다. 지금도 생각하면 가슴이 찐하다.

세월 가는 줄 모르고 놀다 보면 어느덧 쓰르라미가 울기 시작하면서 방학은 후반기로 접어들었다. 슬슬 초조해지면서 밀린 방학 숙제가 걱정됐다. 차근차근했어야 할 방학 숙제를 벼락치기로 해치우기 시작했다. 가장 큰 골칫거리는 일기 쓰기였다. 매일매일 무엇을 했는지 기억할 수도 없고, 내내 무위도식(無爲徒食)했으니 마땅히 쓸 만한 거리도 없다. 그나마 일기 내용은 되는 말 안 되는 말 지어내서 메꾸면 되는데 날씨와 기온은 어떻게 해 볼 도리가 없다. 선생님께서 일기를 검사할 때 날씨까지 일일이 확인하진 않겠지만 거짓으로 쓰려니 켕겼다.

겨우겨우 숙제는 마쳤는데, 방학이 끝나서 다시 학교 다닐 생각을 하면 우울해졌다.
개학과 동시에 일상적인 학교생활로 복귀했다. 일주일이 너무 길게 느껴졌다. 토요일 오후에는 즐겁지만, 일요일 저녁 때가 되면 방학이 끝날 때처럼 우울해지고 상실감에 빠졌다. 국경일 같은 공휴일이 낀 주는 너무 좋았다. 왜 하필이면 광복절이 여름 방학 중에 있고, 예수님이 탄생한 크리스마스가 겨울 방학 중에 있는지 안타깝게 생각하기도 했다.

학교를 졸업하고 전공의 생활을 시작하면서 삶은 더 고달파 졌다. 방학은 고사하고 주말도 공휴일도 없이 병원에 출근해야 했다. 재충전의 기회가 없으니 하루하루가 피곤의 연속이었다. 쉴 수 있는 날은 일주일간의 여름휴가뿐이었다. 황금 같은 여름휴가 달콤했던 가족 여행은 지금 생각해도 가슴이 뛴다. 온 가족이 에어컨도 없는 소형차에 타고 신나게 우리나라 방방곡곡을 돌아다녔다.
나이 40이 가까워 독일로 유학을 떠났다. 외국 생활을 하면서 여러 가지가 새로웠는데 주말에 이틀 쉬는 것이 가장 마음에 들었다. 우리나라에서는 1년에 한두 번 있을까 말까 한 연휴가 매주 찾아오니 천국에 온 느낌이었다. 금요일 오후에 밀려오는 푸근함은 한국에 있을 때 토요일 저녁에 느끼던 느긋한 마음에 비길 바가 아니었다. 금요일 퇴근길은 항상 발걸음이 가벼웠다. 대형 슈퍼마켓에서 때깔 좋은 티본스테이크를 바구니에 담고 집 근처 와인 가게에서 주인이 권하는 붉은 포도주도 한두 병 집어 들었다. 저녁 식탁에서 네 식구가 늦게까지 재잘댔다. 마지막 화제는 주말 이틀간 어디로 놀러 갈 것인가에 대한 것이었다. 국경을 마음대로 넘나들 수 있어 주위의 여러 도시가 모두 여행 대상이었다. 취기도 어느 정도 오르고 맛 좋은 음식에 배도 부르니 더 바랄 것이 없었다. 아이들이 곯아떨어진 뒤에도 아내와 재미있는 대화를 계속했다. 요즘 젊은이들이 말하는 광란의 '불타는 금요일'은 아니지만 더할 수 없는 행복이 가득했다. 독일에 있는 동안 그렇게 꿈같은 세월을 보냈다.
서울로 돌아오니 다람쥐 쳇바퀴 도는 따분한 생활이 또다시 시작됐다. 하지만 연륜이 쌓이면서 업무의 강도가 덜해졌고, 2000년대 중반부터 주 5일 근무제가 시작되면서 피로도가 많이 줄었다. 대학교수 생활을 하면서 이런저런 성과도 있다 보니 성취감도 생겼다. 그래도 일하는 것보다 집에서 쉬는 주말이 좋았다.

현대그룹 창설자인 정주영(鄭周永) 회장이 나이가 들어서도 매일 새벽같이 출근한 이유가 오늘은 또 어떤 재미있는 일이 벌어질까 하는 호기심 때문이었다고 한다. 지금은 없어진 대우그룹의 김우중(金宇中) 회장은 세계 도처에 일할 것과 돈 벌 것이 널려있어 1년 365일을 계속 뛴다는 내용의 책을 발간하기도 했다. 새겨들을 만한 좋은 뜻이 있는 이야기라고 생각한다. 이렇게 진취적인 생각을 갖고 열심히 일하는 사람이 많아야 사회가 발전할 수 있으리라. 하지만 많은 사람들이 주말을 기다리며 살고 있다. 열심히 일해야 성공한다는 이야기에 공감은 하면서도 몸이 잘 따라 주지 않는 것이 현실이다.
일보다는 쉬는 걸 많이 좋아했던 사람이 나이가 차 2019년 2월 말로 평생 일했던 직장에서 물러났다. 마음껏 쉬며 한가로움을 즐길 기회가 온 것이다. 하지만 다시 취직하기로 마음먹었다. 아직 건강하고, 또 일을 계속하는 게 육체적, 정신적 건강에 이롭다고 생각했기 때문이다.
환자를 직접 대하는 일이 아니어도 의료에 관련된 직장이 생겼다. 은퇴한 사람에게 일할 기회는 큰 행운이다. 감사하는 마음으로 매일 먼 길을 달려 출근한다. 현직에 있을 때 비해 업무량도 적고 근무 시간도 짧다. 젊은 직원들도 깍듯하다.
새로운 환경에 익숙해지면서 금세 그간 해오던 것 같이 금요일이 기다려진다. 아직도 마음속에선 금요일 밤이 불타고 있기 때문이다. 금요일 밤이면 늦은 시간까지 아무 생각 없이 리모컨으로 텔레비전 채널을 돌리며 뒹굴뒹굴한다. 내일은 늦잠을 잘 수 있다는 것이 마음을 푸근하게 만든다. 어차피 나이 때문에 아침잠이 적어지고 또 버릇이 들어 새벽에 일찍 눈을 뜨지만, 토요일 아침에는 이불 속에서 뒹굴 수 있어 좋다.

쓸쓸한 가을

초등학교에서 새 학년이 되면 '가정환경 조사서'를 작성해서 제출하던 시절이 있었다. 본적, 주소, 신체 조건, 가족 상황, 경제력 등을 조사했는데 가장 난처한 것이 취미를 적는 것이었다. 마땅한 것이 없어 독서라고 쓰곤 했는데 독서가 무슨 취미냐며 선생님께 핀잔을 듣기도 했다.
사실 취미가 있긴 있었다. 야구 경기 관람이었다. 야구를 좋아해서 동네 골목에서 친구들과 어울려 야구 놀이를 했지만 운동 신경이 영 모자랐다. 안 되겠다 싶어 대리 만족이랄까 야구 경기를 열심히 보기 시작했다. 야구 선수 이름은 물론이고 웬만한 야구 경기 스코어를 줄줄 외웠다. 하지만 어린놈이 야구 놀이 말고 야구 관람이 취미라고 쓰는 것이 좀 건방진 것 같았다.
어려서부터 작은형과 아버지를 따라 지금은 복합문화공간인 DDP(동대문디자인플라자)가 위치한 옛 서울운동장에 야구 경기를 보러 다녔다. 1960년대 초중반에는 실업 야구가 활발했다. 당시 활약했던 유명 선수 중에는 프로 야구가 출범한 뒤 감독을 맡은 사람들이 많았다. 박현식(朴賢植), 김응룡(金應龍), 박영길(朴永吉) 같은 사람들이 그들이다. 유명한 김영덕(金永德), 김성근(金星根) 감독도 당시 활약하던 재일 동포 선수였다.
1960년대 중후반부터 고교 야구가 대단한 붐을 일으켰다. 실업 야구와 달리 고교 야구는 지역 대결 양상으로 발전돼 인기가 하늘을 찔렀다. 예상을 뒤엎는 역전극이 한층 재미를 더했고 주요 경기가 열리는 날은 많은 사람이 텔레비전 앞에 모여들었다. 그 시간에는 인기 있다는 드라마조차 뒷전이었다.

일본 프로 야구에서 활약하는 재일 동포와 한국 선수에 대한 소식이 전해질 때마다 국민이 환호했다. 대표적인 선수가 장훈(張勳), 김정일(金正一), 백인천(白仁天), 이원국(李源國) 같은 선수들이다. 그들의 활약에 응원을 보냈고 수준 높은 일본 프로 야구 경기를 간접 경험하기도 했다.
매년 여름 방학 때면 재일 동포 고교 야구단이 방한하여 경기를 펼쳤다. 급조된 야구팀이지만 뛰어난 경기력으로 연전연승을 거듭했다. 야구 선진국인 일본은 역시 기량이 몇 수 위였다. 한편 장훈 선수가 주동이 된 재일 동포 성인 야구단의 방한 경기에서 현란한 플레이가 국내 야구팬들을 즐겁게 했다. 홈런 타자 장훈은 발까지 빨라 국내 팬의 마음을 사로잡았다. 우리는 언제쯤 프로 리그에서 그런 멋진 경기를 볼 수 있을까 부러워했다.
마침내 우리나라에서도 프로 야구가 출범했다. 1982년의 일이다. 국민의 관심을 다른 곳으로 돌리기 위한 우민정책이라는 비난도 있었지만 멋진 야구 경기를 보고 싶은 사람들에게는 가뭄에 내리는 단비였다.
지금은 없어진 서울운동장에서 열린 프로 야구 개막전에서 MBC 청룡과 삼성 라이온즈가 맞붙었다. 대통령의 시구 등 식전 행사에 이어 경기는 손에 땀을 쥐게 했다. 역전의 역전을 거듭하다 결국은 MBC 청룡 이종도(李鍾道) 선수의 끝내기 만루 홈런이 터졌다. 기대를 저버리지 않고 개막전부터 관중을 흥분의 도가니로 몰아넣었다. 인기가 과히 폭발적이었다. 각 프로 야구단이 지역을 연고로 하고 있어 지방색과 맞물려 발전을 거듭했다. 경기 내용이나 선수의 기량이 과거와는 판이했다. 프로의 힘이었다. 멋진 경기력에 마음을 뺏겼다.

세월이 흘러 국내에 별로 알려지지 않은 대학생 야구 선수 박찬호(朴贊浩)가 미국 프로 리그에 진출해 큰 화제가 됐다. 1994년의 일이다. 약 2년간 마이너 리그에서 기량을 다듬어 1996년부터는 LA 다저스(Dodgers)에서 펄펄 날기 시작했다. 박찬호 선수가 등판하는 날이면 장안의 화제가 온통 메이저 리그에 대한 것이었다. 박찬호가 승리 투수가 되면 자기들 일처럼 기뻐했다.
자연스레 박찬호 선수의 경기뿐 아니라 메이저 리그가 국내에서 전파를 타기 시작했다. 세계 최고 플레이에 완전히 매료됐다. 한 가지 아쉬운 것은 시차 때문에 중계방송을 느긋하게 볼 수 없는 것이었다. 새벽잠을 설치기도 했고 근무하면서 힐끔힐끔 경기 상황을 휴대폰으로 찾아보기도 했다. 상대적으로 수준이 낮은 우리나라 프로 야구에 조금씩 흥미를 잃어가기 시작했다.
박찬호 선수를 이어 우리나라 선수들이 줄줄이 메이저 리그에 진출했다. 특급 마무리 투수 김병현(金炳顯) 선수는 마침내 미국 프로 야구 월드 시리즈 우승 반지를 낀 첫 한국 선수가 됐다. 시련을 딛고 얻은 영광이라 더 큰 관심을 끌었다. 당시 월드 시리즈에서 홈런을 맞고 주저앉은 김병현 선수의 처절했던 모습이 지금까지 눈에 선하다. 현재까지 한국 출신 메이저 리그 최고 타자는 단연 추신수(秋信守)

선수다. 기량도 뛰어날뿐더러 성실함과 꾸준함은 미국 선수들 사이에서도 귀감(龜鑑)이 되고 있다. 2018년 올스타전에 초대된, 턱시도를 입은 추신수 선수가 멋져 보였다. 이제 은퇴를 눈앞에 두고 있지만 가까운 장래에 깨지지 않을 많은 기록을 남겼다.
반면, 적응하지 못하고 귀국한 선수도 있었다. 안타까운 일이지만 그들의 도전 정신은 인정받아야 마땅하다. 이러한 노력이 국내 야구의 발전을 견인하리라 생각한다.

2013년 LA 다저스의 유니폼을 입은 류현진(柳賢振) 선수는 국내 최고 투수답게 무리 없이 메이저 리그에 적응했다. 다양한 구종(球種)으로 강타자들을 농락하면서 빠르게 승수를 쌓아갔다. 이런 중에 호사다마(好事多魔)라고 할까. 여러 차례의 부상이 발목을 잡았다. 특히 투수의 생명인 어깨를 수술받을 때는 선수 생명이 끝난 줄로 생각하는 사람이 많았다. 하지만 지독한 재활 훈련을 거쳐 복귀해 2019년에 최고의 성적을 남겼다.
누구라도 106승을 올린 LA 다저스가 2019년 월드 시리즈에 진출할 것을 의심치 않았다. 류현진 선수가 주가를 한 단계 올릴 기회가 왔다고 생각했다. 그런데 아뿔싸, 디비전 시리즈에서 와일드카드로 올라온 워싱턴 내셔널스(Washington Nationals)에게 덜미가 잡혔다. 이기고 지는 것은 병가지상사(兵家之常事)라지만 작전을 잘못한 감독이 야속했다.
류현진 선수의 활약을 보는 게 어지러운 세상에 그래도 재미를 붙일 유일한 낙이었는데 너무나 아쉽게 됐다. 풀뿌리 같은 생명력을 가진 최지만(崔志萬) 선수가 있는 탬파베이 레이스(Tampabay Rays)도 와일드카드전에서 주저앉아 올해 그의 활약도 끝을 맺었다. 한국 선수가 활약하는 팀이 모두 탈락한 것이다. 깊어가는 가을이 쓸쓸하게 느껴지는 이유다.

옷이 날개

환자와 의사와의 관계는 단지 서비스를 주고받는 관계 이전에 신뢰가 우선 돼야 한다. 서로를 존중하고 예의를 갖추는 것이 마땅하다. 따라서 환자를 대할 때 남녀노소를 불문하고 존댓말이 원칙이다. 의사의 복장 또한 중요하다. 흰 의사 가운 속에 양복바지, 단색 와이셔츠, 그리고 단정한 색상의 넥타이가 기본이다. 병원에 근무하는 동안 뜨거운 삼복더위가 아니면 항상 정장에 넥타이를 매고 출근했다. 비싼 것은 아니지만 되도록 짙은 색상의 양복을 입었다. 대부분의 은사님이나 선배들도 마찬가지였다. 대학교수 월급을 생각할 때 양복값은 만만치 않았다. 큰맘 먹어야 한 벌 장만할 수 있었다. 아내가 남편 복장에 나름 신경을 써도 철마다 새 옷을 입을 수는 없었다. 단정한 것이 중요했지 유행 따위를 크게 신경 쓸 여유가 없었다. 집의 애들이 유행 지난 아버지의 옷을 보고 웃으며 놀리기도 하지만 그저 무덤덤했다. 돈도 문제지만 연예인도 아닌데 시시때때로 변하는 최신 스타일을 일일이 따라갈 수는 없는 노릇 아닌가.

언제부터인지 젊은 의사들의 옷차림에 변화가 오기 시작했다. 넥타이를 매지 않는 전공의들이 눈에 띄고, 보기에 민망할 정도의 옷을 입은 여자 전공의들도 보였다. 다소 눈에 거슬리기는 했지만 입을 꾹 다물었다. 복장 때문에 아랫사람을 나무라는 시대는 이미 아니었다. 조금 있으니 양복바지 대신 면바지를 입고 다니는 의사들이 생겼다. 점차 시간이 지나면서 전공의들에게 간편한 복장이 대세가 됐다. 젊고 발랄해 보이지만 의사는 점잖아야 한다는 고정 관념에서 보면 마음에 들지 않았다. 그래도 아직은 청바지를 입고 나타나는 전공의가 없는 것을 다행이라고 속으로 생각했다.
머리 모양 역시 짧게 깎아 가지런히 가르마를 타는 것이 보통이었다. 하지만 요새는 연예인 같은 머리 스타일도 많고, 여의사의 경우 노랗게 혹은 은빛으로 염색하기도 했다. 과거 스승이나 선배들이 하는 것을 무조건 따라야 한다는 사고가 옅어지고 스스로 개성을 나타내는 시대로 가고 있는 것이 의료계에도 나타나고 있다.
사실 마음과 태도가 문제지 복장이 중요한 것은 아니다. 의사가 환자에게 친절하고 병을 잘 고치면 됐지 뭘 입었는지가 무슨 문제겠는가. 그런데 왜 선배들은 의사의 복장에 대하여 왜 그토록 엄했을까 하는 의문이 든다.

은퇴한 뒤 찾은 새 직장은 병원처럼 직접 환자를 대하는 곳이 아니다. 대부분 직원이 상하를 불문하고 간편한 복장이다. 의료 정보를 자문해 주는 의료전문위원 역시 직원만을 상대하기 때문에 병원에 출근할 때처럼 정장을 입지 않아도 된다. 오히려 정장을 입고 다니면 그게 더 이상하고 어색하다.
지난 40년 동안 정장을 입고 다녔으니 출근할 때 입을 만한 간편한 복장이 쉽게 눈에 띄지 않았다. 남방이나 캐주얼 바지가 없지는 않지만 입고 출근하기에 마땅치 않아 보였다. 너무 낡았거나 아주 오래되지 않은 것을 추려 입고 다니기 시작했다. 아내가 주말에 백화점에 나가 보자고 보채기도 했다.
아들이 엄마와 옷을 보러 나간다기에 따라나섰다. 집에서 가까운 백화점의 젊은 사람들 옷을 파는 편집샵을 찾았다. 아들이 옷을 고르는 사이에 진열된 옷들을 보니 세련되고 멋진 것들이 꽤 눈에 띄었다. 눈치를 살피던 아들과 아내가 골라 보라고 부추겼다. 괜히 쑥스러워 나이 먹은 사람이 어떻게 이런 옷을 입냐고 슬쩍 튕겼다. 듣고 있던 점원까지 합세하는 통에 마지못해 고르는 척 셔츠와 바지를 집었다. 옷을 갈아입고 거울을 보니 나쁘지 않았다. 무엇보다 한결 젊어 보이는 것이 마음을 움직였다.

펑퍼짐한 아저씨 스타일의 양복바지 대신 엉덩이가 타이트하고, 통이 좁고, 길이가 발목쯤 오는 바지에 수수하면서 세련된 색상의 체크무늬 셔츠를 입고 출근했다. 신발은 아들의 캐주얼 로퍼를 빌려 신었다. 바지가 꽉 끼어 입을 때는 좀 갑갑했는데 입고 보니 신축성이 있어 편했다. 자연스럽게 적당히 구겨진 셔츠도 정장에 입는 빳빳하게 다린 단색 와이셔츠와는 느낌이 딴판이었다.
주위 사람들이 늙은이 옷차림에 신경이나 쓰겠나 싶으면서도 혼자 생각하기에는 훨씬 젊어진 것 같고 자신감도 생겼다. 옷이 날개라고 새로 태어난 것 같았다. 그 뒤에도 몇 차례 백화점에서 젊은 사람들 취향의 옷을 골랐다.
일생 패션하고는 담을 쌓고 살았는데 늦바람이 난 셈이다. 잘하는 짓인지 아닌지 모르겠다. 다른 사람의 옷차림도 유심히 보게 된다. 전에는 못 느꼈는데 비슷한 또래의 복장을 보니 그야말로 아저씨

패션이다. 늙은 사람의 눈에도 촌스럽다. 남의 눈에 저렇게 비쳤을 것을 생각하니 얼굴이 화끈하다.

퇴근길 지하철에서 어머니의 무릎에 앉아 있는 초등학교 1학년쯤으로 보이는 여자아이가 빤히 쳐다본다. 장난기가 있는 아이가 "어, 할아버지네, 멋있는데" 하며 말하다가 엄마의 제지를 받는다. 그냥 있기 뭐해서 "오, 그래" 하고 대답했다. 주위의 여러 사람이 쳐다보니 약간은 민망하다. 옷차림은 젊은 사람 같은데 얼굴을 보니 대머리 벗겨진 노인이라 아이가 이상하다고 생각했던 모양이다.
기분이 나쁘지는 않았다. 돈이 좀 들었어도 옷차림을 바꾸기 잘했다. 요즈음은 현역으로 있을 때 보다 더 활기차게 출퇴근한다. 젊은 옷차림으로 발랄한 직원들과 함께 일하는 것이 즐겁기 때문이다.

신체검사는 매년 직장에서 정기적으로 받았지만 제대로 된 건강 검진을 해 본 적은 없었다. 남들에게는 병의 조기 발견이 중요하다고 강조하면서 정작 의사 자신은 건강 검진을 게을리했다. 술과 담배가 만병의 근원이라는 말을 입에 달고 다니는 호흡기를 전공한 의사가 줄담배를 피우고, 소화기를 전공한 의사가 두주불사(斗酒不辭)하는 것과 비슷한 꼴이다.
마침 은퇴를 앞두고 한번쯤 건강 검진을 받아 보는 것이 좋겠다고 아내가 닦달하는 통에 강남에 있는 검진 센터에 서둘러 등록을 마쳤다. 비용도 만만치 않고 당장 특별히 아픈 곳도 없는데 꼭 그럴 필요 있겠냐고 얼마간의 저항을 해봤지만 요지부동(搖之不動)이었다. 아내에게 같이 건강 검진을 받자며 물귀신 작전도 펴 봤는데 아내는 은퇴할 때 하겠다며 미꾸라지처럼 빠져나갔다.
아무렇지도 않게 환자의 두개골을 톱으로 자르고 뇌를 떡 주무르듯 하며 평생을 살아온 신경외과 의사지만 난생처음 받는 건강 검진에 은근히 겁도 나고 걱정도 됐다. 무엇보다 큰 병이 발견되면 어쩌나 하는 생각에 며칠간 잠을 제대로 이루지 못했다.
검진 센터에서 전화가 왔다. 친절하게 내용을 설명하고 검사 전날의 전처치에 대해서도 자세하게 알려주었다. 검사 항목 중 전처치가 특히 중요한 검사는 대장 내시경이었다. 위장관을 깨끗하게 비워야 정확한 검사가 가능하기 때문이었다. 설사약과 함께 엄청난 양의 물을 마시고 물 같은 설사가 나올 때까지 대변을 봐야 한다는 설명이었다. 필요한 약들은 택배를 이용해서 보내주었다.

검사 전날부터 김치같이 섬유질이 많은 음식은 피하고 죽과 미음으로 식사를 했다. 먹지 말라고 하니 갑자기 먹고 싶은 것이 막 떠오르면서 큰 속박을 받는 기분이었다. 사실 하루 죽으로 식사하고 한 끼 굶는 것이 뭐 그리 대단한 일이라고 호들갑인지, 사람 마음이 간사하다는 생각도 들었다.
배달된 커다란 상자를 열었다. 설명서, 약, 그리고 눈금이 있는 물통, 대변통 등이 들어 있었다. 일찌감치 미음으로 저녁 식사를 마치고 지시대로 오후 9시 정각부터 설사약 섞은 물을 마시기 시작했다. 1.5리터의 물을 단숨에 마시는 것도 고역이지만 약 냄새가 정말 역겨웠다. 구역질을 감소시키려고 딸기 향 비슷한 과일 향을 섞은 것 같은데 그 냄새가 오히려 더 괴로웠다. 약 1시간쯤 됐을까. 소식이 오기 시작했다. 변기에 앉자마자 좍좍 쏟아졌다. 나중에는 노란 물만 나왔다.
화장실에 들락거리다 보니 벌써 새벽이었다. 오전 4시에 다시 설사약 섞은 물을 1.5리터 마셨다. 진절머리가 났다. 다시 화장실을 들락거렸다. 변기 속을 보니 정말 장이 깨끗해졌겠네 하는 생각이 절로 들었다.
샤워를 한 뒤 집을 나서는데 온몸이 풀려 버렸다. 돈 들여가며 이 무슨 고생인가. 건강 검진하다가 잘못하면 사람 잡게 생겼다.
예약 시간에 맞춰 검진 센터에 도착하니 벌써 사람들로 북적였다. 가져온 대변통과 함께 소변도 받아 제출했다. 검사하기 편한 옷으로 갈아입었다. 키, 체중을 재고 간단한 시력검사, 청력검사 등을 먼저 받았다. 다음에는 가슴 X선 검사, 흉부와 복부 CT 촬영을 했다. 비뇨기과 검사를 위해 밑이 뚫린 팬티로 갈아입었다. 컴컴한 골방 침대에 옆으로 누웠다. 전립선 초음파 검사를 시작하겠다는 말과 동시에 두툼한 막대기 같은 것을 항문으로 밀어 넣었다. 기분이 몹시 불쾌했다. 초음파 탐침봉을 이리저리 돌려가며 검사를 하는데 참느라 혼났다. 이비인후과에서 입과 코 그리고 성대 검사를 했다. 잠깐 쉬고는 심전도와 트레드밀 검사를 했다. 트레드밀 위에서 뛰는 게 쉽지 않았다.

검진의 하이라이트인 위 내시경과 대장 내시경 차례였다. 수면 내시경으로 예약했기 때문에 크게 걱정은 안 했지만 약간 긴장이 됐다. 침대에 누워 수액을 연결하고 의사와 가볍게 인사를 나눈 것까지 기억이 나는데 어렴풋이 잘 끝났다는 간호사의 말이 들렸다. 배 위에 따뜻한 패드가 얹혀 있었다. 배가 꽤 아팠다. 간호사 말이 가스가 많이 차서 그렇다며 마음놓고 방귀를 뀌라고 했다. 정신이 좀 드니 사방에서 뿡뿡 소리가 들렸다. 사람 많은 곳에서 큰 소리로 방귀를 뀌어보기는 처음이었다. 산 정상에 오른 사람들이 내지르는 '야호' 소리와 비슷하다는 생각이 들었다. 방귀를 뀌고 나니 한결 배가 편해졌다.

의사가 다가와 위와 대장에는 큰 이상이 없다고 알려주었다. 다만 대장에서 조그만 폴립(Polyp) 3개를 떼어 냈다고 했다. 폴립은 대장암으로 발전할 가능성이 있기 때문에 제거하는 것이 원칙이고, 폴립을 발견하고 제거하는 것이 대장 내시경의 목적이기도 하다.

식당에 간단한 식사가 마련돼 있어 죽으로 허기를 달랬다.

집으로 돌아오니 큰 짐을 덜어놓은 것 같이 몸도 기분도 좋아졌다. 최종 결과가 나와야 확실한 것을 알 수 있겠지만 검사하며 그때그때 들은 바로는 큰 이상이 없었다. 아무 탈 없이 검진을 끝내고 나니 받기 잘했다는 생각이 들었다. 역한 물을 무지막지하게 마신 것도 궁둥이가 닳도록 화장실을 드나들던 것도 아프고 힘든 기억이라기보다 재미있는 추억이 됐다.
일주일 뒤에 최종 결과가 나왔다. 예상대로 모두가 정상이었다. 몸이 괜찮다니 은퇴하면서 움츠러들었던 마음에 자신감이 생겼다.

잠꾸러기의 불면증

어려서 잠꾸러기라는 놀림을 많이 받았다. 일부러 게으름을 피우려는 건 아닌데 어쨌든 남들보다 잠을 많이 잤다. 자리에 누우면 이내 곯아떨어졌다. 잠자는 시간도 길었고 한번 잠이 들면 누가 업어 가도 모를 정도였다.

학교에 늦지 않으려면 일찍 자야 했다. 아침에도 어머니께서 몇 번이고 고함을 쳐야 부스스 일어나곤 했다. 시험 기간에도 밤늦게까지 공부하기 어려웠다. 한마디로 일찍 자고 늦게 일어나는 불량한 아이였다.

성적표를 받아온 날마다 야단을 맞았다. "다음날이 시험인데 초저녁부터 잠을 자면서 점수가 좋게 나올 수 있냐"며 어머니께서 꾸중하셨다. 한편으론 억울했지만 잠을 참으려는 의지가 부족했던 것도 사실이었다. 오기가 생겼다. 고등학교에 입학하고부터는 힘들게 졸음을 참으며 공부에 매진했다. 부모님이 만족할 만한 수준은 아니어도 성적이 꽤 올랐다.

대학교에 입학한 뒤 첫 여름 방학에 동학(同學) 친구들과 서해안 만리포(萬里浦)로 여행을 떠났다. 집을 떠난 해방감에 밤마다 소주를 곁들인 판이 벌어졌다. 친구들은 시간이 갈수록 눈이 점점 더 맑아지며 신명을 내는 데 반해서 처지는 눈꺼풀을 감당하기 어려웠다. 먼저 잠자리에 들었는데 아침에 눈을 뜨니 친구들은 벌써 세수까지 마쳤다. 또래와 비교해서 확실히 잠이 많은 것은 확실했다. 친구들 얼굴 보기가 약간 멋쩍었다. 남들처럼 잠이 적으면 공부도 더 잘할 수 있고 친구들과 밤새도록 어울리기도 좋겠다고 생각했다.
원래 약골이라 잠이 많다고 믿었다. 밤에 잠이 많은 것이 좋은 점도 있었다. 잠을 충분히 자서 그런지 아침에 일어나면 몸이 가뿐하고 낮에는 조는 법이 없었다. 남들은 수업 시간에 꾸벅꾸벅 졸다가 선생님께 지적을 받기도 했는데 수업 시간에 졸았던 기억이 없다.

아버지께서는 늘 저녁 9시 뉴스가 시작되기도 전에 자리에 누우셨다. 처음에는 노인이라 체력이 달리기 때문이라 여겼다. 그런데 나중에 말씀을 들으니 새벽에는 일찍 일어나신다고 했다. 주무시는 절대 시간이 길지 않은 것이다. 많이 주무실 것도 아닌데 모처럼 뵈러간 자식과 얘기를 나누다 주무시면 좋을 텐데 왜 그러셨을까. 당시 젊은 사람 머리로는 이해가 어려웠다.
약 10년쯤 됐을까. 지금 생각해 보니 50대 중반부터인가 아침에 깨는 것이 별로 힘들지 않았다. 전에는 이불을 걷고 일어나려면 잠을 이기지 못해 몇 번이고 뒤척이다가 시간이 임박해서야 겨우 눈을 떴었다. 출근하는 차 안에서도 연거푸 하품이 나왔었는데 나이가 들고는 아침에 정신이 맑았다. 나이가 들어 거꾸로 몸이 좋아지나. 어쨌든 나쁘지 않은 현상이니 당시에는 그냥 무심하게 지나쳤다. 나이가 들면서 저녁잠이 늘고 새벽잠이 준다는 사실을 알고는 있었어도 실제로 닥쳐올 줄은 전혀 생각하지 못했다. 저녁 10시도 되기 전에 소파에 앉아 뉴스를 보다가 스르르 잠이 들었다. 아내가 방에 들어가서 자라고 다그쳐야 겨우 몸을 일으켜 안방으로 들어갔다. 매일 반복되는 일이었다.

불가피하게 밤늦게까지 잠자리에 들지 못한 날에도 다음날 새벽 5시면 어김없이 눈이 떠졌다. 하지만 이런 날은 종일 몸이 찌뿌듯했다. 잠자는 시간이 부족했던 탓이었다.
수면 생리가 나이에 따라 변한다는 것을 몸소 깨닫고 나서는 가능하면 일찍 잠자리에 든다. 무조건 새벽에 눈이 떠지기 때문에 적당한 수면 시간을 확보하려면 일찍 자야 한다. 잠이 부족했던 날은 점심 식사 뒤에 앉아서 깜빡 조는 경우가 많다. 10여 분 졸고 나면 몸이 한결 가벼워진다. 그런데 낮에 잠깐이라도 졸았던 날은 밤에 잠자리에 누워도 쉽게 잠이 오지 않는다. 결국은 다음날 몸이 무거울 수밖에 없고 또 낮잠을 자게 된다. 악순환이 계속되는 것이다. 고리를 끊어 보려고 점심 식사 뒤에 졸음이 오면 의자에서 일어나 동물원 우리 속 곰처럼 방을 서성인다.

수면이 부족하면 매사가 귀찮아진다. 집중력이 현저히 떨어져 실수하거나 뜻하지 않게 다치기도 한다. 전에는 잠을 적게 자고 공부나 일을 많이 하는 것이 좋은 것인 줄 알았는데 꼭 그렇지만은 않다. 적당한 시간 동안 푹 자는 것이 노화를 더디게 하는 비결이다. 수면은 건강 유지를 위해 빼놓을 수 없는 요소인 셈이다.
사람을 활기 있게 만드는 많은 것 중에서 테스토스테론이라는 남성 호르몬은 중요한 역할을 한다. 잠이 부족하면 테스토스테론 분비가 현격히 준다고 한다. 잠을 충분히 자지 못하면 무기력해지는 이유다. 시즌 내내 장거리를 이동하며 경기를 펼치는 미국의 프로 스포츠 선수들의 가장 큰 골칫거리는 이동에 따른 시간 부족과 시차 때문에 잠이 충분치 못한 것이라고 한다. 체력 유지와 컨디션 조절에 중요하니 선수들은 숙면을 위해서 노력을 기울일 수밖에 없다. 생각해 보면 어려서 잠을 많이 잔 것은 신이 주신 선물이었다. 막상 잠자리에 들었는데 잠들기는커녕 갈수록 눈이 말똥말똥해지는, 이른 새벽에 잠을 더 청해도 결국 잠들지 못하고 동이 트는 참담한 심정을 젊어서는 알지 못했다.

잠꾸러기라는 별명이 그렇게 듣기 싫었는데 이제는 불면증을 호소하는 처지가 됐다. 잠이 충분한 것이 좋은 체질임을 깨닫지 못하고 스스로 자책했던 데 대한 벌을 받는 것인지 요새는 잠을 푹 자지 못한다. 수면 시간도 줄었고 안타깝게도 수면의 질이 많이 떨어졌다. 어쩌다 정신 없이 잔 날은 기분이 그렇게 좋을 수 없다. 식곤증이 와도 억지로 버틴다. 낮 동안에는 가능하면 몸을 많이 움직이려 애쓴다. 소변 때문에 깨지 않도록 자기 전에는 물을 적게 마신다. 자기 전 머리맡에 두고 듣던 유튜브도 멀리한다. 잠꾸러기가 잠을 자기 위해 노력을 하게 될 줄 누가 알았겠는가.

토끼 같은 손주

주말 오후에 아내와 남대문 시장을 찾았다. 가을철 날씨 좋은 주말을 맞아 지하철이고 길거리고 할 것 없이 사람들로 가득했다. 남대문 시장은 워낙 복잡해 어디가 어디인지 통 알 수가 없었다. 물어물어 아동복 파는 골목으로 갔다. 가게들이 자리잡은 건물 속은 더 복잡했다. 좁은 복도 양옆으로 상점들이 다닥다닥 붙어 있었다. 곳곳에 유모차를 끌고 온 사람들까지 뒤섞여 한 발짝 떼기가 힘들었다. 요즘 나라 전체가 불경기라지만 재래시장은 꽤 북적였다.
초입에 양말 가게가 눈에 띄었다. 아내는 부쩍부쩍 클 때니 양말이 많이 필요할 거라며 짧은 양말, 짧은 스타킹, 그리고 긴 스타킹을 골랐다. 모든 것을 크기가 다를 뿐 똑같은 디자인으로 두 켤레씩 여러 켤레를 샀다. 애들이 좋아할 것 같다는 외할아버지의 강력한 주장으로 막판에 발목에 레이스가 달린 양말이 가까스로 추가됐다. 셈을 끝내고 받아든 양말 담은 비닐봉지가 묵직했다.
마네킹에 셔츠와 함께 입힌 잠바스커트가 예뻤다. 주저 없이 큰놈과 작은놈 크기에 맞게 두 벌을 샀다. 주인아주머니가 맞춰 입으라며 은근히 쫄바지까지 권했다. 이 가게에서 고른 물건도 한 보따리였다.
양손에 묵직한 봉지를 들고 아내 뒤꽁무니를 따라가다 보니 내복 가게가 나타났다. "날씨가 싸늘해질 텐데 내복이 필요하겠지"라고 혼잣말을 하며 내복 두 벌을 집어 들었다. 면이 도톰해서 따뜻할 것 같았다. 잠옷도 팔고 있어 잠시 망설였는데 그만두었다.
눈을 옆으로 돌리니 녹색 바둑판무늬 원피스가 탐이 났다. 속에 받쳐 입을 티셔츠도 색깔에 맞게 골랐다. 흥정을 마치자 비슷한 또래의 주인이 손주들 위해 쇼핑 나왔냐며 말을 걸어왔다. 자신도 주말에 손주들에게 선물과 음식 사주는 맛에 산다고 하면서, 할아버지 할머니가 같이 다니는 모습이 보기 좋다고 했다. 덤으로 머리핀을 봉지에 넣어주며 눈을 찡긋했다.
미국에서 딸네가 카톡으로 보내온 사진에서 큰놈이 학교 갈 때 매일 같은 후드 티만 입고 가는 것을 눈여겨봤던 아내가 앞이 터진 후드 티를 찾으러 다녔다. 후드 티가 드물고 어쩌다 있는 것은 영 마음에 들지 않았다. 하지만 지성이면 감천이라고 예쁜 분홍색 후드 티를 마침내 찾았다. 기쁜 마음에 얼른 집어 들고 보니 작은놈에게 맞을 크기였다. 이를 어쩌나, 큰놈에게 맞을 크기는 다 나가고 없었다. 하는 수 없이 큰놈 것은 다른 가게에서 궁둥이까지 내려오는 재킷을 대신 샀다.
손가락마다 비닐봉지를 끼었더니 무게에 눌려 손가락 끝에 피가 통하지 않았다. 다리도 뻐근했다. 돌아오는 지하철에는 왜 그리 사람이 많은지 땀이 나서 몸이 촉촉하게 젖었다. 그래도 즐거웠다. 선물을 받고 좋아할 애들 모습이 눈앞에 펼쳐져 혼자 빙긋이 웃었다.

근무 중에 잠깐 우체국에 가서 제일 큰 종이 상자를 샀다. 값이 3,700원인데 두툼하게 잘 만들었다. 한 개로 부족하면 어쩌나 하는 걱정에 두 개를 들고 왔다.
저녁에 짐을 싸기 시작했다. 옷가지와 함께 아내가 준비한 예쁜 꽃무늬 운동화가 눌리지 않도록 신발 상자에 담긴 채로 넣었다. 옷이 꽤 많다고 생각했는데 상자 하나에 다 들어가고도 여유가 좀 있었다.
저녁 준비 중인 아내에게 상자 한 개로 충분하다, 다 들어가고도
남는다고 얘기하니 아직 상자를 테이프로 봉(封)하지 말라고 했다.
먹을 것이 없으면 애들이 섭섭해할지도 모른다며 과자를 좀 준비할
테니 하루이틀 기다려 달라고 했다. 말을 듣고 보니 그럴 것도 같았다.
다음날 슈퍼마켓에 들러 과자를 조금 샀다. 서울 있을 때 애들이
좋아하던 '빼빼로', '마이쮸', '마이구미' 등을 부서지지 않도록
비닐에 싸서 옷 사이사이에 넣었다. 이제 상자를 봉하겠다고 하자
"잠깐" 하며 아내가 또 막아섰다. 또 뭐가 필요하냐고 다소 짜증 섞인
목소리로 대꾸했더니, 이원복(李元馥) 교수가 지은 만화책 『먼나라
이웃나라―미국 편』을 보내주면 좋겠다고 했다. 그렇게 매번 요것저것
추가하면 올해 안에 부칠 수 있겠냐며 정색했지만, 이미 주문했으니
며칠만 더 기다려 달라는 말에 다시 손을 놓을 수밖에 없었다.
책은 일주일 만에 도착했다. 딸과 사위가 읽으면서 애들에게 알기
쉽게 설명해 주면 좋을 것 같았다. 미국에 대한 상식이 풍부해지면
학교나 어린이집에서 미국 애들과 어울리기 좋지 않을까 하는
마음이었다.
상자도 꽉 찼고 마음먹었던 물건도 모두 넣었으니 상자를 테이프로
단단히 봉했다. 아내는 매직펜으로 미국 주소를 큼지막하게 썼다.
마침 돌아오는 금요일에 아들이 회사를 하루 쉰다고 해서, 우체국에서
부치는 수고는 애들 외삼촌이 하기로 했다. 빠른 항공편 소포 요금이
17만 원이었다.
아내가 주말 내내 "언제 도착하지?" 하면서 안달을 부렸다. 도착하면

휴대폰으로 연락이 올 테니 좀 기다리라고 해도 소용이 없었다.
쓸데없는 수선 떨지 말라고 핀잔을 하면서도, 외할머니의 무조건적인
손주 사랑을 나무랄 수는 없는 노릇이었다.

소포를 보내고 일주일째 되는 날 오전 이른 시간에 '카톡'이 울렸다.
이 시간쯤 오는 카톡은 틀림없이 미국에서 오는 소식이었다. 여러
사진을 열어 보았다. 거실이 온통 옷들로 어지러웠다. 활짝 웃고 있는
작은놈이 보이고 큰놈은 뒤쪽에 앉아 있어 얼굴이 잘 보이지 않았다.
다음으로 영상 통화를 했다. 작은놈은 싱글벙글 웃으며 새 옷에
운동화까지 신고 "고맙습니다"를 연발했다. 가만히 있는 큰놈의 손을
잡아끌며 "할아버지 할머니께 고맙습니다 해야지" 하며 딸이
다그쳤다. 큰놈은 입이 삐죽 나와 있었다. 단단히 화가 난 것 같았다.
아차, 무언가 문제가 생겼다는 생각이 번쩍 들었다. 짝을 못 맞춘 후드
티 때문일 거라고 직감했다. 작은놈이 득의에 찬 모습으로 모자 달린
후드 티의 지퍼를 올리고 있는 사진이 있었다. 눌려 지낸다고
생각하던 작은놈이 모처럼 큰놈을 이겼다고 생각하는 듯 보였다.
아내와 딸의 통화로 이내 확실해졌다. 할아버지 할머니의 마음에 작은
생채기가 생겼다. 후드 티를 못 얻은 큰놈이 안 됐다는 마음과 그동안
많은 것을 큰놈 위주로만 생각해 작은놈이 마음 아파하지 않았을까
하는 걱정이 교차했다.
토요일에 다시 영상 통화를 했다. 다행히 애들은 모두 쾌활했다.
신발이 작아 발이 아프다고 했다. 크기를 잘못 생각한 탓이었다.
아내는 저간의 사정을 큰놈에게 자세히 설명했다. 그리고 조만간 다시

시장에 가서 후드 티를 찾아보겠노라고 단단히 약속했다. 옆에 있던 딸이 미국에도 후드 티 살 곳 많으니 공연한 고생하지 말라고 했다. 통화를 마치고 나니 그래도 마음이 좀 풀렸다.
아내는 쉬는 날 혼자서 남대문 시장에 또 다녀왔다. 이번에도 찾던 것을 얻지 못하고 돌아왔다. 대신 큰놈 마음을 달래 줄 옷 몇 가지를 사 왔다. 외할머니의 억척을 다시 한번 확인할 수 있었다.
카톡으로 온 사진 속에 손주들이 아침 일찍 집을 나서고 있었다. 큰놈은 오늘도 같은 후드 티 차림이었고 작은놈은 새로 생긴 핑크색 후드 티 차림이었다. 둘 다 표정이 밝았다. 작은놈이 토끼가 그려진 스타킹을 신고 익살스러운 표정을 짓고 있었다.
카톡, 카톡, 사진이나 동영상이나 메시지가 올 때마다 마음이 들떴다. 오늘도 토끼 같은 손주들 보는 맛에 산다.

궁여지책

휴대폰을 손에 들고 혼자 얘기하려니 쑥스럽다. 그래도 2019년 7월경 처음 시작하던 때에 비하면 많이 좋아지긴 했다. 이제는 표정도 어느 정도 자연스럽고 웃으며 혼자서 묻고 답하면서 진행하기도 한다. 여유가 좀 생긴 셈이다. 오늘도 조금 전 3분짜리 소위 '셀카' 동영상을 찍어서 전송했다.
출근해서 급한 일을 대강 마무리하고 오전 10시 전후로 사무실 책상에 앉아 동영상을 만들어 보낸다. 이때가 미국 서부는 오후 6시경으로 손주들이 집에 있을 시간이다. 조금 늦으면 저녁 식사나 잠자리에 방해가 될지 모른다. 어떤 날은 회신 동영상이 한두 시간이면 날아오지만 대개 다음날 응답이 도착한다.
바빠서 동영상을 못 보낸 날은 오후 내내 왠지 허전하다. 화장실에서 뒤처리를 않고 나온 것 같기도 하다. 엊그제도 동영상을 못 보냈다. 혼자 생각이지만, 애들이 할아버지 소식을 목이 빠지게 기다리다 지쳐 잠들었을 것 같다. 하는 수 없이 미국은 좀 늦은 시간이지만 스스로의 정신 건강을 위해 딸에게 "오늘 바빠서 소식 전하지 못했으니 할아버지가 양해를 부탁한다는 말을 애들에게 꼭 전해줘"라고 문자를 한다. 금방 알았다는 답이 온다. 마음이 한결 편해진다.

딸네가 서울에 있을 때는 수시로 손녀들과 영상 통화를 했다. 사는 곳이 가까워 저녁에 산책하다가 잠시 집에 들어가 애들 재롱을 보기도 했다. 둘째 애까지 입을 떼기 시작해 한참 재미를 보고 있었는데 사위의 공부 때문에 딸네가 미국으로 떠나게 됐다. 섭섭했지만 속으로는 영상 통화를 자주 하면 괜찮을 거라고 자위했다.
시차 때문에 애들과 통화하려면 한국 시간으로 오전 10시 전후가 가장 좋았다. 문제는 새로 얻은 직장이었다. 개인 공간이 있기는 하지만 직원들이 수시로 들락날락하기 때문에 큰소리로 개인적인 통화를 하기는 어려웠다. 게다가 보안 문제 때문인지 사무실에는 와이파이가 없었다. 이래저래 평일에 딸네와 영상 통화하는 것은 현실적으로 불가능했다. 주말이나 돼야 휴대폰으로나마 딸네 얼굴을 볼 수 있으니 속이 답답했다.
궁하면 통한다고 해결책을 마련했다. 근무 중 짬을 내서 동영상을 찍어서 보내고 미국에 있는 딸네가 동영상으로 답을 보내면 실시간은 아니라도 얼굴을 보며 소통할 수 있었다. 약 3개월 전 처음으로 동영상을 보냈다. 직원들의 의학 자문이 좀 뜸한 시간에 눈치껏 사무실에서 휴대폰을 앞에 놓고 동영상을 찍었다. 괜히 민망했다. 시도는 성공적이었다. 매일 딸네가 보내온 동영상으로라도 애들 얼굴을 보니 즐거웠다. 손녀들도 아주 좋아했다. 그런데 며칠 계속하다 보니 애들에게 별로 해줄 얘기가 없었다. 안부를 묻고, 학교와 어린이집에 잘 다녀왔냐고 묻고 나면 말문이 막혔다. 애들도 시들해지는 것 같았다. 새로운 돌파구가 필요했다.

간단한 퀴즈를 내 보기로 했다. 퀴즈를 낸다고 하니 애들도 환호하며 좋아했다. 처음부터 어려운 문제를 내면 흥미를 잃을 것 같아 쉬운 문제부터 시작했다. 큰애에게는 외할아버지, 외할머니, 외삼촌의 이름을 묻고 작은애에게는 "지금 사는 도시가 어디야?" 하는 문제를 냈다. 금방 답신이 왔다. 예상과 달리 동영상 속 애들 얼굴이 시무룩했다.

큰애는 "할아버지, 그렇게 쉬운 문제를 내면 어떡해요, 다음부터 어려운 문제를 내주세요" 하며 세 명의 이름을 속사포처럼 말했다. 그리고 화면이 옮겨졌는데 작은애는 답을 못하고 머뭇거렸다. 빨리 답을 하라고 애들 엄마가 다그쳤는데 작은애 표정을 보니 전후 상황을 이해하지 못하는 듯했다. 작은애는 아직 어려서 퀴즈라는 개념을 몰랐다.

퀴즈는 주로 지리와 역사, 인물에 대한 것, 그리고 동물에 대한 것 등을 냈다. 애들은 책도 찾아보고 부모에게 묻기도 하면서 재미있어 했다. 작은애에게는 ○×로 물었다. "네가 사는 곳이 어디야?" 하는 대신에 "우현이가 사는 곳은 미국입니다. 맞으면 ○, 틀리면 ×" 하는 식이었다. 작은애도 답을 곧잘 했다. 두 아이 모두 재미있어 하니 뿌듯했다.

퀴즈가 거듭되면서 애들 수준에 맞는 문제를 찾는 게 쉽지 않았다. 아침 일찍 출근길에 운전하면서 당일 낼 문제를 생각했다. 우선 재미있어야 하고 또 교육적이어야 하는데 아이디어가 잘 떠오르지 않았다. 생각이 정리되기도 전에 벌써 회사가 코앞이었다.

큰애보다 작은애에게 내는 문제가 더 어려웠다. 작은애에게 문제를 안 내면 "왜 나에게는 퀴즈가 없냐"며 몹시 섭섭해했다. 애들이 보고 싶어서 시작한 일이 이제는 싫지 않은 부담이 됐다.

미국과 관련된 퀴즈를 내려고 노력했다. 동급생들에게는 상식적인 내용을 우리 애들이 몰라 어리둥절하지 않을까 하는 노파심에서였다. 미국 대통령, 유명 인사, 지리 등에 대한 퀴즈를 많이 냈다.
어느 날 예상치 못한 말을 들었다.
"할아버지, 미국에 대한 것은 학교 선생님이 많이 얘기해 주니까 할아버지는 한국에 대한 퀴즈를 많이 내주세요"
아차, 할아버지 생각이 짧았구나.
작은애는 사과를 가장 좋아했다. 어느 날 작은애에게 "좋아하는 과일이 사과지요?"하고 물으니 수줍게 맞다고 고개를 끄덕였다. 그래서 미국에서도 사과 많이 먹느냐, 미국에도 사과가 있느냐 하고 물었는데, 작은애가 정색을 하고 "미국에 왜 사과가 없겠어요"라고 대답했다. 어른 같은 말솜씨에 까무러칠 뻔했다.
궁여지책(窮餘之策)으로 마련한 동영상 퀴즈가 큰 즐거움이자 삶의 활력소가 되었다. 적당한 문제를 생각하느라 머리를 써야 하니 정신 건강에 좋고 애들은 재미있게 상식을 늘려갈 수 있으니 꿩 먹고 알 먹는 격이다. 오늘 보낸 퀴즈의 답이 언제 오려나, 휴대폰 울릴 때마다 가슴이 두근두근한다.

앞니 빠진 중강새

초등학교 입학 즈음으로 퍽 오래된 일이다. 아래쪽 앞니 두 개가 흔들리기 시작했다. 어머니께서는 이가 빠질 때가 됐으니 손으로 계속 흔들라고 하셨다. 흔드는 것을 조금 소홀히 한다 싶으면 야단하며 적기에 이를 뽑아주지 않으면 덧니가 나서 보기 흉하다고 혀를 끌끌 차셨다. 꾸중이 무서워 몇 날 며칠을 흔들어 대니 이가 덜렁덜렁했다. 한가한 오후에 어머니께서는 반짇고리를 손에 들고 막내아들을 무릎 앞에 불러 앉혔다. 능숙하게 실을 꼬기 시작하시는데 겁이 덜컹 났다. 이 뽑을 준비를 하시는 것이었다. 실을 이에 단단히 묶기도 전에 울음이 터졌다. 어머니께서는 "뚝 해, 사내놈이 이게 뭐야" 하며 단호한 표정으로 한 손은 뒤통수를 잡고 다른 한 손으로 실을 힘껏 잡아당기셨다. "아앙" 하는 외마디 소리와 함께 조그만 젖니가 실 끝에 대롱대롱 매달렸다. 재빨리 탈지면을 이가 빠진 자리에 물려 주셨다. 빼고 보니 이가 생각했던 것보다 작았다. 아프지도 않고 피도 많이 나지 않았다. 실 꼬는 것을 지켜보면서 기다릴 때가 두려웠지 막상 이를 뽑을 때는 생각만큼 아프지 않았다.
어머니께서는 빠진 이를 건네면서 지붕 위로 던지라고 하셨다. 무슨 뜻인지도 모르고 "헌 이 줄게, 새 이 다오"를 외치며 힘껏 지붕 위로 던졌다. 뽑은 이를 왜 지붕에 던지는지 여쭤보았으나 신통한 답변을 들은 기억이 없다. 참새나 제비가 물어 가지 않을까 하고 혼자서 상상했다.
아래, 위의 앞니 여덟 개와 송곳니 넷을 이런 식으로 뽑았다. 송곳니가 앞니 보다 흔들기도, 뽑기도 다소 까다로웠다. 나중에 어금니는 혀로 자꾸 밀어내면 저절로 빠졌기 때문에 어머니의 수고가 필요치 않았다. 어머니께서는 오 남매를 키우셨으니 모두 60개의 치아를 치과의사 면허증도 없이 무명실로 뽑으신 것이다. 무면허 의료 행위였지만 성공률 100퍼센트, 합병증 제로였다.

슬하에 딸 하나, 아들 하나를 뒀다. 맞벌이 부부로 애들을 키우느라 힘은 들었어도 큰 말썽 피우지 않고 잘 자랐다. 커가면서 어김없이 큰애의 앞니가 흔들리기 시작했다. 어머니께 배운 대로 열심히 이를 흔들라고 했다. 하지만 어린 애가 노는 데 정신이 팔리다 보면 이 흔드는 것을 잊게 마련이었다. 어머니께 받았던 꾸중보다 더 심하게 큰애를 나무랐다. 행여 시기를 놓쳐 덧니가 나면 어쩌나 하는 걱정이 앞섰기 때문이었다.
이를 뽑혀도 봤고 수차례 옆에서 지켜보기도 했지만, 실제로 돌팔이 치과의사가 되는 건 처음이었다. 매일 환자의 두개골을 톱으로 이리저리 자르고 척추에 굵은 나사못을 때려 박는 신경외과 의사지만 자식의 젖니를 뽑는 순간에는 손끝이 떨렸다.
어머니 하시던 대로 큰애를 앞에 앉히고 실을 꼬기 시작했다. 힐끗 보니 얼굴이 하얗게 질려있었다. 입을 크게 벌리고 실을 이의 뿌리에 바짝 붙여 묶었다. 분위기에 압도돼 크게 소리내어 울지는 못하고 닭똥 같은 눈물만 뚝뚝 떨어졌다. 실의 끝을 잡은 오른손에 힘이 들어가고 왼쪽 손으로 머리를 잡으니 본능적으로 때가 됐다는 것을 감지한 큰애가 참았던 울음을 터뜨렸다. 동시에 힘껏 실을 위로

잡아당겼다.
아뿔싸, 앞니는 그대로 그 자리에 있고 뽑힌 이가 달려 있어야 할 실 끝에는 아무것도 없는 게 아닌가. 단단히 묶는다고 묶었는데 실이 앞니에서 미끄러져 빠진 것이었다. 큰애는 집이 떠나가라 울어대고 옆에 있던 작은애까지 놀라서 덩달아 울기 시작했다. 딸의 손을 꼭 쥐고 있던 아내도 눈시울이 붉어졌다. 예기치 못한 난리를 빨리 수습해야 했다.
외과 의사의 냉정함이 힘을 발휘해야 할 순간이었다. 빠지지 않도록 재빠르게 실을 다시 묶었다. 처음과 달리 손도 떨리지 않았고 행동도 민첩했다. 머리를 꽉 잡고 손목 힘을 이용해서 실을 낚아챘다.
준비했던 소독솜을 입에 물리면서 상황이 무사히 종료됐다.
어머니의 60개 기록에는 못 미치지만 24개의 젖니를 어머니 방식으로 뽑았다. 첫 번째를 제외하고는 단번에 성공했고 합병증도 없었다.

외손녀의 아래쪽 앞니 하나가 흔들린다는 얘기를 들었다. 그리고 얼마 뒤 주말에 딸네가 놀러 와서는 과거의 경험을 되살려 다시 한번 돌팔이 치과의사가 돼 달라고 요구하는 것이 아닌가. 잠깐 망설였으나 외동딸이 애절하게 늙은 아버지에게 부탁하니 눈 질끈 감고 다시 한 번 불법 발치를 시도하기로 했다.
고객이 딸에서 외손녀를 바뀌었을 뿐 모든 절차가 30년 전과 다름없이 진행됐다. 하지만 자식 때 보다 더 떨리는 데다 애 엄마가 코앞에서 휴대폰으로 동영상까지 촬영하고 있으니 여간 신경 쓰이는 게 아니었다. 작은 실수라도 했다가는 꼼짝없이 덜미를 잡혀 원망을 감수해야 할 판이었다.

오랜만에 시행하는 시술은 첫 번째 시도에서 실이 손에서 미끄러져 빠졌다. 딸에게 했을 때와 비슷한 상황이 벌어진 것이었다. 다행히 두 번째 시도에서 이가 잘 빠져 사태를 마무리했다. 큰애가 울어대니 작은애까지 우는 30년 전 일이 판박이로 재현됐다. 2주일 뒤 아래 앞니 한 개를 더 빼주었고 외손녀들이 아빠가 있는 미국으로 떠났다.

애들 사진이 카톡으로 왔다. 큰놈이 크게 입을 벌리고 환하게 웃고 있는 모습이었다. 위의 앞니 두 개 빠진 자리가 유난히 넓게 보였다. 예쁘게 생긴 튼튼한 이가 나오려고 일찌감치 터를 넉넉하게 잡은 모양이었다. 그 뒤로 장인에게서 비책을 전해 들은 안과의사 사위가 돌팔이 치과의사 역할을 대신한다고 들었다.

애들 사진을 보고 있다가 문득 생각이 나서 동영상으로 전래 동요 〈앞니 빠진 중강새〉 부르는 모습을 찍어 보냈다. 요즘은 듣기 어렵지만 어려서 동기간이나 친구끼리 서로 놀리며 자주 부르곤 했다.

"앞니 빠진 중강새 우물가에 가지 마라 붕어 새끼 놀란다, 잉어 새끼 놀란다"

요행수

“선생님은 왜 의사가 되셨어요?”라는 질문을 종종 받는데 그때마다 “허허, 하다 보니 그렇게 됐네요”라고 얼버무릴 뿐 시원한 답변을 내놓지 못했다. 확고한 신념을 갖고 의대를 선택한 것이 아니어서 그럴듯한 멋진 말을 찾을 수 없었기 때문이었다.
옆의 동료들을 보면 의사 부모를 따라 자연스럽게 의대를 택한 친구도, 의사가 안정적인 직업이라 부모가 강력히 권한 친구도 있다. 알버트 슈바이처(Albert Schweitzer)처럼 고통받는 사람을 구하려는 숭고한 생각을 한 친구도 더러 있었다.
부모가 의사도 아니고 그렇다고 형제나 가깝게 지내는 사람 중에 의사가 있는 것도 아니었다. 부모님은 자식에게 장래 문제에 대해 조언은 하셨으나 구체적인 방향은 스스로 결정하게끔 일절 간섭하지 않으셨다. 의과대학에 간다고 했을 때도 “몸이 약한 사람이 어려운 의과 공부를 할 수 있겠니?”라며 걱정의 말씀은 하셨지만 결국 자식의 선택을 존중해 주셨다.
위로 두 형님은 경제학을 전공했고 누님은 사학(史學)을, 여동생은 영문학을 전공했다. 모두 문과 계통을 택했고 아버지도 언론인이셨으니 의과대학으로 진학한 것은 집안 내에서 별종인 셈이었다.

고등학교 2학년에 올라가면서 문과, 이과 중에 하나를 선택해야 했다. 문과에서는 많은 학생이 법과대학 아니면 상과대학을 목표로 했다.

법대에 가면 고시 공부를 해야 할 텐데 골방에서 혼자 책과 씨름하는 것이 마음에 내키지 않았다. 원래 나태하고 공부를 좋아하는 성격도 아닐뿐더러 결단력 역시 부족하기 때문이었다.

경제 계통은 이미 두 형님이 공부하고 있어 아들 셋 모두가 한 분야에 종사하는 것이 바람직하지 않다고 생각했다. 사실은 역사학이나 고고학 같은 순수 인문사회과학에 꽤 흥미를 갖고 있었다. 하지만 공부를 마치고도 자리잡기가 쉽지 않고 취직을 해도 배가 고플 것 같아 제외했다.

당시에는 경제 발전을 위해서 국가적으로 공업 분야에 큰 힘을 기울이고 있던 시기여서 공과대학이 많은 인기를 끌었다. 똑똑하고 공부 잘하는 많은 친구가 공대를 선택한 이유였다. 공대로 진로를 정할까 하고 생각 안 해본 것도 아니지만 안타깝게도 공과 계통은 원래 소질이 없었고 수학, 물리, 화학 실력이 약했다. 사람이 아닌 기계를 대상으로 일생을 사는 것이 무미건조할 것 같다는 생각도 했다. 순수 자연과학 역시 비슷한 이유로 처음부터 관심 대상이 아니었다.

요것저것 모두 제하고 나니 남은 것은 의과대학뿐이다. 의대는 이공계지만 수학, 물리 같은 과목보다는 적성에 맞는 생물 과목 비중이 커서 큰 거부감이 없었다. 또 어린 생각에 흰 가운을 입고 병원 복도를 활보하는 의사가 멋지게 보였다.

의과대학은 6년을 다녀야 하고 또 공부가 힘들다는 것은 모두가 알고 있는 사실이었다. 더구나 대학을 졸업하고도 오랜 기간 수련을 받아야 하기에 의사의 길은 그야말로 고난의 행군이 아닐 수 없었다.

게으르고 편한 것만 좇아다니느라 어머니께 걱정 끼치던 아이가 길고 힘든 과정을 간과한 채 달콤한 면만 보고 덜컹 의사의 길을 가기로 한 것이었다.
의대 공부는 정말 힘들었다. 고등학교 3학년 시절 대학 입시 공부할 때보다도 힘든 세월이 본과 4년 내내 계속됐다. 졸업한 뒤 신경외과 전문의가 되기 위한 5년의 과정도 뼈를 깎는 고행의 연속이었다.
진로를 선택할 때 나름 꾀를 부렸는데 결국은 늑대 피하려다 호랑이를 만난 꼴이 됐다.

현직에 있을 때는 정신없이 뛰어다녔는데 은퇴한 뒤에는 다소 여유가 생겼다. 급한 것도 없고 시간이 많다 보니 이런저런 잡다한 생각을 많이 하게 된다. 의사가 된 동기와 의사로서의 삶에 대해 되돌아보게 된 것도 이런 한가로움 덕분이다.
좋아서라기보다 하기 싫은 것을 피하다 보니 의사로 일생을 보내게 됐다. 어려운 공부 때문에 후회한 적도 있으나 점차 재미를 붙여가고 있는 것을 느꼈다. 신경외과 전공의 시절 의사로서 한계를 절감하면서도 절망 속 환자의 손을 잡아 주며 보람을 맛보기도 했다.
환자를 만나서 핵심을 파악해서 진단을 내리고 적절한 치료 방법을 구하는 과정이 적성에 맞았다. 힘든 수술을 마치고 환자가 눈을 뜨는 것을 보는 희열은 온몸을 찌릿하게 했다.
당구에서 뜻하지 않게 공이 맞은 요행수(Fluke)같이 어쩌다 선택한 의사의 길이 천직이 됐다. 운이 참 좋은 사람이라고 생각한다.
경제적으로 안정된 생활을 할 수 있었고, 과분하게 대학교수 자리에 앉아 사회적으로 어느 정도 존경을 받기도 했다. 더불어 아픈 사람을 도와주었다는 명분까지 챙겼으니 의사 인생이 금상첨화(錦上添花)라 할 만하지 않은가.
전공의 시절에 같은 의사의 길을 걷는 아내를 만났다. 의사가 되지 않았다면 이루어질 수 없을 평생의 사랑을 얻었으니 의사가 되라는 사주팔자를 갖고 태어난 것 같았다. 아내가 없었다면 지금의 행복이 있을 리 만무하다.
이런저런 생각을 정리해 봤지만 누가 또 의사가 된 연유를 물어보면 한마디로 어떻게 답을 해야 할지 뾰족한 방책을 찾지 못한다.
사주팔자라고 할 수도 없고 요행수를 바라고 선택했다고 말하기도 부끄럽다. 지금 쓴 글을 프린트해서 들고 있다가 궁금해하는 사람이 있을 때 내밀면 어떨까. 하기야 이제 은퇴한 노인에게 뭘 물어볼 사람도 없을 텐데 나이가 드니 사람이 주책맞아지는가 보다.

연기처럼 사라진 사람

신나게 놀면서 의예과 2년을 보냈다. 공부는 뒷전이고 친구들과 어울려 술도 마시고 담배도 배웠다. 예과의 진정한 의미를 망각하고 허송세월을 한 것이었다. 놀 때는 좋았는데 길 하나 건너 본과로 진학할 때가 되면서 겁이 나기 시작했다.
"본과 공부가 장난이 아니라고 하던데 헤쳐나갈 수 있을까. 까짓것 별거 있으려고. 남들도 다 하는데 닥치면 다 잘 될 거야" 하면서 달래 보지만 날짜가 가까울수록 초조감은 점점 더해 갔다.
눈발이 날리는 1974년 3월 초에 본과에서 수업을 시작했다. 예과에서 보지 못한 학생들이 꽤 많았다. 알고 보니 낙제한 선배들이었다. 1년 선배가 대부분이지만 2, 3년 유급한 사람도 있고 몇 명은 5년째 본과 1학년을 다닌다고 했다. 1년 뒤 동급생 중 1/4이 2학년으로 올라가지 못한다는 말에 등골이 오싹했다.
만나면 시시덕거리며 놀러 다니기 바빴던 예과 때와는 달리 다들 바짝 긴장하고 있었다. 교실에서 웃음기가 사라지고 눈에서 반짝반짝 빛이 났다. 거리에는 개나리가 만개했다. 탐스러운 목련도 꽃망울을 터트리니 필경 봄은 왔건만 몸속을 파고드는 바람은 마음을 움츠리게 했다.

모든 과목이 어렵고 따라가기 힘들었는데 특히 해부학 시간에는 잠시도 긴장의 끈을 놓을 수 없었다. 해부학은 골(骨)학으로 시작했다. 교수님은 진짜 사람 뼈를 나눠주셨다. 골반, 팔뼈, 다리뼈 등은 그래도 괜찮은데 흔히 해골이라고 부르는 두개골을 만지려니 약간은 떨렸다. 하지만 두려움도 잠깐, 이내 익숙해져서 사람 뼈를 만지는 게 아무렇지 않게 됐다. 그저 학습 자료일 뿐이었다.

하루는 공부가 밀려 밤에 집에서 공부하려고 가방에 뼈를 넣고 귀가했다. 원칙은 뼈를 학교 밖으로 가지고 나갈 수 없었지만 그때는 다들 그렇게 했다. 방에서 한참 뼈를 만지며 공부에 몰입하던 참이었다. 늦은 밤까지 공부하는 아들이 걱정되셨는지 어머니께서 과일을 들고 방으로 들어오셨다. 뭔가 이상한 물건을 보고 뭐냐고 물으셨는데 사람 뼈라고 말씀드리니 과일 접시를 바닥에 놓고 방을 뛰쳐나가셨다. 많이 놀라신 모양이었다. 다시는 뼈를 들고 집에 오지 말라고 나무라셨다. 죄송스럽기도 하고 한편 웃음이 나기도 했다.

약 한달간의 골학이 끝나고 본격적인 시체 해부가 시작되는 날이었다. 교수님은 몸을 맡긴 분들께 감사의 묵념을 주도하셨다. 일렬로 서서 넓은 강당에 마련된 실습실로 들어갔다. 30구쯤 되는 시체에 흰색 천이 머리끝까지 덮여 있었다. 늘 시끄럽고 장난이 심한 학생들인데 이 순간만큼은 아무 말이 없었다.

여섯 명 당 시신 한 구가 배당됐다. 차가운 시멘트로 만든 테이블 양쪽에 세 명씩 섰다. 사람 몸이 좌우 대칭이니 나란히 선 셋이 한 조였다. 덮인 천을 걷었다. 일그러진 얼굴의 나무토막 같은 시신이 나무 베개를 베고 똑바로 누워 있었다. 연세가 꽤 들어 보이는 여자였다. 몸이 바닥의 시멘트와 나무에 배겨 아플 것 같았다.

난생처음 대하는 사람 사체에 정신이 없는데 지독한 냄새가 코를 찔렀다. 상하는 것을 방지하기 위해서 뿌린 포르말린이었다. 눈물

콧물이 계속해서 흘러내렸다. 고무장갑을 착용했지만 쉽게 손을 대기 어려웠다.
당시 해부용 사체는 대부분 무연고 시체들이었다. 그렇게 봐서 그런지 얼굴이 모두 편치 못했다. 생전에 고생을 많이 했을 텐데 죽어서도 차갑고 딱딱한 곳에서 몸이 찢어진다고 생각하니 마음이 무거웠다.
실습 책에 있는 대로 하나하나 신경, 동정맥, 근육 등을 확인했다.
처음의 긴장도 많이 풀어졌다. 어느덧 시간이 가면서 시체가 아무렇지도 않게 느껴졌다. 고무장갑을 끼기 귀찮아 맨손으로 해부를 진행하기도 했다. 다만 포르말린과 시체 썩는 냄새가 괴로울 뿐이었다. 날이 더워지면 질수록 지독한 냄새는 더해 갔다.
한 학기가 끝나가면서 해부 실습도 막바지에 들어섰다. 그동안 이리 자르고 저리 자르다 보니 어느덧 사람의 형체가 사라졌다. 본인의 뜻은 아니어도 사람의 생명을 구하기 위한 밑거름이 되고 이승에서 연기처럼 사라지는 것이었다.
해부 실습을 끝내면서 학생들이 뜻을 모아 제를 올렸다. 과일 몇 알, 마른오징어, 그리고 소주 한 잔이 전부였지만 모든 학생의 고마움과 미안함이 담긴 제상(祭床)이었다. 조금이나마 위안이 되셨다면 다행일 것이었다. 이제 한이나 걱정일랑 모두 내려놓고 마음 편히 하늘나라로 가시기를 빌었다.

의과대학을 무사히 졸업하고 의사가 됐다. 그 뒤로 신경외과 수련을 받고 전문의가 돼 35년 가까이 교수로 지내면서 많은 보람이 있었다. 모교에서 봉사할 수 있는 행운을 얻어 주위의 부러움을 받았고,

부족한 사람이 우쭐해서 거들먹거리기도 했다. 뇌종양 수술과 방사선 수술을 전공해서 많은 환자를 치료했다. 학문적으로도 적지 않은 성과를 올렸고, 400편 가까운 논문을 수준급 국제 학술지에 발표했다. 지난 세월 과분한 자리에 있으면서 모든 것이 자신의 공과 노력으로 생각했다. '개구리 올챙이 적 생각 못 한다'는 말처럼 힘겹게 공부하던 학생 시절을 새까맣게 잊고 지냈다.

이제 학교에서 은퇴하면서 이런저런 생각이 떠오른다. 기초적 의학 지식을 심어 주신 교수님, 신경외과의 은사님, 그리고 팀플레이를 해준 선후배가 없었다면 오늘이 있었을까. 감사하는 마음을 잊고 살았던 지난날이 부끄럽다.

본과 1학년 때 해부학 실습실에서 만났던 할머니가 생각난다. 다시 한번 감사의 마음을 전하고 싶다. 영원한 평안을 누리고 계시리라 믿는다.

3월에는 아프지 말아야 한다

제일 위로는 교수님이 계시고 그 아래로 전임의, 수석 전공의 등이 층층시하(層層侍下)지만 병실에서 환자를 대하며 각종 처치를 직접 시행하는 의사는 인턴과 통상 주치의라고 부르는 1년 차 전공의다. 병원의 속사정을 잘 모르는 환자는 실력 있는 교수를 만나면 일단 안심이지만 그것으로 끝이 아니다. 사실은 담당 인턴과 주치의를 잘 만나는 것이 더 중요할 수 있다. 아무리 능력 있는 교수가 명쾌한 지시를 내려도 실제 시행하는 사람의 일 처리가 서툴면 치료 과정이 잘 풀리지 않는 경우가 많다.

신학기가 시작되는 3월, 햇병아리 인턴과 주치의가 여러 환자를 담당하고 있다. 인턴은 막 의과대학을 졸업한 사람이고 주치의 역시 인턴을 끝냈을 뿐 책임지고 환자를 맡는 것은 처음이다. 이런 새내기들은 환자 앞에서 괜히 가슴이 벌렁벌렁 뛴다.

주치의를 보조하는 인턴의 여러 가지 잡다한 업무 중에서 가장 중요한 것은 채혈, 정맥주사, 관장, 도뇨관 삽입, 수술 부위의 제모(除毛), 각종 검사 결과 확인 및 보고 등이다. 요즘은 전문 간호사가 채혈과 정맥주사를 담당하고, 먹는 약으로 간단히 관장을 하고, 크림으로 제모를 하고, 컴퓨터 모니터에서 실시간으로 검사 결과를 확인하는데 과거에는 이런 일들이 모두 인턴 손을 거쳐야 했다.

남자 환자는 정맥을 쉽게 찾을 수 있어도 풍만한 여자 환자의 경우는 채혈이나 정맥주사를 놓기가 꽤 어렵다. 몇 번 바늘을 찌르다 보면 환자의 얼굴이 일그러지고 인턴의 등에서는 식은땀이 흐른다. 노골적으로 불만을 표시하는 환자들도 많다. 할 수 없이 주치의에게 도움을 청한다. 1년 간의 인턴을 막 끝낸 주치의는 정맥주사에 관한 한 신(神)의 수준이다. 주치의는 가볍게 일을 해결하고 당당하게 병실을 나선다. 경험 없는 인턴이 팔에 바늘을 마구 찔렀으니 팔뚝 여기저기에 멍이 들었다. 미안하지만 어쩌랴, 실력이 그것밖에 안 되는 것을. 환자는 울화통이 터져 병을 고치러 왔다가 병이 생길 지경이다. 다음부터 그 환자 보기가 매우 민망하다.

어른의 경우는 그래도 양반이다. 어린이 환자는 흰 가운을 보자마자 울음을 터트린다. 엄마가 달래 보지만 어린이에게 협조를 기대할 수 없다. 엄마가 단단히 붙잡고 바늘을 찌르는데 번번이 헛방이다. 아이는 병실이 떠나가라 울어대고 엄마의 인내도 한계에 도달한다. 엄마는 가슴이 미어지고 급기야 뺨을 타고 두 줄기 눈물이 주르르 흐른다. 풋내기 인턴은 잠깐 쉬었다 하자는 말을 남기고 병실을 나온다. 뒤돌아 나오는 등에 따가운 시선이 꽂힌다. 땀을 식히고 다시 주삿바늘을 들고 병실로 들어선다. 아이는 엄마 등 뒤에 몸을 숨기며 "아저씨가 또 왔어. 저 아저씨한테는 주사 안 맞을래" 하며 소리를 지른다.

저녁이 되면 다음날 위장관 수술 환자에 대한 전처치로 관장을 시작한다. 고무호스를 항문에 깊숙이 밀어 넣고 호스에 연결된 따듯한 비눗물이 든 통을 높이 들고 있으면 천천히 물이 대장으로 들어간다. 항문에 굵은 호스를 넣으면 환자는 심한 불쾌감을 느낀다. 고통을 줄이기 위해서 젤을 충분히 바르고 호흡을 조절하며 조심스럽게 호스를 넣어야 한다. 하지만 마음만 급하고 자신이 없는 초짜 인턴은 다짜고짜 호스를 쑤셔넣는다. "이렇게 움직이면 호스가 빠져 물이 다 새어 버리잖아요. 그럼 한 번 더해야 해요" 하며 환자가 괴로워 몸을 뒤틀면 참으라고 소리를 지른다.

수술 시간이 많이 소요되는 환자는 요도에 도뇨관을 삽입해야 한다. 남자 환자는 인턴이 담당하는데 해부학적 구조상 남자의 요도는 구불구불해서 삽입하기가 간단치 않다. 민감한 부위이기 때문에 환자는 창피하기도 하고 통증도 심하다. 경험이 없는 인턴은 대뜸 음경을 움켜쥐고 굵직한 고무관을 요도에 넣기 시작한다. 환자는 아픔을 참으려고 어금니를 악물고 주먹을 꽉 쥔다. 그나마 한 번에 들어가면 다행이지만 특히 연세가 높은 어르신들은 한 번에 성공하는 경우가 드물다. 호스를 넣기 전에 먼저 요도에 젤을 충분히 주입하면 통증이 훨씬 덜한 것을 한참 후에나 알게 된다.

일과의 마지막 일은 의무 기록지에 다음날 오더를 쓰는 일이다. 30명 가까운 환자의 오더를 쓰려면 두 시간은 족히 걸린다. 오더를 쓰는 중에도 수시로 의사를 찾는다는 간호사의 호출에 응해야 한다. 별일도 아닌데 간호사가 의사를 호출하는 때도 있다. 짜증이 안 날 수 없다. 이런 경우 간호사와 언쟁이 벌어지기도 한다. 사회 경험이 있다면 별 탈 없이 지났을 일이 분쟁거리가 돼서 서로 목소리를 높인다. 3월의 밤이 깊어 간다.

채혈과 정맥주사가 얼마나 스트레스였는지 한동안 환자만 보면 저절로 시선이 팔뚝에 집중된다. 이 사람은 정맥이 잘 보여 주사 놓기 좋겠다, 저 사람은 살이 통통해서 채혈하기 만만치 않겠다 하는 생각이 머릿속에서 맴돈다. 하지만 몇 달 지나고부터 인턴 생활에 이골이 나기 시작한다.
각종 수기에 자신이 붙었다. 한참 떨어진 곳에서 주삿바늘을 던져도 정맥으로 쏙 들어갈 것 같다. 관장도, 도뇨관 삽입도 환자에게 큰 불편 없이 할 수 있는 실력이 붙는다. 다소 불만을 표현하는 환자도 다독거릴 줄 알게 된다. 의사를 보면 무턱대고 우는 아이를 어르고 달래면서 채혈을 하면 엄마의 얼굴이 환해진다.
교수님 앞에서는 순한 양 같은 선참 간호사가 인턴에게는 호랑이 같다. 조금 일이 잘못되거나 늦어지면 속사포 같이 잔소리를 쏟아낸다. 하지만 견원지간(犬猿之間)처럼 다투던 간호사들과도 이내 친해진다. 알고 보니 세상은 둥글둥글 살아가게 생긴 모양이다.
새내기 의사들이 일을 시작하는 3월에는 아프지 말아야 한다는 말은 틀린 말이 아니다. 3월에 영문도 모르고 고생한 환자들의 찌푸린 얼굴이 떠오른다.

인턴가

의과대학을 졸업하고 의사 생활을 모교 병원에서 인턴으로 시작했다. 원래 인턴이라는 제도가 시작될 때 인턴은 1년 내내 병원에서 먹고 자면서 일을 배웠다고 들었다. '안에서 돈다'는 뜻이 '인턴'이라는 말의 어원이다. 시대가 변하면서 1970년대 중반부터는 당직이 아닌 인턴은 출퇴근이 가능하도록 제도가 보완됐다. 병원 안에 있던 인턴 숙소도 폐쇄됐다. 하지만 병원의 온갖 허드렛일을 도맡아 하는 인턴에게 퇴근이라는 말은 그림의 떡이었다. 한 달의 반은 당직이고 나머지 반은 일이 밀려 집에 갈 엄두도 못 냈다. 과거의 인턴 숙소보다 열악한 당직실에서 쪽잠을 잤다. 좋은 뜻에서 숙소가 없어졌지만 실제로는 개선이 아닌 개악이 된 셈이었다.

도제 교육 시스템 아래 인턴은 교수님이나 선배들이 잔심부름을 시켜도 그저 감지덕지(感之德之)해야 하는 처지였다. 외출했던 선배가 오밤중에 거나하게 취해 들어와 라면이 먹고 싶다고 소리치면 커피포트에 라면을 끓여 대령했다. 라면과 함께 먹을 김치를 냉장고에 준비한 인턴은 칭찬을 받았다. 담배가 떨어졌다고 호통을 치면 여기저기 다른 과에 담배 동냥을 다녔다. 통행금지가 있던 시절이라 상점이 모두 문을 닫았기 때문이었다.

인턴은 항상 피곤하고 배가 고팠다. 일이 서투르니 야단맞는 게 일과의 전부였다. 가엾은 인턴에게 '삼신(三神)'이라는 별명이 붙었다. 일할 때는 '등신', 먹을 때는 '걸신', 잠자는 데 '귀신'이라는 뜻이었다. 그래도 의사가 됐다는 자부심에, 또 훌륭한 의사가 되는 길을 하나하나 배워 간다는 희망에 힘든 줄 모르고 즐거운 마음으로 선배의 꽁무니를 따라다녔다.

인턴의 일과는 새벽 동이 트면서 시작된다. 자명종 소리에 놀라 후다닥 일어나 환자와 의사가 공동으로 사용하는 세면장에서 고양이 세수를 마치면 환자 이름이 적힌 검사 용지와 주사기가 기다리고 있다. 주사기를 들고 입원실을 돌며 채혈 작업을 시작한다.
바늘을 한두 번 찔러서 성공하면 다행이지만 세 번째 시도부터는 얼굴빛이 변하면서 환자가 노골적으로 거부감을 드러내기도 한다. 운 좋게 성공해서 채혈을 시작하면 무슨 피를 그렇게 뽑냐면서 역정을 내는 어르신들이 많다. 병 고치러 왔다가 피가 말라 죽겠다며 얼굴을 붉힌다. 처음에는 다소 당황해도 시간이 지나면서 "죄송합니다"라고 말하고는 이내 잊어버린다.
짧게는 한 시간 길면 두 시간 만에 채혈이 끝나면 숨 쉴 틈도 없이 정맥 주사용 수액을 팔에 끼고 다시 병실을 돌기 시작한다. 이제까지는 피를 뽑느라 정맥에 바늘을 찔렀고 지금부터는 약을 주입하기 위해 정맥 찾는 작업이 시작된다. 30명쯤의 병동 환자에게 수액을 달고 나면 오전이 거의 지난다. 땀을 뻘뻘 흘리며 주사를 놓는 인턴에게 수고한다는 인사를 건네기도 하지만 사람 밥 굶겨놓고 이렇게 늦게 주사를 놔주면 어떡하냐며 불평을 하는 사람이 더 많다.
아침 점심 모두 거르며 열심히 뛰고 있는데 여기저기에서 상처 소독 안 해 준다고 난리가 난다. 레지던트는 검사하라고 시킨 게 언젠데 왜 아직 진행이 안 되었냐고 추궁한다. 몸이 열 개라도 모자랄 지경인데 하소연할 곳도 없다. 울고 싶은 심정이다.
오후에는 저녁 회진 준비에 정신이 없다. 당일 시행한 영상과 검사 결과를 찾아서 레지던트에게 보고한다. 인턴은 교수님을 직접 상대하지는 않는다. 레지던트가 교수님한테 깨지고 나면 화풀이가 몽땅 인턴한테 향한다.
회진이 모두 끝나고 저녁때가 되면 오더를 써야 한다. 교수님과 레지던트의 지시 사항을 잘 기억했다가 빠짐없이 오더에 써넣어야 한다. 오더가 조금만 늦어지면 간호사가 일을 진행할 수 없다고 채근한다.
종일 먹은 것이 없으니 입에서 단내가 난다. 만사 제쳐놓고 구내식당에서 하루의 처음이자 마지막 식사를 마치고 나면 내일 수술 환자의 전처치를 한다. 대수술을 위한 굵은 정맥 확보술 혹은 관장, 제모(除毛) 등이다.
항문에 꽂은 고무호스에 연결해서 커다란 통에 담긴 관장액을 장 속으로 넣는다. 주입한 뒤 얼마간 참았다가 화장실에 가야 대변이 모두 배설돼 장 청소가 제대로 되는데 환자는 심한 배변감에 급하다며 안절부절못한다. 손바닥으로 항문을 막고 참으라고 소리치지만 어떤 경우는 뿜어져 나오는 똥물을 그대로 뒤집어쓰기도 한다.
자정이 넘어 당직실로 향한다. 몸이 천근만근이다. 오늘밤에는 응급 전화가 오지 않기를 간절히 빌며 발걸음을 옮긴다.
'과부 설움은 과부가 안다' 고 어쩌다 식당에서 인턴끼리 만나면 인턴을 괴롭히는 레지던트들 성토하느라 정신이 없다. 서로서로 힘들었던 얘기를 털어놓으면 한결 속이 풀린다.

인턴만 남은 늦은 밤 당직실에서 소주를 앞에 놓고 모여 앉는다. 누가 먼저랄 것도 없이 가수 송창식(宋昌植)의 '피리 부는 사나이'를 개사해 만든 자학 섞인 '인턴가(歌)'를 부르기 시작한다.
"나는 피를 뽑는 사나이, 병실 돌아다니는 떠돌이, 예쁜 주사기 하나 들고서, 환자의 피를 뽑는다. 정맥 못 찾아 우는 철부지 인턴아…
나는 똥을 푸는 사나이, 병실 돌아다니는 떠돌이, 예쁜 똥통 하나 들고서, 냄새나는 똥을 푼다…"
시간은 어김없이 흐른다. 1년이 어느새 지나고 레지던트가 된다. 기분도 으쓱하고 어깨도 좀 펴지는 느낌이다. 고개를 들어보니 바짝 긴장한 후배 인턴이 눈앞에 보인다. 작년 이맘때의 모습이 저랬겠지.

공양미 삼백 석에 심 봉사가 눈을 떴네

뇌 혹은 척수의 병을 수술로 치료하는 신경외과학은 비교적 신생 학문이다. 선사시대 두개골에서 수술 흔적이 발견되기도 하지만 근대 신경외과의 역사는 기껏해야 100년 남짓이다.
의대 학생 시절 미지의 부분이 많고 더불어 외과 의사가 될 수 있는 신경외과학에 매력을 느꼈다. 힘든 의대 공부를 마치고 신경외과 전공의 생활을 시작한 게 40여 년 전인 1970년대 말이었다. 원대한 포부를 갖고 시작했는데 신경외과 전공의는 눈코 뜰 새 없이 바빴다. 너무 힘이 들어 신경외과에 들어온 것이 후회스럽기도 했다. 하지만 이미 때는 늦었다. 정면 돌파 말고는 다른 방법이 없었다.
언제 닥칠지 모르는 응급 상황에 항시 준비 태세를 유지해야 했다. 모자라는 지식으로 밀려오는 환자를 감당하기는 쉽지 않았다. 뇌수술은 시간이 많이 소요되기 때문에 수술실에서 선 채로 꼬박 밤새우기를 밥 먹듯 했다. 하지만 가만 생각해 보면 병을 진단하는데 수술 이상의 많은 시간과 노력이 필요했다.

가슴이나 배의 질환은 손으로 만져 보고, 두드려 보고, 또 청진기로 들어 보면서 진단했다. 흉부나 복부 X선 역시 아주 유용했다. 이에 반해서 뇌나 등골은 단단한 뼈에 둘러싸여 있어서 외부에서 접근할 방법이 없었다. X선 촬영으로는 두개골이나 척추의 뼈 병변 말고는 알기 어려웠다. 신경학적 이상 증후를 면밀하게 관찰, 분석해서 뇌 속 병변을 찾는 방법은 고도의 지식과 기술이 필요했다. 이런 신경학적 진찰마저도 병변 부위를 짐작하는 데 도움은 주지만 확실하게 어떤 병인지 알아내기는 어려웠다.

전공의를 시작했을 당시 뇌병변은 뇌혈관 조영술과 기뇌 촬영술로 진단했고 척추 병변은 척수 조영술로 진단했다. 모두 1910-1920년대에 개발된 것들이었다.

뇌혈관 조영술은 목의 동맥에 굵은 바늘을 찔러 조영제를 주입하면서 연속적으로 X선 촬영을 하는 검사법인데 숙달된 신경외과 의사도 목의 동맥에 주삿바늘을 찌르기 쉽지 않았다. 몇 번이고 찔렀다 뺐다를 반복했다. 더구나 멀쩡한 정신에서 목에 바늘이 들어가는 것을 지켜보는 환자의 공포와 고통은 말로 형용하기 어려웠다.

기뇌 촬영술은 척추에 바늘을 찔러 공기를 주입하고 머리 X선을 찍는 검사법인데 뇌혈관 조영술보다는 과정이 다소 간편해도 공기를 주입한 뒤 생기는 심한 두통 때문에 환자가 데굴데굴 굴렀다.

척수 조영술은 굵은 바늘을 척수 강에 찔러 조영제를 주입하는 검사법인데 바늘을 찌르는 것도 아프지만 검사를 끝내면서 조영제를 빼내는 과정이 몹시 힘들었다.

검사가 끝나면 의사나 환자 모두 파김치가 됐다. 이토록 어렵게 얻은 자료지만 병변을 직접 보여주는 것은 아니었다. 동맥이나 뇌 구조물의 미세한 변화를 찾아내 병변의 위치와 종류를 미루어 짐작할 뿐이었다. 얻은 영상을 판독하는 것 역시 보통 힘든 일이 아니었다. 콘퍼런스 시간에 교수님끼리 서로 의견이 달라 진단을 두고 침 튀기는 격론이 벌어지는 것이 다반사였다. 소경이 코끼리 다리 만지는 격이었다.

1970년대 초 영국의 공학자 고드프리 하운스필드(Godfrey Hounsfield)가 전산화 단층 촬영(Computed Tomography, CT)을 고안해 임상 시험이 진행됐다. 외국에서는 신경외과 영역의 혁명이라고 난리가 났다. 획기적인 뇌 질환 진단 기계가 발명됐다는 소문은 들었지만 직접 보지 않고는 믿어지지 않았다. 그 뒤로 시간이 좀 걸려서 드디어 1970년대 말 우리나라에도 꿈의 기계 CT가 도입됐다. 말로만 듣던 CT 영상을 보니 입이 다물어지지 않았다. 두개골을 열고 들여다보듯 뇌 전체가 한눈에 들어왔다. 영상을 얻는 과정도 간단했다. 환자는 그저 침대에 누워 있으면 그만이었다. 전혀 고통이 없었다. 의사는 뒷전에 앉아 모니터를 바라볼 뿐이었다. 약 20분 내외면 모든 과정이 끝났다.
콘퍼런스 시간에 뇌혈관 조영술이나 기뇌 촬영술 사진 대신 CT 사진이 걸렸다. 모든 것이 일목요연(一目瞭然)했다. 병이 있나 없나를 놓고 말다툼을 벌일 이유가 없어졌다. 당시 교수님은 감격에 겨워 "공양미 삼백 석에 심 봉사가 눈을 떴네" 라고 말씀하셨다. 모두가 한바탕 웃었다.
CT는 발명 이전과 이후로 나뉠 만큼 신경외과 역사에 큰 획을 그었다. 정확성은 말할 것도 없고 환자는 진단 과정의 고통에서 벗어날 수 있었다. 더불어 의사들도 큰 짐을 덜었다. 촬영 과정이 아주 간단해 요즘은 검사의 남발을 걱정해야 하는 지경이다.
하운스필드는 1979년 노벨 생리의학상을 받았다. 생각 같아서는 노벨상 10개를 수여해도 모자랄 것 같았다.

CT가 소개되고 약 10년이 지나 자기공명영상(Magnetic Resonance Image, MRI)이 임상에 도입됐다. 또 한 번 깜짝 놀랐다. CT로 심봉사가 눈을 뜬 뒤 MRI로 백내장 수술까지 받았다고 해야 할까. 기존의 CT와는 비교할 수 없을 만큼 영상이 선명했다. 신경외과학에 2차 혁명이 터진 것이었다.

이제 신경외과 의사는 진단에 큰 노력이나 시간을 들이지 않는다. 환자도 진단 과정의 고통에서 해방됐다. 하지만 환자의 호소를 귀담아듣고, 만져 보고, 세심한 검사를 통한 진단과 치료에 대한 고민을 소홀히 해서는 안 된다.

병은 기계나 약보다는 의사와 환자의 마음이 통해야 고쳐지는 것이다. 이것이 어려운 시절을 지내온 신경외과 의사의 지론이다.

어쨌든 CT와 MRI로 천지가 개벽했다고 해도 과언이 아닐 만큼 세상이 좋아졌다.

직업병

신경외과가 보통 사람들에게 생소하던 40년 전에 전공의 생활을 시작했다. 어려운 과정이라는 선배들의 충고에 어느 정도 각오는 했지만 실제로 지내면서 힘든 과정 때문에 후회한 적이 여러 번이었다. 밤마다 밀려오는 응급 환자, 쉴 새 없이 울려대는 간호사의 전화 콜, 그리고 무엇보다 밤을 새우며 진행되는 응급 수술이 사람을 파김치로 만들었다. 꼭 이렇게 살아야 하나 하는 회의마저 들었다. 한숨도 자지 못하고 응급 수술을 끝낸 환자를 침대에 태워 수술실을 빠져나오면 이미 동이 터 있었다. 몸이 천근만근인데 다시 새로운 하루를 시작해야 했다. 물 한 모금 마실 틈도 없었다. 수술복을 벗고 병실로 올라오면 엄청나게 많은 일이 사람을 잡아먹을 기세로 입을 벌리고 있었다. 오더를 안 써서 환자 처치가 안 된다며 간호사의 입이 주먹만큼 나와 있었다. 환부 드레싱을 안 해줬다고 핏대를 올리는 환자도 달래야 했다. 급하게 진단서가 필요하다며 치료해 주는 의사를 죄인 다루듯 하는 사람도 여럿이었다.
외래에 교수님 보조의로 들어가 예진도 해야 했다. 교수님으로부터 하루가 멀다고 핀잔을 들었다. 모욕에 가까운 말도 묵묵히 속으로 삭일 수밖에 없었다. 신경외과 전문의가 돼서 얼마나 대단한 영화를 누리겠다고 이 고생을 하는지 모를 일이었다.

신경외과 전공의에게 인권이란 없었다. 전공의를 위한 복지라는 개념은 들어보지도 못했다. 아침 식사는 못 먹고 점심은 거르고 저녁은 잠시 짬을 내 불어 터진 짜장면이라도 한 그릇 먹으면 다행이었다. 식사가 불규칙하니 속이 항상 불편했다.
정시 퇴근은 꿈도 못 꾸고 12달 내내 병원에 머물렀다. 1년에 한 번 있는 일주일간의 여름 휴가가 황송할 따름이었다. 맥주 몇 병 사 마시면 동이 나는 월급은 급여라고 말하기도 민망할 정도였다.
기거하는 당직실의 환경 역시 몹시 열악했다. 햇빛이 안 들어 항상 컴컴하고 축축한 방의 한쪽에는 먹다 남은 음식들이 썩어가고 바퀴벌레들이 제 세상을 만난 듯 활개쳤다. 심지어 살이 통통히 오른 쥐들까지 침대 위를 누비고 다녔다.
환자의 피나 고름에서 나오는 병균에 보호 장비 하나 없이 무방비로 노출됐다. 바쁘게 일을 처리하자니 분비물이 손에 묻어도 수돗물로 대충 씻고 넘어갔다. 의사 자신에게는 물론이고 손에 묻어 있던 병균이 다른 환자의 상처를 통해 침투할 수도 있었다. 요즘 회자하는 병원 내 감염의 중요한 원인으로 작용했음이 틀림없다.
신경외과는 뇌병변을 수술로 치료하는 분야로 뇌수술을 위해 두개골을 열 때 의료진은 감염에 노출되기 쉬웠다. 우선 두개골에 몇 개의 구멍을 뚫었다. 구멍과 구멍 사이에 줄톱을 밀어넣고 두개골을 잘라 골편을 만들어 수술할 수 있는 공간을 마련했다. 톱질하는 과정에서 톱밥 날리듯 피 묻은 뼛가루가 연기처럼 피어올랐다. 뼈가 갈리면서 나는 야릇한 냄새가 마스크를 통해 스며들었다. 마스크로 입과 코의 점막은 대강 막았어도 눈의 점막은 아무런 보호 장치가 없었다. 고글을 써서 눈을 보호해야 하지만 응급 수술 중에 이런 호사를 누리는 전공의는 당시에 없었다. 점막을 통해 피로 전파되는 전염병에 걸리기 쉬웠다. 당시 수술 환자 중에 B형 간염 보균자가 많았기 때문에 신경외과 의사들이 B형 간염에 걸릴 확률이 매우 높았다.

언제부터인지 몸이 몹시 무거웠다. 동료가 유심히 보더니 눈이 노랗다고 했다. 혈액검사를 해보니 아니나 다를까 B형 간염이었다. 수술 중 환자로부터 감염됐을 가능성이 많았다. 안정이 원칙인데 오히려 죄지은 사람처럼 말도 못 하고 하던 일만 계속했다. 어느 정도 지나고 무겁던 몸이 가벼워졌다. 그리고 이내 잊어버렸다.
족히 15년은 지난 뒤였다. 외국에 학회를 다녀와서 왠지 피곤했다. 처음에는 시차 때문인가 했는데 아무래도 단단히 탈이 난 것 같았다. 아내 손에 이끌려 검진을 받아 보니 간 기능이 엉망진창이었다. 전공의 때 앓았던 B형 간염이 잠복해 있다가 만성 간염으로 재발한 것이었다.
일상적인 생활은 해도 되지만 절대 무리하지 말라는 엄명이 내려졌다. 염증이 가라앉지 않으면 간 경변으로 진행될 수 있다고 했다. 겁이 덜컹 났다. 그런데 신경외과 의사가 어떻게 무리를 안 할 수 있나. 술을 끊고 항바이러스 약을 먹기 시작했다. 정기적인 피검사를 통해서 진행 상황을 살폈다. 다행히 수개월이 지나고부터 염증 수치가 정상화되었다. 약 2년 뒤에는 간염균 항원이 사라졌다. 내과 주치의가 기적 같은 일이라며 함께 기뻐했다. 그 뒤로 특별한 신체 이상 증후는 발견되지 않고 있는데 정기적인 검사를 받으며 항상 조심하는 마음으로 살아가고 있다.

그 당시 신경외과 의사들에게 유독 간염이 많았다. 필시 개두술 과정에서 감염됐을 것이다. 따라서 간염은 신경외과 의사의 직업병이라 할 수 있다. 어느 선배님은 간염이 결국 간 경변과 간암으로 진행하여 간 이식술을 받았고, 주위의 적지 않은 분들이 만성 간염으로 아직도 고생 중이다. 치과 의사들도 치아를 드릴로 갈아야 하므로 같은 이유로 간염에 걸릴 확률이 높다고 한다. 명색이 의사인데 스스로를 질병으로부터 지키지 못했으니 할 말은 없다. 하지만 과거 선배들께서 전공의의 근무 환경에 조금만 신경을 써 주셨다면 피할 수도 있지 않았을까 하는 때 늦은 생각도 든다. 그나마 다행은 당시에 우리나라에 혈액을 통해 감염되는 후천성면역결핍증(AIDS, 에이즈)이 없었던 것이다. 생각만 해도 아찔한 일이다.

의사의 워라밸

1990년대 초반 햇병아리 교수 시절에 독일로 2년간 유학을 다녀왔다. 첫해는 혼자 지내느라 다소 힘이 들었는데 다음해에는 가족들과 함께 외국 생활을 즐겼다. 당시는 해외여행 자유화가 된 지 얼마 지나지 않은 때여서 우리나라 사람들이 지금처럼 외국 물정에 밝은 시절이 아니었다. 난생처음 독일에 가보니 모든 것이 새로웠다. 신기하고 생소했던 것들이 많았지만 가장 커다란 문화적 쇼크는 근로 시간에 관한 것이었다.

1992년 10월 어느 날 밤늦게 독일 북서부 지방의 중심도시 쾰른에 도착해 병원 기숙사에 짐을 풀었다. 다음날인 금요일 아침 일찍 병원에 나가 지도 교수께 인사를 드리고 첫날부터 근무를 시작했다. 몸도 피곤하고 시차 적응이 안 돼 정신까지 몽롱했다. 퇴근해서 저녁 식사로 서울에서 가져온 라면을 끓여 먹고 잠자리에 들었다. 다음날이 토요일이니 늦잠을 자다가 오후에 동네 지리도 익힐 겸 시내에 나가 먹을 것을 구해 볼 요량이었다.
정오 무렵 전차를 타고 시내 중심가로 향했다. 주말이라 거리가 사람들로 가득한데 이상하게 상점 문이 모두 닫혀 있는 것 아닌가. 쇼핑 계획은 수포가 됐다.
서울에서 가져온 라면은 이미 동이 났다. 먹을거리를 못 샀으니 쫄쫄 굶다가 안 되겠다 싶어 일요일 저녁은 레스토랑에서 배를 채웠다. 음식 맛이 시원치 않은데다 값이 생각했던 것보다 꽤 비쌌다.

출근해서 동료 의사들에게 주말 동안 있었던 일들을 얘기했더니 폭소가 터졌다.
정부가 근무 시간을 철저히 관리하기 때문이라는 설명을 들었다. 근로자의 권익을 보호하기 위해 모든 상점은 오후 6시에 문을 닫고 토요일 오후와 일요일에는 영업하지 않는다고 했다. 사업자와 근로자가 연장 근무에 합의해도 소용없으며 만약 규정된 근로 시간을 어기면 엄청난 페널티가 따른다고 했다.
하지만 한가지 예외가 있기는 했다. 맞벌이 부부의 식료품 쇼핑을 위해 목요일 만큼은 슈퍼마켓이 2시간 연장 근무해서 오후 8시에 마친다. 이를 '긴 목요일(Lange Donnerstag)' 이라 부르는데 혼자 사는 사람이나 부부가 모두 일하는 일반인들은 이날을 이용해서 1주일 치 식자재를 준비한다.
근로 시간이 짧아서 좋을 것 같기는 한데 규정의 틀에 갇혀 사는 사람들이 마냥 행복해 보이지만은 않았다.
살기 좋은 선진국으로만 알았는데 융통성이라고는 눈꼽만치도 없는 독일의 진면목에 다소 실망감이 들었다. 특히 백화점 같은 곳은 주말이 대목 장사일 텐데 문을 닫는다니 너무 배가 부른 사람들 아닌가.

노동 허가와 한시 의사면허가 발급되기까지 교수들이 수술하는 것을 어깨너머로 참관했다. 구경하다 보니 수술 방법이나 기술 등은 특별하지 않은데 전반적인 시스템이 잘 갖춰져 있어 일이 굉장히 효율적으로 진행됐다. 시키지 않아도 각자 할 일을 알아서 하니 큰소리 낼 일이 없어 보였다.
어느 날 이해하지 못할 광경을 목격했다. 수술하던 전공의가 말도 없이 장갑과 수술 가운을 벗어 던지고 홀연히 수술실에서 사라졌다. 이게 무슨 일인가 하고 괜히 긴장했는데 과장은 아무 일 없다는 듯 간호사와 하던 수술을 계속했다. 우리나라에서는 교수님과 수술할 때 전공의는 숨소리도 제대로 못 냈는데 진짜 버릇없는 친구로구나 속으로 생각했다.
나중에 물어서 내용을 알게 됐다. 전공의에게도 정해진 근로 시간이 엄격하게 적용된다고 했다. 수술 중이 아니라 더한 상황에서도 시간이 되면 반드시 병원을 떠나야 하고 또 책임자인 과장 역시 이를 보장할 의무가 있다는 설명이었다.
당직을 서면 다음날 오전은 반드시 쉬게 해 주고, 밤에 일했기 때문에 당직비도 온전한 하루 일당보다 훨씬 많다고 한다. 어떤 때는 서로 당직을 서겠다며 경쟁이 벌어지기도 한다는 얘기도 들었다. 차비나 밥값 정도 보전해 주는 우리나라에서의 당직비와는 개념 자체가 완전히 달랐다.
이런 여러 가지 일들의 전후 사정을 알고 나니 약자를 보호하려는 합리적 제도라는 생각이 들었다. 한편으로는 남보다 노력해서 잘살아 보려는 서민들이 기회를 박탈당하는 것은 아닐까 하는 걱정도 들었다. 당시 우리나라에서 전공의는 근로자이기도 하지만 일과 지식을 배우는 피교육생 신분이라는 인식이 더 강했다. 전공의들이 워낙 열악한 보수 때문에 스트라이크까지 벌일 때도 있었지만 스스로 근로자라는 생각이 크지 않았다. 어느 원로 교수님은 "우리 때는 무급

조수로 일했어. 너희는 자존심도 없냐"면서 나무라기도 하셨다. 돈 문제를 입에 올리는 것은 배운 사람이 할 짓이 아니라는 유교적 생각이 지배적인 시절이기도 했다.

신경외과 전공의 시절 하루 24시간 일주일에 7일 근무했다. 당연한 것으로 생각했을뿐더러 생명을 살린다는 자부심으로 뛰어다녔다. 특히 신경외과는 응급 또는 위급한 상황이 수시로 생겨 항상 긴장 상태를 유지했다. 하루 한 끼밖에 못 먹으면서 선배가 사 주는 뜨끈한 설렁탕에 몸 둘 바를 몰랐다. 원서 한 권 사기에도 턱없이 부족한 월급을 받으면서도 부당한 대우라는 마음을 갖지 않았다. 돌이켜보면 밤을 새워서라도 지식과 기술을 빨리 배워 터득하는 것이 무엇과도 바꿀 수 없는 기쁨이었다.

전공의의 근로 문제가 작금의 우리나라 의료계 중요 이슈 중 하나다. 세월이 흘러 시대가 많이 변했다. 의료계에서도 '워라밸'이 시작되고 있다. '워라밸(work-life balance)'은 줄인 말로 일과 삶의 균형을 중시하는 풍조다.

'전공의 협의회'라는 권익 단체가 출현했고 정부에서는 전공의 근무 시간을 최대 주 88시간으로 못박았다. 일반 근로자의 주 52시간에 비하면 아직도 엄청난 근로 시간이지만 의료계에서는 걱정이 태산이다. 전공의를 지도하는 각종 '콘퍼런스'가 축소 운영되고 수술 중에 전공의가 퇴장하는 일들이 벌어지고 있다. 근무 시간 감축으로 환자 진료의 모든 과정에 전공의가 참여하지 못하게 돼 질병에 대한 체계적인 진단 및 치료 방침 수립에 대한 교육이 어렵다. 절름발이 전문의들이 양산될지도 모른다.
병원에서는 전공의 공백으로 인한 일손 부족을 소위 '전문 간호사'로 메꾸고 있다. 그러나 아직은 '전문 간호사'의 역할과 업무 한계가 모호하고 법적 제도적 장치가 마련돼 있지 않다.

전공의는 근로자이면서 동시에 피교육생이다. 근로 여건의 향상이 이루어져야 함은 당연하지만 잘된 교육을 받고 좋은 의사가 되는 것이 더 중요한 일이다. 전공의 활동이나 교육 등의 전문적인 문제를 법적으로 세세한 것까지 규제하는 것이 현재 상황에서 정말 옳은 일인지 모르겠다. 발전을 위한 변화는 당연하지만 만사에 때와 여건이 있듯 교각살우(矯角殺牛)의 우를 범해서도 안 될 일이다.
병원이 자율적으로 근무 조건을 개선하도록 유도하고 전공의는 능동적으로 교육에 임할 수 있게 융통성을 발휘하면 어떨까.
'워라밸'을 싫다는 사람이 어디 있으랴. 하지만 병원 등 특수 업무 기관에서는 여건을 봐가며 점진적으로 추진하는 것이 현명한 방법이 아닐까.

복기

대국이 끝난 뒤 복기는 바둑기사에게 필수다. 승패가 나도 자리를 뜨지 않고 마주 앉은 채 돌을 다시 놓으며 이야기를 나눈다. 이긴 사람과 진 사람이 함께 발전적인 의견을 교환하는 것이다. 승자야 이겼으니 복기 중에도 기분이 괜찮겠지만 패자는 복기하면서 얼마나 속이 아플까. 그렇지만 굳이 복기하는 것은 승인과 패인을 따져 보는 것이 앞으로의 실력 향상을 위해 꼭 필요하기 때문이리라. 특히 승자에게서 결정적인 패착을 들어 보는 것은 패자에게 매우 중요할 것이다.

일본의 아베 신조(安倍晋三) 수상이 일본 최장수 수상이 됐다고 신문이 대서특필(大書特筆)했다. 우리에게는 무척 얄미운 사람이지만 침체됐던 일본 경제를 부흥시킨 것이 가장 큰 공이라고 한다. 게다가 버블 붕괴로 의기소침했던 일본 국민에게 다시 자신감과 자존심을 심어준 것이 장기 집권의 비결이라는 평이다. 어찌 됐든 그런 업적을 쌓은 데는 나름대로 비법이 있지 않을까.

아베 수상은 '실패 노트'를 작성한다고 한다. 성공한 예보다는 실패를 거울삼아 자기 혁신을 이루려는 것이다. 사실 말이 쉽지 자기 잘못을 반추하는 것은 대단히 어렵다. 사소한 잘못이라도 생각하면 괴롭기 때문이다. 하물며 나라의 지도자가 국민을 상대로 한 정책의 잘못됨을 스스로 기록한다는 것은 대단한 용기다. 일반적으로 정치인은 허풍을 떨었으면 떨었지 진솔한 자기반성을 하는 경우는 드물다. 아베 수상의 '실패 노트'는 바둑의 복기와 같은 개념이다.

의사들이라고 실수가 없을 수 없다. 수술이 항상 마음먹은 대로 되는 것도 아니다. 특히 뇌수술이나 척추수술의 경우 사소한 잘못에도 환자에게 엄청난 장애를 남길 수 있다. 수술이 만족스러워 환하게 웃는 환자를 볼 때는 흐뭇하지만 꼭 의사의 잘못이 아니더라도 결과가 좋지 않은 환자를 대할 때는 속이 상한다.

의사도 사람인지라 회진을 할 때 수술이 생각같이 되지 않은 환자가 있는 병실 앞에서는 발걸음이 더뎌진다. 환자의 얼굴을 대하고 싶지 않다. 간혹 환자로부터 심한 원망의 말이라도 들으면 더더욱 괴롭고 자존심이 상한다. 피하고 싶은 마음에 두 마디 할 걸 한 마디만 하고 병실에 두 번 갈 걸 한 번만 간다. 결과가 나쁜 환자를 더 잘 돌봐야 하는데 실상은 그렇지 못한 것이다. 외래 진료의 경우도 마찬가지다. 결과가 좋지 않은 환자가 진료실로 들어오면 얼굴부터 굳어진다.

어느 날 식사 자리에서 선배 교수로부터 충고의 말씀을 들었다.

"환자에게 합병증이나 후유증이 생기면 의사도 괴롭잖아. 누구나 마찬가지야. 하지만 그런 환자일수록 일부러 자주 병실에 들러 대화를 많이 하려고 하지. 더 자주 환자를 만나서 얘기도 듣고 왜 잘못됐는지를 유심히 살펴봐. 이렇게 하면서 깨닫게 되는 것이 많아요. 환자도 관심을 느끼고 닫혔던 마음을 푸는 경우가 꽤 있거든. 피한다고 해결되지 않아. 정면으로 부딪쳐야 잘못된 원인을 찾아 다음에 실수를 줄일 수 있어. 그리고 사실 결과가 나쁜 것이 꼭 의사의 책임만은 아니야. 병의 성격이 그럴 수밖에 없는 경우도 많아."

느끼는 바가 컸다. 잘못에서 도망가려고만 했지 무엇이 실패의 원인이고 또 어떻게 대처해야 하는지를 몰랐던 것이 부끄러웠다.

더구나 환자는 얼마나 괴로운 상태일까 하는 것을 헤아리지 못했다. 선배의 말씀대로 생각을 바꾸고 나니 수술이 마음먹은 대로 안 된 경우에도 평상심을 유지할 수 있었다. 잘못된 수술을 찬찬히 되짚어 볼 수 있는 여유도 생겼다.
그 전에는 수술이 끝나면 피곤하기도 하고 또 바쁜 일들 때문에 수술의 과정을 되돌아보지 못했다. 수술이 잘 됐으면 잘 됐으니 됐고 잘못된 경우는 생각하기도 싫어 되도록 빨리 잊어버리려고 했다. 지금 생각해 보니 살아있는 공부를 할 수 있는 진짜 좋은 기회를 스스로 차 버린 셈이다.

큰 수술을 앞둔 전날 오후에는 늘 머릿속에서 수술의 전 과정을 그려 본다. 막히는 곳이 있으면 책을 찾아보고 경험 많은 선배에게 자문한다. 대체로 수술이 생각했던 대로 진행되지만 그렇지 못할 때는 그때그때 임기응변(臨機應變)식으로 대처해야 한다. 하지만 전혀 예상치 못한 사태에 제대로 대응을 못 하는 일도 있다.
수술이 끝나도 곧장 수술실을 나가지 않고 교수 휴게실에서 인스턴트 녹차 한 잔을 손에 들고 눈을 감는다. 잠시 휴식도 취할 겸 수술의 과정을 마음속에서 복기하기 위해서다. 잘한 것보다 미진했던 점을 곱씹어 보려고 노력한다.
제자들 교육에도 안타까웠던 예를 더 많이 사용한다. 자랑하듯 수술이 잘된 경우를 늘어놓는 것보다 뼈아픈 실수의 경험담을 들려주는 것이 훨씬 효과적이다. 학생들은 실패담을 스스럼없이 교육하는 선생을 더 신뢰한다.

바둑 기사 조훈현(曺薰鉉)은 자서전『고수의 생각법』에서 '승리한 대국의 복기는 이기는 습관을, 패배한 대국의 복기는 이기는 준비를 만들어 준다'라고 썼다. 또 그는 어느 기자와의 대담에서 "아플수록 복기를 해야 합니다. 승자는 무엇을 보고 패자는 무엇을 보지 못했는지 짚어봐야죠. 진 날에는 상처에 소금을 뿌리는 것처럼 쓰라려도 반드시 복기합니다"라고 말했다.

같은 실수를 되풀이하지 않기 위해 바둑 기사들이 복기하듯 후배 의사들께 수술 뒤 복기를 꼭 권하고 싶다.

혼네와 다테마에

오래전 초년 교수 시절의 일이다. 커피잔을 앞에 두고 노교수님과 교수실에서 무릎을 맞대고 앉았다. 처음으로 일본 신경외과학회에 참석하는 제자를 위해 은사님께서 일부러 호출하신 것이다.
"일본 사람을 만날 때 주의해야 할 것이 있어 귀띔해 주려고 불렀네. 만나는 일본의 교수가 친절하고 공손하다고 해서 절대 처음부터 솔직하게 마음을 털어놓지 말게. '혼네와 다테마에(本音と建前)' 라는 말이 있네. 직역하면 '개인의 본심과 사회적 규범에 따른 의견' 이라는 뜻이지. 쉽게 말해서 속마음과 겉마음으로 이해하면 되네. 그들은 의견을 말할 때 두 가지를 구별하기 때문에 말을 액면 그대로 믿으면 안 되네. 이번 방문이 뭐 그렇게 중요한 업무를 보는 것은 아니라도 염두에 두는 게 좋을 것 같아서 알려 주는 걸세. 잘 다녀오게나."
말씀의 뜻은 이해하겠는데 실제 행동이나 사고를 할 때 어떻게 해야 하는 건지는 도무지 모를 일이었다. 속마음인지 겉마음인지 알 수 있게 말하는 것도 아닐 텐데 어떻게 구별한단 말인가. 막상 학회에 참석해서는 정신없이 지내느라 이것저것 생각할 겨를이 없었다.

한창 정열적으로 일하던 나이 50이 가까웠을 때의 일이다. 일본과 우리나라가 주축이 돼 아시아 감마나이프학회를 창립하고자 동분서주(東奔西走)하고 있었는데 일본 교수 한 분이 조금은 까탈스럽게 굴며 찬동하기를 꺼렸다. 어떻게 설득해야 할지 몰라 궁리하다가 그 교수가 어떤 성향인지 알고 싶어 친하게 지내는 교수들에게 슬쩍 물어보았다. "아, 그분은 인격자이십니다. 실력을 갖춘 의사이시고 아주 합리적인 분입니다"라고 답이 똑같았다. 천편일률(千篇一律)적으로 '다테마에'의 답변이 나올 수밖에 없는 우문(愚問)인 것을 이내 깨달았다.

독일에서 2년간의 유학을 마치면서 초청해 주신 교수께 감사의 인사차 교수실을 찾았다. 교수님은 인자한 미소를 지으며 수고 많았다는 말씀과 함께 봉하지 않은 편지 한 통을 주셨다. 수취인은 서울에 계신 지도 교수였다. 집으로 돌아와 가만히 생각해 보니 봉하지 않았다는 것은 봐도 좋다는 뜻이라는 생각이 들었다. 궁금증을 참지 못하고 편지 봉투를 열었다.
"… 안녕하십니까? 다름이 아니라 보내 주신 김 교수가 유학을 마치고 돌아가게 돼서 소식 전합니다. 처음 만나 어떤 사람인지 궁금했는데 오래지 않아 모두가 그의 열성과 성실함에 놀랐습니다. 많은 정위 뇌수술을 참관하고 또 집도했으며 기초 연구에도 참여했습니다. 연구 결과를 논문으로 작성해 출판을 기다리고 있기도 합니다. 훌륭한 사람을 보내 주셔서 다시 한번 진심으로 고맙게 생각합니다. 저는 김 교수를 제자로 받으면서 나중에 김 교수의 평가를 교수님께 보낼 때 없는 말을 지어내게 되면 어쩌나 하는 걱정을 했습니다. 그런데 지금 편지를 쓰면서 거짓말을 하지 않게 돼서 얼마나 다행이고 또 기쁜지 모릅니다. 김 교수의 앞날에 큰 행운이 함께 하기를 …."
서울로 돌아와 편지를 지도 교수께 드렸더니 내용을 살피고는 "자네이 편지 안 봤지?" 하며 크게 웃으셨다.

사람을 평가하는 편지를 봉하지도 않은 채 당사자를 통해 전달하는 경우는 일반적이지 않다. 왜 그랬을까. 있는 그대로 솔직하게 썼으니 누가 봐도 괜찮다는 뜻이 아닐까 하고 혼자서 아전인수(我田引水) 격으로 생각했다.

독일 사람은 미국 사람과 달리 어딘지 모르게 동양적인 냄새가 나는 구석이 있지만 일반적으로 차갑고 냉정하다. 대체로 솔직하고 앞뒤 말이 다르지 않다. 일본인의 '혼네와 다테마에'와는 180도 다르다고 할까.

어느 제자의 취직을 위한 추천서를 쓸 일이 생겼다. 우리나라에서는 사람을 쓰는 데 추천서가 절대적이진 않지만 교수 요원을 채용하는 데는 무시 못 할 요건이어서 잘 써 줘야 하는데 마음이 다소 혼란스러웠다. 사람이라면 누구나 장단점이 있기 때문이다.

미국에서는 추천서에 모든 점을 가감 없이 기록한다고 한다. 하지만 우리나라 정서에서 제자의 단점을 속속들이 남에게 말하기는 곤란할 때가 많다.

제자는 성실한 의사이지만 교수에게 필수인 연구 능력이 부족했다. 느낀 그대로를 쓰면 혹시 제자의 앞길이 막힐지도 모르니 타협하기로 작정했다. 장점은 자세하게 나열하고 연구력 부족 부분은 앞으로 노력이 필요하다고 적었다. 완곡한 표현으로 결정의 공을 상대방에게 넘긴 것이다. 좋게 생각하면 제자를 사랑하는 마음의 발로다. 하지만 상대방의 판단을 흐리게 했다는 비판이 있을 수도 있다.

어쨌든 제자는 채용됐고 지금은 존경받는 교수로 많은 연구 논문을 발표하는 등 활발한 활동을 하고 있다. 직접 표현을 하진 않았지만 훌륭하게 커 준 제자가 자랑스럽다. 또한 그동안 갖고 있던 마음속 큰 짐을 덜게 해줘서 고맙게 생각한다. 제자가 잘 적응하지 못 했다면 채용한 기관에 적지 않은 부담을 준 죄책감이 컸을 것이다.
아직도 솔직한 의견 대신 약간 각색된 평가를 써 준 것이 잘한 일인지 아닌지 모르겠다. 똑같은 상황이 발생한다면 또 같은 고민과 행동을 할 것 같다.

미국에서 채용을 위한 추천서는 냉정하기로 정평이 나 있다. 아무리 가깝게 지내던 사람도 사소한 것까지 있는 그대로 쓴다고 한다. 너무 각박하다고 생각할 수 있지만 알고도 약점을 말하지 않았다는 것이 밝혀지면 쓴 사람의 신용이 떨어지기 때문이다.
우리나라에서는 '선의의 거짓말' 이라는 말이 있듯 결정적인 허물이 아니면 덮어줘도 크게 문제 삼지 않는다. 좋은 결과를 위해 어느 정도 과정에서의 잘못은 용인한다고 할까.
일본인은 남에게 시빗거리가 될 만한 말은 일절 하지 않는다. 좋은 말만 하니 듣기에 나쁘지 않아도 판단을 제대로 할 수 없어 일본 문화에 익숙하지 못한 사람은 적응하기 어렵다.
서양의 사고는 모든 것을 직설적으로 표현하고, 동양의 사고는 경우에 따라 완곡하게 표현한다. 어느 것이 최선인지는 판단이 서지 않는다. 다만 너무 한쪽으로 치우치지 않는 것이 좋지 않을까 하는 생각이다.

소갈비 100인분

전공의 시절 어느 해 양력 정월 초하룻날, 과장님 댁에 동문이 모두 모였다. 족히 삼사십 명은 됐는데 아파트 전체가 발 디딜 곳 없이 북적북적했다. 연배 순으로 과장님 부부께 세배를 올리고 푸짐한 음식을 대접받았다. 끼리끼리 앉아 반주를 곁들인 떡국도 먹었다. 그 뒤로 여기저기서 삼삼오오 짝을 지어 포커판이나 고스톱판을 벌였다. 왁자지껄했던 신년 모임은 늦은 오후가 돼서야 파했다.
힘든 전공의 생활에서 모처럼 스트레스를 푸는 기회여서 정신없이 놀았다. 총각 시절이라 사모님께서 음식 장만하느라 힘드셨을 거란 생각은 미처 하지 못했다. 그저 맛있는 음식을 먹고 노는 게 좋아 동료들과 어울리며 낄낄댔다.
이런 행사는 당시 병원의 일반적인 문화였다. 초하룻날 아침 일찍 병원에 모여 과별로 신년 하례식을 하고 나면 우르르 과장님 댁으로 향했다. 내과나 외과같이 규모가 큰 과는 엄청난 사람들이 한꺼번에 들이닥쳤을 테니 시끌벅적했을 광경이 눈에 선했다.

세월이 흘러, 하늘 같은 초대 과장님 댁 말석에서 떡국 먹던 비쩍 마른 젊은이가 운 좋게 신경외과 과장이 됐다. 전임 과장님이 영전하시는 바람에 예상치 않게 갑자기 과의 책임자가 되니 도무지 정신을 차릴 수 없었다.
조직이라 할 것도 없던 가족 같은 규모에서 어언 지천명(知天命)의 나이에 접어든 서울대학교병원 신경외과도 덩치가 많이 커졌다. 이제 사람 중심의 운영으로는 더이상 발전을 기대할 수 없는 상황이라고 판단했다. 또 한 번의 도약을 위해선 시스템을 통해서 작동하는 조직으로 탈바꿈하는 것이 급선무였다. 다소의 저항에도 그런대로 일을 진행하던 중 머리를 스치는 무언가가 있었다. 사람 냄새가 사라지면 어쩌나 하는 걱정이었다.
시스템으로 움직이지만 선후배와 동료들 사이에 정이 살아있는 문화를 만들어야 했다. 그런데 서로 상충하는 두 가지를 조화시켜야 하는 데 대한 답이 쉬 떠오르지 않았다.

시대가 바뀌고 사람이 늘어남에 따라 사라졌던 신년 초 과장 댁 방문을 되살리면 어떨까 하는 생각을 했다. 하지만 인원이 워낙 많아 감당할 수 있을지 자신이 서지 않았다. 준비를 도맡아야 하는 아내의 의견이 무엇보다 중요했다. 집으로 돌아와 조심스럽게 운을 뗐다. 평소 통이 크고 화끈한 성격의 아내는 그게 뭐 어려운 거냐며 당장 팔을 걷어붙였다.
새해 첫째 토요일 저녁 모든 과원을 집에 초대하기로 하고 아내와 준비를 시작했다. 줄잡아 인원이 60명쯤 됐다. 충분하진 않아도 방 셋과 거실에 끼어 앉으면 공간은 괜찮을 것 같았다. 음식을 먹으려면 상이 필요한데 집에는 아내가 시집올 때 가져온 교자상이 하나 있을 뿐이었다. 세 명의 처제에게 연락해서 상 하나씩을 빌리기로 했다. 조그만 승용차에 상을 싣고 오는 일을 세 번 왕복했다. 그리고 옆집에서 상 하나를 더 빌렸다.
국그릇, 밥그릇, 음식 담을 접시, 그리고 수저 60벌 등도 필요했다.

집에 있는 것을 총동원해도 턱없이 부족했다. 그렇다고 일회용은 마음에 내키지 않았다. 비교적 저렴한 가격의 그릇과 은도금한 수저를 구매하기로 했다.
출장 요리사를 섭외해 메뉴를 상의한 뒤 토요일 아침 일찍 아내와 장을 보러 대형 슈퍼마켓에 갔다. 60명의 장정이 먹을 양이 어마어마했다. 아내는 젊은 사람들이니 고기를 좋아할 거라며 100명이 먹을 엄청난 양의 소갈비를 카트에 산더미처럼 실었다. 음식 재료가 차 트렁크와 뒷좌석을 가득 채웠다.
청소를 마치고 방마다 상을 놓고 상보를 폈다. 수저, 마른안주, 술잔을 가지런히 정렬했다. 주방에서는 아내와 요리사가 바쁘게 움직였다. 맛있는 냄새에 회가 동했다. 뷔페식으로 각자 접시에 담아 먹을 수 있도록 음식을 식탁에 준비했다. 수도꼭지 달린 생맥주 통은 식탁 옆에 두고 위스키는 상 위에 올려놓았다.

시간이 되자 과원들이 들이닥치기 시작했다. 순식간에 온 집안이 시장 바닥으로 변했다. 음식과 술이 너무 많지 않나 생각했는데 웬 걸 음식을 내는 족족 빈 접시가 되었다. 아내의 예상대로 갈비찜이 대인기였다. 여기저기 돌며 인사하랴 음식이나 술이 부족하지 않나 살피랴 정신이 없는 중에도 맛있게 먹는 젊은 친구들을 보니 마음이 흡족했다. 술이 과해 곯아떨어진 친구들도 있었다.
폭풍 같은 서너 시간이 눈 깜짝할 사이에 지나고 사람들이 모두 돌아갔다. 치열한 전투가 벌어졌던 곳의 뒤치다꺼리가 시작됐다. 60여 명이 휩쓸고 간 자리는 치워도 치워도 끝이 보이지 않았다. 새벽 2시가 넘어 대강 마무리가 됐다. 피곤하지만 뿌듯한 마음으로 이불을 펴고 누웠다. 고맙기도 하고 미안하기도 해서 아내의 퉁퉁 부은 손을 잡았다.
과장으로 재임한 5년 동안 다섯 번 같은 일을 반복했다. 미안한 마음에 그만하자고 몇 번이고 얘기했으나 아내가 더 적극적이었다. 주임교수 떨어지면 하고 싶어도 못 한다며 콧방귀도 뀌지 않았다.

지금도 손님 치르던 일을 자주 떠올린다. 잘했다고 생각하다가도 쓸데없는 짓을 하지 않았나 하는 마음도 든다. 가족의 생일잔치마저도 음식점에서 하는 세상에 아내에게 너무 큰 짐을 지운 것에 대한 미안함도 크다. 시작할 때 목표로 했던 과원 간의 인간적 교류에 얼마나 효과가 있었는지도 분명치 않다. 하지만 젊은 사람들이 신나게 갈비를 뜯거나 가식 없이 웃는 모습을 떠올리면 얼굴에 미소가 돈다. 이런 것 저런 것 따질 것 없는 즐거웠던 옛일이다.

로봇 수술

2016년 초 '알파고(AlphaGo)'가 엄청난 관심을 끌었다. 당대 최고의 바둑 기사와 인공 지능이 벌이는 세기의 대국이라며 텔레비전에서 생중계하는 등 법석을 떨었다. 바둑을 잘 모르는 사람들까지도 숨죽여 중계방송을 지켜봤다.

처음 말이 나왔을 때는 무슨 장난감 같은 것으로 세인의 관심을 끌어 푼돈을 벌려는 쇼 정도로 생각했다. 거의 무한대의 변수가 있는 바둑에서 인공 지능이 바둑 기사의 상대가 되지 못할 것이라는 평가가 대세였다. 대한의 씩씩한 남아(男兒), 이세돌(李世乭) 기사가 선진국의 첨단 기계를 박살 내는 광경을 지켜보는 일만 남아 있었다. 그런데 웬걸, 예상과 달리 첫째 판에서 '알파고'가 승리하자 인공 지능에 대한 평가가 조금씩 달라지기 시작했다. 하지만 대세는 아직도 이세돌 기사의 우세를 점치고 있었다. 둘째 판에도 '알파고'가 이기자 분위기가 급속도로 반전됐다. 셋째 판도 맥없이 무너졌다. 인공 지능의 가공할 파워에 모두가 깜짝 놀랐다. 앞으로 닥쳐올 인공 지능이 지배할 미래가 무서워지기도 했다.

사람의 일방적 승리를 점쳤던 매스컴은 결국 이세돌 기사가 한 판을 이긴 것이 기적이라는, 예상과는 상반된 결론을 내릴 수밖에 없었다. 인공 지능을 전 세계에 알린 구글 '딥마인드(DeepMind)'의 홍보 효과는 상상을 초월했다. 이세돌 기사도 적지 않은 대국료를 챙겼으나, 재주는 곰이 넘고 돈은 다른 사람이 챙긴 꼴이었다. 발전을 거듭하며 스스로 공부하는 '알파고'에게 이제 인간은 더이상 적수가 아니었다. 더욱 진화한 '알파고'는 그 뒤로도 각국의 고수들과 맞붙어 족족 승리를 거두는 괴력을 유감없이 발휘했다.

의료 현장에서도 이미 인공 지능이 진단이나 치료 방침을 결정하는 데 이용되고 있고, 얼마 전부터는 로봇 수술이 큰 인기를 끌기 시작했다. 병원마다 환자 유치를 위해서 수술용 로봇을 앞다투어 도입했다. 로봇이 고가이긴 하지만 환자들이 선호하고 또 저렴한 보험 수가가 아닌 높은 일반 수가를 받을 수 있어 병원의 수입이 짭짤하기 때문이다. 우리나라는 수술용 로봇을 가장 빠르게 또한 가장 많이 도입하는 나라 중 하나가 됐다. 총이 있으면 괜히 총을 쏴 보고 싶은 마음이 일 듯 수술 로봇이 있으면 의사는 이용하고 싶어진다. 남용을 막기 위해서 로봇 수술의 정확한 적응증을 하루빨리 확립하는 것이 시급하다.
로봇 수술이라고는 하지만 로봇이 알아서 수술하는 것이 아니고 의사가 로봇을 조정하는 것이다. '알파고' 처럼 처한 상황에 스스로 대처하는 수준에는 아직 미치지 못한다.
우선 피부를 절개하고 작은 구멍으로 로봇 팔을 집어넣는다. 팔 끝에 달린 카메라를 통해 몸속 상황이 모니터에 나타난다. 수술자는 좀 떨어진 곳에 앉아 로봇 팔에 자신의 손을 연결해 모니터를 보면서 수술을 진행한다. 환자와 의사 사이에 로봇 팔이 달린 것이 다를 뿐 종래의 수술과 기본적인 차이가 없다. 그러나 장점은 많다. 피부 절개 부위가 작아 수술 뒤 통증이 덜하고 회복이 빠르며 수술 흉터가 작다. 수술 뒤 감염의 확률도 감소시킬 수 있다. 또 사람 손이 닿지 않는

깊숙한 곳까지 로봇 팔을 넣을 수 있어 수술할 수 있은 범위를 넓힐 수 있다.
로봇 수술은 모든 과정을 기록할 수 있어 교육에 아주 유용하다.
녹화된 영상으로 수술의 전 과정을 반복해서 볼 수 있으므로 수술 초보자에게 더없이 좋은 교육 자료가 된다.
하지만 기계 값이 비싸고, 로봇 수술 비용이 건강 보험에 포함돼 있지 않아 고가의 수가를 오롯이 환자 본인이 부담해야 한다.
급속도로 발전한 '알파고'를 생각하면 로봇 수술도 앞으로 빠르게 진화할 가능성이 크다. 하지만 반드시 풀어야 할 숙제가 있다.
'알파고'가 지금은 스스로 공부하는 능력을 갖췄으나, 시작은 막대한 분량의 기보를 확보해서 거대 용량의 컴퓨터에 입력하면서부터다.
당연히 로봇 수술이 진정한 인공 지능 수술로 발전하려면 많은 수술 자료가 필수다.
지금 우리가 시행하는 로봇 수술의 모든 자료는 외국의 본사가 가져간다. 오늘의 '알파고'가 있게 한 기보 확보와 똑같은 과정이라 할 수 있다. 우리나라 병원들이 돈 몇 푼 벌고자 경쟁적으로 벌이는 로봇 수술 전쟁이 결국은 남에게 기초 자료를 제공하는 꼴이다. 환자 생명을 담보로 획득한 귀중한 데이터를 관리하는 사람이 우리나라에 있다는 소식은 아직 듣지 못했다.
대학병원조차 돈을 벌지 못하면 살아남지 못하는 것이 작금의 우리나라 의료계 실정이다. 병원은 장기적 안목을 갖고 미래를 대비하기보다 병원 경영에 허덕이는 실정이다. 형편없이 낮은 의료 수가가 가장 핵심적인 문제라고 생각한다. 더불어 의료 연구에 국가적인 관심과 과감한 투자가 필요하다. 정부에서 획기적인 돌파구를 마련하지 않으면 다시 의료 후진국으로의 추락이 불 보듯 뻔하다.

산업 혁명이 무엇인지도 모르고 공자 왈, 맹자 왈 하고 있다가 조선이 망했다. 가까스로 쟁취한 해방과 독립, 그 뒤로 대한민국은 1차, 2차 산업혁명을 따라잡으려고 피나는 노력을 했다. 그리고 선도적인 관심과 투자로 3차 산업혁명을 선진국들과 함께 주도하며 오늘날 세계 10대 교역국이 됐다.
평생 의사짓만 하던 소시민이 무엇을 알리오마는 지금 진행되고 있는 4차 혁명에는 우리나라가 많이 뒤처진 느낌이다. 서울대학교에서 인공 지능 전공 교수를 외국에서 모시려 했으나 예산 부족으로 좌절됐다는 뉴스가 우리를 우울하게 한다. 앞날이 걱정되지 않을 수 없다.
얼마 전 일본의 소프트뱅크 손정의(孫正義) 회장에게 미래의 먹거리에 관해 물으니 첫째도 인공 지능, 둘째도 인공 지능, 셋째도 인공 지능이라고 했다는 뉴스가 일간지에 톱으로 실렸다. 많은 사람이 전적으로 공감했다. 하지만 중요한 것은 생각이 아니고 실천이다. 머릿속에서 알고 있는 것을 현실 속에서 구현해 내는 것이 실력이다. 각 분야에서 얼마나 많은 우리나라 사람이 인공 지능에 대해 고민하고 또 연구에 매달리고 있을까. 아직 의료계에는 심도 있는 연구가 많지 않아 걱정이다.

굴뚝 청소부와 두부 장수

징을 치며 목청을 높여 손님을 찾는 굴뚝 청소부가 골목을 누비던 시절이 있었다. 쪼갠 대나무를 잇댄 기다란 장대 끝에 거친 솔을 매단 쑤시개를 둘둘 말아 어깨에 둘러메고 한쪽 손으로는 징을 둥둥 치고 다녔다. 남루한 옷에 허름한 벙거지를 쓰고 얼굴에는 항상 숯검정이 묻어 있었다. 당시는 개인 주택에서 난방을 위해 장작이나 석탄을 사용했기 때문에 정기적으로 굴뚝을 청소해야 구들에 불이 잘 들었다. 이제는 주거 시설이 달라져 우리나라에서 굴뚝 청소부를 더는 볼 수 없게 되었다. 직업 자체가 없어진 것이다.
어둑어둑 땅거미가 질 때면 딸랑딸랑 종소리를 내며 지게를 멘 두부 장수가 찾아왔다. 많은 음식 재료 중에 왜 유독 두부만 동네를 다니며 팔았는지 모르겠다. 아마 상하기 쉬워 그러지 않았나 싶다.
지금은 동네마다 마트가 생겨 두부를 포함한 온갖 식자재를 파는 데도 두부 장수를 아파트 길목에서 만날 수 있다. 지게 대신 1톤 트럭에 채소 등 각종 먹을거리를 실은 것이 다를 뿐이다. 유통업이 더 발달하면 앞으로 어떻게 될 지 모르겠지만 마트의 틈새시장을 노린 두부 장수는 아직도 명맥을 이어가고 있다.
나이가 들면서 주말 아침에 피곤하기도 하고 밥상 차리기도 귀찮아 간단하게 외식을 하는 경우가 부쩍 늘었다. 집에서 멀지 않은 설렁탕집을 자주 찾는데 역사가 50년이 넘었다고 들었다. 벽에는 옛날 방식을 그대로 고수하고 있다는 광고가 대문짝만하게 붙어 있다. 꽤 유명한 집인데 갈 때마다 항상 손님들로 북적이니 앞으로 50년 아니

100년도 끄떡없을 것이다.
젊은 엄마들은 요즈음 시장이나 슈퍼마켓에 가는 대신에 먹을 것 입을 것 등을 인터넷으로 주문한다. 배달은 택배 기사 몫이다. 소형 트럭이나 오토바이로 신속하게 물건을 실어 나른다. 아침 식사를 시간에 맞춰 대문 앞에 대령하기도 한다. 이런 택배 기사나 술 마셨을 때 대신 차를 운전해 주는 대리운전 기사는 새롭게 생긴 직종이다.
옛 방식 그대로 영업하는 식당도 있고, 시대가 바뀌면서 없어진 직업도 있다. 형태가 조금 달라졌지만 살아남은 직종도 있고, 새롭게 생긴 직업도 많다.

인공 지능이 등장하면서 직업의 판도에도 지금까지와는 차원이 다른 엄청난 변화가 예상된다. 한창 이슈인 무인 자동차가 실현될 날이 머지않다. 자동차 운전 기사는 특별한 경우를 제외하고는 자취를 감출 모양이다. 변호사의 업무도 앞으로 인공 지능이 대신할 거라는 뉴스도 있다. 법조문과 유사 사건의 판례가 변론의 중요 자료일 텐데 이런 자료 분석과 대응책 마련은 인공 지능이 능히 할 수 있을 것으로 판단된다. 생각해 보니 변호사뿐 아니라 판사도 인공 지능에게 자리를 내줘야 하는 거 아닌가 싶다. 향후 재판정에서는 인공 지능끼리 시비(是非)를 가리는 모습을 보게 될지 모른다.
최근에는 회사에서 사람을 뽑을 때 능력과 더불어 인성을 중요하게 본다. 따라서 면접시험의 비중이 점점 높아진다고 들었다. 입사 면접시험을 인공 지능이 대신하는 방안이 심도 있게 검토된다는 뉴스를 들었다. 응시자들은 응시자들대로 인공 지능 앞에서 면접

연습을 하는 진풍경이 연출되고 있다.

미국 메이저 리그에서 우리나라 류현진(柳賢振) 선수가 맹활약 중이다. 지난 2019년 8월 18일 애틀랜타 브레이브스(Atlanta Braves)와의 경기에 선발 등판했는데 4실점 하며 아깝게 패전 투수가 됐다. 실점하는 과정에서 아쉬움이 컸다. 누가 봐도 스트라이크였는데 심판이 볼로 판정하는 바람에 류현진 선수의 평정심이 흔들렸고 그 뒤로 연거푸 안타를 맞았다. 투수는 사소한 마음 상태의 변화에도 컨디션이 크게 달라질 수 있다. 오심 역시 경기의 일부라고 해도 인공 지능 로봇이 공정하게 심판을 봤다면 류현진 선수가 패전 투수라는 멍에를 짊어지지 않을 수도 있지 않았을까.

우리나라 국회의원이나 고위 공직자를 인공 지능이 대신하면 어떨까. 많은 사람이 공감할 것으로 생각한다. 인공 지능은 일부 국회의원이나 고위 공직자들처럼 월급 받고도 놀지 않을 것이고 또 비리도 저지르지 않을 것이다.

의료계에도 인공 지능 열풍이 불고 있다. 진즉부터 의사라는 직업이 조만간 없어질 수도 있다는 주장을 펴 온 사람도 있다. 당장 그런 일이 벌어지지는 않겠지만 어떤 형태로든 변화의 물결을 피할 수는 없을 것이다. 의사가 오감(五感)을 동원해서 진단과 치료하는 시대는 지났다. 의사의 감각보다는 검사 수치 같이 객관화된 자료를 종합해서 진단을 내리고 있다. 인공 지능이 대신할 수 있는 가장 좋은 대상으로 바뀐 것이다. 더구나 분자 생물학이 발달하면서 질병이 세분화되고 이에 따른 맞춤형 치료가 대세다. 맞춤 치료에는 많은 양의 자료

분석이 필요하다. 아무리 유능하고 경험이 많은 전문의도 한계에 다다를 수밖에 없다. 특히 유전자 변형에 따른 항암 치료의 경우 치료제 선택 과정이 매우 복잡하다. 인공 지능의 도움이 절실한 까닭이다. 내과, 소아청소년과, 신경과 등 내과계 의사들이 먼저 의사 자리를 위협받을 수 있다.

영상의학과는 여러 가지 영상을 보고 진단을 내리는 것이 주요 업무이다. 최근 의료 영상 데이터는 대부분 전산화되어 있어 인공 지능이 분석하기에 안성맞춤이다. 인공 지능이 영상을 판독하는 일은 이미 시행 단계에 와 있다. 영상 판독을 주 업무로 하는 영상의학과 의사들이 긴장할 수밖에 없다.

외과계 업무는 아직 인공 지능으로 대체하기 쉽지 않다. 하지만 증가하고 있는 로봇 수술을 통한 수술 자료들이 축적되면 인공 지능을 갖춘 로봇이 수술하는 시대가 오지 않는다고 장담할 수 없다.

시간을 다투는 응급 환자나 외상 환자를 다루는 응급 의학과나 외상 외과가 끝까지 살아남는 과목이 되지 않겠는가 하는 예상을 하는 의사도 있다. 다가올 시간의 차이는 있으나 많은 의료 영역에서 의사의 역할이 축소될 것이다. 그때가 되면 환자의 만족도는 어떻게 될까. 오진과 부적절한 치료는 줄겠지만 따뜻한 사람의 손길이 그리워지지는 않을까.

의사라는 직업의 운명이 굴뚝 청소부같이 완전히 사라지지는 않겠지만 두부 장수처럼 역할이 많이 준 상태에서 생명을 이어갈 것 같은 예감이다.

의료 윤리

어렸을 적에는 장티푸스, 콜레라 같은 수인성 전염병 또는 뇌염이나 말라리아 등 곤충 매개 전염병이 때마다 창궐했다. 각종 전염성 질환이 당시 가장 중요한 보건 문제였는데 많은 사람이 병에 걸려 고생했고 그중 상당수가 사망에 이르기도 했다.

학교에서는 여름이 다가오면서 단체로 예방 접종을 했다. 머리에 캡을 쓴 백의의 천사가 유리 주사기와 약 몇 병 그리고 알코올 솜이 든 조그만 통을 들고 교실로 들어왔다. 담임 선생님은 아이들을 일렬로 세우고 한쪽 팔뚝이 노출되도록 소매를 걷어올리게 했다. 한 명씩 간호사 앞으로 나가 눈을 질끈 감고 주사를 맞았다. 간호사는 주사를 꾹 찌르고 나서 알코올 솜으로 바늘을 쓱 닦은 뒤 다음 학생에게 또 바늘을 찔렀다. 한 명도 빠짐없이 주사를 맞고 나면 간호사는 교실 미닫이문을 열고 나갔다. 해마다 열리는 연례행사였다.

학생과 선생님은 예방 주사를 맞았으니 이제 전염병의 고통에서 해방될 것으로 생각하고 안도의 숨을 내쉬었다. 하지만 지금 생각하면 아찔한 일이다.

수년 전 일부 병원에서 C형 간염 집단 감염 사태가 연속해서 발생했다. 조사 결과 일회용 주사기 재사용이 원인이었다. 혈액 매개 전염병의 병균이 주삿바늘에 묻은 피를 통해서 옮겨진 것이다. 비위생적으로 주사기를 사용하는 마약 중독자가 에이즈에 걸리는 것과 같은 이치다.

비용 절감을 위해서 주사기를 재사용 했다면 비윤리적인 일이고,

모르고 했다면 너무도 한심한 일이다. 사실 일회용 주사기 값은 얼마 되지 않고, 재사용이 금지됐다는 것은 상식 중의 상식이다. 극히 일부에서 일어난 일탈이지만 도저히 용납되지 않는 파렴치한 짓이 아닐 수 없다.

B형 간염, 에이즈, 매독 등이 혈액을 통해서 감염될 수 있는 질환들이다. 초등학교 시절 주사기 하나로 수십 명을 찔렀는데 혹시 간염이나 매독에 걸린 학생은 없었을까. 생각하기도 싫은 끔찍한 상상이지만 당시는 위생 관념이 부족했고 또 있었다 한들 일회용 주사기를 감당할 경제적 여력이 없을 때였다.

암 진단은 사형 선고와 마찬가지다. 얼마 전까지만 해도 대부분의 암 환자가 백약이 무효하여 수개월을 넘기지 못하고 속절없이 이승을 떠나야 했기 때문이다.

암을 극복하기 위한 피나는 노력이 이어졌다. 특히 최근 들어 분자 생물학 및 컴퓨터 공학의 눈부신 발전이 의학 발전에 디딤돌이 됐다. 덕분에 아직 암을 완전히 정복했다고 하기는 어려워도 어느 정도 통제할 수 있는 수준까지는 도달했다는 것이 전문가들의 일치된 의견이다.

암을 일거에 몰아낸다면 가장 좋겠지만 암의 성장을 멈추게 하거나 최대한 지연시키는 것도 생각해 볼 수 있는 방법 중 한 가지다. 예를 들어 고혈압이나 당뇨병을 완치시키지는 못하지만 생활 습관이나 약으로 병을 조절하면서 합병증 없이 건강하게 사는 것과 마찬가지 이치다. 암을 직접 경험한 어느 의사의 "암과 싸우지 말고 친구가 돼라" 하는 말도 맥락을 같이 하는 것 아닐까.
하지만 잘 조절되던 암이 어느 순간 다시 고개를 들어 환자를 괴롭히는 경우를 흔히 접한다. 대체 치료가 있는 경우는 그래도 다행이나 더는 손을 쓸 방법이 없을 때는 환자 앞에서 할 말을 잊는다. 의사 생활에 자괴감을 느끼는 때다. 이처럼 의사도 괴로운데 환자와 가족의 심정은 오죽하랴.
온갖 유혹이 시작된다. 유명 대학병원에서 포기한 환자가 멀쩡히 살아났다는 누군가의 귓속말, 주사 몇 대 맞으면 암세포가 몽땅 죽어버린다는 광고지 등 종류도 가지가지다. 굼벵이나 지네 같은 벌레를 잡아먹고 낫다는 것은 그래도 애교에 속하는 편이다.
허황한 거짓말인 줄 알면서도 마음이 약해진 환자는 지푸라기라도 잡는 심정으로 빠져든다. 막대한 비용을 낭비하고 결국 남은 건 망가진 몸과 마음뿐이다.
막다른 골목에서 무엇에라도 희망을 걸어 보려는 환자를 탓할 수는 없다. 문제는 그릇된 의료 행위다. 가장 양심적이어야 할 의사가 어려운 처지의 환자 심리를 이용해 돈벌이한다는 것은 용납할 수 없는 일이다.
일부 대학병원조차 검증되지 않은 방법을 첨단 치료법이라고 선전하는 것을 보며 양식 있는 의료인은 혀를 찬다. 의술은 인술이라는 말이 유명무실해진 것은 그렇다 치더라도 의료가 눈속임 서비스로 돈을 챙기는 업종으로 전락한 작금의 상황이 혼란스럽다.

어려웠던 시절 돈이 없어서 또 지식의 부족으로 의료계에는 적지 않은 시행착오가 있었다. 안타까운 일이지만 어쩔 수 없는 상황이었다. 하지만 요즈음의 일부 비도덕적 의료 행위는 어떠한 변명의 말로도 용납될 수 없다. 명백한 잘못은 당연히 법적 처벌을 받겠지만 실제 일어나는 옳지 못한 일들은 상당 부분 윤리적 문제에 속하는 것들이다.

의사의 도덕관 재정립이 필요한 때다. 의과대학 학생 시절부터 철저한 인성 교육과 도덕 교육이 전문 교육보다 더 중요하다.

북한 의료

의료계에 몸을 담고 있는 사람인지라 북한의 의료가 궁금했다. 남북 관계가 좋을 때 의료 협력 차원에서 평양에 다녀온 동료들에게 북한 사정에 대하여 단편적인 얘기를 들었으나 평양은 특수 지역이라 북한 전체를 대변한다고 보기 어려웠다. 국제 학회에 다니면서 혹시 북한 의사를 만날 수 있지 않을까 하는 기대도 번번이 빗나갔다. 하기야 만났다 하더라도 말을 붙일 주변머리가 없었을 것이다.

꽤 오래전 국내 학회의 특강 시간에 북한에 다녀온 어느 의사의 강연을 들을 기회가 있었다. 북한의 경제가 워낙 낙후돼 있다고 알고 있어 의료 환경 역시 좋지 않을 거라 추측은 했다. 하지만 북한에서 찍어 온 영상과 함께 강연을 듣고 있자니 도무지 입을 다물지 못할 지경이었다.
X선 필름이 없어 오랜 기간 X선에 무방비로 노출된 채 투시 장비를 보며 판독하다가 백혈병에 걸려 사망한 방사선과 여의사의 사진을 보면서 가슴이 찡했다. 평양의 특수 병원을 제외하고는 병원에 마취제가 없다고 했다. 불가피하게 수술할 때에는 마취 없이 수술을 진행한다는 얘기가 믿어지지 않았다. 화타(華佗)가 마취 없이 관우(關羽)의 뼈를 긁어냈다는 거짓말 같은 일화를 들은 적은 있지만 이런 일이 현실에서 있을 줄은 상상도 하지 못했다. 헌 음료수 병을 이용해 만든 수액이 진열돼 있는 약품장을 보고는 놀라서 자빠질 지경이었다. 항생제가 필요한 경우에는 각자가 알아서 장마당에서

구해야 한다고 했다. 북한은 국가에서 의료를 모두 책임지는 살기 좋은 나라로 선전한다고 들었는데 병든 사람이 스스로 장마당에서 약을 구해야 한다니 참으로 어처구니없는 일이었다.
북한에서 결핵 퇴치 사업을 하는 '유진벨 재단' 에서는 얼마 만에 한 번씩 결핵약을 전달하는데 한번은 수량이 좀 부족했다고 한다. 이에 북한의 담당 의사는 울먹이며 약품 수령을 거부했다고 하는데, 양이 적어 기분이 상했냐며 이유를 물으니 "이 양으로는 지금 치료 중인 환자 모두에게 계속 투약할 수 없습니다. 약을 못 먹으면 사람이 죽을 텐데 어떻게 누구는 살리고 누구는 죽게 놔둘 수 있겠습니까? 저는 그렇게 못하겠습니다. 차라리 모두 안 먹는 게 마음이 편할 것 같습니다"라고 말했다 한다.
강연자는 마지막으로 이념에 상관없이 북한 일반 시민의 열악한 처지를 직접 보면 무언가 어떻게든 해 줘야 하는 거 아닌가 하는 생각이 든다고 했다. 우레와 같은 박수가 이어지고 참석자 모두 한동안 가슴이 먹먹했다.

남한에서는 진작에 박멸된 전염병이 아직도 북한에서는 큰 골칫거리라고 한다. 남한의 1960년대처럼 여러 가지 기생충 질환이 창궐하고 장티푸스나 콜레라 등 수인성 전염병이나 말라리아 역시 무시 못 할 문제라고 한다. 휴전선을 넘나드는 모기 때문에 군인이나 전방 지역 주민들이 말라리아 감염에 노출된 것은 이미 널리 알려진 사실이다. 주사기를 돌려가며 사용하다 보니 에이즈 혹은 간염같이 감염된 피를 통해 전파되는 질병이 급속하게 늘고 있다는 소식이다.

에이즈는 동성애자나 마약 중독자들 사이에서 전파되는 것이 대부분인데 북한에서는 특이하게 일반인들 사이에 오염된 주사기 사용으로 인한 전염이 많다고 한다.
몇 년 전 '메르스(MERS)'가 유행해 큰 사회적 문제가 됐다. 모든 국민이 공포에 떨었고 미흡한 초기 대처에 보건 당국을 비롯한 행정부에 엄청난 비난이 쏟아졌다. 하지만 신속하게 역학 조사를 통해 더 이상의 전파를 차단하고 최첨단 의술로 환자를 치료해 불행 중 다행으로 큰 재난을 극복할 수 있었다. 북한 당국에서도 메르스 사태를 예의 주시하며 가슴 졸였다고 한다. 북한의 의료 수준으로는 걷잡을 수 없는 사태이기 때문이다. 코로나 감염증이 극성인 현재도 비슷한 상황이 아닐까 짐작된다.
일반적으로 감염병은 쉽게 드러나기에 어렵지 않게 진단할 수 있어 북한의 감염병에 대한 실상은 비교적 알려진 편이다. 하지만 북한의 심혈관계 질환이나 암 등에 대해서는 별로 알려진 것이 없다.
추측이지만 질환이 없어서가 아니라 진단이 되지 않기 때문일 것이다. 실제 북한에는 MRI나 CT 등의 진단 장비가 거의 없고, 있다 하더라도 전력 사정 때문에 사용이 어렵다고 한다. 과거 CT를 무상으로 지원한 적이 있는데 전기 공급이 불안정해 사용을 못 했다고 한다. 전기를 이용하는 좋은 현미경은 무용지물이라 반사경이 달린 구식 현미경을 부탁한다는 말에 실소를 금치 못했다는 일화도 있다.
이가 없으면 잇몸으로 씹는다고 북한에서는 제대로 된 약이 없으니 한의 처방에 따라 질병 치료에 약초를 많이 이용한다고 한다. 약초의 효능에 대한 지식이 많이 쌓였다고 자랑하는데 오히려 그런 주장이 애처롭게 들릴 뿐이다.

만약 가까운 장래에 통일이 된다면 우리 의료계가 북한의 열악한 보건 사정을 감당할 수 있을까 하는 걱정이 든다.
몇몇 의과대학에서 북한의 의료 현실을 파악해서 통일된 뒤 생길 수 있는 의료 문제에 대한 대책을 수립하는 연구 프로젝트를 운영하고 있다고 한다. 아직은 걸음마 단계지만 지속적인 관심이 필요하다.
북한의 60세 이상 주민의 남아 있는 평균 치아가 4개라고 한다. 통일된 뒤 이들이 임플란트 시술을 요구하면 이것만으로도 의료보험이 파산할 것이라고 한다. 진단도 받지 못하던 암 환자가 무더기로 쏟아져 들어온다면 효과적으로 대응할 수 있을까. 전염병에 걸린 사람이 온 나라를 휘젓고 다니면서 병균을 퍼뜨리는 사태는 또 어떻게 대처할 수 있을까.
통일된다면 해결해야 할 문제가 한두 개가 아니겠으나 발생할 수 있는 의료 문제 역시 상상을 초월할 것이다.

개똥쑥

중국이 발칵 뒤집혔다. 2015년 10월 중국의 과학자가 다른 두 명과 함께 노벨 생리의학상 수상자로 선정됐기 때문이다. 과거 중국 국적 혹은 중국계 미국인이 노벨 과학상을 받은 적은 여러 번 있었지만 순전히 중국에서 교육을 받고 중국 내에서 연구한 업적으로 수상자가 된 경우는 처음이다.

85세의 여자 화학자이자 약리학자인 투유유(屠呦呦)는 베이징대학 의학부를 졸업하고 중국 중의과학원에 재직 중 노벨상의 영광을 안았다. '중의(中醫)'는 우리나라로 치면 '한의(漢醫)'다. 그녀는 박사학위도 없고, 중국 과학계의 최고 권위를 상징하는 원사 칭호도 없으며, 해외 유학 경험도 없는 '3무(無) 과학자'였기에 일반 중국인들의 감격이 더했다.

뉴스에서 소식을 접한 우리나라의 많은 사람은 부럽기도 하지만 사촌이 땅을 산 것처럼 배가 아팠다. 중국의 의학 수준이 우리나라보다 몇 수 아래라고 깔보던 한국 의학자들에게 제대로 한 방 먹인 꼴이 됐다. 일부에서 개똥쑥의 학질(말라리아 병원충을 가진 학질모기에게 물려서 감염되는 법정 전염병)에 대한 효과는 동의보감(東醫寶鑑)에도 기술돼 있다고 목소리를 높였지만 공허하게 들릴 뿐이었다. 매스컴에서도 일본은 날고 중국마저 뛰기 시작하는데 한국은 뭐하냐는 질책이 쏟아졌다.

우리에게는 월남전이라는 이름으로 익숙한 베트남 전쟁이 한창이던

1969년 중국에서 말라리아 치료제 개발이 시작됐다. 말라리아로 전력 손실이 막심한 베트남에서 중국에 도움을 청했고 이에 최고 지도자 마오쩌둥(毛澤東)이 말라리아 퇴치 연구를 명했기 때문이었다.
투유유는 이 프로젝트에 보조 연구원으로 참여를 시작해 4명의 연구원을 이끄는 소조 조장이 됐다. 그녀는 4세기 동진(東晉)의 갈홍(葛洪)이 펴낸 『주후비급방(肘後備急方)』에 언급된 학질에 대한 개똥쑥의 효능에 주목했다. '학질로 열이 심할 때 개똥쑥 한 줌으로 즙을 내 복용하라'는 처방에 착안해 1971년 여러 차례의 실패 끝에 마침내 개똥쑥에서 유효 성분을 추출했다. 동물 실험을 시행했고 곧이어 사람을 대상으로 한 임상 시험에도 성공했다. 투유유는 자진해서 임상 시험 대상이 되기도 했는데 그녀는 이 유효 성분을 '아르테미시닌(Artemisinin)'이라고 명명했다.
이 연구 성과는 1972년 난징(南京)에서 열린 연구 보고회에서 '마오쩌둥 사상 지도가 발굴해 낸 항 학질 중약 공작'이라는 제목으로 발표됐다. 자연 과학 연구마저도 사상과 연관시키는 태도가 우리 관점에서는 우스꽝스러웠다. 하지만 중국의 체제가 그런 시대였으니 남의 나라 상황에 이러쿵저러쿵할 것은 아니었다.
아르테미시닌은 약물 내성이 생긴 말라리아에 대한 복합 치료제로서 큰 효과가 있었다. 특히 개발도상국에서 말라리아로부터 인명을 구하는 데 큰 힘을 보탰다.

쑥에 대해 아는 것이라고는 쑥떡을 만들어 먹는 풀이라는 정도였다. 그런데 노벨상 소식을 접한 뒤 궁금해서 찾아보니 쑥은 약 300종이나 있고 개똥쑥은 이 중 한 가지인데 길가나 빈터에서 자라는 높이 약 1미터의 한해살이풀이었다.
거들떠보지도 않던 개똥쑥이 갑자기 대한민국에서 몸살을 앓기 시작했다. 먹는 용도로도 쓰지 않던 개똥쑥이 노벨상 소식 뒤로 만병통치약으로 탈바꿈했다. 너도나도 개똥쑥을 뜯어가는 통에 씨가 마를 지경이었다. 사실 말라리아는 우리나라에서 큰 문제가 되는 질병이 아니었다. 그런데 왠지 모르게 개똥쑥이 항암 효과가 있다고 알려지면서 개똥쑥이 큰 수난을 당한 것이었다. 박멸하고 싶은 동물이나 식물이 있을 때 정력에 좋다는 소문을 내면 된다는 우스갯소리가 허언이 아닌 듯했다.
하지만 몇 달 지나지 않아 개똥쑥이 사람들의 머리에서 멀어졌다. 동의보감을 비롯한 우리나라 한의학 고서에도 좋은 처방이 많아 잘 개발하면 노벨상 여러 개를 탈 수 있다며 목청을 높이던 사람들도 이내 자취를 감췄다. 우리나라 사람들의 전형적인 냄비근성을 잘 보여준 씁쓸한 일이었다.

일본은 이미 스무 명이 넘는 노벨상 수상자를 배출했다. 중국 국적의 사람도 다섯 명이나 노벨상을 받았다. 우리나라는 한 명뿐이다. 잘 알고 있는 바와 같이 노벨 평화상을 받았다. 과학상을 받은 사람은 없었다. 이런 차이는 한마디 말로 설명할 수 없다. 가장 중요하고 또 근본적 원인은 무엇일까.
일본은 서양에서 자연과학을 일찍부터 배웠고 과학자를 기르기 위한 교육 체계를 탄탄히 갖췄다. 여기에 남이 뭐라 하든 묵묵히 한 우물을 깊게 파는 개미 같은 근면성이 더해져 여러 방면에서 좋은 성과가 나오고 있다고 생각한다.
중국은 워낙 큰 나라이기에 저변이 엄청나게 넓다. 최근에는 수많은 젊은 인재들이 미국이나 서유럽에서 첨단 학문을 익혔다. 많은 분야에서 미국과 쌍벽을 이루며 양강 구도를 만들었다. 뚝심 센 중국인이 날개를 달고 있는 참이었다.
우리나라 역시 눈부신 발전이 있었다. 조그만 분단국이 경제 규모로 세계 10위의 국가가 됐다. 자랑스러운 일이고 스스로 자부심을 가질 만하다. 하지만 자세히 들여다보면 그동안의 성과 대부분이 남의 것 베끼기였다. 독창적인 기본 기술이 없었다. 지금까지는 약삭빠른 눈치로 버텨 왔지만 기초 과학의 발전 없이는 한계에 부닥칠 수밖에 없다.

노벨상 수상자가 발표되는 늦가을이 되면 우리는 우울해진다. 자가 진단도 해보고 처방도 내려 보지만 그때뿐이다. 짧은 기간의 개똥쑥 열풍이 이를 잘 증명한다. 우리나라 교육과 연구의 패러다임을 완전히 뜯어고쳐야 할 때다.

모교의 신경외과 교수로 부임한 뒤 뇌종양과 정위 뇌수술을 세부 전공으로 정하고 연구에 매진했다. 정위 뇌수술 중에서도 최신 학문인 방사선 수술에 마음을 빼겼다. 은사님의 권유도 있어 독일의 쾰른(Köln)대학병원에서 교환교수로 2년간 방사선 수술에 대한 연수까지 마쳤다.

뇌 질환에 대한 방사선 수술은 두 가지 방법이 있다. 하나는 잘 알려진 감마나이프(Gamma Knife) 수술이고 나머지 한가지는 방사선치료 기계인 선형 가속기에 소프트웨어를 장착해 시행하는 수술이다.

독일에서 귀국한 뒤 초창기에는 고가의 감마나이프를 도입할 길이 막막해 자체 개발한 소프트웨어를 달아 선형 가속기로 환자를 수술했다. 경쟁력이 한참 떨어지는 방법이지만 나름대로 최선을 다하고 있던 참이었다.

당시 국제 의료계 시장에서 유통되는 선형 가속기를 이용한 방사선 수술의 소프트웨어는 미국의 플로리다대학병원과 하버드대학병원에서 개발한 것이 쌍벽을 이루고 있었다. 출시는 윌리엄 프리드먼(William Friedman) 교수의 플로리다대학병원 것이 빨랐지만 시장 점유율은 하버드대학병원 것이 많이 앞서가고 있었다. 국내의 모 대학병원에서 하버드대학병원 제품을 도입하면서 개발자인 이븐 알렉산더 3세(Eben Alexander III) 신경외과 교수와 제이 뢰플러(Jay Loeffler) 방사선종양학과 교수를 초청해 특별 강연을 열었다. 좋은 기회다 싶어 일부러 시간을 내서 참석했다.

전공하고 있는 방사선 수술 분야의 세계적인 대가를 직접 만나는 것도 영광이고 육성으로 최신 지식을 접하는 것 또한 가슴을 부풀게 했다. 기대했던 대로 강연의 내용이 유익했고 두 분 교수님도 아주 스마트했다. 뢰플러 교수는 특별할 것 없고 전형적인 똑똑한 미국 사람인데 알렉산더 교수는 분위기가 좀 독특했다. 뭐라 딱 꼬집어 말할 수는 없으나 자주색 나비넥타이는 그렇다 쳐도 짙은 감청색 정장 차림에 앞치마 같은 가죽 주머니를 달고 있었다. 중세에 살던 사람이 튀어나왔다고 할까. 치마 입고 백파이프 부는 스코틀랜드 남자 같았다. 미남형의 잘생긴 얼굴이지만 웃음기가 전혀 없었다. 그때는 세상에는 좀 별난 사람도 있지 하는 정도였다. 나중에 유명한 신경외과 교수이며 국제 신경외과 학회지 편집장을 지낸 이븐 알렉산더 주니어(Eben Alexander Jr.) 교수의 입양된 아들이라는 사실을 알았다. 그 뒤로도 국제 학회에서 몇 번 만난 기억이 있는데 언제부터인가 그의 모습이 통 보이지 않았다.

2013년 우연히 그의 소식을 전해 들었다. 선배 교수가 미국에서 출간된 책 『나는 천국을 보았다(Proof of Heaven)』의 번역본이 나왔으니 읽어 보라고 권했다. 죽음의 문턱에서 천국을 구경하고 다시 살아왔다는 내용인데 저자가 신경외과 의사여서 많은 사람이 흥미를 갖고 있다고 했다. 미국에서 책이 나오자마자 베스트셀러가 됐는데 뇌를 연구하는 사람의 증언인 만큼 신빙성이 높지 않겠느냐는 것이 저간의 세평이라고 했다. 종교도 없고 평소 영적인 문제, 사후 세계 등에 별로 흥미를 느끼지 못했기 때문에 처음에는 얘기를 듣고도

시큰둥했다. 그런데 저자가 미국 신경외과 의사라는 말에 왠지
호기심이 발동해 아내에게 구매를 부탁했다.
며칠 뒤 책을 받아들고 깜짝 놀랐다. 저자가 다름 아닌 이븐 알렉산더
3세였다. 알던 사람이 저승에 갔다 왔다니 왠지 으스스했다. 묘한
기분인데 아무튼 좋은 감정은 아니었다. 텔레비전에서 얼굴이 익은
남자 탤런트가 신내림을 받았다는 뉴스를 들었을 때와 비슷했다.
어려서 동네 무당집 앞을 지날 때 이유 없이 눈을 다른 곳으로 돌린 채
빠른 걸음으로 지나쳤던 기억도 떠올랐다.
기왕 샀으니 책을 읽기 시작했다. 잘 나가던 하버드대학 교수가
갑자기 교수직을 그만두고 낙향한 것부터 이해가 되지 않았고 내용이
주로 영적 세계를 기술하고 있어 마음에 와닿지 않았다. 세균성
뇌막염에 걸려 죽음 직전까지 갔다가 천우신조(天佑神助)로 살아난
것은 있을 수 있는 이야기였다. 하지만 중병에 걸렸다 회복된 뒤
천국을 보았다는 주장은 믿을 수 없었다. 입양됐기 때문에 전혀
모르던 친동기를 천국에서의 경험으로 알 수 있게 됐다고 하지만 다른
경로로 알아낸 것을 착각하고 있는 것은 아닐까. 착각이라기 보다
자기 합리화를 위해서 끼어 맞추려고 시작한 논리를 결국은 자신도
모르게 진짜로 믿게 된 것은 아닐까. 천국의 풍경도 이미 많은 사람에
의해서 정형화된 모습을 답습하고 있었다. 뇌를 연구하는 학자
출신이라는 전력이 다를 뿐 내용은 새로운 것이 없어 보였다.
책을 모두 읽고 나니 마음이 좀 복잡했다. 무엇이 그에게 이런 생각을
하게 하고 이런 책을 쓰게 만들었을까.
한동안 『나는 천국을 보았다』에 대한 생각이 머릿속을 떠나지 않았다.

천국을 본 사람과 한때 친하게 지냈다는 것이 찜찜하기도 했다.
웃음기 없는 표정에 이상한 복장을 했을 때부터 알아봤어야 했다.
책을 보지 않는 것이 더 좋았겠다는 것이 솔직한 심정이었다.
어느 순간부터는 측은한 생각도 들기 시작했다. 입양아로 자라면서 사춘기는 순탄했을까. 왜 그는 아버지와 같은 신경외과 의사의 길을 걷게 됐을까. 아버지와 같은 길을 가면서 아버지로부터, 또 주위에서 너무 많은 관심의 대상이 되지는 않았을까. 아버지와의 비교가 부담스러워 영예로운 대학교수의 길을 포기하고 시골 의사가 된 것은 아닐까. 과도한 스트레스 속에 살다가 중병을 앓고 난 뒤 무언가에 기대고 싶은 간절한 마음이 그를 천국의 세계로 인도한 것은 아닐까.
그를 처음 만났을 때 인상이 어느 정도 이해가 될 듯했다. 나름대로 생각을 정리하고 나니 마음이 편해졌다. 찜찜했던 생각도 모두 사라졌다. 힘든 처지에서 벗어나려는 몸부림을 미처 헤아리지 못한 것 같아 미안한 마음마저 들었다.
천국을 보고 마음의 평온을 찾았다니 참으로 다행이다. 그의 행복을 진심으로 기원하고 또 반드시 그렇게 되리라 믿는다.

동문서답

사람의 몸에는 오감(五感)이라고 하는 시각, 청각, 촉각, 후각, 미각의 다섯 가지 감각이 있다. 간혹 육감(六感)을 여섯 번째 감각이라고 하는 사람도 있는데, 육감은 정확한 해부학적 용어가 아니다. 오감의 감각 수용체는 각각 주위에서 오는 여러 가지 자극을 감지하고 이에 따라 적절히 반응한다. 살아가는 데 그중 어느 하나 필요치 않은 감각이 없겠으나 중요도에서는 차이가 없을 수 없다.

감기에 걸리거나 축농증 같은 콧병이 있어 냄새를 못 맡을 때 본인은 대단히 불편하겠으나 일반적인 사회 활동이나 소통하는데 별다른 지장은 없다. 미각도 마찬가지다. 맛을 못 느끼면 먹는 즐거움을 모르니 개인에게는 더할 수 없는 불행이겠으나 대인 관계, 혹은 사회생활에 지장을 주지 않는다.
촉각에 문제를 일으키는 대표적인 병이 한센병이다. 병균이 말초신경을 망가트리기 때문에 아픈 것을 모르고, 뜨겁고 차가운 것을 모른다. 보통 사람은 뜨거운 것을 잘못 만지면 금방 손을 떼지만 한센병 환자는 뜨거움을 느끼지 못하기 때문에 그냥 잡고 있다. 화상을 입어도 통증이 없다. 피해야 할 위험한 자극을 못 느끼기에 신체가 상하게 되고 결국 신체의 끝부분부터 문드러져 보기 흉한 모습이 된다. 그러나 뇌 기능에는 전혀 이상이 없어 인지나 사고에는 아무런 문제가 없다. 극단적인 예를 들긴 했지만 이처럼 촉각은 대단히 중요한 감각이다.

시각이 오감 중 가장 중요한 기능이라고 하는데 이견의 여지가 없다. 사람은 시각을 통해서 많은 외부 상황을 감지하기 때문이다. 양쪽 시력을 모두 잃을 경우 노동력 상실 100퍼센트로 판정되는 이유다. '눈을 감고 곰곰이 생각한다'라는 말이 있다. 왜 깊이 생각할 때 눈을 감을까. 생각에 최대한 집중하자면 눈으로 들어오는 자극을 차단해야 하기 때문이다. 연인끼리 달콤한 입맞춤을 할 때도 스르르 눈을 감는다. 촉각과 행복 감각 중추를 극대화하기 위함이다. 그만큼 시각이 자극을 받아들이는 데 절대적인 역할을 한다는 뜻이다. 하지만 시각으로만 받아들인 자극에 대한 해석은 자의적일 수 있다. 한 번 보는 것으로 모든 것이 판단되는 명약관화(明若觀火)한 상황도 있으나 얘기를 나눠 봐야 정확한 결론을 내릴 수 있는 때가 더 많다. 사회적 동물인 사람에게 소통을 위한 가장 중요하고 기본적인 감각은 청각이다. 상대방의 말을 듣고 이해해야 적절히 대응할 수 있다. 사람에게 시각이 가장 우월적인 감각 기능이지만 사회생활을 위해서는 청각이 시각보다 더 중요한 이유다. 소통의 기본은 남의 말을 듣는 것이다.

사람에 따라 차이가 있으나 늙으면서 청력은 감퇴한다. 통상 어르신들이 텔레비전 볼륨을 크게 하는 이유다. 대화 중에 목소리가 자꾸 커지는 것도 청력이 떨어졌기 때문이다. 목소리가 커서 상대방은 고함을 치는 것 같이 느낀다. 혹 어르신이 아직도 기운이 좋으셔서 목소리가 우렁차다고 여기는 사람도 있는데 이는 잘못된 판단이다. 어르신들의 시력 저하는 안경으로 어느 정도 보정이 가능하지만 보청기는 안경과 달리 개인 상태에 딱 맞추기 힘들고 유지 보수가 쉽지 않아 실제로 듣기에 도움을 주지 못하는 경우가 흔하다. 수화(手話)나 구화(口話)는 젊어서 청력 장애가 생긴 경우는 대안이 될 수 있어도 청력이 노쇠한 어르신이 수화나 구화를 배우는 것은 현실적으로 쉽지 않다.
청력 장애가 심해지면 질문이나 상황을 마음대로 해석하고 질문과는 동떨어진 답을 하게 되거나 뭐라고 대답할 줄 몰라 민망하게 웃을 뿐 답을 못하게 된다. 외국에 나가 영어를 알아듣지 못할 때와 흡사한 상황이다.
보통 어르신들은 청력이 나쁜 것을 감추려고 알아듣는 척 하신다. 듣지 못했으면 다시 묻거나 청력이 안 좋다고 솔직히 말하는 것이 좋다. 젊은 사람들도 어르신이 동문서답(東問西答)하면 그냥 넘기지 말고 다시 크게 말씀드려 소통하는 게 바람직한 태도다.
청력의 노쇠 현상을 이해하지 못하는 사람은 이런 현상을 치매로 오인하기도 한다. 대화가 원활하지 않으니 자연스럽게 사람들과 점점 멀어지면서 외로워진다. 사회로부터의 단절은 뇌 기능의 쇠퇴를 초래하고 이러한 악순환이 실제로 치매를 유발하기도 한다.
어르신들도 잘 들을 수 있어야 건강한 생활을 유지할 수 있다. 이렇게 중요한 듣는 기능이 지금까지 크게 주목받지 못했다. 어르신들의 시력 감퇴는 잘 알아도 청력이 떨어지는 현상에 대해서는 인식이 부족했다. 건강한 노후 생활과 뇌 기능 퇴화를 막기 위해서는 어르신들의 청력 기능 저하에 더 많은 관심이 절실하다.

생로병사

"상태가 위중하십니다. 최선을 다하고 있지만 힘들 것 같습니다"라는 의사의 말에 자식들이 망연자실(茫然自失)해진다.

"어떻게 안 되겠습니까? 이렇게 돌아가시게 할 수는 없어요."

"네, 잘 알겠습니다. 그래도 마음의 준비는 하시는 것이 좋겠습니다."

이런 식의 말들이 오고 가면서 가족들도 점점 체념해 가는 분위기다. 복도에 옹기종기 모여 가족회의를 마치고 장남인 듯한 분이 대표로 마지막 부탁을 한다.

"돈 걱정은 말고 좋은 약은 모두 써 주세요. 그리고 또 하나 청이 있는데요, 병원에서 돌아가시게 하면 절대로 안 됩니다. 돌아가시기 직전에 꼭 알려 주셔야 해요. 집으로 모시고 가겠습니다."

전공의 시절인 약 40년 전에는 그랬다. 당시 흔히 있던 요구 사항이었다. 알겠다고 대답은 하지만 정확한 사망 시간을 예측하는 것은 쉬운 일이 아니었다. 지금처럼 생명 연장 장치가 잘 갖춰진 때도 아니었다. 갑자기 일이 벌어져 손 쓸 틈 없이 병원에서 돌아가시면 그 원망을 모두 뒤집어썼다. 여간 신경이 쓰이는 일이 아니지만 효도하겠다는 자식을 나무랄 수도 없는 노릇이었다.

전통적으로 부모를 집에서 돌아가시게 하는 것이 자식의 도리였다. 객사(客死)를 큰 불효로 여겼다. 장례도 집에서 치렀다. 어렸을 때 길을 가다 보면 '상중(喪中)' 이라고 쓴 주름 잡힌 종이 등(燈)이 대문 앞에 걸려 있는 모습을 심심치 않게 볼 수 있었다.

집 밖에서 돌아가시는 것이 왜 안 좋은 지에 대해서는 이런저런 얘기들이 많다. 대부분 사람들은 이승에서 생을 마감하면 혼백이 육체를 떠나 하늘로 간다고 믿는다. 하늘로 간 혼백은 후손들이 제사를 올리는 기일(忌日)에 집을 찾아오는데, 만약 다른 곳에서 사망하면 혼백이 돌아올 곳을 찾지 못한다는 것이다. 요즘 장지로 가는 길에 집을 한 번 들러가는 이유도 같은 맥락이다.
진짜 이유는 집이 모든 사람에게 제일 편안한 곳이기 때문이 아닐까.
선친께서 돌아가시기 얼마 전 잠시 상태가 호전돼 집으로 돌아오시니 "홈 스위트 홈"이라고 하시며 그렇게 좋아하셨다.
이제는 집에서 요양하다가도 돌아가실 때가 되면 병원으로 모시는 것이 상례가 됐다. 집에서 상을 치르는 모습 또한 보기 어렵다. 혹 집에서 돌아가셔도 상은 장례식장에서 치른다. 풍습이란 시대의 요구에 따라 변하기 마련이지만 길지 않은 기간에 참 많은 것이 달라졌다.

급격한 고령화로 노인 문제는 개인이나 가정 내의 문제를 떠나 커다란 국가적인 문제가 됐다. 육체적이거나 정신적인 장애 노인 돌봄의 과제는 이제 어느 집을 막론하고 가장 중요한 관심사 중 하나이기 때문이다.
과거에는 대가족 제도 아래 부모님을 자식들이 끝까지 집에서 모셨다.
당시는 돌볼 젊은 가족들이 있었고 또 병에 걸린 노인은 실상 오래 살지 못했다. 의료 혜택이 열악했던 시절이라 곡기가 끊기면 소생하기 어려웠기 때문이다.
흔히 말하는 노망이 지금의 치매이다. 예전 대가족 시대에는 노망을 연세가 들어 발생하는 자연 현상으로 여겼다. 갈등이 없진 않았겠으나 가족끼리 서로서로 도우며 순종했다. 집에서 돌봐 드리니 식사부터 대소변 수발까지 보통 힘든 일이 아니어도 경제적 부담은 적었다. 혹 비용이 발생하더라도 형제지간에 돈 문제를 입에 담지 않았다.

집안일을 도맡아 하는 며느리도 시집의 위세에 눌려 끽소리 못하고 남편의 뜻에 따랐다. 부모를 양로원에 모시는 것은 불효막심한 일로 여겼다. 그때는 변변한 양로원도 없었고 여의치 못해 양로원으로 모셔야 할 사정이라도 주위 친척 어르신들의 눈총에 감히 엄두를 내지 못했다.

세월이 흘러 핵가족 시대가 되니 다들 바깥일로 바빠서 온전치 못한 어르신을 집에서 모시기 어렵게 됐다. 실제 집안일을 담당하던 여성들이 대부분 직장을 갖고 있고 가족 내의 발언권이 예전과 다르다.

수요는 공급을 창출하기 마련이어서 믿고 맡길 만한 요양 병원이나 너싱홈 같은 시설이 우후죽순처럼 생겨난다. 기존의 일반 병원들도 부담이 적고 수익이 괜찮은 요양 병원으로 속속 옮겨가고 있다.

생로병사(生老病死)는 자연의 섭리요 신의 영역이다. 태어나면 필연적으로 늙어 병이 들고 결국은 세상을 등진다. 늙는 것은 슬프고, 외롭고, 안타까운 일이지만 인간이 극복할 수 있는 일이 아니다.

시대의 흐름에 따라 또 각자의 형편에 따라 슬기롭게 대처할 수밖에 없는 일이다.

요양 시설에 부모를 모시는 작금의 현상은 과연 옳은가. 요양 시설에 계신 부모님을 찾아가도 자식을 알아보지 못한다.

희로애락(喜怒哀樂)을 전혀 느끼지 못하고, 음식이 들어가고 또 배설하는 일만 기계적으로 반복한다. 감정 없는 간병인의 눈매가 야속하기도 하다. 안타까운 일이다. 이것이 부모를 모시는 최선일까 하는 회의가 없을 수 없다.

혼자 일상생활이 불편한 어르신을 요양 기관에 모시는 것이 자연스러운 현상이 됐다. 특히 정신 장애 혹은 거동 장애로 스스로 생활하지 못하는 경우 항상 사람이 붙어 있어야 하기 때문이다. 노인 역시 이런 변화를 수용하는 분위기로 점차 인식이 바뀌고 있다.

안타깝지만 다행이라면 다행한 일이기도 하다. 하지만 집처럼 편안한 곳이 세상천지에 또 어디 있으랴.

삶의 흔적 지우기

벌써 오래전 일이다. 돌아가신 아버지의 장례를 치른 뒤 어머니를 모시고 집에 돌아오니 마음이 몹시 허전했다. 두 분이 사시다 혼자 남으신 어머니께서도 넋을 잃으신 듯 말씀이 없으셨다. 가라앉은 분위기를 어떻게 해보려고 괜히 수선을 떨었지만 소용없는 짓이었다. 며칠이 지나고 어머니 눈치를 보니 유품 정리를 시작해도 될 것 같았다. 쓰시던 물건 중 아직 쓸 만한 것은 형제들이 나눠 가졌다. 막대한 양의 책과 각종 자료가 문제였다. 수년 전 아버지께서 돌아가시기 전에 한 번 정리하셨지만 남아 있는 것이 무척 많았다. 당신은 평생 모으신 귀중한 물건이겠으나 자식의 입장에서 보면 계속 갖고 있을 의미가 많지 않은 것들이었다. 더구나 각자 집에 여유 공간이 없으니 하는 수 없이 꼭 필요한 것만 빼고 버릴 수밖에 없었다. 아깝기도 하고 아버지께 죄를 짓는 것 같았으나 어쩔 수 없는 일이었다.

얼마 동안 홀로 지내시던 어머니는 누님이 모시기로 했다. 어머니께서는 과감하게 살림살이를 모두 처분하시고 당신이 쓰실 최소한의 물건만 들고 가셨다. 아버지 유품을 정리하시면서 느끼신 것이 많으신 듯했다. 어머니의 결단이 놀랍기도 하고 제대로 모시지 못하는 불효에 가슴이 아팠다.

아버지를 여의고 9년이 지나 어머니도 홀연히 떠나셨다. 아버지 곁에 곱게 묻어 드리고 산에서 내려오니 임종을 지키지 못한 슬픔이 가슴을 짓눌렀다.

며칠 뒤 유품을 챙기려고 누님댁에 모였다. 예상했던 대로 남아 있는 것이 별로 없었다. 평소 입버릇처럼 "죽기 전에 살았던 흔적을 모두 지우고 가야지"라고 말씀하시던 모습이 떠올랐다.

조선의 선비들은 생을 마감하기 전 이승에서의 삶의 흔적을 모두 없앴다고 한다. 나이가 들어 몸이 쇠약해지면 자신이 썼던 글이나 책을 모두 태워 버렸다. 지식이나 사상을 전할 수 있으니 후대에 남겨지길 바랐음직 한데 왜 그랬을까.
혼자 추측하건대 무욕(無慾), 무소유의 마음이 아니었을까. 자기 이름으로 무엇을 후세에 남기려는 마음을 먹으면 욕심이 생기고 무리가 따르게 마련이다. 또 이런 공명심은 평상심을 잃게 하기 쉽다. 몸과 마음이 고고한 선비들이 현실과 타협하려는 마음을 원천 봉쇄하려고 했던 것 아닐까. 또한 자신이 쓴 글이나 책의 내용에 대해 혹여 후세에 비난받을 상황이 생겨 가문이나 체면에 손상을 입히지 않을까 하는 우려의 마음도 크지 않았을까.
생전의 기록이나 흔적을 없애는 것이 반드시 옳은 길이고 모두가 따라야 한다는 뜻은 아니나 수긍이 가는 면이 적지 않은 것이 사실이다. 너 나 할 것 없이 탐욕에 사로잡혀 있는 현대인들이 곱씹어 봐야 할 대목이 아닌가 한다.
법정(法頂) 스님이 돌아가시면서 가지고 있던 모든 것을 없앴다. 편찬한 책들도 더는 출판하지 못하게 했다. 불교에 또 다른 심오한 연유가 있는지 모르겠으나 조선의 선비들과 비슷한 생각이 아니었을까.

"주위 물건들을 정리하고 나니 그동안 쓰레기를 귀한 조선백자 속에 담아 냉장고에 보관하고 있었던 셈이다. 이렇게 홀가분하고 기분이 좋을 수 없다."
어느 소설가가 갖고 있던 물건들을 정리하고 난 뒤에 한 말이다. 과감하게 버려야 새로운 게 채워진다는 평범한 진리를 다시 한번 깨닫게 해준다.

40년 이상 의사와 교수를 겸하다 보니 적지 않은 전문 서적과 일반 서적, 의학 자료 등이 서가를 꽉 채우고 있다. 하나하나 사연이 없는 책이 없으나 은퇴를 앞두고 방을 비워줘야 하니 어떻게든 책을 정리해야 했다. 집의 책장에도 책이 넘쳐나니 집으로 가져갈 수도 없고 후배들에게 주기도 마땅치 않았다. 도서관에 기증해 봤자 아마 지하 수장고에서 썩을 것이 자명했다. 자식들이 받지도 않겠지만 받겠다 해도 짐이 될 것이었다.
우선 버릴 것을 추리기로 했다. 모두가 손때가 묻은 자식 같은 것들이었다. 어렵게 구한 것도 많았다. 마음은 아프지만 적지 않게 버릴 책을 골라 연구실 밖 복도에 내놨다. 다음날 아침 출근하면서 보니 밖에 내놓은 책들은 사라졌고 서가는 반쯤 비었다. 허전한 마음이 들었다. 처분한다고 했는데 남은 것이 아직도 많았다. 한 번 더 같은 작업을 반복하기로 했다. 처음 고를 때 보다 한층 더 어렵고 가슴이 쓰렸다. 어떤 책은 버릴 책으로 분류했다가 다시 서가에 꽂기를 여러 번 반복하기도 했다. 오랫동안 모은 귀한 자료들도 많았다. 유일본도 있었다. 하지만 그것을 끼고 있다고 다시 볼 것 같지는 않았다. "이걸 버리면 이런 자료는 더는 세상에 존재하지 않을 텐데…" 라는 걱정이 머릿속을 떠나지 않았다.
두 달 이상 걸려 방을 모두 비웠다. 이제 후배 누군가가 빈 서가에 책을 채우며 공부를 하겠지. 이럴 때 시원섭섭하다고 하나. 말로 표현하기 어려운 묘한 기분이었다.
집에 돌아와 서재에 가보니 병원의 연구실 책장에 있던 책보다 더 많은 책이 꽂혀 있다. 멀지 않은 장래에 정리해야 할 것들이다. 욕심을 조금이나마 내려놓으니 몸과 마음이 가벼워진다.

지공 도사

1990년 초 모교의 조교수로 부임했다. 분에 넘치는 영광이었다. 흥분했던 마음을 가라앉히고 서울대학교 의과대학 교수로서 어떻게 처신해야 하는가를 생각했다. 모두가 부러워하는 자리인 만큼 부담도 컸기 때문이다. 원대한 계획을 구상하고자 정년 퇴임이 언제일까 따져 보니 2019년 2월이었다. 거의 30년의 세월이 남았다고 생각하니 조급했던 마음이 순간 느긋해졌다. 일단 코앞에 닥친 급한 일을 처리하며 천천히 계획을 세워도 늦지 않을 줄 알았다. 당시 생각에 2019년은 아득히 먼 후일이었다.

흐트러진 마음을 다잡을 기회가 없지는 않았다. 하지만 당장 발등에 떨어진 일들을 해결하느라 장단기 계획도 없이 그때그때 땜질식으로 아까운 세월을 흘려보냈다. 초심을 지키지 못하고 쉽게 가려고 한 탓이었다. 바쁘다는 핑계가 모든 것을 덮어 줄 것으로 착각하기도 했다.

변변히 이룬 것 없이 2019년이 눈 깜짝할 사이에 앞에 버티고 섰다. “기약 없이 기다리는 날은 한없이 길지만 정해진 날은 아무리 먼 훗날이라도 금방 다가온다”는 어머니 말씀이 떠올랐다. 특히 환갑을 넘기고부터는 세월이 쏜살같았다. 정신이 번쩍 들어 마무리라도 어떻게 잘해 보려 했는데 우왕좌왕(右往左往)하는 통에 마지막 5년마저도 속절없이 지났다. 붙잡을 수 없는 세월이 야속했다.

다시 똑같은 기회가 주어진다면 잘 할 수 있을까 하는 부질 없는 생각도 해봤다. 자신이 없다.

이제 인생의 정년은 얼마나 남았을까. 아무리 후하게 잡아도 20년 남짓 아닐까. 남은 세월은 더 빨리 지나갈 텐데 오늘도 아무런 계획 없이 또 하루를 보내고 있다. 걱정의 마음만 있고 구체적 계획이나 행동이 없다. 알면서도 실수를 계속해서 반복할 수밖에 없는 덜떨어진 사람의 전형이다.

모든 사람이 나이가 들면 들수록 세월이 빨리 흐르는 것처럼 느낀다. 학창 시절 그렇게도 길었던 일주일이 요즘은 순식간에 지나간다. 월요일이다 싶었는데 금세 주말이다. 과거에는 일요일 하루만 학교에 안 가도 충분히 쉰 것 같았는데 지금은 주말 이틀이 짧기만 하다. 얼마 전 의학적으로 이런 까닭을 설명하는 신문 기사를 읽었다. 나이가 들면서 '도파민' 분비량이 감소하기 때문에 기억의 강도가 약해져 시간이 빨리 가는 것 같이 느끼게 된다고 한다. 또 경험하지 못한 일들이 불쑥불쑥 생기는 젊을 때와 달리 일정한 일이 반복되는 일상에는 뇌가 별반 다르게 반응하지 않아 기억의 강도가 더 떨어진다고 한다. 하지만 기억의 강도가 떨어지면 왜 시간이 빨리 간다고 느끼는지에 대한 설명은 없다. 나이가 들수록 상실감 등 느끼는 감정이 많아지는 것도 원인의 하나라고 한다.
많은 연구를 통해서 나온 결론이니 맞기는 할 테지만 이런 설명을 듣고도 쉽게 고개가 끄덕여지지 않는다. 복잡한 사람 마음이 어떻게 '도파민' 이란 물질 하나에 좌우된다는 말인가. 나이가 들어 똑같은 일이 반복되면 지루해져서 오히려 시간이 더디 간다고 느끼지 않을까. 상실감 등 느끼는 감정이 많아지면 정말 시간이 빨리 갈까.

젊었을 때도 재미있는 시간은 늘 아쉬웠고, 나이 먹은 지금도 할 일 없이 가만히 있으면 하루가 그렇게 지겨울 수 없다. 나이에 상관없이 상황에 따라 느끼는 정도가 사뭇 다르다. 사람의 느낌은 한두 개 물질의 변화에 좌우될 만큼 간단하다고 생각하지 않는다.
지구의 자전과 공전 속도가 달라지지 않았으니, 나이 든 사람의 마음 상태가 머릿속 시간을 다르게 한 것은 확실하다. 뇌 속에 느낌의 정도를 정하는 화학 물질이 있을 것은 분명하지만 복잡한 정신세계를 물질의 변화로만 설명하는 것은 불가능한 일이 아닐까.
'인생 일장춘몽(一場春夢)' 이란 말이 가슴에 와 닿는다. 젊어서는 사람의 한평생이 길다고 생각했는데 지나고 보니 하룻밤 꿈처럼 짧았다고 느낀다. 나이가 들면서 지난 세월이 빨랐다고 생각하니 지금의 시간도 빠르게 간다고 느끼는 것은 아닐까.

능력도 안 되는 사람이 살면서 괜한 욕심을 부렸나 하는 후회도, 조금만 더 노력했으면 더 좋았을 텐데 하는 미련도 있다. 하지만 모두 지나가고 난 지금은 아무짝에도 쓸모없는 생각이다. 과거 타령은 부질없는 일이다. 나이가 들었어도 건강이 허락하면 새롭게 해야 할 일들이 많다.
재능을 기부하는 사람, 미술 감상에 빠진 사람, 오지 여행을 즐기는 사람, 각종 레포츠를 즐기는 사람 등 다양한 활동을 하는 이들이 있다. 그들이 부러운 마음에 무엇이라도 해보려 하지만 신통한 재주가 없다. 궁리 끝에 생각해 낸 것이 집 근처 양재천(良才川)을 걷는 것이다. 걷기 운동은 간편할뿐더러 건강에 좋다. 요새 하루 10킬로미터 이상 걷는다. 휴대폰에 앱을 내려받아 매일 걸은 거리를 확인해야 잠이 온다. 덕분에 체중이 5킬로그램 정도 줄었다. 몸도 가벼워지고, 하루하루 꼭 해야 할 일이 있고, 하고 나면 성취감도 있으니 괜찮은 선택이다.

그동안 전문 지식으로 무장한 의학박사가 되어 뇌수술을 하며 좌충우돌(左衝右突)했다면, 지금부터는 인생 경험이 흠씬 묻어 있는 지공 도사가 되어 지팡이를 짚고 천천히 걷고 싶다. 지공 도사는 65세가 넘어 지하철을 공짜로 타는 어르신을 가리키는 말이다. 자동차로 빠르게 달리기보다 '어르신 교통카드'를 손에 쥐고 지하철에 앉아 느긋하게 생각하며 나이를 먹고 싶다. 잘하면 인생의 마무리는 멋지게 할 수 있겠다.

이발소와 헤어숍

의사 가운 주머니에 바리캉과 면도날을 늘 휴대하고 다니던 1970년대 말 1980년대 초 호랑이 담배 피우던 시절 신경외과 전공의 때 이야기다.
수술이 결정되면 전공의는 준비를 서둘렀다. 뇌수술을 시행하려면 남녀 불문하고 먼저 머리털을 깎았다. 여성은 우선 긴 머리를 대충 가위로 정리한 뒤에, 남성은 대체로 머리가 짧아 그대로 바리캉을 이용해서 머리털을 밀어 버렸다. 수술 준비는 여기서 끝이 아니었다. 다음은 면도날로 배코를 쳐야 했다. 동글동글한 머리를 면도하는 것은 쉬운 일이 아니었다. 뻣뻣한 머리털은 쉽게 칼이 나가지 않았다. 수술 뒤 감염의 가능성이 있기 때문에 배코를 치면서 두피에 조그만 상처라도 생기면 불호령이 떨어졌다.
전공의인지 이발사인지 모르겠다는 푸념도 많이 했다. 배코 치기를 끝내고 허리를 펴면서 한 걸음 떨어져 바라보면 환자 머리가 파르스름했다.
촌각을 다투는 응급수술 때는 수술실에서 머리를 깎기도 했다. 교수님이 수술실에 일찍 오셔서 뒤에서 지켜보고 계실 때는 면도날 잡은 손이 부들부들 떨렸다. 1년 차 전공의에게는 수술이 잘 되고 못 되고를 떠나 배코 치는 것이 더 큰 관심사였다.
언제인지 확실한 기억은 없지만 얼마 뒤부터 밤중의 응급 수술을 제외하고 배코 치는 일을 구내 이발소에 맡겼다. 이발비가 규정에 정식으로 등재된 수가가 아니어서 비용은 환자가 직접 이발소에

내도록 했다. 전공의는 일을 덜었고 이발사는 새로운 수입이 생기니 누이 좋고 매부 좋은 일이었다. 환자에게 새로운 비용이 발생한 것이 흠이라면 흠이지만 훨씬 고급의 서비스를 받을 수 있어 큰 불만의 소지는 없었다. 더구나 뇌수술을 앞둔 환자나 보호자가 의사에게 이러쿵저러쿵 따질 여유가 있을 리 만무했다.
이발소에 전화하면 이발사가 도구를 챙겨 병실로 출장을 왔다. 이렇게 자주 접촉하다 보니 자연히 이발사와 가까워졌다. 이발하려고 구내 이발소에 들어가면 VIP 대접을 받았다.

어릴 때는 아버지 또는 형을 따라 동네 이발소에서 머리를 깎았다. 드르륵 미닫이문을 열고 들어가면 이발 의자가 서너 개쯤 있었다. 의자 앞 전면은 거울이었다. 벽에는 액자가 걸려 있었는데 병풍처럼 펼쳐진 산, 시냇물이 흐르는 외딴 초가집, 물레방아 그리고 소를 끌고 쟁기질하는 풍경들이 어울려 있는 전형적인 이발소 그림이 들어 있었다.
초등학교 시절에는 키가 작아 이발 의자 팔걸이에 나무 판자를 걸쳐 놓고 그 위에 올라앉았다. 그때는 빨리 자라 어른처럼 이발 의자에 앉아 이발하는 것이 꿈이었다. 초등학교 때는 상고머리, 중학교에 들어가고부터는 스포츠형으로 머리를 깎았다.
접이식 면도기의 날을 세우려고 쓱쓱 문지르던 가죽띠, 비누 거품 내던 솔, 한쪽 어깨에 올려놓고 면도기에 묻은 거품을 닦던 신문지 쪼가리 등이 정갈하고 단정하게 제 역할을 다했다. 겨울철이면 중앙에 피워 놓은 연탄난로에 머리 감을 물을 데웠다. 비누 거품을 묻힌 솔을 난로 연통에 몇 번 문지른 뒤 뺨에 대면 따뜻해서 기분이 좋았다. 이발이 끝나고 머리를 감을 때는 이발소 아저씨의 거친 손과 빨랫비누 때문에 두피가 따가웠다. 드라이어는 어른들 머리 만질 때나 사용했다. 아이들은 머리를 감은 뒤 수건으로 탁탁 털어가며 머리를 말렸다.

세월이 흘렀다. 어느 동네에서나 흔히 볼 수 있던 이발소가 하나둘씩 없어지기 시작했다. 대신 유흥가에 소위 '퇴폐 이발소'가 생겨났다. 여성 종업원이 이상한 서비스를 제공한다고 들었다. 한번은 아내가 애들 이발을 시키려고 이발소에 무심코 들어갔다가 기겁을 하고 뛰쳐나온 일도 있었다. 비정상적인 퇴폐 영업은 오래 계속될 수 없었다. 보건 당국의 철저한 관리와 소비자들의 외면으로 거의 자취를 감췄다.

보통의 동네 이발소는 왜 사라졌을까. 이리저리 생각해 봐도 확실한 이유는 잘 모르겠다. 변화에 둔감한 경영 방식 때문은 아닐까. 나이 든 사람들에게는 향수를 느끼게 할 수 있겠지만 변하지 않는 실내 장식, 구식 이발 기구, 나이 든 이발사가 젊은 사람들에게는 맞지 않았을 것이었다.

외손주들 머리를 깎아 주려고 동네 헤어숍에 들렀다. 예약한 시간에 맞춰 가니 미용사가 기다리고 있었다. 상냥한 젊은 남자였다. 헤어스타일과 복장이 세련돼 보였다. 병원의 의사가 입는 것 같은 흰색 가운을 입은 과거 이발소 아저씨와는 다르게 전문가의 냄새가 풍겼다. 실내 장식이 고급스럽지는 않아도 '이발소 그림' 같은 촌스러움은 없었다. 전기 바리캉과 가위 또한 종류가 다양했다. 젊은 사람 취향의 은은한 음악도 흐르고 있었다. 여섯 살, 세 살 된 외손주들도 전혀 거부감이 없었다.

작업 중인 미용사에게 "우리 나이 또래 사람들도 오나요?" 하고 조심스럽게 물었더니 "그럼요, 할아버지 같은 분들도 많이 오세요"라고 친절하게 대답했다. 다시 "여자분들도 오세요?" 하고 물었더니 "물론이죠, 여기는 남녀가 따로 없어요" 하며 빙그레 웃었다. 남녀가 한 곳에서 어울려 머리를 만지는 것이 조금은 이상하게 생각되긴 했어도 용기를 냈다. 줄곧 다니던 병원 구내 이발소에서 집 근처 헤어숍으로 이발하는 곳을 바꾸었다. 젊은 시절 배코 치면서 가까워진 수십 년 지기를 배신하는 것 같아 한편으로 미안한 마음이 들었지만 은퇴하고서도 이발하려고 달마다 병원에 갈 수는 없는 노릇이었다.

예약한 시간에 맞춰 헤어숍 의자에 앉아 머리를 다듬었다. 평생의 습관을 바꾼 것인데 왠지 모르게 당연한 듯 느껴졌다. 이발을 마치고 거울을 보니 좀 젊어진 것 같기도 했다. 이발하는 곳을 바꿨다고 젊어지기야 하겠냐마는 시대의 흐름에 발맞춰 나름대로 젊은 마음을 갖게 되었다. 과거의 편견으로부터 용기를 낸 스스로가 대견했다.

2019년 초 병원도 구내 이발소가 없어지고 헤어숍이 새로 들어왔다는 소식을 들었다. 다니던 이발소는 계약이 만료되어 병원을 나갔다고 한다. 수년 전 중풍으로 한쪽 팔다리가 불편한 중에도 갈 때마다 반갑게 맞아주던 오랜 친구는 어디서 무엇을 하고 있을까.

주례사

그동안 간간이 주례를 섰다. 제자들이나 같이 근무하는 직원이 부탁하는 경우가 대부분이었다. 몇 차례 하다 보니 크게 긴장하지 않게 되었지만 처음에는 사실 많이 떨었다.
반포(盤浦)에 있는 유명 호텔 예식장이었다. 가슴에 꽃을 달고 흰 장갑을 낀 채 예식이 시작하길 기다리는데 입이 바짝바짝 말랐다. 신랑 신부는 생글생글 웃으며 여유만만했는데 머리 희끗희끗한 초짜 주례는 혼자 마른 침을 삼키며 초긴장 상태였다. 평생 잊혀지지 않을 첫 주례였다.

신경외과 과장을 맡은 지 얼마 되지 않았는데 2년 차 전공의가 주례를 부탁했다. 속으로는 할 수 있을까 하는 생각도 했지만 좋은 일이고 또 과장으로 책임감도 있어 수락하고 말았다. 껄껄 웃으며 승낙은 했는데 막상 준비하려니 초조해지기 시작했다.
인터넷에 올라온 주례사 샘플을 이것저것 찾아보았다. 진부해서 성에 차지 않았다. 더구나 새로운 삶을 시작하는 젊은 제자 커플에게 뻔한 이야기를 늘어놓는 것이 왠지 마음에 걸렸다.
평소 자식들에게 강조하던 우리 집 가훈(家訓)을 들려주면 어떨까. 원고를 써서 낭독하지 말고 어린이에게 옛날이야기 하듯 조곤조곤 말하면 친근감도 있고 설득력도 훨씬 좋을 것 같았다.
주례를 수락한 뒤부터 길을 걸을 때나 화장실에 앉아 있을 때 또한 잠들기 전 이불 속에 누워서도 중얼중얼 주례사를 외었다. 원고 없이 이야기하듯 말한다고 스스로 다짐했는데 혹시 중간에 말을 잊으면 어쩌나 하는 걱정이 떠나지 않았다. 말이 끊길 것을 대비해서 몇 가지 키워드를 쪽지에 썼다. 연단 모퉁이에 감춰 두고 혹시 필요할 때 슬쩍슬쩍 곁눈질하기 위해서였다.

우리 집 가훈은 '건강, 정직 그리고 노력'이다. 사람이 사는 데 있어 가장 중요한 것은 건강이 아닐까 한다. 건강을 잃으면 돈도 명예도 필요 없게 되는 것은 너무도 자명하다. 젊을 때는 건강이 저절로 유지되는 것으로 착각하기 쉽다. 과음, 과식, 흡연, 불규칙한 생활 따위를 별일 아닌 것으로 여긴다. 하지만 한 번 두 번 쌓이다 보면 나이가 들면서 적신호가 울리기 마련이다. 건강할 때 건강의 중요성을 알려 주는 것이 필요하다고 생각했다. 몸과 마음이 건강해야 튼튼한 자식을 생산하고 훌륭하게 키울 수 있다.
부부가 서로 사랑하고 가족이 화목하려면 신뢰가 바탕이 돼야 한다. 신뢰는 정직한 마음에서 비롯한다. 따라서 정직은 모름지기 사람이 가져야 할 가장 중요한 마음가짐이라고 생각한다. 그래서 아이들에게 아무리 좋지 않은 일이라도 사실 그대로 말하라고 가르쳤다. 거짓말을 모르는 애들이 훌륭하게 자란다.
사회적으로 어느 정도 자리를 잡고 가정을 이루면 무릇 나태하기 쉽다. 무섭도록 빠르게 변화하는 세상을 따라가려면 자기 발전을 게을리해서는 안 된다. 남을 이겨 꼭 1등을 하라는 뜻은 아니다. 변화와 발전을 위해 꾸준히 노력하는 마음 자세가 중요하다. 특히 전문인이라면 노력하지 않고는 살아남기 어려울뿐더러 상대방에게 피해를 줄 수도 있다. 노력 없이는 아무 것도 이룰 수 없다.
사실은 가훈에 한 가지 더하고 싶은 것이 있었다. 효(孝)가 바로 그것인데 효를 받아야 할 당사자가 자식에게 효를 말하는 것은 이치에 안 맞는다고 생각했다. 솔선수범(率先垂範)을 통해 스스로 마음이 움직이게 하는 것이 좋겠다고 판단해 가훈에는 넣지 않았다. 하지만 주례사에는 효를 추가해도 무방할 것 같았다.
"효는 만고불변(萬古不變)의 진리입니다. 진심으로 부모님을 봉양하시기 바랍니다. 효도하는 사람 치고 마음이 따뜻하지 않은 경우를 보지 못했습니다. 효를 행하는 남편을 어찌 아내가 존경하지 않겠으며 부모님께 성심을 다하는 아내가 어찌 사랑스럽지 않겠습니까? 오늘은 신랑 신부 두 분이 일심동체가 되어 새로운 인생을 시작하는 날입니다. 동시에 배우자의 부모님과 부모 자식의 연을 맺는 날이기도 합니다. 배우자의 부모를 친부모 이상으로 생각하십시오."

가장 나쁜 주례사는 5분이 넘는 주례사라는 말을 많이 들었지만 어떻게 신랑 신부에게 주는 메시지를 5분 안에 이야기할 수 있겠는가. 길게 하지 말라는 충고로 이해하고 가능하면 빨리하려고 노력했다. 주례사를 끝내면서 시계를 보니 10분쯤 지난 것 같았다.
예식이 끝나고 주례사에 대해 이렇다 저렇다 하고 말을 해주는 사람이 없으니 원했던 만큼의 의사 전달이 됐는지는 알 수 없었다. 어쨌든 큰 숙제를 내려놓고 나니 후련했다.

주례는 주인공인 신랑, 신부에 버금가는 결혼식의 중요 인물 중 하나다. 덕(德)이 높은 훌륭한 어르신을 정중하게 주례로 모셨고 청첩장에 반드시 함자를 써넣었다. 주례가 누구냐에 따라 결혼식의 격이 달라지기도 했다.
요즘 결혼식에 가 보면 하객은 말할 것도 없고 신랑, 신부도 주례사에 귀를 기울이지 않는 때가 많다. 어떤 경우는 주례사가 이어지는 중에도 식장이 왁자지껄하다. 주례를 예식의 장식품 정도로 여기는 것이 돌아가는 세태인 것 같다. 주례 없이 진행하는 결혼식도 심심치 않게 본다. 결혼식을 주제하고 정식으로 부부가 된 것을 선언하는 사람이 홀대받는 것은 정상이 아니다. 세상이 변하는 것을 탓해 무슨 소용이 있으랴만.

공세리성당과 두물머리

일요일 이른 아침, 아침 식사도 거른 채 허둥지둥 부모님이 사시는 잠실(蠶室)의 아파트로 향했다. 아버지께서는 정장 차림으로 소파에 앉아 허리를 꼿꼿이 세우고 계셨다. 두 분 형님들도 이미 도착해 있었다. 막내가 꼴찌를 했으니 다소 민망했다. 항상 늦잠이 탈이었다. 사부자(四父子)가 탄 자동차가 충남 아산(牙山)의 공세리(貢稅里)로 향했다. 길가의 봄꽃들이 꽃망울을 터트릴 참이었다. 수원(水原), 발안(發安)을 거쳐 가는 길이 2시간 남짓 걸렸다. 차 안에서 아버지는 말씀이 없으셨다. 평소에도 다정다감한 분은 아니셨지만 돌아가신 할아버지, 할머니를 뵈러 가는 날은 유난히 표정이 엄숙했다.

공터에 차를 세우고 약 10분 거리의 산소에 도착했다. 합장묘의 봉분에 웃자란 잡초가 보기 흉했다. 산지기가 그동안 무심했던 것 같았다. 아버지께서는 맨손으로 풀을 뽑기 시작하셨고, 땅이 녹으며 들뜬 흙을 꾹꾹 밟으셨다. 세 아들도 따라했다. 구두가 흙투성이가 되고 양복 여기저기에 흙이 묻었다. 힘이 드신 듯 내뿜는 콧김 소리가 크게 들렸다. 대충 벌초를 마치니 아버지 얼굴이 밝아지셨다. 돗자리를 펴고 절을 올렸다. 그 뒤로 아버지는 한동안 눈을 지그시 감고 앉아 계셨다.
성묘가 끝나면 반드시 공세리성당으로 향했다. 규모는 작지만 1894년에 지어졌으니 우리나라 성당 치고는 역사가 깊었다. 영화에도 소개돼 유명해졌는데 아름드리 느티나무 사이로 빨간 벽돌 건물

본당이 예뻤다. 아버지는 성당의 종소리를 들으며 어린 시절을
보냈다고 하셨다. 느지막이 세례를 받으신 뒤에는 신부님과 담소도
나누고 성당 이곳저곳을 유심히 둘러보셨다. 옛 종이 깨져 없어진
것을 아시고는 수소문 끝에 똑같은 종을 프랑스에 주문해 기증하기도
했다.
성묘는 한식과 추석 즈음 한 해 두 차례씩 있었다. 모처럼 주말에
집에서 뒹굴며 아이들과 놀고 싶은데 한식과 추석이 왜 그렇게 빨리
돌아오는지. 아무튼 아버지가 돌아가시기 전까지 오랜 기간
공세리성당 나들이는 계속됐다. 때때로 귀찮았던 것이 사실이지만
지금 생각하면 다시 돌아가고 싶은 그리운 기억이다.

2003년 여름, 아버지께서 86세에 우화등선(羽化登仙)하시고 9년을
독수공방(獨守空房)하시던 어머니도 91세에 뒤를 따르셨다. 형제가
합심해서 두 분을 경기도 양평(楊平) 양수리(兩水里) 부근의 '천주교
소화묘원' 에 모셨다. 1년에 세 차례, 어머니 기일, 아버지 기일, 그리고
추석에 부모님을 만난다. 한식은 어머니 기일 즈음이기 때문에 따로
가지 않는다.
서로 날짜를 맞추기 쉽지 않아 형제들은 편할 때 각자 성묘하기로
합의했다. 가끔은 우연히 산소에서 마주치기도 했다. 벌초는 작은
형님이 관리사무소에 부탁해서 해결했다.
얼마 전 한식을 1주일 앞둔 어머니 기일에 아내와 단둘이 양평에
다녀왔다. 출가한 딸은 미국에 거주 중이고 아들은 자기 일로 바빠
올해는 같이 가자는 얘기를 못 했다. 떡과 과일 등 조촐하지만

정성스러운 음식과 술을 준비했다.
꽃샘추위에 날씨가 차서 산에 올라가니 몸이 부르르 떨렸다. 잔디는 정돈이 잘 돼 있는데 비에 젖은 낙엽이 주변에 수북했다. 허리를 숙이고 여기저기 낙엽을 치우려니 점퍼 소매가 흙으로 얼룩졌다.
술을 따르고 절을 올렸다. 참으려 해도 눈물이 고였다. 아내가 힐끗 쳐다보기에 눈물 흘리는 모습을 보이고 싶지 않아 슬쩍 고개를 돌렸다. 과거 산소 앞에서 한참 눈을 감고 계시던 아버지 모습이 떠올랐다. 성묘하는 날 긴장하셨던 아버지의 심정을 조금은 알 듯했다.
얻어먹을 것이 있나 궁금해서 왔는지 까마귀가 적막을 깨트렸다.
뒤돌아 앉아 탁 트인 경치를 보며 아내와 찬 음식을 나눴다. 북한강과 남한강이 만나는 두물머리가 한눈에 들어왔다. 생전에 그렇게도 좋아하시던 한강이 아침 물안개 속에서 소리 없이 흘렀다.
산에서 내려오는데 가족으로 보이는 일행을 만났다. 생각해 보니 넓은 묘원에서 다른 성묘객과 마주친 것은 처음이었다. 과거 한식이나 추석 때는 어디든 성묘 가는 길이 인산인해(人山人海)로 교통 체증이 대단했다. 매스컴에서도 뉴스의 단골 메뉴였다. 하지만 지금의 공원 묘역은 적막강산(寂寞江山)이다. 세태의 변화하는 속도가 무섭도록 빠르다. 살아서 움직일 수 있을 때까지는 성묘를 와야지 하는 마음과 우리 형제가 기운 있을 때 부모님 산소를 미리 정리해 드려야 하는 것 아닌가 하는 생각이 교차했다.

요즈음은 대부분 화장으로 장례를 치른다. 고려 시대는 어땠는지 모르겠지만 조선 개국 이래 약 600년 동안 우리나라 장례 문화는 매장이 대세였다.
문화사적으로 볼 때 쉽게 바뀌지 않는 것이 장례 형식이라고 하는데 어찌 된 영문인지 대대로 지켜온 풍습이 최근 십수 년 사이에 완전히 달라졌다. 여러 가지 이유가 있겠지만, 우리나라 사람들 성질 급한 것은 알아줘야 한다.
매장과 화장은 각각 장단점이 있다. 옳고 그름 혹은 효와 불효가 아니라 선택의 문제다. 매장의 가장 큰 문제는 비용과 번거로움이다. 좁은 국토에 무작정 묘를 쓸 수도 없는 실정이다. 사후 관리도 쉽지 않다. 화장은 저렴하고 간편해서 최근 많은 사람이 선호한다. 붐비는 화장장 일정 때문에 발인 날짜를 조정할 정도라고 한다.
사람들의 생각이 바뀌고 세상도 빠르게 변화한다. 그릇된 경우가 아니라면 시대의 조류에 합류하는 것이 살아가는 순리이다. 하지만 부모를 기리는 마음만은 경제성이나 편리함의 문제가 아니지 않을까. 닦아야 할 비석과 상석 그리고 뽑아야 할 잡초가 있는 산소가 아직은 더 가슴에 와닿는 것이 솔직한 심정이다. 공세리성당에서, 그리고 두물머리를 바라보며 품었던 마음을 자식들에게 전해 주고 싶은 마음 간절하다.

프레지던트 김

옛날 전력 사정이 나빴던 시절에는 툭하면 정전됐기 때문에 어느 집이나 초와 성냥이 비치돼 있었다. 전기가 안 들어오면 촛불이라도 켤 수 있었는데, 수돗물은 사정이 좀 달랐다. 툭하면 단수가 되곤 하였는데, 물이 안 나오면 정말 난감했다. 아무것도 할 수 없었다.
아버지께서는 물이 안 나올 때를 대비해 마당에 우물을 파서 집 뒤편에 펌프를 달아 놓으셨다. 집이 인왕산(仁王山) 기슭에 있어 다행히 지하수가 풍부했다.
우물물은 수돗물과 달리 수온이 비교적 일정해서 여름에 아주 시원했다. 목욕 시설이 변변치 못한 시절, 더운 여름철에 작은 형이 해주던 등목은 숨이 턱턱 막히고 소름이 돋을 만큼 시원했다.
여름에는 어머니께서 장을 보시면서 자주 참외를 사 오셨다. 대문에서 냉큼 장바구니를 받아 참외를 확인하면 신이 났다. 펌프로 달려가 우물물을 길어 올려 커다란 물통에 참외를 둥둥 띄워 놓았다. 참외가 금세 시원해졌다. 별똥별 떨어지는 여름밤에 평상에서 맛보던 시원하고 달콤한 참외는 기억이 지워지지 않는다.
중학교 시절 집에 냉장고가 들어왔다. 더운 여름철에도 집에서 쉽게 얼음을 얻을 수 있게 됐다. 우물물 길어 올리는 수고 없이도 시원한 참외를 맛볼 수 있는 것은 물론이고 수박을 사 올 때 새끼줄에 매단 얼음을 함께 사 들고 오지 않아도 됐다.
냉장고는 특히 주부들의 삶을 획기적으로 바꾸어 놓았다. 음식물을 장기간 보관할 수 있게 돼 매일 장을 보지 않아도, 매 끼니 음식을 새로 만들지 않아도 됐다. 하루 이틀만 지나도 시어 꼬부라지는 여름철 김치를 며칠이고 시원하게 먹을 수 있었다. 음식 위생에도 큰 역할을 담당했다. 심심치 않게 발생하는 식중독의 공포에서 해방된 것이다. 못살던 시절 냉장고는 부잣집에나 있는 사치품이라 여겼는데 금세 집집마다 없어서는 안 될 중요한 생활필수품이 되었다.

2018년 여름은 역대 최고 기온을 기록한 살인적인 더위가 모든 것을 푹푹 삶았다. 이런 더위에 에어컨이 없었다면 어땠을까. 생각만 해도 끔찍하다. 사실 그동안 웬만한 더위는 참고 지냈다. 에어컨이 있어도 전기료 때문에 켜지 못했기 때문이다. 하지만 2018년 더위는 상상을 초월했다. 전기료고 나발이고 우선 살아야 했다. 계속되는 열대야에 밤에도 에어컨을 켜 놓은 채 잠을 청했다. 열사병 환자가 많이 발생했고 더위를 피하지 못한 빈곤층 어르신들이 불행한 일을 당하기도 했다. 전기료 잡아먹는 괴물이었던 에어컨을 신줏단지 모시듯 애지중지하게 됐다.

의사는 응급상황에 대비하여 항상 있는 곳을 밝혀 두는 게 원칙이다. 전공의 시절 병원 밖으로 회식을 나갈 때면 병원에 남은 당직 전공의에게 음식점의 전화번호를 반드시 알렸다. 식사한 뒤 소위 2차에 가면 또 어느 술집에 있다고 일행 중 막내가 당직의에게 알렸다. 한잔하다가도 연락이 오면 곧장 달려가야 했기 때문이었다.

이와 관련해 전설처럼 내려오는 일화가 있다. 인턴 시절이었다. 일반외과에서는 일요일 회진을 마치면 물만두 점심 식사가 정해진 코스였다. 그날따라 수석 전공의가 그냥 헤어지기가 아쉬웠는지 다 함께 영화를 보자고 했다. 종로(鍾路) 3가의 유명 개봉관을 찾았다. 당연히 당직의에게 알렸다.
공교롭게 영화 상영 중에 응급상황이 생겼다. 당직 전공의는 다급히 전화 다이얼을 돌렸다. 상영 중이라 사람을 찾아 줄 수 없다는 대답에 전공의가 호통을 쳤다. "사람 죽으면 책임질 수 있냐"는 협박성 발언이었다. 하필이면 남녀 정사 장면에서 의사를 찾는 방송이 나왔다. 안내 방송을 하는 직원도 난감했을 것이었다. 한창 영화에 몰입하던 젊은 연인들의 흥이 깨졌을 것도 불문가지(不問可知)였다. 의사가 왜 급한 환자 놔두고 영화관에 왔냐며 투덜거렸을지 아니면 의사들의 어려움을 조금이나마 이해하는 계기가 됐을지는 잘 모르겠다.

수석 전공의 시절 결혼을 했다. 부모님을 떠나 살림을 차렸는데 무엇보다 전화가 필수품이었다. 일과 뒤에도 수시로 당직의에게서 보고를 받아야 하기에 전화가 없으면 퇴근할 수 없었다. 전화 회선이 넉넉하지 못해 전화국에 신청하면 1년은 족히 기다려야 했다. 하는 수 없이 당시 월급의 다섯 배나 되는 거금을 주고 즉시 개통되는 전화를 전화상에서 샀다. 덕분에 밤늦게나마 퇴근해서 신혼의 단맛을 즐길 수 있었다.
1980년대 소위 '삐삐'가 등장했다. 의사들은 대부분 허리춤에 삐삐를 찼다. 더이상 일일이 당직의에게 있는 곳을 알려주지 않아도 됐다. 문제는 호출을 받아도 근처에 전화가 없으면 연락할 수 없는 것이었다. 이런 불편도 잠깐 얼마 지나지 않아 휴대 전화가 보편화

됐다.
21세기 혁신의 아이콘 스티브 잡스(Steve Jobs)가 기존의 휴대
전화와는 차원이 다른 스마트폰을 내놓았다. 세상 어디에 있든 음성과
문자를 통한 원활한 소통이 가능해졌다. 더구나 생활에 필요한 모든
정보를 담을 수 있었다.
이제는 스마트폰 없는 세상을 상상하기 어렵다. 미국에 떨어져 있는
외손주들과 거의 매일 영상 통화를 한다. 금년 초 딸네가 미국으로
유학을 떠날 때 섭섭했는데 스마트폰 속에서나마 얼굴을 보며 얘기할
수 있으니 큰 위안이 아닐 수 없다.

약 25년 전 가족과 떨어져 혼자 외롭게 지내던 독일 유학 시절이
생각난다. 볼펜으로 꾹꾹 눌러 쓴 편지로 서로 소식을 전했다. 퇴근길
병원 근처 우체국에서 침을 발라 우표를 붙여 서울로 편지를 보냈다.
급히 전할 말이 있어 국제 전화를 할 때 요금 때문에 벌벌 떨던 일도
있었다.
주말여행 중에 벼룩시장이 선다기에 들렀다가 물건 파는 중년의 독일
아줌마와 흥정을 끝내고 몇 마디 대화를 나눴다.
"이곳은 동양 사람이 드문데 어느 나라에서 왔소?"
"아 그렇군요. 한국에서 왔어요"
"한국? 어, 당신네 나라 대통령이 죽었다고 신문에 났던데…"
"뭐라고요, 대통령이 죽어요?"
"글쎄 그렇다니까. 프레지던트 김(President Kim)."
아닌 밤중에 홍두깨 같은 소리에 깜짝 놀랐다. 아줌마가 농담하는 것

같지는 않은데 서울의 김영삼(金泳三) 대통령이 갑자기 서거했다면 보통 일이 아니지 않은가. 어찌 알아볼 방법이 없어 답답했다.
월요일 아침, 병원에 출근해서야 놀란 가슴을 쓸어내릴 수 있었다. '프레지던트 김' 이 북한의 김일성(金日成) 주석이라는 것을 동료 의사에게 들었다. 어제 있었던 일을 얘기하며 함께 웃었다.
우리나라에 관한 정보를 일주일에 두 번 배달되는 한국 신문을 통해 알던 시절의 일이다.

과학의 발달과 문명의 이기 개발에 헌신한 모든 분께 감사의 말을 전하고 싶다.

보양식

여름철이면 흔히들 보양식을 먹는다. 더위에 지치고 땀을 많이 흘려 에너지 충전이 필요하기 때문이다. 대표적인 보양식으로 삼계탕은 우리나라 사람은 물론이고 이제는 외국 사람들도 즐겨 찾는 국제적 음식이 됐다.

삼복 중에는 개고기가 들어간 보신탕 혹은 개장국을 먹는 사람도 많았다. 1988년 서울 올림픽 즈음, 외국에서 개고기를 먹는 것이 야만이라는 비난이 끊이지 않았다. 프랑스의 유명 여배우까지 대열에 합세해 우리나라는 사면초가(四面楚歌) 신세가 됐다. 먹는 것은 식용 개라는 설명도 통하지 않았다.

개고기를 안 먹는 사람들이 개장국을 대신해서 먹는 것이 육개장이다. 소고기와 채소를 충분히 넣고 끓여 내는 매운탕이다. 뜨겁고 매워 먹고 나면 온통 몸이 땀범벅이지만 이열치열(以熱治熱)이라고 몸이 개운해진다. 요즈음은 음식점에서 사시사철 맛볼 수 있는데 육개장은 원래 여름에 먹는 보양식이다.

가까운 일본에서는 여름철에 장어덮밥을 먹는다고 한다.

우리나라에서도 장어를 스태미나 음식으로 생각하고 많은 사람이 즐겨 찾는다.

음식의 왕국이라는 중국의 보양식이 궁금해서 찾아보니 '불도장(佛跳牆)' 이라는 음식이 각종 사이트에서 첫 번째로 소개돼 있다. 여러 가지 진귀한 재료를 넣어 만든다는데 몸에 좋을 것 같기는 하지만 흔히 접할 수 없는 값비싼 음식이다.

어려서 어머니 치맛자락을 잡고 시장에 자주 따라다녔다. 어머니와 떨어지기 싫기도 했고 시장에는 재미있는 것들이 많았다. 가끔은 맛있는 과자를 얻어먹기도 했다.
지금은 꽤 유명해진 통인(通仁)시장이 집에서 가까웠다. 냉장 시설 없이 신문지에 고기를 싸서 파는 푸줏간, 날아드는 파리를 쫓느라 정신없는 생선가게, 닭 모가지를 비틀고 뜨거운 물에 담갔다가 털을 뽑는 닭 장수, 물건을 흥정하면서도 맷돌로 연신 콩을 갈아 비지를 만드는 몸집이 넉넉한 아줌마, 굵은 철삿줄로 만든 네모난 틀에 반죽을 쓱쓱 발라 펄펄 끓는 기름에 어묵을 튀기는 아저씨 등이 기억에 생생히 남아있다. 지금은 전국 어느 재래시장을 가도 볼 수 없는 모습들이다.
몸에 나쁘다고 일부러 잘라내는 쇠기름을 단골이라고 덤으로 줬다면, 기름 짜고 남은 깻묵을 얻으려고 방앗간을 기웃거렸다면 지금의 애들이 믿을까.
작은 생선은 그대로 팔았지만 큰 생선은 토막을 내서 진열했다. 대표적인 것이 여름철 민어(民魚)다. 크기도 클뿐더러 값이 대단히 비싸 한 마리를 통째로 사고파는 것이 쉽지 않기 때문이다. 어머니는 여름철이면 민어를 사는데 꼭 머리와 내장도 함께 샀다. 당시에는 먹을 것 없는 대가리와 징그러운 내장이 마음에 들지 않았다.
저녁상에 민어매운탕이 올라왔다. 기름이 둥둥 떠 있는 걸쭉한 국물이 달았다. 사실 들어간 재료는 민어 말고는 아무렇게 썬 호박과 양념이 전부였다. 어떻게 이토록 진한 맛이 날까. 민어매운탕이 상에 오르는 날이면 아버지는 의례 반주를 드셨다. 민어 내장은 어른들께서

드셨는데 특히 부레를 좋아했다.

아버지는 "물론 살도 맛있지. 그러나 민어매운탕은 머리와 내장 맛이야. 너희들은 잘 모르겠지만 매운탕 맛은 내장이 들어가야 제맛이 나는 거란다" 하시며 껄껄 웃으셨다. 어머니의 만류에도 집에서 담근 매실주를 거듭 드시고 거나하게 취기가 오른 뒤에야 저녁 식사가 끝났다. 아버지가 다 드실 때까지 기다려야 했기에 아버지의 민어 예찬론을 들으면서 오랫동안 상머리에 앉아 있었다.

몇 해 전 몹시 더운 여름날에 텔레비전에서 목포의 어느 민어 음식점이 소개됐다. 아내와 같이 보면서 민어에 대한 비슷한 추억이 있는 것을 알게 됐다. 오래전 기억을 되살려 보기로 의기투합했다. 다음날 아침 일찍 가락동(可樂洞) 농수산물 시장에 갔다. 이리저리 헤매다 마침내 민어 취급하는 곳을 찾았다. 흥정해보니 값이 만만치 않았다. 민어는 6-8킬로그램은 돼야 맛이 제대로 난다고 들었는데 주머니 사정이 녹록하지 않았다. 맘먹고 일부러 나왔는데 빈손으로 발길을 돌릴 수 없는 노릇이었다. 할 수 없이 카드를 긁고 말았다. 민어를 들고 옆에 있는 큰 생선 손질해 주는 가게로 갔다. 회로 먹겠냐고 묻기에 아니라고 했다. 어려서 회로 먹은 기억이 없기 때문이었다. 가게 주인은 재빨리 손을 놀려 민어를 손질하면서 살과 부레를 회로 먹으면 정말 맛있다고 알려 주었다. 돌아오는 길에 예쁘게 생긴 호박도 몇 개 샀다.

커다란 냄비에 민어매운탕을 끓였다. 두툼하게 썰어 온 민어 살로 전도 부쳤다. 집안에 생선과 기름 냄새가 진동했다. 잔칫집 같았다.

비록 술은 없으나 선친의 흉내를 내보기로 했다. 식탁 대신 거실에 상을 펴고 아내와 양반다리를 하고 마주 앉았다. 맛이 기막혔다. 기름이 둥둥 뜬 민어매운탕을 먹으니 기운이 불끈불끈 솟는 듯했다. 부자(父子)가 각자 느꼈을 민어 맛은 예나 지금이나 비슷하겠으나 과거 아버지는 모시 고의적삼에 합죽선을 들어 문자 그대로 신선 같았는데 지금 아들은 반바지에 러닝셔츠 차림이니 조금은 안타깝다.

여성 전성시대

힘든 뇌수술을 하다가 잠시 숨을 돌리려고 수술 현미경에서 눈을 뗐다. 오른쪽에 여의사가 선 채로 수술을 돕고 있다. 다소 힘에 부치는 듯 왼발과 오른발에 번갈아가며 체중을 싣고 있다. 제1 조수인 수석 전공의다. 얼마 전만 해도 신경외과같이 육체적으로 부담이 되는 진료과에 여성이 지망하는 경우가 거의 없었는데 언제부터인지 모르게 신경외과, 일반외과, 흉부외과 등 소위 '노동 3과(勞動三科)'에도 여전공의들이 늘어나기 시작했다.
왼쪽에 조금 떨어져서 마취과 전공의가 모니터를 응시하면서 앉아 있다. 역시 여전공의다. 마취과도 과거에는 남성이 태반이었는데 이제는 여성이 주류인 듯하다.
오른쪽의 제1 조수 왼쪽으로 수술 간호사가 앉아서 수술을 거들고 있다. 남간호사가 없는 것은 아니지만 예나 지금이나 간호사는 여성이 압도적으로 많다. 이 방 저 방 다니며 필요할 때 도와주는 순환 간호사도 물론 여성이다.
수술실에 남성이라고는 집도의 한 명뿐이다. 업무를 수행하는데 여성이고 남성이고를 따지는 것은 무의미한 일이다. 섬세한 뇌수술에는 여의사가 더 적합하지도 모를 일이다. 하지만 과거에는 흔치 않았던 풍경임에는 틀림이 없다.

병원을 은퇴한 뒤에 새로 취직한 회사의 부서 사무실은 탁 트인 넓은 공간에 20여 명의 직원이 자리 잡고 있다. 근무하는 의료자문위원실은 별도의 공간이지만 방문을 반쯤 열고 업무를 보기에 밖에서 나는 소리가 그대로 전해진다.
여직원이 두 배 정도 많아서인지 사무실에 앉아 있으면 밖에서 들리는 소리는 대부분 여성의 목소리다. 목소리의 톤이 높아 남성의 목소리에 비해 잘 퍼지니 압도적이다.
여직원은 몸놀림도 자유롭고, 유쾌한 음성에는 자신감이 넘친다. 반면 남성은 반듯하게 앉아 묵묵히 일에만 열중하고 있다.
과거에 여직원은 독립적으로 일하는 사람이라기보다 대체로 보조자의 성격이 강했다. 여사무원 하면 비서나 타자수가 자연스럽게 연상됐다. 회사에서도 여직원에게는 업무에 적극적인 자세보다 다소곳하고 얌전한 것을 요구했다. 하지만 지금은 많은 부문에서 여성이 일을 주도한다. 창의적 사고도 남성에 뒤지지 않는다. 특히 감성적이고 세밀함을 필요로 하는 일에서는 남성을 압도한다.

정오 무렵 점심을 먹으려고 베트남식 쌈밥 식당을 찾았다. 향신료 때문에 쌀국수를 꺼리는 사람도 있으나 최근에 베트남 음식점이 부쩍 눈에 많이 띈다. 신발을 벗고 들어가니 앉은뱅이 탁자가 예닐곱 개쯤 돼 보인다. 테이블 중 두 개에는 이미 손님이 자리 잡고 있다. 한 테이블은 일행이 10명쯤 되는 중년 여성들이고 또 하나는 사무직 여성인 듯한 젊은 사람들이 차지하고 있다.
밥을 먹고 있는데 식당 입구가 왁자지껄하더니 대여섯 명의 일행이 우르르 몰려 들어온다. 모두 등산복 차림의 여성인데 60대 중반은 돼 보인다. 등산을 마치고 점심을 먹으러 온 모양인데 이것저것 음식을 시키더니 이내 맥주잔이 돌기 시작한다. 목소리 톤이 점점 높아진다.
대중식당에서의 예의는 안중에 없다.
죄지은 사람처럼 조용히 앉아 서둘러 음식을 먹고 나왔다. 남성들은
모두 어디 가고 주위에는 여성들만 있을까 하는 쓸데없는 생각을 잠깐
했다. 어디를 가도 우리나라에는 여성이 더 많은 것 같은 느낌이다.

새로 입사했다고 부서 직원들이 환영회를 열어 주었다. 장소는 근처
횟집이다. 커다란 접시에 담긴 싱싱한 모듬회가 중앙에 있고 산낙지,
해삼, 멍게, 꽁치구이, 조개구이, 옥수수 버터구이 등 여러 가지
먹을거리가 상에 가득 하다. 환영사도 듣고 쑥스럽지만 간단한 답사도
했다. 정식 직원도 아닌 늙은 사람 하나 왔을 뿐인데 분에 넘치는
자리를 마련해 주어 그저 감사할 따름이다.
여직원 한 분이 집에서 담근 과실주를 들고 와 동료 직원들에게
권했다. 맥주와 소주도 함께 돈다. 화제를 주도하는 사람도 술잔을
돌리는 사람도 여직원들이다. 남성들은 그저 말없이 술만 마실
뿐이다.
분위기가 무르익어 가면서 2차를 가야 한다고 목소리를 높이는 사람도
여성들이다. 남녀 구별 없는 자유분방한 분위기가 자연스럽기도 하고
한편 여성들이 술이 과하지 않나 하는 걱정의 마음도 든다.

돌이켜 본 몇몇 장면들은 정도의 차이가 있겠지만 적지 않은 사람들이
현실에서 겪는 일이라는 데 공감하리라. 이런 현상은 비단
우리나라만이 아니고 세계적인 추세이기도 하다.

연세 지긋하신 남성 어르신들께서는 작금의 상황을 못마땅하게 생각하심 직하나 성별을 떠나 누구나 소신껏 가진 능력을 발휘할 수 있는 환경이 조성돼 가고 있으니 변화의 방향은 틀리지 않다. 사람이 능력으로 평가받기도 전에 성별에 의해 구분되는 것은 바람직하지 않다.

여성들은 여성이 더 상위직으로 올라가지 못하게 막는 유리천장을 비판한다. 이 또한 깊이 생각해 볼 문제다. 다만 변화가 너무 급격하거나 상대방을 적대시하는 태도는 옳지 못하다.

남성의 시각에서 보면 남성의 입지가 좁아져 안타까움이 없는 것은 아니다. 그러나 남녀가 함께 잠재력을 마음껏 발휘한다면 더 좋은 세상이 오지 않을까.

잠 못 드는 밤

어려서 심심할 때면 지도책을 펴놓고 이 나라 저 나라를 찾아보기도 했다. 또 어떤 때는 친구와 각 나라의 수도 맞추기 내기를 하기도 했다. 상대방이 먼저 맞추면 손가락으로 이마를 맞는 아픔을 감내해야 했는데 정통으로 맞으면 머리가 띵했다.
당시 세계 각국의 이름과 수도를 줄줄 외면서도 나중에 갈 수 있을 곳이라거나 그곳 사람과 만나서 서로 이야기 할 수 있을 거라는 생각은 꿈에도 하지 못했다. 어린이들에게 원대한 꿈을 심어주기에 한국은 너무 작고 힘이 없는 나라였기 때문이리라.
1960년대 어린이의 눈에 비친 외국과의 교류는 주로 운동 경기였다. 국제 경기라고 해봤자 일본이나 자유중국 등 극히 일부 국가와의 친선 게임 정도였다. 한물간 일본 프로 레슬링 선수와의 경기를 보며 환호했다. 일본, 자유중국과의 3개국 여자 농구 대회에서 우승했다고 온 국민이 흥분하기도 했다. 1964년 도쿄(東京) 올림픽에서는 은메달 2개와 동메달 1개로 좋은 성적을 올렸다. 은메달리스트 레슬링의 장창선(張昌宣) 선수, 권투의 정신조(鄭申朝) 선수에 관한 기사가 신문에 대문짝만하게 실렸다.

1966년 6월 25일, 프로 복서 김기수(金基洙) 선수가 장충체육관에서 이탈리아의 니노 벤베누티(Nino Benvenuti) 선수를 판정으로 이기고 WBA 주니어 미들급 세계 챔피언이 되었다. 한국 사람이 운동 경기에서 세계 최고의 자리에 오른 것은 1936년 베를린 올림픽 마라톤

금메달리스트 손기정(孫基禎) 선수, 1947년 보스턴 마라톤대회 우승자 서윤복(徐潤福) 선수, 1950년 보스턴 마라톤대회 우승자 함기용(咸基鎔) 선수 뒤로 처음이었다. 그 뒤로 1967년 프라하에서 열린 세계 여자 농구 대회에서 박신자(朴信子) 선수를 중심으로 한 우리 팀이 준우승을 차지했다. 온 나라가 흥분의 도가니였고 선수단은 귀국한 뒤 카퍼레이드까지 했을 정도였다.

지금의 시각에서 보면 그렇게 큰 일도 아니었는데, 당시에는 우리도 실력을 키우면 세계 최고가 될 수 있다는 희망의 불씨를 심어준 중요한 사건들이었다.

1970년대까지만 해도 우리나라 스포츠의 주요 무대는 아시아, 그중에서도 동아시아 정도였다. 태국에서 열리는 킹스컵 국제축구대회, 말레이시아에서 열리는 메르데카컵 축구대회의 라디오 중계에 숨을 죽였다.

1974년, 뜻밖의 일이 벌어졌다. 자유분방한 청년 복서 홍수환(洪秀煥) 선수가 멀리 남아공으로 날아가 프로 복싱 WBA 밴텀급 세계 챔피언을 먹었다. 세계가 남들만의 무대가 아님을 일깨워 준 당시 약관의 육군 졸병은 영어도 잘하고 외국에서 전혀 주눅이 들지 않았다. 당당한 그의 모습에 많은 사람들이 뿌듯했다.

1976년 몬트리올 올림픽에서 역사에 길이 남을 만한 사건이 생겼다. 레슬링 자유형 62킬로그램급에서 양정모(梁正模) 선수가 금메달을 따내 국민의 오랜 숙원을 풀었다. 해방된 뒤 처음 참가한 1948년 런던 올림픽부터 28년 만의 쾌거였다. 그 뒤로 1984년 LA 올림픽에서는 금메달을 6개나 따냈다.

뭐니 뭐니 해도 대한민국이 본격적으로 국제 사회 속에 위상을 높이게 된 계기는 1988년 서울 올림픽이다. 대한민국 역사상 최초의 범세계적 행사로 한민족의 존재와 잠재력을 만방에 알렸다. 북한의 방해 공작 등 우여곡절도 있었지만 온 국민이 한마음으로 올림픽을 성공적으로 치러 냈다. 여러 가지 측면에서 성과가 있었으나 서울 올림픽의 가장 큰 성과는 국민에게 자신감을 심어준 것이었다. 그 뒤로 우리도 할 수 있다는 생각으로 각 분야에서 공격적으로 국제무대를 파고들기 시작했다. 성실과 근면 그리고 체계적인 교육으로 탄탄히 쌓은 실력이 더해져 여러 분야에서 성공적으로 국제화가 진행됐다.
2002년 한일 월드컵 대회는 타오르는 불에 기름을 부은 것과 같았다. 여러 차례 월드컵 대회에 출전했지만 한 번도 이겨 본 적이 없는 대한민국이 단숨에 4강에 진출했다. 극적인 승부의 축구 자체보다 더 놀라운 것은 뜨거운 응원 열기였다. '붉은 악마'의 열성적이면서도 절제력 있는 응원에 전 국민이 참여했고 열광했다.

2019년 폴란드에서 열린 FIFA U-20 월드컵 대회에서 우리나라가 결승에 진출했다. 예선 첫 경기 포르투갈전에서 패해 별다른 기대를 안 했는데 그 뒤로 일취월장(日就月將)하여 단숨에 우승을 눈앞에 두게 됐다. 몇 날을 새벽에 중계방송 보느라 밤잠을 설쳤어도 경기가 끝날 때마다 가슴이 후련했다. 지고 있는 상황에서 시간이 거의 끝나가는 데도 어린 선수들은 당황하는 기색도 없었다. 스무 살 청년들이 어떻게 저토록 침착할 수 있을까. 그동안 국가 대표 경기를 수없이 봤어도 이번 대회에 참가한 팀은 과거와 달랐다. 텔레비전에서 보여주는 것이라 단편적일 수밖에 없으나 국가 대표팀이라기보다 동네 축구팀 같은 자유로운 분위기였다. 과거 팀들이 감독의 지시를 받아 로봇같이 움직였다면, 이 팀은 거스 히딩크(Guus Hiddink) 감독이 이야기한 창의력을 갖춘 선수들의 집합체라고 할까. 특히 팀의 대들보 격인 18세 이강인(李剛仁) 선수의 급소를 찌르는 기습적 플레이는 압권이었다.
2019년 6월 16일 새벽 1시에 결승전이 시작됐다. 한밤중인데도 불이 켜진 집들이 많았다. 역사적인 첫 골을 넣었으나 경기 내내 밀렸다. 끝내 우크라이나에 패해 준우승에 머물렀다. 아쉽지만 실력의 차이가 분명했다.

어려웠던 시절 사람들은 국제 경기를 보면서 감격했다. 더불어 국제화 및 국제 경쟁력에 대하여 어렴풋하게나마 알기 시작했다. 지금 생각해 보면 당시 받았던 감격은 운동선수와는 전혀 다른 의사의 길을 걸어간 사람에게도 커다란 영향을 미쳤다. 우리나라 학문 발전을 위해서 꼭 필요한 국제 교류와 경쟁력의 중요성을 깨닫게 해 주었다.
2019년 FIFA U-20 월드컵 대회의 우승컵을 들었으면 더 좋았겠으나 그에 못지않은 성과도 있었다. 경직된 조직 속에서 무작정 지시에 따르기보다는, 자유로운 분위기 속에서 각자 경쟁력을 극대화하는 것이 중요한 것임을 단적으로 가르쳐 주었다.
새벽 3시가 훨씬 넘어 잠자리에 들었는데 아쉬움에 쉽게 잠이 오지 않는다.

꼰대 생각

엄하기로 소문난 젊은 내과 교수님이 계셨다. 평소에는 자상하셨는데 수업 시간만 되면 눈매가 얼음장보다 차가웠다. 회진 때 환자 상태를 정확히 파악하지 못한 것이 들통나면 모욕적인 말도 서슴지 않으셨다. 몇 번의 지적에도 개선의 의지가 없다고 판단하신 듯 어느 전공의를 혼쭐내고는 "한강까지 갈 버스 차비다. 가서 물에 빠져 죽는 게 좋겠다" 하며 100원짜리 동전을 내밀었다. 호되게 당했던 그 전공의는 나중에 유명한 교수가 됐다.
수술 잘하는 명의인 어느 외과 교수님은 수술실에서 무법지로 변했다. 수술을 진행하면서 간호사의 수술 준비가 마음에 안 들면 수술 기구를 내동댕이쳤다. 전공의가 보조를 잘 맞추지 못하면 심한 욕설과 함께 수술 기구로 손등을 내리쳤다. 심할 경우에는 "상의할 일이 있으니 지금 아버지 모셔와. 아무래도 너는 의사 그만두는 게 좋겠어" 하며 전공의를 쫓아내셨다.
전공의가 된 지 얼마 지나지 않은 때의 일이다. 어느 노교수의 뇌종양 수술에 제2 조수로 참여했다. 잘 알지도 못하고 아직 능력도 부족하지만 성의껏 최선을 다했다. 물론 노교수의 기대에는 많이 못 미쳤을 것이었다. 수술은 무사히 종료됐다. 환자가 고위 관리의 부인이라 노교수도 긴장하셨던 모양이었다. 힘이 많이 드셨는지 수술을 끝내면서 긴 숨을 내쉬었다. 장갑을 벗고 수술실을 나가시기 전에 매서운 눈초리로 혼잣말같이 "에이, 이런 못난 놈과 수술을 하고 있다니, 쯧쯧" 하셨다. 심장에 칼이 꽂히듯 아팠다. 조금만 잘못해도 사람의 생명이 위험할 수 있다는 이유로 수술실에서는 도를 넘는 욕설이 비일비재(非一非再)했다. 아무리 손재주 좋은 교수라도 수술이 마음같이 진행되지 않는 때가 있었고 아랫사람에게 스트레스를 푸는 경우도 종종 있었다. 간호사는 대부분 여성이니 만만한 상대는 나이 어린 전공의였다.

"야, 이 돌대가리 같은 놈아. 너 같이 머리 나쁜 놈은 지금까지 본 적이 없다. 너 의과대학에 시험 보고 들어온 것 맞니?"

"너의 엄마는 너 같은 놈을 낳고도 미역국을 먹었으니…."

이 정도는 양반이었다. 마른하늘에 날벼락이 따로 없었다. 전공의들은 억울하다는 눈빛이 역력했지만 애써 잊어버리려 했다. 흔히 있는 일이고 또 마음에 담아 두는 것 보다 잊는 것이 여러모로 정신 건강에 좋기 때문이었으리라.

'직장 내 괴롭힘 금지법' 이 시행을 앞두고 있다. 우월적 지위를 이용, 업무상 적정 범위를 넘어 근로자에게 신체적, 정신적 고통을 주는 행위를 해서는 안 된다는 것이다. 내용이 포괄적이라 이해가 어렵다는 지적에 당국에서 설명서를 냈다. 여기에는 욕설, 폭력, 타인 앞에서 모욕감을 주는 행위나 음주, 흡연, 회식 따위를 강요하는 행위 등이 포함되어 있다.

현장에서는 찬반양론이 있다고 한다. 낡은 조직 문화의 기업들은 욕설이나 따돌림 등이 없어지기를 기대하는 한편 일부에서는 부작용을 걱정하는 목소리도 있다.

사업장 내에서 폭력이나 모욕감을 주는 행위 등은 당연히 있어서는 안 된다. 회식 자리에서 약자에게 술을 강권하는 것도 물론 옳지 못하다. 그러나 이러한 일들은 법으로 규제하기 전에 건전한 직장 문화를 통해 해결했어야 할 문제가 아닐까. 법이라고 하면 일반인은 괜히 거북하다. 법이 만들어져 오히려 직장 내 분위기가 경직되거나 끈끈한 인간관계가 소원해질 수도 있다.

좋은 일이 있으면 축하하기 위해, 어려운 일이 있으며 서로를 격려하기 위해 회식을 한다. 조직의 결속을 다지기 위한 문화인 셈이다. 대개 회식은 윗선에서 결정된다. 상사는 참석을 안 하면 불이익이 있다고 말하지 않지만 하급자는 눈치를 보지 않을 수 없다. 다른 볼일이 있어도 울며 겨자 먹기로 회식 자리를 지켜야 한다. 술을 못 마시거나 마시고 싶지 않을 때도 억지로 먹어야 하는 경우도 많다. 돌이켜보면 개인 사정을 자유롭게 말할 수 없었기 때문에 회식 강요라는 말이 생긴 것 아닐까. 참석이나 음주 여부를 스스로 정할 수 있고 또 이를 존중하는 조직 내 분위기였다면 처음부터 문제가 생기지 않았을 것이다.

직장인은 회사 동료들과 종일 부딪히며 보낸다. 따라서 회사는 가정 다음으로 소중한 공간이다. 이렇게 중요한 시간과 공간이 자기 의견을 자유롭게 말할 수 없는 분위기라면 결코 바람직한 환경이 아니다.

최근 들어 조직 문화를 포함한 사회 전반에 참 많은 변화가 있다. 전공의 시절 병원에서 도제식 교육 속에 때론 견디기 어려운 대접을 받으면서도 참고 지냈다. 병원이 아니더라도 대부분의 직장 문화는 '하라면 하라' 는 식이었다. 하지만 이제는 더이상 상급자의 소위 꼰대 같은 짓이 용납되지 않는다. 나아가 자칫 잘못했다가는 법의 심판을 받을지도 모르는 지경에 이르렀다.

요즘 젊은이들이 너무 이기적이고 조직보다는 개인을 먼저 생각한다고 한탄하는 사람들이 꽤 있다. 획일적인 시스템 속에서 살아온 기성세대의 이러한 주장에도 일리는 있다. 하지만 젊은이들의 자유로운 사고와 행동은 마땅히 존중돼야 한다. 조금은 고삐 풀린 망아지 같다고 평가하지만 대화를 나누다 보면 합리적이고 창의적인 면을 발견하게 된다. 민주 사회는 다양성을 인정하는 사회이다.

최근의 변화는 바람직한 방향으로 가고 있다고 생각한다. 일방적 명령하달이 아닌 허심탄회(虛心坦懷)한 쌍방의 소통은 바람직한 일이다. 특히 사용자는 사회적 약자를 배려하는 마음의 자세가 필요하다. 나 때는 이랬는데 하는 꼰대 같은 생각을 지우지 못하면 앞으로 나아갈 수 없다.

더불어 근로자도 조직 내의 일원으로 회사의 발전을 위해 다 함께 노력하는 자세가 필요하다. 좋은 환경에서 자율권이 신장된 만큼 책임도 커진다는 사실을 가슴에 새겨야 한다.

살림살이

선친께서는 일생을 언론계에 종사하시면서 월급쟁이로 지내셨다. 어렸을 적 기억에 늘 가정적이시던 아버지께서는 매달 25일이면 누런색 월급봉투를 통째로 어머니께 건네셨다. 모든 살림은 어머니께서 도맡아 하셨다. 아버지께서 돈에 대해 말씀하시는 것을 전혀 보지 못했다. 집안 경제에는 무심하신 듯했다. 돈이 필요할 때는 아버지께서도 타서 쓰셨다. 자연스럽게 집안 살림은 여자가 알아서 하는 분위기 속에서 자랐다. 하지만 이런 상황에서도 아버지의 권위는 대단했다. 모든 가정이 이렇겠거니 했는데 어느 날 친구에게서 어머니와 아이들 모두 아버지께 돈을 타서 쓴다는 이야기를 들었다. 어머니도 돈 쓸 일이 있으면 아버지의 눈치를 본다고 했다. 사고의 폭이 좁은 어린이 머리로 이해가 잘 안 됐다. 세상 살아가는 방식은 하나가 아니었다.

전공의 시절에 같은 병원에 근무하는 여의사와 결혼식을 올렸다. 당시에 흔하지 않은 맞벌이 부부가 신혼 생활을 시작했다. 살림을 어떻게 꾸리자고 하는 상의는 없었는데 어찌 된 영문인지 몰라도 처음부터 월급을 아내에게 상납했다. 그때 왜 그랬는지 아무리 생각해도 이유가 떠오르지 않는다. 아마 어려서부터 봐 왔던 대로 하지 않았나 싶다. 같이 번다고 하지만 전공의 둘의 월급을 합해도 기본 생활조차 힘든 지경인지라 달리 생각하면 책임 회피였는지도 모르겠다. 모든 살림을 도맡아 하는 것이 얼마나 어려운 일인가.

처가의 부모님도 맞벌이 부부셨다. 장인어른은 대학교수였고 장모님은 안과 의원을 개원하고 있었다. 아내에게 캐묻지 않아 확실하진 않은데 처가도 장모님께서 살림을 맡아 하시는 것 같았다. 엄마가 딸의 롤 모델인 경우가 많으니 아내 역시 살림의 주체는 여자라고 생각하고 있었던 것 아닌가 추측된다.

인내심과 뚝심이 있는 아내는 쥐꼬리만 한 월급을 내미는 남편에게 이제껏 불평 한마디 없이 힘든 내색하지 않고 살림을 꾸렸다. 덕분에 집안 걱정하지 않고 바깥일에 열중할 수 있었다. 아이들이 잘 자란 것도, 불초한 사람이 과분한 지금의 자리에 앉아 있는 것도 모두 아내의 공(功)이다. 그저 고마울 따름이다. 결혼하고 월급봉투를 맡긴 것은 매우 잘한 선택이었다.

은행 업무도 몽땅 아내가 알아서 하니 은행에 갈 일이 없었다. 그동안 주민등록증을 아내가 갖고 다니며 은행 일을 봤다. 다만 요즘은 반드시 본인을 확인하기 때문에 은행에 같이 가서 얼굴을 내미는 수고를 한다.

돈에 관련된 모든 일을 아내가 알아서 하니 신경 쓸 일이 없어 좋긴 한데 가끔 가장의 위신이 서지 않을 때가 있다. 과거의 아이들과는 달리 요즘 아이들은 어수룩하지 않고 머리 회전이 빠르다. 돈이 나오는 곳을 정확히 알아서 줄을 선다. 빈 껍데기 같은 아빠는 뒷전이고 엄마에게 매달린다. 어떤 때는 중요 결정 과정에서 배제되는 느낌이 들기도 한다. 하지만 그럼 어떠랴. 복잡한 생각 안 하고 즐겁게 살 수 있으니 불편함이나 불만은 전혀 없다.

어느 날 저녁 식사를 마치고 차를 마시던 중 허물없이 지내는 친한 친구의 부인이 불평을 늘어놓았다. 부부 동반으로 만나서 부인들끼리도 잘 아는 처지였다. 그 친구네는 부인이 전업주부인데 돈 관리를 전적으로 남자가 하는 모양이었다. 매달 내놓는 생활비가 빠듯하니 겨울철에 보일러를 돌리지 못해 남편이 출근하면 백화점이나 은행에 가서 몸을 녹인다고 했다. 여름철 낮에 혼자 있을 때 아무리 더워도 에어컨은 그림의 떡이라고 했다. 옷이라도 하나 장만하려고 하면 "옷장에 옷이 쌓였는데 무슨 옷을 또 사려고 하느냐"며 꼬치꼬치 따지는 통에 단념한 적이 많다고 했다. 알뜰한 것도 좋지만 숨은 좀 쉴 수 있게 해 줘야 하는 것 아니냐며 목소리 톤을 높였다. 듣고 있는 친구가 적극적으로 반박하지 않는 것을 보니 지어낸 말은 아닌 듯했다. 그저 허허 웃고 말았지만, 번듯한 직장에 다니고 있는 친구가 금전적으로 그렇게 쪼들릴 것 같지 않은데 좀 너무한다 싶었다.

집으로 돌아오는 길에 아내에게 농담 삼아 "남들 얘기 들어 봐. 당신은 행복한 줄 알아야 해"라고 하니 곧장 아내가 맞받았다. "부족한 월급으로 사는 게 쉬운 줄 아세요? 바쁜 중에 은행 가랴, 공과금 내랴, 이곳저곳 잘못되지 않게 하려면 정신이 하나도 없다고요" 하며 쏘아댔다. 빙긋이 웃으며 "그래요? 그렇게 힘이 들면 앞으로 돈 관리는 내가 하리다" 하니 안 된다며 펄쩍 뛰었다. 얼굴을 마주 보자 동시에 웃음이 터졌다.

가끔 후배나 제자들에게 살림을 어떻게 하는지 물어볼 때가 있다. 주위 사람들은 대개가 맞벌이 부부인데 돈 관리에 관해 물어보면 남자가 여자에게 수입을 몽땅 맡기는 경우는 없다. 확실히 예전과 달리 부부간에도 돈은 각자가 관리하는 경향인 것 같다.
대부분 미리 상의해서 경제적 부담을 나눈다. 예를 들면 아파트 관리비는 남자가, 시장 보는 것은 여자가 부담하는 식이다.
시대가 많이 변했고 사람 생각이 모두 같을 수 없으니 가정 살림을 꾸리는 방식 또한 여러 가지일 수밖에 없다. 하지만 대체적인 추세는 돈을 벌어오는 남자가 가부장적 지위를 가졌던 시대에서 맞벌이 부부의 남녀평등 시대로 옮겨가고 있다.
요즘은 여자가 직장 생활을 하고 남자는 집안 살림을 하는 집도 있다.
어느 한쪽이 경제적인 문제로 상대방의 눈치를 보거나 마음이 상한다면 건전한 부부 관계라 할 수 있을까. 부부 사이에 돈을 버는 사람이, 혹은 수입이 더 많은 사람이 우월해지면 안 된다. 어떤 경우라도 가정 내 남녀의 지위는 동등해야 한다.

영어 공부

어느 유명 인사가 라디오를 '레이디오'라고 대중 앞에서 말했다가 혼이 난 적이 있다. 오랜 기간 미국 유학을 했던 사람인데 미국물 좀 먹었다고 잘난 척하며 건방을 떤다는 것이 이유였다.
오렌지를 '어린쥐'라고 발음하도록 교육해야 한다는 어느 대학 총장의 말이 도마 위에 올랐다. 공청회에서 "영어 표기법이 획기적으로 바뀌지 않으면 원어민처럼 발음하기 어렵다"며 오렌지를 예로 든 것인데 개념 없는 사람이라고 뭇매를 맞았다. 결국은 사과까지 하고 말았다. 원래 발음에 가깝게 말하도록 교육하는 것이 왜 개념 없는 짓일까.
중동호흡기증후군 소위 '메르스(MERS)'를 미국식 발음인 '메어스'로 말한 보건 담당 관리가 매스컴의 질타를 받았다. 대담을 진행했던 앵커는 질병 관리도 못하는 주제에 일반인이 알아들을 수 없는 말을 한다고 핀잔했다. 초기 대처 미흡으로 당국이 국민으로부터 비난을 받고 있던 마당이라 아무런 대꾸도 하지 못했다.
메이저 리그에서 활약하던 박찬호(朴贊浩) 선수가 시즌을 끝내고 귀국하면서 가진 인터뷰에서 미국인이 한국말 하는 것 같이 말을 해서 혀가 꼬였다는 지적을 받았다. 야구를 하러 간 사람이 야구나 잘하면 되지 겉멋이 들어 거들먹거리면 안 된다는 논리였다. 후일 박찬호 선수는 야구를 잘하기 위해서 미국 문화에 완전히 동화돼야 했고 이를 위해 모든 것을 닮으려 노력했다고 고백했다. 지당한 말이었다.
일반인들 사이에도 영어 발음을 좀 굴리면 '느끼하다', '버터를 많이 먹었냐' 하면서 따돌림을 하는데 이는 배웠다는 사람에 대한 시기심 때문은 아닐까.

중학교에 입학하면서 펜맨쉽(Penmanship)을 들고 다니며 영어를 배우기 시작했다. 펜을 잉크에 찍어 알파벳을 써가며 철자를 익히던 때가 엊그제 같다. 가방에 넣고 다니던 잉크병의 마개가 열려 교복이 엉망이 됐던 것도 잊지 못할 추억이다.
당시 영어 수업은 단어를 외우고 문법을 익혀서 독해와 영작을 할 수 있게 하는 것이 보통이었다. 그런데 영어 선생님 중 한 분의 수업 방식이 특이했다. 한 사람씩 일으켜 세워 영어책을 큰소리로 읽게 하면서 발음(pronunciation), 단어의 강세(Accent), 그리고 문장의 억양(Intonation)을 지적해 주셨다. 한 번 가르친 발음이 틀리면 불같이 역정을 내시며 몇 번이고 되풀이해 시켰다. 그렇게 말하면 미국 사람이 알아듣지 못한다며 침을 튀겨 가며 발음의 중요성을 강조하셨다. 더불어 요것조것 따져가며 문장을 분석하려 하지 말고 문장을 통째로 외우게 시키며 본인의 경험담을 들려주셨다.
"대학을 졸업하고 제대로 된 영어를 배우려고 미국으로 유학을 떠났어. 나름대로 영어에 자신이 있다고 생각했는데 말을 해도 상대방이 알아듣지 못할뿐더러 나도 미국 사람 말을 알아듣지 못하는 거야. 미치겠더라고. 한참을 고민하다가 답을 찾았어. 그동안의 문법과 독해 위주 교육에 문제가 있었던 거야. 골방에 들어앉아 영어 소설책 한 권을 무턱대고 몽땅 외웠어. 큰소리로 읽으면서 석 달을 고생했지. 그리고 세상에 나오니 말이 들리더라고. 미국 사람과 소통하려면 미국 사람처럼 사고하고 그들이 말하는 것 같이 말해야 한다는 것을 깨달은 거야. 또 소설을 통해 외국어 공부에 문화를 이해하는 것이 중요하다는 것도 알게 됐지."
실생활에 써먹을 수 있는 영어 공부가 중요하다는 것과 외국어 공부에는 문화에 대한 이해가 필수라는 뜻으로 이해하기에 부족함이 없었다.

시험지 속에서가 아니라 먹고사는 데 영어가 필요하다는 것을 피부로 느낀 것은 의과대학 교수가 돼서 국제 학회에 참석하고부터였다. 귀를 쫑긋 세우고 집중해서 연제 발표를 경청해도 절반도 알아듣지 못했다. 창피해서 남들에게 말도 못하고 속으로 끙끙 앓았다.
영어로 쓰인 전문 서적은 줄줄 읽어도 말이 잘 통하지 않으니 지금까지의 영어 공부는 절름발이였던 셈이었다. 그 뒤로 영어 회화에 관심을 두고 노력했어도 지금까지 미국 사람을 만나면 상대방의 말을 이해 못할까 봐 손에서 땀이 난다.
미국에서 신경외과 전문의를 취득하고 대학교수가 된 분이 있었다. 미국에서도 실력을 인정받았고 영어도 미국 사람처럼 구사했다. 한 번은 모처럼 한국에 오셨길래 우리 학교로 초대해 특강을 들었다. 특강이 끝난 뒤 과원들과 함께 한 저녁 식사 자리에서 미국에서의 성공담에 대해 들을 기회가 있었다.
"필수 조건인 실력 이외에 '리딩 그룹' 속으로 들어가는 것이 무엇보다 중요하지. 수련을 받은 병원의 과장님이 힘이 좀 있는 분이었어. 귀엽게 봐주셔서 주류 사회 속으로 넣어 주셨지. 들어가 보니 많은 당면 문제들에 대해 서로들 솔직한 의견을 교환하고 있더군. 세련되고 품격 높은 언어 구사가 무엇보다 필요했어. 영어 공부를 다시 시작했지. 아침 일찍 일어나 창문을 열고 큰소리로 신문을 읽었어. 신문을 보면 시사에 밝아져 화젯거리도 많아지지. 매일 30분씩 지금까지도 하고 있어. 속으로 우물거리지 않고 입을 크게 벌려 큰소리를 내는 것이 중요해."

말을 배우는 어린이에게 철자나 문법부터 가르치지는 않는다. 그냥 아이들끼리 놀게 놔두면 언제인지 모르게 입을 떼기 시작한다. 남들이 하는 것을 보고 따라 하는 것이다.
언어 공부의 시작은 흉내다. 미국 말을 배우려면 미국 사람이 하는 대로 따라 해야 한다. 흉내를 내는 것이 창피한 일도 아니고 비난받을 일은 더더욱 아니다. 오히려 적극적으로 권장해야 한다. 미국 사람이 '어린쥐'라고 하면 '어린쥐'라고 가르치는 것이 맞다. 우리 멋대로 외래어 표기법을 만들어 현지에서의 발음과 동떨어진 발음을 하는 것은 시쳇말로 웃기는 일이다.
학교에서 10년을 넘게 공부해도 영어 회화가 불가능한 영어 교육은 반드시 고쳐져야 한다. 어떻게 바꿔야 하는지는 이미 답은 나와 있다.

조물주 위에 건물주

초등학생이나 중학생에게 나중에 커서 무엇이 되고 싶냐고 물으면 십중팔구는 대통령 아니면 참모총장이라고 답하던 시절이 있었다. 긍정적으로 보면 포부가 큰 사람이 많았던 것이지만, 자신의 적성에 맞는 장래의 직업을 고를 만큼 경험도 부족한데다 직업이 다변화된 사회도 아니었다.

당시에는 직업에 서열이 있었다. 판검사가 되면 성공한 사람이고 공장에서 일하면 인생의 낙오자로 여겼다. '직업에 귀천이 없다'라는 표어도 있었다. 역설적으로 무엇을 하는 사람이냐에 따라 차별이 있었다는 의미였다. 공부를 많이 해서 국가 고시에 합격하거나 의사가 되면 존경과 함께 안정된 생활을 보장받을 수 있었고 운동선수나 예술인은 제대로 대접받지 못했다.

그 시절 우리나라 부모는 자식에게 직업의 선택을 허락하지 않았다. 일제 강점기와 한국 전쟁의 혹독한 역사를 겪은 기성세대는 자식들에게 존경받고 안정적인 직업을 강요했다. 화가나 음악가가 되고 싶다고 했다가는 다리 몽둥이가 부러지도록 혼쭐이 났다. 지금과 달리 운동선수나 예술인은 밥 먹기 쉽지 않은 직업이었다. 장래 문제에 대한 의견 대립으로 부모 자식 사이에 의가 상하는 가정도 있었으나 부모의 지엄한 명령을 거스르는 것은 상상하기 어려운 시절이었다.

당시의 관점에서 자식이 장래에 편히 먹고 살았으면 하는 희망은 무엇보다 교육에 집중됐다. 당연한 사고였다. 하지만 자식 교육에 대한 부모의 마음만 대단했을 뿐 모두가 못살던 시절이라 실제적으로 뒷받침을 잘해주지는 못했다. 스스로 밤을 새워 공부하는 수밖에 없었다. 노력하기에 따라 개천에서 용이 나오는 일이 가능하던 시절이기도 했다.

사회가 발전하면서 직업의 선택에서 권력이나 돈보다는 적성이 중요하다는 공감대가 생겼다. 부모도 자식의 선택이라면 무엇이 됐든 의견을 최대한 존중하고 더불어 심정적, 경제적 지원을 아끼지 않는다. 살기도 좋아졌고 자녀도 하나, 많아야 두 명이다. 기를 쓰고 자식을 위한 거라면 무엇이든 한다. 모든 가정사가 자녀 교육을 중심으로 돌아간다. 자식을 사랑하는 부모의 마음을 뭐라고 할 순 없으나 간혹 너무한다고 느끼는 때도 있다. 무조건 편하게 해주고 치켜세워 주는 것만이 능사가 아니라는 생각을 자주 하게 된다.
세월이 흘러 대통령이나 장관보다 운동선수, 가수, 배우 따위가 젊은이들의 우상인 세상이 됐다. 어린 학생들은 일명 '스타' 들의 일거수일투족에 환호한다. 생김새도 멋지고 천문학적 액수의 보상을 받고 있으니 그럴 만도 하다.
공부 잘하고 부모 말씀 잘 듣는 소위 '모범생' 은 학교에서 부러움의 대상이라기보다 오히려 '왕따' 를 당한다고 한다. 공부도 눈치 봐 가며 해야 하는 세상이라니. 시기심이 큰 이유이겠지만 '모범생' 은 요즘 애들이 싫어하는 '꼰대' 와 이미지가 겹치기 때문이기도 하다.
하지만 간과해서는 안 되는 중요한 것이 있다. 공부를 열심히 해야 판검사나 교수가 될 수 있듯이 운동선수나 예술인도 피나는 노력이 있어야 '스타'가 될 수 있다. 성공한 사람의 영광만을 봐서는 안 된다. 그렇게 되기까지 고난한 속내를 알아야 한다. 넘치는 끼와 타고난 재능도 중요하나 노력 없이는 아무것도 이룰 수 없다. 초일류 기업 임원이나 외국에서 활약하는 스포츠 톱 플레이어의 상상을 초월하는 연봉 이면에는 엄청난 양의 피와 땀이 숨어있다.

"가끔 아들에게 장래에 뭐가 되고 싶냐고 묻곤 했어요. 그때마다 시큰둥해서 은근히 걱정은 좀 됐지만 크면서 차차 꿈이 생기려니 하며 지냈죠. 얼마 전에 뜬금없이 아들이 꿈이 생겼다고 하는 거예요. 듣던 중 반가운 소식이라 잔뜩 기대하며 귀를 쫑긋했어요. 그런데 너무 실망스러운 말을 들었지 뭐예요. '돈 많은 백수'가 되고 싶다고 말하는 거 있죠. 얼굴을 보니 허투루 하는 말은 아닌 거 같아서 더욱 기가 막히더라고요."
얼마 전 고등학생 아들을 둔 중년의 직장 동료로부터 들은 말이다. 지인들에게서 들은 우스갯소리가 생각났다.
"어떤 젊은 친구가 심각하게 말하더랍니다. 자기 꿈은 재벌 2세가 되는 것인데 부모가 영 노력을 하지 않아 걱정이 크다고요. 이거 세상이 이상하게 돌아가는 거 아네요?"
어느 멀쩡한 30대 남자에게서 들은 말도 생각났다.
"요즘은 조물주 위에 건물주가 있습니다. 목이 좋은 대로변에 빌딩 하나 갖고 있으면 끝내주는 거죠. 이것저것 고민할 필요 없잖아요. 앉아서 임대료 받아가며 골프나 치며 사는 거죠. 최고죠. 시골에 있는 아버지 땅 수용 건만 잘 해결되면 불가능한 것도 아니거든요."

과장되거나 농담조의 얘기가 아니고 실제로 적지 않은 젊은 사람의 생각이 이렇게 돌아가고 있다.
산업화 시대를 살아온 사람으로 속이 상하고 화가 난다. 왜 노력해서 스스로 이루려는 마음을 갖지 않느냐는 물음에 발버둥쳐서 성공할 수 있는 사회가 아니라는 답변이다. 그런 면도 없지는 않다. 역동적으로 발전하는 대한민국이 왜 이 지경이 됐는지 어안이 벙벙할 뿐이다.

강아지의 착각

어렸을 적 일이다. 일찍 학교에 가느라 출근하시는 모습은 못 뵈도 저녁에 아버지께서 퇴근하시어 대문의 초인종을 누르시면 누가 먼저랄 것도 없이 쏜살같이 달려나갔다. 형제 모두가 합창하듯 "안녕히 다녀오셨습니까?" 하고 인사를 올렸다. 아버지는 빙그레 웃으시며 "그래, 모두 들어가자"라는 말씀으로 답례를 대신 하셨다.
부모님과 3남 2녀의 일곱 식구가 한 상에 뻥 둘러앉아 저녁 식사를 했다. 다 같이 먹는 반찬은 밥상 가운데 모여있고 밥 한 공기와 국 한 대접이 각 개인의 몫이었다.
아버지의 몫은 좀 특별했다. 밥과 국이 사기로 된 주발과 대접에 담겼다. 겨울에는 사기그릇 대신 놋그릇을 사용했다. 게다가 밥이 식을까봐 밥주발을 아랫목에 묻어두기도 했다. 특히 반찬을 따로 담아 드렸는데, 그 종류와 양이 달랐다.
형제들은 밥을 다 먹어도 아버지께서 식사를 마치고 수저를 놓으실 때까지 밥상머리에 앉아 있었다. 식사하는 동안 이런저런 칭찬이나 꾸중을 하시기도 하셨고 이런저런 세상 돌아가는 얘기도 들려주셨다.
당시 다른 가정도 대체로 비슷하지 않았을까.
아버지는 특별한 존재였다. 유교적 사고의 전통 때문이기도 했고, 가족의 생계를 혼자 책임지고 있기 때문이기도 했다. 집안의 모든 대소사가 아버지를 중심으로 움직였고, 아버지라는 존재만으로도 가정의 모든 질서가 유지됐다.
세월이 흐르면서 많은 변화가 생겼다. 맞벌이 부부가 늘었고 자연히 가정 경제를 도맡았던 남자는 독보적 지위를 잃었다. 사회적 분위기가 남성이나 어른보다 여성과 어린이 위주가 됐다. 출퇴근할 때도 아버지가 애들에게 먼저 인사를 건넨다. 퇴근해서 집에 돌아와도 아이들은 방 안에서 꿈쩍하지 않는다.
좋은 물건이나 맛있는 음식이 생기면 우선권은 자식들에게 있다. 백화점에 쇼핑을 나가서도 엄마는 애들 옷을 고르느라 아버지는 뒷전이다. 결국 아버지는 식구 중 서열 꼴찌로 곤두박질치고 말았다. 얼마 전까지 아버지와 가장(家長)은 동의어로 쓰였는데 이제는 아버지 스스로 가장이라고 말하기 쑥스러운 지경이 됐다.

애완견에 대한 텔레비전 프로그램을 보다가 모르고 있던 흥미로운 사실을 알게 됐다. 어느 집에서 조그맣고 귀여운 강아지를 키우고 있었다. 말도 어느 정도 알아듣고 행동거지가 예뻐서 가족의 귀여움을 독차지했다. 그런데 한 가지 이해하지 못할 골칫거리가 있었다. 아버지가 다른 식구와 같이 있기만 하면 이내 달려와 앙칼지게 짖어 대는 것이 아닌가. 아버지가 멀리 떨어져야 짖기를 멈추고 다시 다가가려고 하면 으르렁거렸다. 평소 강아지를 해코지한 것도 아닌데 유독 아버지에게 사납게 구는 이유를 알 수 없어 답답했다. 수의사를 초빙해서 원인과 해결책을 찾아 보기로 했다. 수의사는 집안 한쪽 구석에서 상황을 지켜보더니 어렵지 않게 진단과 처방을 내렸다. 강아지는 스스로 아버지보다 서열이 높다고 생각하고 있다고 했다. 자신보다 서열이 낮은 아버지가 다른 식구들과 같이 있는 것을 참을 수 없어서 으르렁거린다는 것이었다. 매사에 아버지를 우선시하는 것을 강아지에게 보여줘서 아버지가 서열이 낮지 않다는 것을 인식시켜주면 차차 증상이 좋아질 거라고 충고했다. 어려운 문제가 단박에 해결돼 온 가족이 즐거워하는 모습으로 방송이 끝났다.
처음 들어 보는 희한한 상황이 신기하면서도 한편 씁쓸한 느낌이 들었다. 텔레비전 속의 집안은 극히 평범한 가정이었다. 여느 가정과 특별히 다를 것도 없는 곳에서 강아지는 왜 아버지가 자신보다 서열이 낮다고 인식했을까.
애완견에 관한 또 다른 이야기도 있다. 여고생 딸이 하도 조르는 바람에 썩 내키지는 않아도 강아지를 한 마리 분양받았다. 개가 집에 들어오면서 털이 날리고 냄새까지 났다. 무엇보다 딸이 개와 뒹굴며 공부를 게을리하니 후회막심했다. 강아지 문제로 딸과 실랑이를 하다 화가 난 아버지가 강아지를 그만 키우자고 큰소리를 냈다. 마찬가지로 격양된 딸은 "아버지를 버리면 버렸지 개는 포기할 수 없어" 하며 울고불고 난리가 났다. 좋아하는 개와 떨어지기 싫다는 딸의 마음이 어느 정도는 이해가 가지만 아무리 화가 나도 그렇지 자식이 부모를 개 때문에 버린다는 게 말이 되는가. 이런 일이 있은 뒤에도 6개월 이상 냉전은 지속됐고 둘 사이의 관계는 서먹서먹해졌다.

상대적 약자인 여자와 어린이는 가정 내에서 보호돼야 한다. 더불어 아버지는 과거처럼 가장으로 군림하는 자세를 갖기보다는 화목한 집안을 다 함께 만들어가는 데 가족의 중심 역할을 해야 한다.
사실 가족 간의 서열이라는 말 자체가 타당치 않다. 가족 간에는 위아래가 없다. 동등한 구성원이 각자 위치에서 자신의 역할을 다하며 살아가는 것이 가정 아닌가.

요즈음 아버지가 존경받는 가장의 자리에서 내려와 애완견에게까지 밀리는 신세가 된 것을 정상적이라고 할 수 없다. 아버지가 강아지의 시각에서조차 가족 내 서열이 가장 낮고, 자식에게 개보다 못한 존재로 전락하고 있는 현실은 대단히 서글프고 안타깝다. 시대 상황에 따라 모든 것이 변하는 것이 순리라고 하지만 아버지들은 당황할 수밖에 없다. 어쩌다 이렇게까지 됐을까.

"아, 옛날이여!"

몬도가네

중학생 때였다. 어느 날 군복무 중이던 큰형님이 사전 기별도 없이 전깃줄로 목이 묶인 포인터 잡종견을 데리고 집에 왔다. 오자마자 빨리 복귀해야 한다며 서둘러 자초지종(自初至終)을 설명했다. 모르는 개 한 마리가 부대 내로 들어왔는데 쫓아도 나가지 않아서 짬밥을 주며 데리고 있었다. 열흘이 넘도록 주인이 나타나지 않자 부대 내에서는 계속 개를 기를 수 없어 잡아먹기로 의견을 모았다. 개고기를 먹지 않는 큰형님은 개가 불쌍해서 값을 쳐주기로 하고 데리고 온 것이었다. 어머니께 돈을 받은 큰형님은 식사도 못 하고 황급히 돌아갔다.

잡종견이지만 똑똑하고 사람 말을 잘 따라서 이내 집안에서 귀여움을 독차지했다. 목줄도 사고 집안에 뒹굴던 판자를 뚝딱거려 집도 만들어 주었다. 아버지께서는 종일 집에 있는 것이 안쓰러워 바람이라도 쐬고 오라고 매일 아침 일찍 밖에 나갈 수 있게 풀어 주셨다. 지금은 애완견에 목줄을 하고 주인이 데리고 산책을 해야 하지만 그때는 동네 개들이 아침마다 골목을 휘젓고 다녔다.

체구는 작아도 몸이 다부진 수놈이라 주위의 개들을 압도하고 이내 골목대장이 됐다. 얼마 지나지 않아 동네에는 점이 박힌 강아지들이 많이 눈에 띄었다. 자연의 섭리대로 강인한 유전자를 많이 퍼트린 것이었다.

그렇게 2년 가까이 같이 지내던 개가 더운 여름날 홀연히 사라졌다. 여느 때 같이 아침에 밖으로 나갔는데 점심때가 지나도 돌아오지 않았다. 보통은 서너 시간이 지나면 돌아와 대문을 흔들었는데 그날은 아무런 기척이 없었다. 결국 영영 만나지 못했다. 당시만 해도 보신탕이 큰 인기를 끌던 시절이었다. 더구나 복(伏) 중이었으니 누군가가 붙잡아 개 장사에게 팔아넘겼을 것만 같았다.
어린 마음에 눈물이 나도록 애석했다. 학교에서 돌아오면 머리를 쓰다듬으며 녀석과 눈을 맞추는 게 큰 즐거움이었는데, 끙끙거리며 끌려갔을 놈을 생각하니 불쌍하기 짝이 없었다. 큰형님 같은 구세주가 두 번이나 있을 것 같지 않았다.

애들이 초등학생 때였다. 야외에 서는 5일장을 구경시켜주고 싶어 어느 주말에 성남(城南)의 모란시장을 찾았다. 듣던 대로 없는 것이 없었다. 많은 사람들이 뒤엉켜 왁자지껄했다. 애들에게 이것저것 설명해가며 돌아다녔다.
재미있게 구경을 하던 중 한쪽에 있는 동물 시장이 시야에 들어왔다. 닭, 오리, 거위, 강아지, 염소 등이 뒤섞여 어지러웠다. 살아 있는 동물을 사고파는 것이 생소했다. 조그만 우리에 갇혀 팔려 나가기를 기다리는 동물들이 불쌍해 보였다.
진짜 기막힌 풍경은 살아 있는 동물 바로 옆에 있었다. 건장한 사람이 개를 죽여 가스불로 털을 그슬리고 있지 않은가. 가게 앞 좌판에는 죽은 개들이 켜켜이 쌓여 있었다. 처음 보는 광경이라 저절로 발길이 멈춰졌다. 통닭은 많이 봐서 아무렇지도 않은데 네다리를 쭉 펴고 죽어있는 '통개'는 정말 끔찍했다. '몬도가네(Mondo Cane)'가 남의 나라 일인 줄로만 생각했는데 알고 보니 지척에 있었다.

개를 사러 온 손님으로 생각했는지 주인이 냉큼 달려 나왔다. 잘해 줄 테니 한 마리 가져가라며 꼬리 끝에 조금 남아있는 누런 털을 가리켰다. 맛 좋은 누렁이가 틀림없다고 강조했다. 괜찮다고 손을 내저으며 급히 발길을 옮겼다. 개뿐만이 아니었다. 염소고기를 파는 가게도 있었다. 잔인한 도살의 현장과 고기를 파는 가게들이 어수선했다. 보지 말아야 할 것을 애들에게 보여준 것 같아서 마음이 안 좋았다.

집으로 돌아오는 내내 어렸을 적 잃어버린 포인터 잡종견이 머릿속에 맴돌았다. 좌판에 놓인 그을린 개와 자꾸 겹쳐졌다.

'오뉴월 개 패듯 한다' 라는 말이 있다. 개는 때려잡아야 맛있다면서 누렁이를 보고 입맛을 다시는 사람도 있다. 이런 말을 들을 때마다 그저 그런가 보다 했는데, 모란시장에서 본 광경은 끔찍했다. 개를 먹는 것은 절대 사람이 할 짓이 아니었다.

1988년 서울 올림픽을 앞두고 외국에서 우리나라 개고기 문화에 대하여 비난의 소리가 높았다. 심지어 우리나라를 야만국 취급하며 서울에서 올림픽을 개최하면 안 된다는 주장까지 제기됐다.

국내에서도 찬반양론이 있었지만 대체로 먹지 말아야 한다는 데 동조하는 사람이 많던 분위기였다.

개고기 예찬론자들은 식용개와 애완견은 엄격히 구별된다고 강변했다. 개고기를 먹지 않는 사람 중에도 남의 나라 고유의 식문화를 일방적으로 비난하는 것은 타당치 않다는 사람도 있었다.

하지만 개고기를 먹는 문화를 혐오하는 세계적 흐름을 뒤집기는 어려웠다.
세월이 흘러 이제 우리나라에서도 개고기를 먹는 문화가 많이 쇠퇴했다. 여름철만 되면 보신탕 먹으러 가자는 소리에 주눅이 들곤 했는데 이제는 그런 말들이 사라졌다. 심심치 않게 눈에 띄던 길가의 보신탕 가게도 많이 없어졌다. 그나마 남은 식당도 이름을 사철탕 집으로 바꿨다. 모란 시장의 개를 파는 곳 역시 폐쇄됐다. 얼마 전 신문에서 보니 부산의 개고기 시장도 종말을 고했다.
요즈음 사람들은 개나 고양이와 함께 산다. 이들에게 개나 고양이는 애완동물이 아니고 가족이다. 개와 고양이를 자식같이 생각하여 스스로를 엄마, 아빠라고 부른다. 무더운 여름에도 마치 갓난아기 다루듯 꼭 껴안고 다닌다. 거처하는 공간도 마당 구석이 아니고 따뜻하고 안락한 집 안이다. 여행 갈 때도 개와 함께 잘 수 있는 숙소에서 묶는다. 몸이 아프면 동물병원에도 가고, 엄청난 치료비가 들어도 괘념치 않는다. 죽으면 장례도 치르고 유골을 납골당에 안치하기도 한다. '개 팔자가 상팔자'라는 말이 꼭 들어맞는다.
사람도 아닌 개나 고양이에게 조금은 과하다 싶기도 하지만 극도의 개인주의적 사회 속에서 외로운 사람과 정신적으로 교류하며 반려자 역할을 하는 경우가 많으니 그만큼 대접받을 권리가 있다. 불과 몇 년 사이에 동물은 인간을 위로하는 입장이 됐다. 세상은 참 요지경 속이다.

무시로

후배들 성화에 마이크를 잡았다. 눈을 지그시 감고 한껏 감정을 섞어 나훈아(羅勳兒)의 '무시로'를 불렀다.
모니터에 90점이라는 자막이 뜨면서 박수가 터져 나왔다. 물론 노래를 잘해서가 아니라 의례적인 수순임을 잘 알고 있었다. 선배에 대한 의무를 마친 젊은이들에게 비로소 광란의 밤이 시작되었다. 마이크를 넘기고 자리로 돌아와 멋쩍은 마음에 안주만 연신 집어 먹었다.
회식날 노래방에서 흔히 볼 수 있던 지난날의 풍경이다.
학창 시절에는 통기타를 둘러매고 팝송이나 포크송을 부르는 장발의 청바지 차림의 젊은 가수들이 우상이었다. 반면에 남진(南珍)과 나훈아가 쌍벽을 이룬 트로트 가요는 연세 지긋한 어르신들께서 좋아했다. 왜색이 짙다는 세간의 비판을 받고 있던 트로트는 학생들에게 기피 대상이었다. 트로트를 좋아한다고 하면 촌놈으로 놀림받는 분위기였다. 하지만 가만히 들어보면 가사의 내용과 곡조가 마음에 드는 트로트가 제법 많아서 혼자 있을 때는 트로트 가요를 흥얼거리곤 했다.
젊은 교수 시절에는 회식이 참 많았다. 소주를 곁들인 식사를 마치면 2차에서 맥주로 입가심을 했다. 여기서 끝이 아니었다. 대개 3차는 당시 대유행이던 노래방이었다. 나서기를 좋아하는 성격이 아니어서 노래방에 가서도 남이 부르는 노래를 들으며 앉아 있는 경우가 많았다. 멍청히 앉아 어울리지 못하는 것이 안쓰러웠는지 어느 날 후배들이 강제로 끌고 나가 노래를 강요했다. 하는 수 없이 한 곡

부르기는 해야 할 텐데 마땅한 노래가 선뜻 떠오르지 않았다. 잠시 머뭇거리다가 '무시로'를 불렀다. 가끔 혼자서 부르던 노래였다. 후배들에게는 꼰대들이나 좋아하는 나훈아의 노래가 꽤 충격이었던 모양이었다. 그 뒤로 선배에 대한 예우 차원으로 노래를 청할 때마다 시키지 않아도 '무시로'의 전주가 흘러나왔다. 순전히 타의(他意)로 '무시로'가 18번이 됐다.

다들 만취 상태지만 위스키와 맥주가 계속 들어왔다. 벌써 자정이 가까웠다. 이미 늦은 시간이지만 발동이 걸린 상태에서 누구도 제동을 걸지 못했다. 포장마차에서 4차까지 마쳐야 가까스로 회식을 파하고 각자 비틀비틀 집으로 향했다.

요즈음은 노래방 인기가 예전만 못하다. 거리를 다녀 봐도 한 집 걸러 한 집 있던 노래방이 눈에 잘 띄지 않는다. 고래로 가무를 즐기는 민족의 취향이 변했나 하고 의아했는데 알고 보니 요새 사회 풍조 때문이라고 한다.

청탁금지법이 본격적으로 시행되면서 흥청망청 때려먹던 회식 문화가 종말을 고했다. 게다가 주 52시간제가 도입되면서 '저녁 있는 삶'을 중요시하는 신세대는 회식이 있어도 저녁만 먹고 헤어지거나 좀 아쉬우면 카페에서 차 한잔하는 식이다. 과거처럼 2차, 3차로 이어지는 행태는 흔치 않다. 자연히 노래방을 찾는 사람이 줄면서 매출이 감소하고 폐업이 속출하고 있다는 것이다.

기계에서 나오는 리듬에 맞춰 노래 부르는 곳을 '가라오케'라고 불렀다. 원래 일본에서 시작된 문화다. '가라(空)'는 일본말로 '가짜'

또는 '비다' 라는 뜻이고 '오케' 는 오케스트라의 줄임말이다.
일본과 가까운 부산에서 1991년에 가라오케가 처음으로 문을 열었다.
그 뒤로 급속히 가라오케 문화가 확산되었는데, 언제부터인지 모르게
이름도 가라오케에서 '노래방' 으로 바뀌었다. 노래방은 2011년 약
3만5천 개까지 가파르게 증가했으나 그 뒤로 사회 변화에 따라
감소세로 돌아섰다.
노래방 형태도 많이 달라졌다. 더이상 늦은 시간까지 술과 함께 무리
지어 노래를 즐기지 않는다. 기계에 동전을 넣고 혼자 마이크를 잡고
노래를 부른다. 아직은 혼자 노래 부르는 코인 노래방에 가보지는
못했으나 골방에서 혼자 목청을 높이는 모습을 상상하면 좀
애처롭기도 하다. 달리 생각하면 간섭받지 않고 자기만의 시간을 즐길
수 있으니 스트레스 풀기에 적합하기도 하다. 어쨌든 세태에 따라 발
빠르게 변신하는 노래방 문화가 과연 한국답다.

싸이의 '강남 스타일' 이 한때 세계를 휩쓸었다. 외국의 여행지에서
흘러나오는 우리나라 노래를 들으면서 괜히 어깨가 으쓱했다. K팝의
걸그룹이 한창 주가를 높이고 요새는 방탄소년단의 인기가 하늘을
찌른다고 한다.
우리나라 문화가 세계로 퍼진다고 하니 좋기는 하지만, 솔직히
얘기하면 요즘 젊은 사람들이 부르는 노래는 좋은지 모르겠다. 현역
시절 후배들과 어울리던 노래방에서도 무슨 노래인지 모르니 그저 다
똑같은 소리로 들릴 뿐이었다. 곡조도 모두 비슷비슷하고
중얼중얼하는 가사 역시 알아들을 수 없었다.

대학생 때 어머니 말씀이 생각났다. 당시는 비틀즈(The Beatles)나 롤링스톤즈(The Rolling Stones)가 유행하던 시절이었는데 어머니께서는 "그것도 노래냐" 하시며 시끄럽다고 역정을 내셨다. 어머니 야단에 음악을 끄면서 입을 삐쭉거리던 기억이 새롭다. 유튜브에서 7080 노래를 들으며 향수에 젖는다. 노래를 듣고 있노라면 젊었을 때 냄새가 난다. 저절로 따라 부르게 되고 얼굴에 잔잔한 미소가 찾아온다.

"눈물을 감춰요. 눈물을 아껴요. 이별보다 더 아픈 게 외로움인데. 무시로, 무시로, 그리울 때 그때 울어요."

‘또우’와 ‘콩신차이’

20여 년 전 학회 참석차 홍콩(香港)을 방문했다. 오후 6시가 지나 일정을 끝내고 숙소로 돌아가는 길이었다. 길가에서 파는 탐스러운 열대과일이 눈에 띄었다. 저녁 먹으러 나가기도 귀찮고 또 피곤하기도 하여 마침 잘됐다 싶었다. 과일로 저녁 식사를 대신하기로 마음먹고 망고, 망고스틴, 오렌지를 집어 들었다. 그런데 생각해 보니 과일을 먹으려면 칼이 필요했다. 호텔에서 빌리면 되는 것을 당시에는 미처 그런 생각을 하지 못하고 슈퍼마켓에 들어갔다. 매장의 규모가 작지 않아 과도(果刀)가 어디 있는지 찾기 힘들었다. 하는 수 없어 계산대에 앉아 있는 아주머니에게 나이프가 어디 있냐고 영어로 물었으나 알아듣지 못했다. 과일 깎는 흉내도 내 보았으나 계속 어리둥절한 표정이었다. 문득, 조선 시대 선비들이 중국 사람과 필담을 나눴다는 이야기가 머리를 스쳤다. 가방에서 볼펜과 종이를 꺼내 ‘刀(칼 도)’ 자를 썼다. 아주머니가 이내 얼굴에 웃음을 띠더니 “또우(刀)” 하면서 한쪽 구석에서 과도를 찾아 주었다. 돈을 내면서 함께 웃었다. 한자 배운 덕을 톡톡히 봤다.

그 뒤로 비슷한 경험을 또 한 번 했다. 아내와 함께 어느 토요일 오후 뉴욕의 존 에프 케네디(John F Kennedy) 공항에 내렸다. 맨해튼(Manhattan)에 사는 조카 부부가 마중을 나왔다. 조카는 진작부터 “외삼촌께서 언제 한번 뉴욕에 오시면 융숭하게 대접하겠습니다. 꼭 한번 놀러 오세요” 하며 단단히 벼르던 참이었다. 학회가 시작하기 전 이틀 동안 조카 부부가 외삼촌 부부를 이리저리 정신없이 데리고 다녔다. 브로드웨이 뮤지컬 '맘마미아'도 보고 끼니마다 고급 식당에서 맛 좋은 음식도 먹었다. 일요일 점심 메뉴는 중국 음식이었다. 조카가 알아서 딤섬 등 이것저것을 주문했다. 느끼한 것을 많이 먹어서 그런지 아내가 공심채가 먹고 싶다고 했다. 메뉴를 뒤졌지만 쉽게 찾지 못했다. 점원을 불러 물어봐야 할 텐데 공심채를 영어로 어떻게 말하는지 몰랐다. 미국에 오래 산 조카도 처음 들어보는 음식이라 난감한 표정이었다. 메모지를 달라고 해서 한자로 '空心菜(공심채)'라고 썼다. 중국인 직원이 "오우, 콩신차이"라고 하더니 웃으며 "오케이"라고 한다. 나온 음식이 보니 소통이 잘된 것을 확인할 수 있었다. 어깨가 으쓱했다.

"또우"와 "콩신차이"는 모르고 들으면 쉽게 알기 어려웠겠지만 글자를 알고 들으니 우리 발음과 비슷하다. 사실 오래전부터 우리가 발음하는 한자의 음이 어떻게 정해지게 됐나 하는 의문을 품고 있었다.
중국어를 잘하는 사람에게 묻기도 하고 관련 문헌이 있을까 해서 책도 뒤져 보았지만 신통한 설명을 찾을 수 없었다. 아무짝에도 필요 없는 잡생각인 줄 알면서도 괜히 궁금한 마음이 들어 혼자서 마음 내키는 대로 생각을 정리해 보았다.
대체로 우리의 한자 발음이 중국 발음과 비슷하기에 오래전 우리가 중국 사람이 말하는 것을 흉내냈다고 생각하는 것이 합리적인 추론일 것이다. 중국의 중심지에서 한반도는 멀리 떨어져 있다. 면적이 넓지 않은 우리나라에서도 지방에 따라 사투리가 많은데 광대한 중국은 말할 필요도 없다. 심지어 중국은 지방에 따라 발음이 완전히 달라

소통이 힘들다는 얘기도 들었다. 따라서 우리가 배운 발음은 한자의 표준 발음과 처음부터 어느 정도 차이가 있었을 가능성이 있다. 우리의 한자 발음은 우리가 나름대로 만든 것이 아니고 약간 변형된 중국 발음이었을 것이다. 더구나 우리에게는 중국어의 4성이 없으니 글자에 따라 흉내내기 어려운 것은 상당한 정도 원음과 다르게 발음됐을 것이다. 세월이 흐르면서 중국은 중국대로 우리는 우리대로 변화를 거듭하여 지금에 이른 것이 아닐까.
초창기에 우리 민족과 중국인이 섞여 살던 변방 지역에서는 서로 말이 통했을까. 정확히 알 수 없는 일이지만 민족의 뿌리가 다르고 사용하는 말의 어원이 제각각이니 원활한 소통은 어려웠을 것이다. 하지만 같은 공간에서 사는 만큼 어떤 형태로든 의사를 교환했을 것이다. 아마도 상대방의 언어를 어느 정도 말할 수 있지 않았을까. 유럽의 국경 지역에서 두 나라의 말과 화폐가 동시에 사용되는 것과 비슷했을 것이다.

현재 우리나라에서 모든 외래어는 원음으로 표기하도록 하고 있다. 학생 때는 중화민국을 건국한 사람을 '손문(孫文)', 수도를 '북경(北京)'으로 쓰고 옆에 한자를 함께 썼다. 지금은 원칙이 바뀌어 학교에서 '쑨원'과 '베이징'으로 가르치고 한자는 쓰지 않는다. 말이란 사람 사이의 소통을 위한 수단이기에 원음으로 말하는 것이 좋다는 원칙에 공감한다. 남의 나라 사람과 도시를 우리식으로 바꿔 말하는 것은 옳지 않다. 하지만 중국 사람을 만나 '쑨원'이라고 말하면 알아듣지 못한다. 기본적으로 중국어는 발음법이 우리와 다르다.

우리말은 높낮이가 없어 중국말을 그대로 재현하는 것이 불가능하다. 원어민이 이해 못하는 말을 원음이라고 가르치고 배우는 것은 난센스다.
한글 표기로 중국말을 정확하게 표현할 방법은 없다. 따라서 중국말을 표기할 때 보완책이 필요하다. 그 보완책이 한자 병기라고 생각한다. 한자를 알면 설사 발음이 다소 부정확하더라도 "또우"와 "콩신차이"처럼 소통할 수 있기 때문이다.
우리나라는 많은 문명과 문화를 중국에서 한자를 통해 받아들였다. 한글이 창제되기 전까지 모든 기록을 한자로 했고 낱말 역시 한자에서 기원한 것이 대부분이다. 한자를 모르면 비록 우리말이지만 이해하기 어려운 경우가 태반이다.
이처럼 다른 외국어와 달리 우리에게 한자는 특별하다. 찬반의 논란이 있는 줄 알지만 한자 교육이 꼭 필요하다고 주장하는 이유다.

소풍

청운(淸雲)초등학교에 다니던 시절 1년 중 가장 마음 설레던 날이 소풍날이었다. 버스를 타고 멀리 놀러 나가는 경우가 학교 소풍 말고는 아주 드물었기 때문이었다. 소풍날이 정해지면 진즉부터 배낭에 과자와 음료수를 챙겼다. 그런데 하필 소풍날 비가 왔다. 낭패도 이런 낭패가 없었다. 아이들은 옛날에 어느 선생님이 승천하는 용을 화나게 했다는 등, 학교 이름에 구름 운자가 있어서 그렇다는 등 하면서 실망감을 감추지 못했다. 소풍 못 간 아쉬운 마음을 어머니께서 준비해 주신 김밥을 먹으면서 달랬다.
어머니께서는 다시 소풍날이 잡힐 테니 너무 실망하지 말라고 위로해 주시며 과자는 먹지 말고 잘 뒀다가 가져가라고 하셨다. 하지만 어머니 말씀을 따르기에는 과자의 유혹이 너무 컸다. 생쥐가 풀방구리 드나들듯 몰래몰래 빼먹기 시작한 과자는 금방 바닥이 났다.
어머니께서는 빈 배낭으로 소풍을 보낼 수 없어 다시 소풍날에 맞춰 과자를 준비해 주셨다. 당시 주로 소풍 가는 곳은 태릉(泰陵), 동구릉(東九陵), 서오릉(西五陵) 같은 곳이었다. 왕릉은 역사 현장 교육이 되는 데다 입장료가 없고 넓은 풀밭이라 애들이 뛰어놀기 안전하기 때문이었다.
소풍 가서 무엇을 봤는지는 통 생각이 나지 않지만 보물찾기에 열중했던 기억은 있다. 아끼고 아끼던 사이다는 따자마자 거품과 함께 반 이상이 쏟아져 마음이 상하기도 했고, 나중에 집에서 혼자 먹으려고 과자를 남겨 오기도 했다.

형이나 누나가 소풍 가는 날도 좋았다. 그날은 어머니께서 다섯 남매 모두 도시락으로 김초밥 반 유부초밥 반을 넣어주셨다.
초밥 생각을 하니 입 속에 침이 돌면서 어머니의 손맛이 그리워진다.
가장 기억에 남는 소풍은 철모르던 초등학교 때다. 고등학교 다닐 적에도 분명 소풍을 갔지만 크게 기억에 남아있는 것이 없다.
초등학생 때만큼 좋았던 것 같지는 않다. 대학생 때는 친구끼리 가까운 교외로 놀러 다녔을 뿐 학교 주최로 가는 야유회는 따로 없었다.

병원에서 근무를 시작하고부터 매년 날씨 좋은 봄날 일요일에 과 야유회가 있었다. 병원 현관에 전세 낸 관광버스가 도착하면서 행사가 시작되었다. 초등학교 때 운동장에 모여 있다가 우리를 태우고 갈 버스가 들어오는 것을 보고 환호성을 지를 때와 같았다.
목적지는 항상 남이(南怡)섬이었다. 불어오는 상쾌한 강바람을 맞으며 초등학교 때 정도는 아니지만 그래도 꽤 기분이 들떴다. 하루라도 병원에서 멀리 떠나는 것이 좋았다. 무엇보다 수시로 걸려 오는 전화를 받지 않아도 되니 마음이 편했다.
양복에 넥타이 차림에서 모처럼 청바지에 티셔츠를 입고 눈이 부신 햇살 앞에 서니 살아 있는 것이 느껴졌다. 즐거움을 더해 주는 또 하나는 잔뜩 준비한 소불고기였다. 매일같이 똑같은 병원 밥만 먹었으니 소불고기는 감탄사를 연발하는 특식이었다. 소불고기를 배부르게 먹을 수 없던 시절이었다. 호랑이 같은 선배들이 반강제로 술을 권하는 바람에 인사불성(人事不省)이 되는 친구가 있어도 의당 그런 거라 여겼다.
야유회를 마치고 돌아오는 길에 늘 다니던 청계천(淸溪川) 우래옥(又來屋)에서 시원한 냉면으로 입가심을 하면서 행사가 종료됐다. 병원 일을 모두 잊고 종일 신나게 놀았지만 아쉬움이 컸다. 어두컴컴한 병원에 버스가 도착하자 따사로운 햇살을 다시 보려면 1년을 기다려야 한다는 생각에 기분이 착잡해졌다.

세월이 흘러 병원 내 소풍 문화가 달라졌다. 남이섬 야유회가 없어지고 장소가 과천(果川) 서울대공원으로 변경됐다. 여러 가지 이유가 있겠지만 가장 큰 것은 많은 동문의 참여를 유도하기 위해서였다.
젊은 사람들은 일요일에 버스 타고 멀리 나가 술 퍼먹는 행사를 좋아할 리 만무했다. '재미가 없는데 꼭 갈 필요가 있느냐' 라고 생각하니 새롭게 식구가 된 신입회원들의 참석이 저조했다. 조직 활성화를 위한 특단의 대책 마련이 필요했다.
가족이 함께하는 야유회로의 탈바꿈이 정답이라고 결론이 났다. 그런데 참석자의 나이 분포가 워낙 넓어 장소와 형식에서 공통분모를 찾기 어려웠다. 결국 과천 서울대공원이 낙점됐다. 우선 동물원과 놀이 시설이 있어 젊은 가족에게 매력적이었다. 모처럼 아빠가 가족에게 봉사할 수 있는 기회도 됐다. 또한 서울대공원 뒷산 산책로는 연세 든 분들이 걷기에 안성맞춤이었다. 코스가 아주 평탄하진 않지만 힘에 부칠 정도는 아니었다.
집결지인 서울대공원 입구 분수대 앞이 동문 회원들로 북적북적했다.

아이들의 재잘거리는 소리에 생기가 가득했다. 단체 사진을 남기고 삼삼오오 짝을 지어 흩어졌다. 아내와 산책을 나서며 희희낙락하는 후배 가족을 보니 괜히 기분이 좋았다. 정말 가족이 함께하는 야유회로 바꾸기를 잘했다는 생각이 들었다. 점심은 약속된 장소에 모여 다 함께 즐겼다. 술을 강권하는 일 없이 모두가 즐거운 자리가 두 시간쯤 계속됐다.

사실 장소를 변경하는 일이 간단치만은 않았다. 반대하는 원로분들이 많았다. 신경외과가 창설되고부터 내려오는 전통을 깰 수 없다는 입장을 바꾸도록 설득하느라 힘들었다.

흘러가는 세월을 막을 수 없고 변하는 세태를 되돌리기 어렵다. 우리 때 그랬으니 지금 너희들도 잔소리 말고 따라야 한다고 생각하면 큰 오산이다. 사람은 나이가 들면 대체로 생각이 굳어진다. 사고나 행동이 유연하지 못하고 옛 방식을 고집하기 쉽다. 전통이 무조건 나쁘다는 것은 아니지만 새로운 것 중에도 좋은 것은 많다.

남이섬에서 술과 불고기를 먹으며 떠들어대는 야유회를 계속 했다면 어땠을까. 아마 젊은이들의 호응을 얻지 못하고 없어졌거나 나이 든 몇몇 사람들만 쓸쓸히 계속하고 있지 않을까.

한 살 두 살 나이를 먹어 갈수록 초등학교 때 소풍의 기억이 더 생생해진다. 병원의 다람쥐 쳇바퀴 도는 단조로운 생활에서 벗어나 남이섬에서 맞았던 강바람의 상큼한 냄새도 난다.

유유자적(悠悠自適)하며 걷던 서울대공원 산책로도 다시 걷고 싶어진다.

기우

대학생 때 종로(鍾路)에는 지하철 1호선 공사를 하느라 거리가 대단히 복잡했다. 길을 걸으며 정부가 괜한 일을 벌여 국민을 불편하게 한다고 짜증을 내곤 했다. 거리의 상인들은 상인대로 장사가 안된다고 불만이 대단했다. 많은 사람들이 생각이 짧아 지하철의 중요성과 지하철을 개통한 뒤 벌어질 엄청난 혜택을 몰랐기 때문이었다.

지공 도사가 된 뒤로 지하철 이용이 부쩍 늘었다. 바쁠 일 없어도 도착 시각을 확실히 예측할 수 있고 편리하고 비용까지 들지 않는 최고의 교통수단이기 때문이다.

지하철에서는 남녀노소 할 것 없이 대부분 휴대폰으로 통화를 하든지 아니면 화면을 들여다보고 있다. 혹자는 블루투스를 이용해 무선 이어폰으로 무언가를 듣고 있다. 촌음을 아껴 무엇이든 정보를 얻는 것은 좋은 일이다. 그런데 어쩌다 눈에 띈 옆 사람의 휴대폰 화면은 게임 아니면 드라마 같은 거다. 남이 뭘 하든 상관할 일은 아니지만 약간 씁쓸하다.

교수 시절 가끔 출퇴근에 지하철을 이용할 때는 신문이나 책을 보는 사람들이 대부분이었는데 지금은 눈을 씻고 봐도 찾을 수 없다. 특히 퇴근길에는 500원짜리 석간신문 한 장 사서 열심히 읽다 보면 내릴 때가 되곤 했다. 생각해 보니 대부분의 지하철역 가판대에서 신문이 사라졌다.

신문의 판매 부수가 급격히 감소하여 신문사의 경영이 어렵고 책의 판매량이 줄어 출판사와 책방의 폐업이 줄을 잇고 있다. 바야흐로 종이의 시대가 완전히 저무는가.

유럽의 오래된 큰 도시에서 도서관은 중요 시설물이다. 건물도 우람하고 많은 책을 소장하고 있다는 자부심도 대단하다. 옛날에는 책이 많다는 것이 부와 권력의 상징이기도 했다.
대학생 시절 교수님의 연구실은 온통 책으로 둘러싸여 있었고, 퀴퀴한 곰팡이 냄새가 났다. 교수의 실력이 보유한 장서의 분량과 비례한다고 여겼다. 그래서인지 대학생 때부터 책에 대한 욕심이 많았다. 값싼 복사본 대신 어머니를 졸라 가격이 몇 배나 하는 원판을 샀다. 공부는 열심히 하지 않으면서 교과서 원판을 서가에 꽂아 놓고 혼자서 흐뭇해했다. 먹지 않아도 배가 불렀다. 교수 시절 연구실에는 전문 서적은 물론 온갖 잡다한 책으로 가득했다. 설상가상(雪上加霜)으로 아내도 책을 좋아해 집도 책으로 가득했다. 서가를 특별히 제작해야 할 정도였다.
아침에 일어나면 제일 먼저 대문을 열고 신문을 집어 든다. 바쁜 아침 시간이지만 잉크 냄새를 맡으며 신문을 한번 훑어본 뒤 일과를 시작한다. 흥미 있는 기사는 내용을 꼼꼼히 읽어 보지만 크게 중요하지 않은 것은 제목과 부제만 보고 넘어간다. 저녁에 시간이 넉넉할 때 다시 한번 신문을 살펴본다. 아침에 신문을 보지 않으면 여러모로 마음이 찜찜하다.
많은 사람이 뉴스를 인터넷에서 본다. 실시간으로 새로운 소식이 올라오고 여러 매체의 뉴스를 동시에 볼 수 있다. 구독료도 따로 부담하지 않는다. 책 역시 종이가 아닌 전자책으로 본다. 굳이 책을 사지 않아도 되고, 보관할 책장이나 공간도 필요 없다. 이런 편리한 세상이 젊은 사람들은 익숙하다. 특히 신문은 옆에 있어도 거들떠보지 않는다. 심지어 신문을 펼쳐 보고 있는 사람을 '꼰대' 같다고 싫어한다. 이제 신문 보는 것도 젊은 사람 눈치를 봐야 하는 신세가 됐다.

얼마 전 조금은 의아한 소식을 접했다. LP 음반과 책의 판매량이 늘고 있다고 한다. 우리나라가 아니고 미국에서다. 디지털 시대를 맞아 조만간 없어질 거라고 예상했던 아날로그 시대의 것들이 왜 다시 주목을 받고 있는가.
미국에서 2018년 한 해 동안 책 판매량은 1-7퍼센트 증가했고 전자책 판매량은 3.6퍼센트 줄었다고 한다. 시대의 첨단을 걷는 미국에서 일어난 일인 만큼 앞으로의 추세를 나타낸 것일 수도 있다. 이유가 무엇일까.
전자책이나 클라우드(가상 저장 공간)에서 내려받는 음악은 편리하기는 하지만 눈에 보이거나 손에 잡히지 않으니 내 것이라는 생각이 들지 않는다. 소유했다는 마음이 들지 않으니 왠지 허전한 마음이 든다는 것이다. 이는 '심리적 소유감'이라는 개념과 맞닿아 있다고 한다. 편리하면 무조건 좋을 줄 알았는데 인간의 소유욕이 편리함에 앞서는 것인가.
책이나 신문을 선호하는 것은 어려서부터 몸에 익숙해진 습관 때문이라고 생각했다. 젊은 사람들은 디지털 방식이 익숙하니 전자책이나 인터넷 뉴스를 좋아한다고 여겼다. 그런데 미국의 현실태를 해석하면 손에 실체를 만지며 정보나 지식을 취하는 것이 원래 인간의 본성에 맞는 방식이라는 것이다.
빽빽이 꽂혀 있는 집 서가의 책을 다시 한번 쳐다본다. 말도 안 되는 생각이지만 꺼벙한 노인이 똑똑한 청년에게 한 방 먹인 것 같은 쾌감이 들었다. 책이 없어지면 어쩌나 하는 것은 기우였다.

김영란법

고등학교 동기동창이라면서 문자가 왔다. 어찌어찌 아는 사람인데 아무개 교수에게 빨리 진찰을 받고 싶으니 알아봐 달라는 내용이었다. 이름을 보니 알 것 같기도 했지만 오랜만이라 기억이 가물가물했다. 어쨌든 친하게 지내던 사이는 아니었다. 아마 동창회 명부로 전화번호를 알아낸 것 같았다. 다소 귀찮은 일이지만 뭔가 급한 사연이 있겠지 하는 마음에 아무개 교수에게 전화했다. 까마득한 후배지만 깍듯하게 예의를 갖춰 선처의 뜻을 전했다. 아무개 교수는 선배의 전화를 공손하게 받지만 선배의 청을 기꺼이 받아들이는지 속으로 짜증을 내는지는 알 수 없는 일이었다. 공연히 지지 않아도 될 신세를 지게 되는 것이었다.

대학병원에서 근무할 때 많은 부탁을 받았다. 의학적 문제 상담도 간혹 있지만 대부분 진찰을 빨리 받게 해 달라, 입원실을 구해 달라, 수술 일정을 신속히 잡아 달라는 것 등이다. 쉽지 않지만 가능하면 청(請)을 해결하려고 노력했다. 나중에 부탁한 사람의 감사 인사를 듣고 나면 마음이 풀리기도 했지만, 연락하느라 시간도 뺏기고 마음도 불편한 일이었다.

다른 동료 교수나 직원들도 같은 처지라서 종종 그들로부터 부탁을 받기도 했다. 역지사지(易地思之)의 심정으로 친절하게 응대했다. 하지만 다른 사람에게 피해가 되지 않도록 최대한 주의를 기울였다. 외래 진료나 수술을 빨리 받게 해 달라는 부탁은 일정에 한 명 더 넣어 이미 예정된 환자에게는 영향이 없도록 했다. 외래나 입원실에서 부탁받은 환자를 처음 만나면 반드시 누구의 부탁인지 내용을 알리고 인사를 했다. 부탁한 사람에 대한 예의라고 생각했다.
이런 일들은 사람들이 어울려 사는 사회에서 늘 있을 수 있는 일이다. 부탁할 사람이 없는 사람들이 느낄지도 모를 상대적 박탈감을 걱정 안 한 것은 아니지만, 해서는 안 될 부정한 청탁이라고 여긴 적은 없었다. 근래 들어 대가성 없는 사람 사이의 인간적인 부탁까지도 해서는 안 될 부정으로 인식되기 시작했다. 너무 하는 것 아닌가 하는 측면도 있으나 세상의 흐름을 거역할 수는 없는 일이었다.

이른바 '김영란법'으로 불리는 '부정 청탁 및 금품 등 수수의 금지에 관한 법률'이 1년 6개월의 유예 기간을 거쳐 2016년 9월 28일부터 시행됐다. 우리 사회에서 부정은 당연히 없어져야 하지만, 일부 통상적인 정이라고 여겼던 일들이 금지 사항으로 변한 것이었다. 매스컴에서는 '김영란법'을 일반인이 알기 쉽게 설명하기 위해 자주 병원에서의 청탁을 예로 들었다. 그동안 주위 사람들의 병원 일에 대한 애로사항을 해결해 주려고 아무런 대가 없이 성심성의껏 애써 준 것이 잘못된 일이란 말인가. 혼란스러웠다.
소위 '김영란법'이 생긴 뒤로 부탁을 완곡하게 거절하는 것이 큰일이 됐다. 상대방의 기분이 상하지 않게 하느라 오히려 이쪽에서 쩔쩔매기 일쑤였다. 누가 부탁을 하고 누가 부탁을 받는 사람인지 모를 지경이었다. 반면에 부탁받는 일이 없어지니 편해진 면도 있었다.
어느 날 은사님으로부터 연락이 왔다. 친자식에 관한 의료 문제 상담이라고 말씀은 하셨지만 빠른 진료를 부탁하는 것이었다. 보통 사람 같으면 '김영란법'을 설명하고 양해를 구하면 되겠지만 오랜만에 연락을 주신 은사님께는 그렇게 할 수 없었다. 어떻게 해야 하나 이런저런 생각이 머리를 스쳤다. 진퇴양난(進退兩難)이었다. 결국 어려울수록 정면돌파가 답이라는 원칙론을 따랐다. 현재 상황을 자세히 설명하고 양해를 구했다. 정해진 절차를 밟아 오면 최대한 친절하고 신속하게 처리하겠다고 약속했다. 은사님도 저간의 사정을 이해하신 듯했다. 전화를 끊고도 마음이 찜찜했다. 며칠 동안 마음속에 큰 돌이 매달려 있는 것 같았다.
친척 어른의 부탁도 난처하기는 마찬가지였다. 아주 가까운 사이는 솔직하게 말씀드리면 되는데 먼 친척의 부탁은 오히려 거절하기 정말 어려웠다. 까딱 잘못하다가는 집안 내에서 어른을 몰라보는 건방진 놈으로 찍힐 수도 있는 노릇이었다.

무슨 제도이든 시행 초기에는 크고 작은 혼란이 있기 마련이다. '김영란법'도 이런저런 말이 많았다. 스승의 날에 선생님께 꽃을 달아 드려도 되나 안 되나를 두고 논란이 일자 정부에서 가이드라인을 내놓았다. 종이로 만든 조화(造花)는 되고 돈 주고 산 생화(生花)는 안 된다는 것이었다. 그렇게 매년 스승의 날에 전공의들이 달아 주던 카네이션도 2017년부터 자취를 감췄다. 꽃 한 송이가 뭐 그리 대단한 거라고, 약간은 섭섭한 마음도 들었다.
시간이 흐르면서 '김영란법'도 초창기의 혼란과 시행착오가 빠르게 안정돼 가고 있다. 없지는 않아도 부탁 전화가 눈에 띄게 줄었다. 자연스럽게 사회 전반의 인식이 부탁은 하지도 받지도 않는 것으로 바뀌면서, 대부분 사람이 새로운 제도에 맞추어 가고 있다. 이제 '김영란법' 이전으로 돌아가자고 목청을 높이는 사람은 없다. 세상에 완벽한 제도나 법이 어디 있으랴. '김영란법'이 건전한 인간관계를 어렵게 하는 측면은 있으나 정의 사회를 구현하는 데는 큰 몫을 할 것으로 기대한다.

요지경 속 세상

1969년 미국에서 활약하던 가수 윤복희(尹福姬)가 귀국하면서 비행기 트랩을 내려오는 장면이 아직도 눈앞에 생생하다. 당시로는 파격적인 미니스커트를 입고 왔기 때문이다. 장안에 대단한 화제였고 우리나라 미니스커트 유행의 신호탄이 됐다. 젊은 여자들은 너나 할 것 없이 미니스커트를 입고 거리를 누볐다.

비슷한 시기에 비틀즈(The Beatles)의 음악이 세계를 강타했다. 우리나라도 예외는 아니었다. 젊은이들은 노래를 흥얼거릴 뿐 아니라 그들의 긴 머리까지 흉내냈다. 두발의 길이를 통제받던 고등학교를 졸업하자마자 남자는 대부분 머리를 길게 길렀다.

또 하나의 청년 아이콘은 청바지였다. 암시장에 나온 미제 청바지를 몸에 맞게 줄여 입고 다녔다. 바지 뒤의 가죽 딱지에 두 마리의 말이 청바지를 당기는 그림이 그려진 '리바이스'(Revi' s)가 최고 인기였다. 당시에는 '쌍마'라고 불렀다. 장발에 쌍마를 입고 통기타까지 어깨에 메면 당대 최첨단 패션이 완성되었다.

공부는 뒷전이고 외모에만 신경쓰는 자식을 두고 부모님께서는 '못된 송아지 엉덩이에서 뿔 난다' 하며 질색을 하셨지만, 이미 정신이 딴 곳에 팔려있는 자식에게는 우이독경(牛耳讀經)일 뿐이었다. 부모가 유행을 따라가는 자식들 행동을 못마땅해하고, 자식이 부모님 말씀을 따르지 않는 것은 예나 지금이나 마찬가지였다.

부모님의 걱정처럼 젊은이들이 무분별하게 유행을 따르는 것은 아니었다. 월남전에 대한 반전 분위기와 함께 미국에서 시작된 히피 문화는 우리나라에 정착하지 못했다. 전통적 가치에 대한 파괴적인 요소가 너무 많았기 때문이다. 철이 없는 것 같이 보였지만 신세대들도 지켜야 할 선은 분명히 알고 있었다.
부모님은 자식의 고집을 꺾지 못했으나 거리에는 젊은이들에게 무시무시한 천적이 있었다. 다름 아닌 민중의 지팡이 경찰이었다. 단속이 있는 날이면 거리에서 장발이나 미니스커트 차림의 젊은이들을 다짜고짜 붙잡아 파출소로 데리고 갔다. 여자들은 무릎에서 치마 끝까지 자로 길이를 재는 진풍경이 벌어졌고, 남자들은 이발 기계로 가차없이 머리를 밀어 정중앙에 고속 도로를 냈다. 한두 번 머리를 깎인 젊은이들은 파출소가 있는 거리는 피해 다녔고, 멀리서라도 경찰이 보이면 재빨리 줄행랑을 쳤다. 어떤 때는 교복을 입은 고등학생을 보고 경찰로 착각해 가슴이 덜컹하기도 했다. 지명수배자의 마음을 알 것 같았다. 미니스커트를 입은 여성들도 마찬가지였다. 아무리 단속을 강화해도 장발과 미니스커트는 늘어 갔고 통기타 가수들의 인기는 높아만 갔다. 막강한 공권력도 변화의 물결을 막지는 못했다.

한 때 배꼽 티셔츠가 유행한 적이 있었다. 민망하게도 젊은 여성이 배꼽을 드러내고 다녔다. 쭈그리고 앉으면 허리는 물론 궁둥이 골까지 보여 눈을 어디에 둬야 할지 모를 때가 많았다.
골반 바지가 유행한 적도 있었다. 펑퍼짐한 바지를 궁둥이 중간쯤에 걸치고 다니는 청년들 모습이 어색하기만 했다. 미국 흑인들의 패션이라는데 나이 먹은 사람 눈에는 전혀 멋지게 보이지 않았다.

펑퍼짐한 바지가 땅에 질질 끌려 실용적으로나 위생적으로도 안 좋을 것이었다.
요즘은 남녀 할 것 없이 찢어진 청바지를 입고 다닌다. 멀쩡한 바지를 놔두고 찢어진 청바지를 입고 다니니 이 무슨 해괴한 일인가 했는데 계속 보게 되니 무덤덤해졌다. 어떻게 보면 오히려 자연스러워 보이기도 한다. 물론 과도하게 찢어진 청바지는 지금도 좋아 보이지 않는다. 이제 머리를 물들이는 것은 일상적인 모습이 됐다. 젊은 사람은 물론이고 중년의 여성들도 염색한 사람이 많다. 흰머리가 많은 사람이 검게 물들이는 것은 원래 있었으나 지금처럼 온갖 색으로 염색하는 것은 얼마 되지 않았다. 갈색 정도로 조금 멋을 부리는 것은 그렇다 쳐도 노란색, 회색, 보라색, 또는 올올이 일곱 색깔 무지개색으로 물들이는 심리가 쉽게 납득이 가지 않는다.
얼마 전 출근길 지하철에서 진풍경을 목격했다. 중학교 3학년 아니면 고등학교 1학년쯤으로 보이는 여학생이 앞머리에 헤어롤을 감은 채 앉아 있었다. 처음에는 급히 나오느라 헤어롤 빼는 것을 잊었겠거니 생각했다. 박근혜(朴槿惠) 대통령 탄핵 재판을 맡았던 여판사가 일에 열중한 나머지 깜박 잊고 정수리에 헤어롤을 붙인 채 출근하는 사진이 기억났기 때문이었다. 그런데 가만히 보니 이 학생은 휴대폰으로 요리조리 얼굴을 뜯어보며 머리를 매만지고 있지 않은가. 분명히 의도적이었다. 휴식 시간에 젊은 여직원과 지하철에서 봤던 것에 관해서 얘기했다. 얘기를 들은 여직원은 깔깔거리며 웃었다. 요즘 여중생이나 여고생들 사이에 드문 일이 아니라고 했다. 최신 패션은 항상 파격이 따르게 마련이지만 어쨌든 자연스러워 보이지는 않았다.

알고 나니 정말 앞머리에 헤어롤을 달고 다니는 여학생들이 심심치 않게 보였다.

결혼해서 애들 키우느라 또 바쁜 직장생활 하느라 유행이나 옷차림에 신경 쓸 겨를이 없었다. 비교적 점잖은 색상과 전통적 스타일의 양복만을 입고 병원과 집을 다람쥐 쳇바퀴 돌듯 오갔다. 어느 날 우연히 거울에 비친 모습을 보니 아랫배가 적당히 나온 영락 없이 전형적인 아저씨의 모습이었다. 피부도 젊었을 때처럼 팽팽하지 않았다. 아, 부모님 말씀까지 거역해 가며 유행을 따르던 꽃다운 청년은 어디로 갔단 말인가. 외형만 변한 것이 아니었다. 생각도 많이 노쇠한 것을 깨달았다. 젊은 후배나 제자들의 행동이나 사고가 못마땅하게 느껴지는 경우가 많았다. 넥타이도 매지 않고 환자를 대하는 모습을 보면 눈살이 찌푸려졌다. 병원의 제자들은 감히 선생에게 뭐라 못 하지만 집의 애들은 가끔 부모에게 저항했다. 부모도 시대의 흐름에 따라 생각이 변화해야 한다는 얘기를 들었을 때는 좀 떨떠름했다. 그러나 이내 생각을 바꾸기로 했다. 유행이 모두 좋은 것은 아니더라도 젊은이들의 개성은 인정하는 것이 마땅하다. 세상은 변화하면서 발전하는 것이다. 세상에 절대 가치는 없다. 장발에 청바지를 입고 경찰을 피해 다니던 젊은 마음이 지금의 청년들에게도 있다는 것을 왜 몰랐을까. 아무리 요지경 속 세상이라지만 세상은 원래 제멋에 사는 것 아닌가. 어르신들이여, 청년들을 너그럽게 대하자.

어려서 쓰던 말 중에는 일본말이 꽤 많았다. 특히 전문 용어 중에 일본식 단어가 많았다. 어린아이들은 일본말인지도 모르고 어른들이 쓰는 말을 흉내냈다. 가위바위보를 '짱켄뽀', 도시락을 '벤또', 보온병을 '마호병', 수레를 '구루마'로 불렀다. 백열등 전구나 구슬을 '다마'라고 했는데 둥근 것을 칭하는 일본말이었다. 어렸을 때는 층층대를 뜻하는 '가이단'이 우리말인 줄 알았다. 미술 시간이 있는 날 챙겨 가던 그림물감을 '에노구'라고 했다. 애들끼리 싸우면서 내뱉는 '빠가야로'는 바보라는 뜻의 흔한 욕이었다. 대장을 '오야붕'이라 하고, 부하를 '꼬붕'이라고 불렀는데 왠지 깡패 조직의 냄새가 나는 말이었다. 음식점에서 접시를 '사라', 나무젓가락을 '와리바시', 단무지를 '다꾸앙'이라고 말하면 모두 알아들었다. 그렇게 말해야 유식하고 어른답게 보인다고 생각하는 사람도 있었다. 이런 말들은 우리말로 순화되어 이제 추억 속에서만 남아 있다.

아직까지 일상에서 쓰이는 일본말도 많다. '땡깡' 부린다는 말은 전간(癲癎, 전신 발작)의 일본식 발음이다. 요새도 '땡깡'이라는 단어를 사용하는 사람들이 있는데 생떼나 투정으로 바꾸는 것이 좋다. 잘못하면 뇌전증 환자를 비하하는 것으로 오해를 받을 수 있다. '만땅(滿Tank)'은 주유소에서 기름을 가득 넣을 때 많이 쓴다. '입빠이(一杯)'는 무엇을 가득 채울 때, '기리까이'는 무엇을 바꿀 때, '시마이'는 일을 끝낼 때 쓴다. 고스톱 칠 때 쓰는 '고도리'는 다섯 마리 새라는 뜻의 일본말이다. 젊은 사람들이 재킷을 '가다마이' 또는

'마이' 라고 하는데 역시 일본 말이다. 일본말로 싱글 정장을
'가다마이', 더블 정장을 '료마이' 라고 한다. 요새는 많이 쓰지는
않지만 간혹 연세 드신 분들이 바지를 '쓰봉' 이라고 한다. 소매가 짧아
팔뚝 정도에 오는 셔츠를 '시치부', 상의의 목 부분에 달린 옷깃을
'에리' 라고 한다. 모두 순화되어야 할 말이다. 여럿이 밥을 먹고
나오면서 음식값을 각자 나누어 부담할 때 '뿜빠이' 라는 말을 쓰는데
이는 잘못된 표현이다. 굳이 일본말로 하자면 '와리깡(割勘)' 이 맞는
말이다. 과거 월급쟁이가 월급을 당겨 쓰거나, 군대에서 진급
예정자가 진급할 계급장을 미리 다는 것을 '마에가리' 라고 했다.
약간은 부정적이나, 남에게 알리고 싶지 않은 것을 일본말로 에둘러
표현한 것은 아닐까 하는 생각이다.
감색(紺色)의 일본식 발음인 '곤색' 을 우리말로 잘못 알고 있는
사람도 아직 많다. 짙은 톤의 색을 표현하는 접두어로 '구로(黑)' 를
쓰고 하늘색을 '소라(空)' 색이라고 말하는 것도 마찬가지다.

일본어로는 외국말의 발음을 표현하기 어려워 일본을 통해 많은 외국
문물을 받아들였던 우리나라 역시 과거에 일본식 엉터리 외래어
표기가 많았다. 짐 싣는 트럭(Truck)을 '도라꾸', 밀크캐러멜(Milk
Caramel)을 '미리꾸', 크로켓(Croquette)을 '고로케' 물통(Bucket)을
'바께쓰', 슬리퍼(Slipper)를 '쓰레빠', 물컵(Cup)을 '고뿌',
드럼(Drum)통을 '도라무통', 지팡이(Stick)를 '스떼끼',
헬멧(Helmet)을 '헤르메또', 변압기(Transformer)를 '도란스',
러닝셔츠(Running Shirts)를 '난닝구' 라고 했다. 등에 메는 배낭을

'니꾸사꾸' 라고 했는데 백팩(Backpack)을 뜻하는 독일어 'Rucksack' 의 일본식 발음이다.
초등학교 시절 야구 중계방송에도 엉터리 일본식 발음이 많았다. 홈런(Home Run)을 '호무랑', 적시타(Timely Hit)를 '타이무리 히또' 라고 아나운서가 태연하게 말했다. 여름철 목이 컬컬하신 아버지께서는 냉장고의 '삐루' 를 가져오라고 말씀하셨다. '삐루' 는 맥주(Beer)의 일본식 발음이다. 아이들이 어쩌다 일본말을 입에 올리면 질색을 하면서도 당신은 젊었을 때 쓰던 말을 버리지 못하셨다. 당구에서 의도하지 않게 공이 맞아 점수가 났을 때 흔히 쓰는 말 '후로쿠' 가 영어 요행수(Fluke)의 일본식 발음이라는 것을 알고 깜짝 놀랐던 기억이 있다. 찍어 친다는 뜻의 '맛세이' 는 프랑스말 'Masse' 의 일본식 발음이다.
구멍(Punk)을 뜻하는 '빵꾸' 는 요새도 우리말처럼 쓰인다. 뒤(Back)를 말하는 '빠꾸' 도 마찬가지다. 시내버스에 차장이 있던 시절이 있었다. 사람이 타고 내리는 것을 도우며 버스 차장은 운전사에게 출발해도 좋다는 신호로 버스를 탕탕 손으로 치며 '오라이' 를 외쳤다. 영어 'All Right' 의 일본식 발음인데 지금도 차를 출발시킬 때 무심코 입에서 튀어나오는 말이다.
차를 손보려고 가끔 정비소에 가는데 그곳에서 쓰는 말들이 대부분 일본식 외래어다. 정비소 직원들과 상의할 때 '마후라(Muffler)', '쇼바(Shock Absorber)', '데루라이또(Tail Light)', '쎄레모타(Start Motor)' 같은 말을 스스럼없이 하는 자신을 발견하게 된다. 그들과 소통하려면 할 수 없는 일이긴 하지만 뭔가 함께 구렁텅이로 빠지는 것 같은 느낌이다. 이제는 일본식 외래어가 천박하고 무식하게 느껴지기 때문이다.

좋은 우리말이 있음에도 일본말을 쓰거나 엉터리 일본식 외래어 표기는 당연히 없어져야 한다. 한 때 억울하게 일본의 지배를 받았기 때문에 민족정기 회복 차원에서도 잘못된 일본 문화에서 하루빨리 벗어나야 한다. 그러나 일본말을 무조건 배타시 하는 것은 옳지 않다. 매운맛을 내는 양념인 '와사비'를 구태여 '고추냉이'라고 할 필요는 없다. 와사비는 일본의 대표적인 향신료다. 영어로는 '호스래디시(Horseradish)'라고 하지만 미국 사람들도 그냥 '와사비(Wasabi)'라고 부른다. 일본 고유의 식자재인 '오뎅'도 마찬가지다. 오뎅이 일본말이라고 해서 굳이 '어묵'으로 번역해서 사용할 필요가 있을까. '가라오케'는 일본이 만들어 낸 말이지만 많은 나라에서 통용되고 있다. 우리도 스스럼없이 사용한다. 일본 요리 '스키야키'나 '샤부샤부' 역시 거부감 없이 쓰인다. 아주 자연스러운 현상이다. 햄버거(hamburger)를 '햄버거'라 하고, 피자(pizza)를 '피자'라 하고, 스파게티(spaghetti)를 '스파게티'라 하는 것과 똑같은 이치다. 일본이라면 무조건 반대하는 콤플렉스에서 벗어나 정당하게 상대를 존중하는 것이 진정한 극일의 길은 아닐까.
마음속 깊이 진정으로 일본을 좋아하는 한국 사람은 없을 것이다. 하지만 일본을 송두리째 부정하는 것보다 버릴 것은 버리고 합리적인 것은 받아들이는 게 옳은 길이다.

향수

얼마 전까지는 저녁 식사를 한 뒤 느긋하게 텔레비전에서 9시 뉴스를 시청하는 것이 일상이었는데 요즘은 하도 세상이 수상하여 뉴스가 싫어졌다. 잠자리에 들기 전까지 이리저리 텔레비전 채널을 돌리면서 여행 프로그램 아니면 다큐멘터리 따위로 뉴스를 대신한다.
어느 날 우연히 〈나는 자연인이다〉라는 프로를 보게 되었다. 내용은 세상을 등지고 자연 깊은 곳으로 들어가 홀로 사는 사람을 개그맨들이 찾아가 며칠 동안 같이 지내며 그가 생활하는 모습을 보여주는 것이다. 개그맨 '이승윤'과 '윤택'의 구수한 말솜씨와 행동거지가 밉지 않고 깨끗한 자연 속에서 소꿉놀이하듯 살아가는 자연인들의 구구절절(句句節節)한 사연에 금세 빠져들게 된다.
사연이 없는 자연인은 없었다. 믿던 친구에게 사기를 당하고 세상이 싫어진 사람, 가정불화로 가족이 모두 흩어진 사람, 앞만 보고 달리다 건강을 잃은 사람 등이 새로운 삶을 찾아가며 자연인이 되었다.
혼자 지은 허름한 집, 앞마당의 텃밭, 반려견, 닭장 등 자급자족을 할 수 있는 살림이 대체로 공통적이다. 양봉을 하는 사람, 버섯을 재배하는 사람, 염소나 거위 등 가축을 기르는 자연인도 있다.
자연인들은 자연 속에서 먹을거리나 약초를 채취한다. 신기하게도 나무, 풀, 약초의 이름과 효능을 기막히게 알고 있다. 모두가 거의 한의사 수준이다.
산에서 캐온 것이나 텃밭의 채소가 식사의 주재료다. 동물성 단백질은 기르는 닭이나 개울에서 통발로 잡는 물고기 따위에서 섭취한다. 간혹 산에서 잡은 멧돼지로 숯불바비큐 만드는 장면이 나오면 군침이 돈다. 등장하는 자연인마다 이구동성으로 혼자 지내는 것이 즐겁다고 한다. 남의 눈치 보거나 간섭받지 않고 마음대로 살기 때문에 아무런 스트레스가 없단다. 수긍이 가면서도 한편 외로움을 어떻게 달래나 하는 걱정이 든다. 개그맨이 며칠 머물다 떠날 때마다 자연인이 진하게 토로하는 아쉬움을 보며 애처로운 마음이 들기도 한다.

겨울날 아침, 밤새 소리 없이 내린 눈이 장독대에 소복이 쌓인 것을 보고 좋아했던 어릴 적 기억이 있다. 자연이 준 새로운 세상이었다. 개와 함께 마당을 껑충껑충 뛰어다니며 눈사람도 만들고 눈밭에 벌렁 눕기도 했다.
깊은 겨울밤 이부자리 속에 누워 있노라면 멀리서 '컹컹' 하고 개 짖는 소리와 '메밀묵, 찹쌀떡' 하고 외치는 소리가 들려왔다. 추위를 뚫고 오는 꾸며지지 않은 그 소리들은 친숙하고 듣기 좋았다. 찬바람이 '쌩' 하고 불어 문풍지를 세차게 흔들면 아랫목이 더욱 따뜻하게 느껴져 머리까지 이불 속에 파묻었다.
무더운 삼복 중에 어쩌다 불어오는 바람 한 점은 마음속까지 시원했다. 선풍기는 물론이고 에어컨에서도 느낄 수 없는 자연의 힘이었다. 시원한 우물물에 담갔던 참외와 수박을 한입 물으면 뼛속까지 서늘했다. 지금 먹으면 미지근한 맛이겠지만 냉장고에서 식힌 맛과는 비교할 수 없는 시원함이었다.
'후드득' 지붕 때리는 소리와 함께 가을비가 오면, 툇마루에 앉아 '똑 똑 똑' 떨어지는 낙숫물 소리를 들었다. 바람 한 점이 지나면서 풍경이

울리자 매달렸던 양철 물고기가 몸부림쳤다. 처량한 기운에 어린 녀석이 뭘 안다고 괜히 센티멘털해지곤 했다. 비가 오는 줄도 모르고 사는 고층 아파트에서는 절대 느낄 수 없는 가을비의 참맛이었다.

젊어서는 여름 휴가 때마다 가족을 소형차에 태우고 전국을 누볐다. 어느 해인가는 합천(陜川) 해인사(海印寺)에 갔었다. 팔만대장경을 구경하고 나오는데 시원하게 소낙비가 내렸다. 비를 피하느라 툇마루에 궁둥이를 걸치고 앉았다. 둔덕 위의 대웅전 앞마당을 굵은 빗방울이 세차게 때리는 것이 보였다. 얼마 뒤 비가 그치자 대웅전에 어른거리는 안개가 그림 같았다.

IMF 사태가 난 해 겨울은 몸도 마음도 유난히 추웠다. 늦은 밤에 지하철을 내려 잔뜩 몸을 움츠리고 귀갓길을 재촉했다. 희미한 가로등 아래에서 정수리부터 턱밑까지 목도리를 휘감은 아줌마가 붕어빵을 팔고 있었다. 공연히 안됐다는 마음에 구워 놓은 붕어빵을 몽땅 샀다. 건네받은 봉지가 따뜻했다. 발걸음을 옮기다 뒤돌아보니 장사를 끝내는 아주머니의 분주한 모습이 보였다.

문득 통나무로 지은 오두막에서 바라보는 눈발이 흩날리는 풍경이 청전(靑田)의 산수화인양 눈앞에 아른거렸다. 향긋한 커피 한 잔, 그리고 '딱딱' 소리를 내며 힘차게 타오르는 장작 난로까지 있으면 더이상 바랄 것이 있을까. 난로에서 고구마 익어가는 냄새가 방안으로 슬금슬금 퍼졌다.

지금은 경험할 수 없는 추억 속 풍경들이다.

〈나는 자연인이다〉를 재미있게 보지만 산에 들어가 홀로 살 생각은 추호도 없다. 무섭기도 할뿐더러 혼자서 생활의 모든 것을 해결할 의지도 능력도 없기 때문이다. 잠깐이면 몰라도 오랜 기간 외로움을 이겨낼 자신도 없다. 그런데도 자연인들 사는 것을 보며 재미를 느끼는 이유는 무엇일까. 어릴 적 영국 작가 다니엘 디포(Daniel Defoe)의 장편소설 『로빈슨 크루소(Robinson Crusoe)』(1719)를 읽으면서 야자수 그늘이 있는 남국의 무인도에 고립되고 싶었던 옛 추억이 생각나서일까.

나이가 조금씩 들면서 만들어진 것보다 자연 그대로가 더 보기 좋다. 화려함보다 소박함이 정겹다. 도시의 혼돈 속에서 바쁜 날을 보내고 나니 불가능한 일인 줄 뻔히 알면서도 한적함 속으로 들어가고 싶은 마음이 굴뚝 같다. 대신, 디지털 시대의 초 현대사회에서 맛볼 수 없는 추억 속에서 향수에 젖는다.

개천에서 용 난다

어릴 적 살던 동네에는 지금까지 뚜렷이 기억나는 이웃이 있었다. 골목 맞은 편 몇 집 건너에 있는 찢어지게 가난한 집이었다. 짐꾼으로 일하며 하루 벌어 하루 사는 힘든 형편이었으나, 그 집 큰아들은 인물도 좋고 일류 고등학교에 다니고 있어 온 가족의 희망이었다. 동네 사람들도 개천에서 용이 날 거라며 부러워했다.
어느 날 동네 사람들이 수군거렸다. 짐꾼으로 일하던 아저씨가 사고를 당했다고 했다. 커다란 수레를 끌고 언덕을 내려오다 그만 무게를 이기지 못하고 수레에 깔렸다고 했다. 동네 형 얘기로는 배가 터지고 창자가 튀어나와서 손으로 주워 담았다고 했다. 직접 보지는 못했어도 너무 끔찍해서 몸이 부르르 떨렸다. 세상을 떠났다는 소문까지 돌았다.
얼마나 지났을까. 아저씨는 살아서 돌아왔다. 허리가 구부정한 채 대충 생나무를 잘라 만든 지팡이를 짚고 동네에 모습을 드러냈다. 어린 눈에도 도저히 경제 활동을 할 수 있는 상태가 아니었다. 그리고 오래 지나지 않아 동네를 떠났다. 어떻게 된 영문인지 모르지만 살던 집은 폐가가 됐다. 아이들끼리 숨바꼭질 놀이를 하면서 그 집에 들어가 숨기도 했는데 괜히 으스스한 기분이 들었다.
세월이 많이 흘렀다. 우리나라에 증권 붐이 일어나면서 스타로 떠오른 사람이 있었다. 웬만한 정치인이나 연예인 저리 가라 할 만큼 유명인사였다. 그가 다름 아닌 동네에 살던 짐꾼의 큰아들이었다. 동네 사람들 말대로 개천에서 용이 난 것이었다.

고등학교 2학년까지는 놀기만 하다가 3학년이 돼서야 대학 입시 공부에 돌입했다. 학교 수업이 끝나면 3학년 학생들은 대부분 교내 도서관으로 향했다. 입학시험 공부하는 3학년 학생들을 위해 학교에서 도서관을 공부방으로 내주었기 때문이었다.
도서관에 자리를 잡은 뒤 운동장 벤치에 앉아 도시락을 먹었다. 알루미늄 도시락통에 꾹꾹 눌러 담은 밥이 반쯤 남아 있었다. 점심때 저녁에 먹으려고 남겨놓은 밥이었다. 떡 같이 된 찬밥은 넘기기 쉽지 않았다. 간혹 학교 밖 식당에서 친구들과 함께 비빔밥이나 짜장면을 먹기도 했다.
오후 10시, 도서관이 문을 닫을 때까지 자리에 앉아 꼼짝도 하지 않았다. 아들을 기다리던 어머니께서 차려 주시는 밤참을 먹고 자정까지 앉은뱅이책상에서 못한 공부를 마치고 잠자리에 들었다. 일년 동안 하루도 빠지지 않고 똑같은 일과를 반복했다.
고액 과외를 받는 학생이 없진 않았지만 대부분은 독학파였다. 교재는 교과서, 그날그날 학교에서 배운 내용과 몇 권의 참고서가 전부였다. 우등생들은 거의 독학파였고 학교의 선생님들께서도 성심성의껏 학생들을 지도하셨다.
집이 어려운 학생들이 공부를 더 잘했다. 돈이 없어 과외를 못한다거나 학원에 다니지 못한다고 불평도 없었다. 모두 표정이 밝고 얼굴에 구김살도 찾아보기 어려웠다. 가난이 사람을 불편하게 해도 공부에는 걸림돌이 되지 못했다. 많은 학생이 최고의 대학에서 수학한 뒤 각 분야에서 우리나라의 동량(棟梁)으로 성장했다. 개천에서 수많은 용이 나왔다.

우리나라 공교육이 망가졌다는 얘기가 나온 지 벌써 오래다.
밤늦게까지 학원을 전전한 학생들은 학교를 아예 쉬어가는 곳으로 여기고, 적지 않은 선생님들도 수업을 대충한다는 것이다. 강남의 유명하다는 학원 앞은 저녁 시간에 차량이 줄을 서고, 학원 갈 형편이 못 되는 학생들은 일찌감치 공부에서 손을 뗀다는 것이다.
명문 대학에 입학하려면 공부만 잘해서는 안 된다. 내신 성적을 잘 받아야 하고 소위 '스펙(경력)'을 잘 쌓아야 한다. 내신 때문에 학생들은 고등학교 3년 내내 어깨 한번 제대로 펴지 못한다. 열심히 노력한 결과로 좋은 내신을 받는 것이 아니고, 내신을 잘 받기 위해 짜여진 행위를 한다. 주객이 전도된 아주 잘못된 현상이다.
대학교마다 요구하는 '스펙'이 제각각이라 입학을 원하는 대학교 전형에 맞춰야 한다. 학생 혼자만의 힘으로는 어림도 없다. 부모의 재력이 뒷받침 되어야 좋은 '스펙'을 쌓을 수 있다. '스펙'을 위해 탈법이나 불법이 횡횡한다는 소문이 여기저기 떠돈다. 확인할 길은 없으나 사정이 이쯤 되고 보니 학생들은 세상이 공정하다고 생각하지 않는다. 과거처럼 혼자의 힘으로 열심히 공부해서는 신분 상승을 기대할 수 없다. 개천에서 용이 난다는 말은 이제 아득한 옛 얘기가 됐다. 이처럼 젊은이들의 희망이 꺾이면 국가의 미래는 암울할 수밖에 없다.
그동안 셀 수 없을 만큼 여러 차례 교육 개혁이 있었다. 개혁의 이유는 언제나 학생들을 입시지옥에서 벗어나게 하고 전인 교육을 지향한다는 것이었다. 하지만 작금의 현실은 어떤가. 입시 때문에 학생은 학생대로 부모들은 부모들대로 정말 죽을 맛이다. 많은 젊은이들을 실패자로 만드는 지금의 제도는 잘못돼도 단단히 잘못됐다.
1970년대까지 시행되던 대학별 입학시험이 우리나라 현실에 가장 적합한 제도가 아닐까. 당시에도 이런저런 비판의 소리가 없었던 것은 아니지만 적어도 제도의 불공정이 제기되지는 않았다. 학생들 사이에서도 시험에 붙을 학생이 붙었고 떨어질 학생이 떨어졌다고 인정했다. 낙방한 학생은 실패를 거울삼아 다음 해를 기약할 수 있었다. 예측이 가능한 제도였기 때문이었다.
학생들 기도 못 펴게 하고 부모까지 쥐어짜는 지금의 입시제도는 획기적으로 개선해야 한다. 개천에서 용이 날 수 있었던 때로 돌아갈 수는 없는 것인가.

애연가의 수모

20여 년 전 미국 피츠버그대학(University of Pittsburgh)으로 한 달 동안 연수를 다녀왔다. 1990년대 초 독일에 유학할 때도 비슷했는데 대학이라고 하지만 건물들이 길가 여기저기 흩어져 있고 울타리가 눈에 띄지 않았다. 특별히 캠퍼스라고 할 만한 공간이 없었다.
학생들이 학교라는 특수 공간에 갇혀 공부하는 것이 아니고 열린 사회 속에서 생활하면서 공부하고 있다는 느낌을 받았다. 행동과 복장도 제각각이고 아무튼 모든 것이 자유분방했다. 낯설기도 하고 부럽기도 했다.
물어물어 대학병원을 찾아가 지도 교수에게 인사드리고 연수 교육을 시작했다. 교육 장소가 지하에 있어 드나들 때 정문보다 건물 옆의 쪽문을 이용하는 것이 편리했다. 쪽문 앞에는 언제나 적지 않은 사람들이 선 채로 담배를 피우고 있었다. 처음에 영문을 몰라 담배 피우는 사람들을 이리저리 둘러보았는데, 모두 고양이 생선 훔쳐먹은 표정으로 눈을 마주치려 하지 않았다. 엄지와 검지 끝에 담배를 잡고 양어깨를 움츠린 채 무언가에 쫓기듯 긴장한 모습으로 담배를 피우고 있었다. 멋지게 담배 연기를 내뿜는 사나이다운 모습은 도무지 찾을 수 없었다. 각자 좋은 장소에서 느긋하게 피우면 될 것을 구태여 후미진 곳에 와서 애처롭게 담배를 피우는지 의아했다.
병원 건물 내에서는 누구를 막론하고 담배를 피울 수 없다는 이야기를 나중에 들었다. 애연가들은 쉬는 시간에 슬며시 빠져나와 병원 건물 밖 후미진 구석에서 급히 담배를 피우고 가는 것이었다. 비 오는 날

좁은 처마 밑에 일렬로 서서 담배를 피우고 있은 꼴이라니. 흡사 전깃줄에 앉아 비를 맞고 있는 참새떼를 보는 것 같았다. 측은하다는 마음마저 들었다.
요즘은 우리나라에서도 그런 풍경을 쉽게 볼 수 있다. 금연구역은 늘어나고 흡연구역은 줄어들고 있다. 담배값을 올려 금연하도록 사회적 분위기도 만들었다. 건강 문제도 있고 사회적 제약도 있어 성인 남자의 흡연율은 줄어드는 추세라고 한다. 하지만 청소년과 여성층에서는 오히려 흡연율이 늘어나고 있다고 한다.

전공의 시절에는 담배를 피우며 외래 진료를 하던 교수님도, 병원 강의실에서 교탁의 재떨이에 연신 재를 떨며 수업하던 교수님도 있었다. 높은 분들이 모두 퇴근하시고 안 계실 때는 전공의들도 병동에서 아무렇지도 않게 담배를 피웠다. 의사들이 모여 환자의 치료 방침을 의논하는 콘퍼런스 시간에는 재떨이가 필수품이었고 회의실 안에는 담배 연기가 자욱해 마치 너구리를 잡는 것 같았다.
지금은 우리나라에서도 건물 안은 물론 지정된 거리에서는 담배를 피울 수 없다. 병원은 더 엄격해서 실내는 말할 것도 없고 병원 담장 안에서는 절대 금연이다. 애연가들은 병원 경내를 벗어나 멀찍이 떨어진 곳에서 담배를 피운다. 측은해 보이는 담배 피우는 모습이 오래전 연수 가서 미국에서 봤던 것과 그렇게 똑같을 수 없다. 특히 추운 겨울철에 발을 동동 구르며 담배 피우는 모습을 보면 '저렇게까지 하면서 꼭 담배를 피워야 하나' 하는 생각이 든다.
병원의 영안실 앞에 있는 재떨이에는 언제나 담배꽁초가 수북하다.

유족들과 문상객들이 담배를 피우기 때문이다. 원칙적으로 병원 구내이기 때문에 절대 금연구역이지만 영안실이라는 특수한 사정 때문에 그냥 묵인되고 있다. 슬픈 마음을 담배 한 대로 달래려는 마음이야 이해가 안 되는 바도 아니지만 그 앞을 지날 때마다 뿜어대는 연기와 찌든 담배 냄새 때문에 눈살이 찌푸려지고 걸음이 빨라진다.

간혹 병원 계단에서 담배를 피우고 있는 환자를 목격하기도 한다. 대개 연세 드신 남자 환자여서 달려가 말려야 할지, 못 본 척 그냥 지나쳐야 할지 갈등이 생긴다. "병원에서 담배 태우시면 안 된다"고 말하면 무뚝뚝하게 "알았소" 하는가 하면 어떤 경우에는 욕을 듣기도 하기 때문이다. 환자가 순순히 따라주지 않으면 다툴 수도 없고 어떻게 해야 할지 난감할 수밖에 없다.

연구실에서 몰래 흡연하는 교수도 있다. 연구실 복도를 지날 때 문틈으로 담배 냄새가 솔솔 흘러나오면 문을 열고 들어가 한마디 할까 하는 생각이 굴뚝 같지만 참고 지나친다. 같은 교수에게 뭐라고 할 용기가 없어서다. 몰래 흡연하는 교수도, 잘못을 보고도 그냥 지나치는 교수도 책임을 느껴 마땅하다.

아파트 엘리베이터를 타면 간혹 담배 냄새가 훅하고 날 때가 있다. 엘리베이터에서 담배를 피웠을 리는 없고 마당에서 담배를 피운 사람이 방금 엘리베이터를 이용한 것이다. 집 화장실에서도 간혹 담배 냄새가 날 적이 있다. 어느 집에선가 화장실에서 담배를 피웠을 것이다. 담배 냄새가 나면 무언가 불결한 느낌이 든다.

공항이나 역대합실에 있는 끽연실을 볼 때마다 참 딱하다는 생각이 든다. 훤히 비치는 유리벽으로 둘러싸인 작은 공간에서 담배를 물고 있는 모습이 동물원 우리를 연상시킨다.

소설가로 활동하는 오랜 친구를 가끔 만난다. 그는 애연가다. 글을 쓰려면 아무래도 담배를 피워야 하나 보다. 어느 날 함께 식사를 끝내고 식당을 나서자마자 그가 양쪽 볼을 입속에서 상봉시키려는 듯 빰이 움푹 패도록 담배를 깊숙이 빨았다. 물끄러미 쳐다보고 있노라니 그가 옆을 힐끗 보더니 기다리고 서 있는 친구가 안 됐는지 서둘러 불을 끄면서 "길에서 담배를 피우고 있으면 어린 학생들이 얼굴에 손으로 부채질을 하며 도망가듯이 뛰어가. 마치 징그러운 동물을 본 것 같이 말이야. 너무 하는 거 아냐? 담배 피울 권리도 인정해야 하는 거 아니냐고" 하며 정색하고 말했다. 애절한 눈빛으로 동의를 구하는 친구에게 해 줄 적당한 답이 금방 떠오르지 않았다. 잠시 뜸을 들였다가 "자네 나이도 있고 하니 담배를 끊어보면 어때?"라고 웃으며 말했다. 아차, 실언한 게 아닌가 하는 순간 브루투스에게 칼침을 맞은 카이사르의 절규가 들리는 듯했다.

"아! 너마저도."

호칭 인플레

부모님께서 고희(古稀)를 지나서 세례를 받으시고 가톨릭 신자가 되셨다. 사실 성당에서 세례를 받는다는 소식을 접하고 적잖이 놀랐다. 평소 부모님께서 교회나 성당을 탐탁하게 생각하지 않았기 때문이었다. 어찌 된 영문인지 잘 모르겠으나 사랑하는 막내딸을 잃으셨을 때 신부님의 도움을 많이 받은 영향이라고 짐작할 뿐이었다. 기억하기로 평소에 아버지께서는 교인들이 시도 때도 없이 '하느님, 아버지' 라고 하는 것을 몹시 못마땅해하셨다. 아버지는 오직 한 분, 자신을 낳아준 사람이라고 하시면서 혀를 찼다. 혹 어떤 사람이 당신에게 아버지라고 하면 화를 내시기도 했다. 이런 가정 환경에서 자랐기에 부모 이외의 다른 사람에게 아버지, 어머니라는 말을 절대 하지 않았다. 하나 예외가 있다면 며느리가 시부모께 아버님, 어머님으로 부르는 경우다.
아저씨, 아주머니도 원래 삼촌이나 고모, 이모를 부르는 호칭으로 부모 다음으로 가까운 어른을 일컫는 말인데 언제부터인가 모든 어른을 통상 아저씨, 아주머니로 부른다. 흔하게 쓰다 보니 아저씨, 아주머니란 호칭은 권위를 잃었다. 오히려 나와 아무런 상관이 없는 사람을 마구 부르는 입장이 되어버렸다. 그러다 보니 조금이라도 대접해서 불러야 할 아저씨, 아주머니들을 아버지, 어머니라 부르게 된 것일까. 요즘에는 아무에게나 아버지, 어머니라고 부른다. 상대방을 존중하고 친근감을 표시하기 위한 것이라고 하지만 시도 때도 없이 아버지, 어머니라고 불리는 것은 여간 거북한 일이 아니다. 물건을 사러 가면 종업원이 아버지, 어머니라고 부르고, 은행에 업무를 보러 가도 마찬가지다. 그럴 때마다 "언제 내가 자네를 자식으로 뒀나?" 하고 묻고 싶은 심정이다.
기르는 반려동물에게 자신을 아빠, 엄마라고 하는 세상이다.
반려동물을 좋아하고 가족같이 생각하는 마음의 발로라고 하지만 아무리 친근하기로서니 자신을 동물의 부모라고 하는 것은 너무 심하다.

'선생' 이란 단어는 학생을 가르치는 사람을 칭하거나 상대방을 높여 부를 때 이름 뒤에 붙여서 사용한다고 국어사전에 기술되어 있다.
따라서 직접 학교에서 수업을 하는 선생 외에 선생이라는 호칭을 쓰는 것이 틀린 경우는 아니지만, 원래는 그런 경우가 흔치 않았다.
'김구(金九) 선생' , '안창호(安昌浩) 선생' 이라고 하는 것처럼 명망있고 존경받는 어른께 붙이는 극존칭이었다.
전공의 시절 교수님을 칭할 때 성함 뒤에 '선생님' 을 붙였다. 후학이 해드릴 수 있는 최고의 존칭이라고 배웠기 때문이었다. 당시 원로 교수님도 '선생님' 이라는 호칭을 제일 좋아하셨다. 원로 교수님은 "교수나 박사는 내가 다른 곳에서 따온 것이고 제자인 자네들은 선생님이라고 부르는 게 맞아"라고 하시며 혹 '교수님' 이나 '박사님' 이라고 부르는 사람이 있으면 노골적으로 언짢은 기색을 드러냈다.
세월이 흐르면서 최고의 존칭인 '선생' 도 권위를 잃었다. 호칭의 가치가 폭락하는 '호칭 인플레' 가 생긴 것이다. 이제는 길에서

오다가다 만나는 사람도 '선생님' 이라고 부른다. '박사' 라는 호칭도 예전만 못하다. 어렸을 적 기억에 '박사' 라고 하면 학문적으로 최고 수준에 오른 사람이었다. 요즘은 '박사' 가 흔해져서 그런지 '박사' 라는 호칭의 위력도 많이 축소됐다.

요새 젊은 교수들은 스스로 '교수' 라고 칭하며 남들이 '교수' 라고 불러 주기를 바란다. '선생님' 이라고 부르는 제자를 혼내는 못난 교수도 있다. '교수' 가 '선생' 보다 한 단계 높은 사람으로 인식되고 있기 때문이다. 하지만 이런 행태는 얼마나 낯 뜨거운 짓인가. 스스로 학문과 덕을 쌓아 자연히 제자들의 존경을 받아야 하는데, 스스로를 '교수' 라고 부르며 대우해 달라고 강요하는 것은 도대체 어느 나라 법도인가.

과거와 달리 교수의 종류도 많고 그 수도 대폭 증가했다. 앞으로 '교수' 라는 호칭도 인플레로 별 볼 일 없는 날이 올 것이다. 그때가 되면 '교수' 대신에 어떤 말이 사용될지 궁금해진다.

길에서 '사장님' 하고 부르면 길을 가던 모든 사람이 뒤돌아본다는 유행가 가사가 있었다. 허풍 떠는 사람이 많은 사회상을 풍자하는 노래였다. 당시 '사장님' 은 사회적으로 성공해서 부를 많이 축적한 사람의 대명사였는데 실상 그렇지 못한 많은 사람이 부자인 것처럼 행세한다는 것을 꼬집는 것이었다.

현재 우리나라에서는 대접한답시고 누구에게나 '사장님' 이라고 부른다. 문자 그대로 해석하면 '사장' 은 회사의 우두머리다. 하지만 원래의 뜻은 온데간데없고 상대방 기분 좋으라고 쉽게 부르는 호칭이 됐다. 평생 월급쟁이로 지낸 사람이 어느 가게에 들어가 점원으로부터 '사장님' 소리를 들으면 괜히 쭈뼛해지기도 하지만 굳이 사장이 아니라고 항의할 수도 없는 입장이 된다. 그냥 그러려니 한다.
너도나도 '사장'이니 '사장님'이란 호칭도 인플레가 됐다. 이제는 좀 점잖게 보이는 어른을 '회장님'이라고 부른다. '사장'보다 윗사람이 '회장'이기 때문이다. 언젠가 '회장님'이라는 호칭이 또 시들해지면 '왕회장님'이 등장하려나.
상대방을 높여 주는 것은 좋은 일이다. 하지만 격에 맞지 않는 말을 무조건 사용하는 것은 바람직하지 않다. 오히려 욕이 될 수도 있다. 적재적소(適材適所)에 맞는 말을 사용해야 말하는 사람도, 듣는 사람도 품격을 지킬 수 있다.
국어학자, 사회학자 들이 머리를 맞대고 상대방을 존중하면서 격에도 맞는 좋은 호칭들을 만들어 보급하면 어떨까.

상쾌한 배설

어렸을 때는 대놓고 말은 못 했지만, 대변을 보려고 화장실에 가는 것이 작지 않은 스트레스였다. 재래식 화장실이 조금은 무섭기도 했을뿐더러 냄새도 고약했기 때문이다. 더구나 쪼그리고 앉아 있으려면 발이 저렸다. 여름철에는 파리가 극성을 부리고, 겨울철 엄동설한(嚴冬雪寒)에는 궁둥이가 얼어붙었다.

아침에 시원하게 일을 본 날은 종일 기분이 상쾌하고 그렇지 못한 날은 내내 찜찜했다. 등교 전에 일을 해결하지 못한 날은 혹시 수업 중에 대변이 마려우면 어떡하나 하는 걱정이 내내 머릿속을 떠나지 않았다. 학교 화장실의 소변 보는 데도 그렇지만 대변 보는 데도 정말 열악했기 때문이다.

초등학교 때 여학생 한 명이 똥통에 빠진 일이 있었다. 선생님께서 소식을 듣고 급히 달려가 머리채를 잡고 끌어 올린 뒤 학교 뒷뜰 우물가로 데려가 연신 물을 끼얹었다. 여학생은 세상이 떠나가라 울어댔다. 그 광경을 지켜보면서 똥통에 빠지면 독이 올라 큰일난다고 수군대는 소리를 들었다. 당시 상황이 얼마나 끔찍했던지 어린 마음속에 엄청난 트라우마로 남았다.

빨간 귀신과 파란 귀신이 살고 있다는 둥, 달걀귀신이 나타난다는 둥 화장실에는 유독 귀신 나오는 이야기가 따라다녔다. 그 이야기가 얼마나 무서웠는지 깜깜한 밤에 혼자 화장실에 가려면 괜히 머리털이 쭈뼛쭈뼛 섰다.

1973년, 예과 2학년 여름 방학에 친한 친구 두 명과 거제도(巨濟島)로 여행을 떠났다. 부산(釜山)에서 배를 타고 들어가 구조라 해수욕장에 있는 민박에 들었다. 시골 오두막이지만 방이 깔끔해서 그런대로 지낼 만했다. 문제는 화장실이었다. 집 옆의 화장실은 문도 없이 그냥 노출된 공간이었다. 볼일을 보려고 들어가면 밖이 훤히 보였다. 사람들이 보면 어떡하나 하는 생각에 바지를 내리기가 쉽지 않았다. 민박집에는 여대생들도 묵고 있었으니 더욱 조심스러웠다. 화장실 가는 고충이 심해 노는 즐거움도 시들했다.

세월이 흘러 푸세식 화장실이 사라지면서 수세식 화장실이 보편화 되기 시작했다. 냄새도 없고 편하게 앉아 일을 볼 수 있으니 편했다. 느긋하게 신문도 읽을 수 있었다.

고등학교 한문 시간에 선생님께서 변소의 '변(便)' 자가 편할 '편(便)' 자와 같다며 화장실에서 변을 보고 나면 시원하고 편안하기 때문이라고 하셨다. 푸세식 화장실 시절에는 수긍하기 어려웠는데 수세식 화장실이 되고 나니 고개가 끄덕여지는 일이었다.

약 15년 전 중국 난징(南京)에 갔었다. 이름을 기억할 수 없는 어느 재래시장에서 특별한 목적 없이 이런저런 구경을 하고 있었다. 질척한 흙바닥이지만 시장통에서 일반 서민들의 사는 모습을 보는 건 언제나 흥미로웠다. 시간이 꽤 흘러 이동해야 할 시간이 됐다. 멀리 가야 해서 차를 타기 전에 소변을 보기로 했다. 후미진 구석에 있는 화장실을 찾았는데 낡은 시멘트 건물의 외관부터 불결해 보였다. 찜찜한 마음에 주저했으나 오랜 시간 소변을 참을 수 없는 노릇이었다. 입구의 남녀 칸이 나뉘는 길목에서 아주머니가 돈을 받고 있었다. 정확한 액수는 모르겠는데 아주 작은 액수였다. 거스름돈이 어찌나 더러운지 건네받기 싫을 정도였다. 어두컴컴한 화장실은 뻥 뚫린 하나의 공간이었다. 지린내와 구린내가 섞여 숨이 막혔다. 한쪽에서는 사람들이 일렬로 서서 도랑 같은 곳에 소변을 보고 있었고 또 다른 쪽에서는 앞사람의 등을 보면서 한 줄로 쪼그리고 앉아 대변을 보고 있었다. 칸막이조차 없었다. 소변을 보는 것은 과거 학생 시절의 학교 화장실과 비슷해서 그런대로 거부감이 덜했지만, 그대로 노출된 채 대변을 보는 광경에 기겁했다.

최대한 숨을 참고 소변을 보려는데 긴장해서 그런지 잘 나오지 않았다. 시간이 그렇게 더디 흐를 수 없었다. 일을 마치고 황급히 튀어나왔다. 손 씻는 세면대 같은 시설이 있을 리 만무했다. 나와 보니 아내가 벌써 나와 기다리고 있었다. 같이 화장실에 가면 여자가 시간이 더 걸리기 때문에 아내를 기다리게 되는 것이 보통인데 이상한 일이었다. 이유를 물어보니 아내는 겉모습에 겁을 먹고 아예 들어가지도 않았다고 했다. 중국에는 별별 희한한 일이 많다는 얘기는 들었지만 정말 뜻밖의 경험이었다. 차를 타고 가면서도 화장실의 광경이 자꾸 생각났다. 더럽고 깨끗하고를 떠나서 칸막이조차 없는 것은 인권에 관한 문제가 아닐까.

경상북도 영천(永川)의 제3사관학교에서 훈련받을 때 몹시 춥기도 했지만 반인권적인 화장실 구조 때문에 많이 힘들었다. 소변보는 곳은 보통 화장실과 다름이 없는데, 대변 보는 곳은 문이 아래쪽 반(半)만 있어 얼굴이 그대로 노출됐다. 보안이나 안전 관리 때문이라지만 처음 경험하는 사람은 놀라지 않을 수 없었다. 누군가 문을 반쪽만 달려면

위를 가리는 게 낫지 않냐는 농담도 했다.

2008년 베이징(北京) 하계 올림픽 개최를 앞두고 중국에서 대대적인 화장실 개선 사업이 벌어졌다는 뉴스를 들었다. 개선한다니 좋은 일이지만 자국민의 보건 위생을 위해서라기보다 관광객 유치와 국제 행사를 위한 것이라니 조금은 씁쓸했다. 어쨌든 올림픽 뒤로 중국을 여행하면서 특별히 화장실 때문에 고생한 기억은 없다.

"안녕히 주무셨어요? 식사는 잘하시고요? 대소변은 잘 보시지요?"

아침에 병실 회진을 하면서 환자에게 건네는 인사다. 잘 자고, 잘 먹고, 잘 싸는 사람은 일단 큰 문제가 없다. 어느 하나라도 문제가 있으면 우선 표정부터 다르다. 체면 때문에 사람들이 말을 잘 안 해서 그렇지 사실 먹는 것보다 배설하는 것이 더 중요하다. 대변을 시원하게 보지 못하면 속이 더부룩해서 입맛을 잃는다. 변비가 심한 사람은 겁이 나서 식사를 잘 못한다. 건강의 시작은 상쾌한 배설에서 시작된다고 해도 과언이 아니다. 따라서 화장실은 마땅히 프라이버시가 보장되는 쾌적한 공간이어야 한다. 푸세식 화장실 시대를 살아온 세대로서 요즘의 편안하고 쾌적한 화장실을 이용하며 참 좋은 세상에 살고 있구나 하는 생각이 든다.

세상은 변하기 마련이다

서울에서 태어나 줄곧 서울에서 성장했다. 주위의 지방 출신 친구들은 명절이면 고향에 간다고 부산을 떨면서 즐거워했는데 우리 가족은 설이고 추석이고 늘 서울에서 지냈다. 설도 양력 설날인 '신정'을 쇘다. 나라에서도 이중과세가 낭비라며 '신정' 쇠는 걸 권장했고 양력 1월1일부터 3일까지 사흘 동안 휴일인 때였다. '구정'은 휴일이 아니었기 때문에 음력 설날이 있는 줄도 모르고 지나쳤다. 추석도 서울 사람들은 큰 의미를 부여하지 않았다. 어머니께서 기분이 나시면 솔잎을 따다 송편을 쪄 먹는 정도였다.

한 해의 마지막 날인 섣달그믐날 저녁에 묵은세배를 하고 날이 밝아 설날 아침에 세배를 하면 세뱃돈을 받을 수 있어서 좋았다. 세배를 마치면 황백지단과 고기가 고명으로 올라간 떡국, 양념이 알맞게 밴 불고기, 실고추가 더욱 식욕을 돋우는 나박김치로 새해 첫 아침을 먹었다. 디저트로 먹는 배와 곶감은 시원하고 달콤했다. 삭은 밥풀이 동동 뜬 식혜와 계피 향기 은근한 수정과까지 곁들이면 더할 나위 없었다. 점심에는 떡볶이를 먹었다. 손가락 정도 길이의 흰떡과 함께 호박고지, 표고버섯, 당근, 미나리, 소고기, 파, 마늘 따위가 들어간 어머니의 궁중 떡볶이는 일품이었다.

정월 대보름날에는 밥상에 오곡밥과 나물이 올라왔다. 새벽에는 땅콩, 호두 따위 부럼을 깨고 저녁에는 가족이 삥 둘러앉아 잣불을 켰다.

뭐니 뭐니해도 어린 마음을 가장 설레게 했던 것은 크리스마스였다.

일찌감치 11월 말쯤 되면 거리의 전파상 스피커에서 크리스마스 캐럴이 흘러나와 마음을 흔들었다. 동네 문방구 앞에는 비스듬한 좌대에 형형색색의 카드가 내걸렸다. 모았던 용돈을 털어 산 카드를 친한 친구들에게 보내며 우정을 나누는 것도 큰 즐거움의 하나였다. 겨울 방학도 했겠다 한껏 들뜬 마음으로 형제들과 색종이를 오려가며 성탄절 장식을 만들었다. 산타 할아버지가 가짜라는 것은 진즉에 알았어도 12월 24일 밤이면 선물을 기대하며 잠자리에 들었다. 자기 전에 빨간 망사로 만든 커다란 양말을 벽에 걸었다. 크리스마스 날 아침이면 어김없이 양말 속에 과자와 사탕이 한가득 들어 있었다.
세월이 흘러 대학생이 되니 성탄절에 부모님과 함께 집에 있는 것이 심심했다. 더군다나 크리스마스이브에는 통행금지가 없기에 집구석에만 틀어박혀 있을 순 없었다. 친구들과 공연히 사람들로 가득 찬 명동(明洞) 거리를 쏘다녔다. 여자 친구라도 있으면 좋으련만 주변머리 없는 총각들은 다방 구석에 앉아 애꿎은 담배 연기만 허공에 뿜어 댔다. 그래도 분위기만은 들뜨고 신났다.

가정을 꾸리고 자식들이 생겼다. 성탄절을 위시한 연말연시에 스스로 즐기는 일 말고 애들을 즐겁게 해줘야 하는 임무가 더해졌다.
크리스마스이브에 애들 몰래 산타 할아버지의 선물을 준비하는 일이 무엇보다 중요했다.
큰 애가 초등학교 들어갈 때쯤으로 아직은 진짜로 산타할아버지가 선물을 준다고 믿고 있을 때였다. 애들에게는 '계몽사' 에서 나온 책 『만화 세계사』가 재미도 있고 교육적으로도 좋을 것 같았다.

크리스마스 며칠 전 아내가 주문하면서 물건을 아파트 경비실에 맡기라고 당부했다. 크리스마스이브에 애들이 잠든 뒤 경비실에서 책을 가져다 머리맡에 놓았다. 예상대로 다음날 아침에 애들이 환호했다.
"아빠, 엄마 이것 봐. 산타 할아버지가 정말 다녀가셨어."
작전은 완벽했고 마음은 뿌듯했다. 며칠 뒤 병원에서 바쁘게 움직이고 있는데 전화벨이 울렸다. 수화기 너머에서 딸아이가 난감해하며 물었다.
"아빠, 어느 아저씨가 엄마가 사간 책을 잘 보고 있냐며 전화를 했어. 그 책 엄마가 산 거야? 산타 할아버지가 주신 게 아니고?"
아뿔사, 과유불급(過猶不及)이라 했던가. 계몽사의 지나친 친절이 화(禍)를 불렀다. 산타 할아버지의 정체가 탄로 났다. 산통이 다 깨져버렸다. 엎질러진 물이니 주워 담을 수가 없었다. 하지만 그 뒤로도 애들에게 착한 일을 해야 산타 할아버지께서 선물을 주신다고 우겼다.

요즘은 크리스마스라고 캐럴도 들리지 않고 카드도 주고받지 않는다. 한 해가 저물어 가도 과거에 느끼던 묘한 감흥이 없다. 손주들이 있을 때는 크리스마스이브가 되면 케이크에 촛불을 켜고 선물도 준비했는데, 딸네가 미국으로 떠난 뒤로는 쓸쓸하기만 하다. 아들도 친구들과 어울리려고 외출하고 없다. 젊은이들은 아직도 명동 거리를 활보하겠지만 늙은 부부는 여느 날과 다름없는 크리스마스이브를 보낸다. 세태가 많이 변했고 나이도 적잖이 먹었기 때문이다. 영상

통화로 손녀들 귀여운 얼굴이라도 보면 좋으련만,
애리조나(Arizona)로 크리스마스 휴가를 떠났다고 한다.

양력 설날 아침 아들의 세배를 받았다. 봉투에 세뱃돈을 두둑이 넣었다. 다 큰 어른이지만 왠지 그렇게 하고 싶었다. 아내가 준비한 떡국을 먹고 나니 몸이 나른했다. 할 일도 없고 텔레비전도 별 눈길 가는 프로가 없었다.
안방에 자리를 펴고 낮잠을 청했다. 느지막이 일어나 아내와 양재천(良才川)을 걸었다. 중간에 저녁 식사로 6,000원짜리 칼국수를 사 먹었다. 맛이 담백해서 자주 들르는 곳이었다. 올해 2020년 설날 연휴에 떠날 일본 시코쿠(四國) 여행에 대해 이런저런 담소를 나누며 산책을 하니 지루한 줄 몰랐다.
양력설엔 떡국 한 그릇, 설 연휴엔 해외여행이 이제 우리 집 관례가 됐다. 세상은 변하기 마련이다. 옛일을 아쉬워하기보다 지금의 상황에서 낙을 찾으며 살아가는 게 순리다.

여행 설계사

아내와 단둘이 또는 가족 모두 세계 여러 나라를 두루두루 구경했다. 웅장한 중국의 경관에 압도됐고, 끝없이 펼쳐지는 사하라의 주황빛 모래사막 속으로 떨어지는 해에 넋을 뺏겼다. 요르단의 페트라와 와디럼에서 경이로움에 숨이 탁 막혔고, 동남아시아 소수 민족과 어울리며 옛 우리 조상의 면모를 떠올렸다. 2018년에는 외손녀들과 함께 일본 '하우스텐보스' 2층 빌라에서 소꿉놀이 같은 행복한 밤을 보냈다.

지금까지 구경한 나라가 어림잡아 50개국은 넘을 것 같다. 한 나라를 여러 번 다녀온 적도 많으니 그동안 100번 넘게 해외여행을 했다.

중국의 멋진 경치를 구경하고 싶어 여행사에서 모집하는 단체 여행을 한 적이 세 번 있었고 대부분은 자유 여행을 즐겼다.

단체 여행은 신경 쓸 일이 없어 편리하고 비용이 저렴한 장점이 있다. 짜임새 있게 스케줄을 조정해서 짧은 시간에 유명 관광 명소를 빠트리지 않고 안내한다. 전문 가이드가 있어 언어에 대한 불편이나 안전상의 문제도 덜하다. 하지만 모두가 함께 움직여야 하니 행동에 제약이 많고 이것저것 신경이 쓰인다. 가고 싶지 않은 곳에도 따라가야 하고 반대로 분위기가 좋아 좀 오래 머물고 싶어도 급히 떠나야 한다. 뭐니 뭐니해도 단체 여행의 가장 큰 골칫거리는 쇼핑이다. 뻔한 물건을 진열한 좁은 공간에 사람을 몰아넣고 구매를 강요하는 행위에 기가 질린다.

해외여행을 가기로 결정하면 병원 일정, 계절, 휴가 기간, 항공 스케줄

등을 고려해서 목적지를 정하는 것이 우선이다. 가족 여행의 경우에는 자연스럽게 가족회의가 열린다. 처음에는 여러 가지 의견이 있는데 얘기를 진행하다 보면 목적지를 정하는 게 어렵지 않다. 하지만 한곳 두 곳 다녀오다 보니 점점 선택의 폭이 좁아져서 목적지를 정하는 것이 만만치 않게 된다. 특히 외손주가 생기고부터는 재미있으면서도 안락하고 어린이에게 무리가 가지 않는 코스를 잡는 것이 의외로 까다로웠다.

여행지를 결정하면 다음부터 모든 일은 오롯이 아내의 몫이다. 해당 국가의 여행 책자를 사는 것으로 준비를 시작한다. 주문한 책들이 도착하면 아내는 밤을 새워 가며 책을 읽는다. 화장실 가려고 자다 깨서 아내가 책을 붙들고 졸고 있는 모습을 보며 안쓰러워한 적이 한두 번이 아니다.

텔레비전에서 방영된 관련 국가에 대한 여행 프로그램을 확인하는 것도 필수다. 요즘은 웬만한 관광 명소는 텔레비전에서 다뤘기 때문이다. 텔레비전에 없는 것은 유튜브를 찾아본다. 이러저러한 공부가 끝나면 방문해야 할 도시, 그리고 봐야 할 것 등을 종합해서 여행 시간표를 작성한다. 욕심이 대단한 아내가 일정을 조금 무리하게 짜는 경향이 있어도 우리만의 짜임새 있는 여행 시간표가 완성된다.

일본에서는 가이드 없이 기차나 렌터카를 이용한 자유 여행을 많이 했다. 일본말은 못하지만 표지판은 대강이나마 읽을 수 있고, 치안이 좋아 돌아다니기에 아무런 불편이 없다. 사람들은 아주 친절한 데 영어가 잘 안 통하는 것이 흠이라면 흠이라고 할까.

동남아시아에서는 현지 여행사와 접촉해 전용 가이드와 운전기사가 딸린 차량을 예약했다. 현지 말을 전혀 할 줄 모르니 영어 가이드는 필수다. 비용이 좀 들기는 하지만 우리만의 차가 있어 기동력도 있고 행동반경 또한 넓어진다. 길을 가다가 경치 좋은 곳이 있으면 차를 세우고 한동안 구경도 하고, 맛있어 보이는 길거리 음식을 발견하면 시시덕거리며 사 먹었다. 시골길에서 만나는 사람들이 모두 순박해 따뜻한 정이 느껴진다. 모두 자유 여행의 참 맛이다.

중국에서는 여행사를 이용한 단체 여행으로 구이린(桂林), 황산(黃山), 타이항산(太行山)을 다녀왔다. 단체 여행으로 다소 불편했던 마음은 기막힌 경치를 보는 순간 모두 사라졌다. 또한 중국말에 능통한 고등학교 동창을 앞세우고 자유 여행도 즐겼다. 남들이 잘 가지 않는 골목이나 골동품점을 돌아다녔다. 도시를 이동할 때는 고속철도를, 도시 내에서는 주로 택시를 이용했다.

호주와 뉴질랜드에서는 그날그날 현지 여행 프로그램에 합류했다. 아내가 미리 준비한 계획에 따라 움직이면서 오염되지 않은 자연을 만끽했다. '마운트 쿡(Mount Cook)'을 바라보며 지샌 밤이 기억에 새롭다.

유럽에서는 발길 닿는 대로 움직였다. 현지 여행사를 따라다니기도 했고, 유럽에 진출해 있는 우리나라 여행사 프로그램을 따라다니기도 했다. 최근에 이용을 시작한 우리나라 'ㅇ' 여행사를 쫓아 돌아본 로마(Rome)와 바르셀로나(Barcelona)가 참 좋았다. 우리말로 깊이 있는 설명을 들으며 구경을 하니 보는 재미가 몇 배는 더 했다.

인도, 스리랑카, 모로코, 요르단, 이스라엘 등에서도 미리 가이드와 차량을 예약하고 여행했다. 가깝게 접하지 못하는 문화를 체험하는 즐거움이 상상을 뛰어넘었다. 억척스럽게 준비한 아내 덕에 알찬 경험을 했다.
외손주 2명까지 동반하는 온 가족 여행은 총 7명으로 차량 크기, 어린이용 카시트, 붙어 있는 호텔 방 등 신경 써야 할 것이 더 많았다. 그래도 아내는 즐거운 마음으로 세세한 것까지 빈틈없이 준비했다.

의사라는 직업상 미리미리 휴가 날짜를 정하기 어려워 임박해서야 여행이 최종적으로 결정되는 경우가 보통이다. 대부분 연휴를 끼고 떠날 수밖에 없는데 성수기에는 비행기표를 구하기가 하늘의 별 따기다. 여기저기 웨이팅을 걸어 아내만의 노하우로 좌석을 확보했다. 농담으로 아내에게 은퇴하면 여행사 하나 차려 보라고 하니 싫지 않은 웃음을 보인다. 여행 중 아이들은 제 마음에 안 맞는 것이 있을 때 간혹 엄마에게 짜증을 부린다. 고생은 고생대로 하고 좋은 얘기를 못 들을 때는 억울할 것 같기도 한데 아내는 좀처럼 내색하지 않는다. 재미 삼아 부리는 어리광쯤으로 생각하는 모양이다. 전문 가이드처럼 넓은 아량으로 웃어넘긴다.
모든 것을 맡겨두고 몸만 덜렁덜렁 따라가면 근사한 여행을 즐길 수 있으니 이 이상 좋을 수 없다. 하지만 여행 책자며 식구들 여권, 숙소와 관광 바우처 등 모든 것을 챙겨야 하는, 가족 여행의 대장 격인 아내의 수고는 이만저만이 아니다. 우리 가족은 프로급 전담 여행 설계사 덕에 해외여행을 편하게 즐길 수 있으니 더없이 행복하다.

여행자 수표

웬만한 연세를 가진 분들은 '김찬삼(金燦三)'이라는 이름을 기억하고 있을 것 같다. 우리나라 일반인은 외국 여행을 꿈도 못 꾸던 1950년대 말 무전여행으로 세계 일주를 한 사람이다. 학생 시절 굉장히 부러워했던 대단한 분이다. 그 시절에 국내도 아니고 외국을 어떻게 돈 한푼 없이 여행할 생각을 했을까. 세계 각국에 관한 기고문과 책을 보며 꿈을 키우고 상상의 나래를 한껏 펼치던 옛 생각이 지금도 문득문득 난다. 머릿속에서 야자수 우거진 와이키키(Waikiki) 해변의 해먹에 누워 열대과일 주스를 마셨고, 유럽 국가의 골목 속에서 금발 미녀를 만났다. 사진에서 본 뉴욕(New York)의 마천루와 이집트의 피라미드를 기고문에 겹쳐 보기도 했다. 나중에 실제로 그런 곳을 갈 수 있을 것이라고는 상상도 하지 못했다.

나라의 경제가 융성해지면서 1988년 서울 올림픽을 계기로 해외여행이 자유화됐다. 이런 분위기 속에서 우리나라 의사 사회에서도 국제 학회에 적극적으로 참석하기 시작했다. 드디어 외국 여행의 기회가 찾아왔다. 1989년 인도 뉴델리에서 열린 제9차 세계 신경외과 학회에 참석할 수 있게 된 것이었다. 김포(金浦)에서 비행기를 타고 홍콩(香港, Hong Kong), 방콕(Bangkok)을 거쳐 뉴델리(New Delhi)까지 가는 내내 긴장의 끈을 놓을 수 없었다. 처음 외국에 나가는 데다 비행기를 갈아타는 스트레스가 컸고, 무엇보다 지참한 달러에 신경이 곤두섰기 때문이었다. 학회 참가료, 호텔료,

기타 여행 경비로 쓸 달러를 호주머니 속에 넣고 있었다. 신용카드가 없던 시절이었다. 부모님에게서 들은 얘기로, 과거에는 공무로 외국에 나갈 때 현금을 안전하게 보관하려고 팬티에 주머니를 달고 안전핀으로 입구를 막았다고 했다. 외환도 귀하고 소매치기도 많았기 때문이었다. 팬티에 주머니를 달 생각도 해 보았으나 자존심이 허락하지 않았다. 대신 주머니 속 지갑을 내내 손으로 꼭 붙잡고 다녔다. 당시 정확히 얼마를 갖고 갔는지는 기억에 없지만, 집안 경제에 비춰 볼 때 꽤 큰 금액이었다. 만약 돈을 잃어버리면 어떤 일이 생길까. 소심한 탓에 최악의 경우 국제 미아가 돼 귀국도 못하고 현지에서 거지로 생활해야 하는 것 아닌가 하는 걱정을 했다.

한 번 외국에 다녀오고부터는 줄지어 출국할 기회가 찾아왔다. 외국 여행은 즐겁고도 가슴 설레는 일이지만, 현금을 간수할 일을 생각하면 진땀이 났다. 돈을 분산하면 신경을 써야 할 곳이 많아졌고, 몽땅 지갑에 넣으면 한 번 실수로 큰 낭패를 볼 수 있었다. 현지에 도착하면 만사 제쳐놓고 호텔 카운터 금고에 돈과 여권부터 보관했다. 호텔 방마다 비치돼 있는 조그만 금고가 당시에는 흔치 않았다. 무슨 뾰족한 수가 없을까 하던 차에 아내가 '여행자 수표(Traveler's Check)'라는 것을 알아 왔다. 먼저 은행에서 필요한 금액만큼 여행자 수표를 매입한다. 그리고 곧장 수표책 한쪽에 사용자가 미리 서명을 등록한다. 수표를 쓸 때는 사용자가 수표책에 등록한 서명을 수표에 하고 수표를 받는 자가 이를 즉석에서 확인한다. 서명이 같으면 현금과 똑같이 통용된다. 이 방법은 설사 수표책을 분실하더라도 다른 사람이 사용할 수 없게 만든 제도였다. 습득한 사람이 사용하려 해도 서명을 똑같이 할 수 없기 때문이었다. 이런 제도를 만든 것을 보면 외국 여행 중에 돈을 잃어버릴까 봐 걱정하는 사람이 많은 모양이었다. 여행자 수표의 또 하나의 장점은 환율이 현금보다 유리한 것이었다. 한 푼이 아쉬운 시절 커다란 매력이 아닐 수 없었다.
여행자 수표를 이용해 보니 한결 마음이 편해지기는 했으나 불편한 것도 있었다. 미리 은행에서 여행자 수표를 준비해야 하고 또 작은 상점에서는 여행자 수표를 쉽게 받으려 하지 않아서 동전을 포함해서 어느 정도 액수의 돈은 따로 현금으로 준비해야 하는 번거로움이 있었다.

국내에서 신용카드 사용이 보편화되기 시작했고, 곧이어 외국에서도 신용카드를 쓸 수 있게 됐다. 이제는 신용카드 두세 개 정도 들고 다니면 해외여행에 아무런 불편이 없다. 현금이 필요하면 자동 인출기에서 뽑아 쓰면 된다.
2006년 미얀마를 여행한 적이 있다. 이미 신용카드가 보편화 돼 있던 때였지만 미얀마는 신용카드가 통용되지 않았다. 반드시 현금만 받는다는 사전 안내에 따라 달러를 들고 갔다. 여행 경비를 달러로 지불하고 필요한 돈은 현지 지폐로 환전했다. 그런데 미얀마 화폐 가치가 높지 않다 보니 100달러를 바꿨는데 돈이 가방 하나에 꽉 차는 것이 아닌가. 음식점에서 식사비를 내려면 가방을 열어 한참 돈을 세야 했다. 여간 불편한 일이 아니었다. 신용카드의 편리함을 다시 한번 깨닫게 됐다. 참으로 특이한 경험이었는데 요즈음 미얀마는 어떻게 변했을지 궁금하다. 미얀마 여행 뒤로 비슷한 경험은 하지 못했다. 이렇게 신용카드로 비용 지불을 간편하게 하다 보니 현금이나 여행자 수표를 들고 다닐 때 일이 아련하다.

2019년 9월에 세계에서 가장 오래된 여행사인 영국의 '토마스 쿡(Thomas Cook)'이 파산했다는 뉴스를 접했다. 여행에 대해 관심이 많던 차에 흥미를 자극하는 기사였다. 빅토리아 여왕(Queen Victoria) 시절인 1841년 영국에서 시작한 여행사 '토마스 쿡'은 한때 100대 이상의 항공기와 200개 가까운 자체 브랜드의 호텔을 운영하던 대형 여행 전문 회사로 유럽 대륙 최초의 패키지여행, 외화 환전 서비스 등으로 승승장구(乘勝長驅)했었는데 개인 여행이 보편화 돼가는 추세를 읽지 못하고 예전 상품만을 고집하다가 안타까운 운명을 맞은 것이다. 보유 비행기가 압류돼 15만 명 이상의 영국 여행객이 해외에서 발이 묶였고, 보유 호텔에서도 계약자들이 쫓겨나고 있다고 한다.
이 기사에는 개인이나 회사나 항상 시대의 변화에 따라 혁신하지 않으면 살아남기 어렵다는 교훈 이외에 또 하나 흥미로운 것이 있다. '토마스 쿡'이 바로 여행자 수표를 발행한 회사라는 것이다. 당시에는 혁신적인 제도를 선보이며 업계를 선도하던 회사가 아이러니하게 혁신적이지 못해서 파산한 것이다. 여행자 수표를 통해서 인연을 맺었던 '토마스 쿡'이 없어진다니 왠지 모르게 조금 섭섭한 마음이 든다.

내비게이션

1993년 가을 스위스의 '다보스(Davos)' 에서 알프스 트레킹을 마치고 독일의 '퓌센(Füssen)' 으로 향하고 있었다. 그림 같은 스위스 풍경이 펼쳐진 산길에서 두 아이와 아내를 태운 10년 넘은 고물 소형차 포드 '에스코트(Escort)' 가 힘이 모자라 헐떡거렸다. 동행인 친구의 자동차가 뒤따르고 있었다. 친구가 답답한 듯 꽁무니에 차를 바짝 붙였다.
당시 독일의 쾰른(Köln)대학병원에서 정위 뇌수술에 관한 연수 중이었다. 큰맘 먹고 지도 교수께 어렵게 말씀드려 휴가를 냈다. 마침 쾰른 근처 본(Bonn)의 막스 플랑크 연구소(Max Plank Institut)에 유학 중인 고등학교 동창 K군과 의기투합해 두 가족이 1주일간 스위스와 독일 남부를 둘러보기로 한 것이었다.

국내에서도 마찬가지지만 특히 독일에서 자동차 여행을 떠날 때는 먼저 길을 꼼꼼히 확인해야 했다. 두툼한 지도책을 펴놓고 거치는 모든 길의 번호를 적은 뒤 지도책의 해당 페이지에 스티커를 붙였다. 두 아이를 뒷좌석에 앉히고 아내는 지도책을 들고 운전석 옆 조수석에 앉았다. 아내의 역할이 아주 중요했다. 미리미리 가야 할 길의 번호를 불러주는 것이 임무였다. 지도와 실제 이정표가 대부분 일치해서 조금만 익숙해지면 외국이지만 운전에 큰 어려움이 없었다. 스위스도 독일어권이라 이정표가 독일과 같았다. 차창으로 들어오는 맑은 공기를 마시며 기분 좋게 고속 도로를 달리고 있었는데 아뿔싸,

아내가 경치에 취해 잠깐 한눈을 판 사이에 고속 도로에서 나가야 할 지점을 지나치고 말았다. 순간 백미러에는 제대로 고속 도로를 빠져나가는 친구의 차가 보였다. 가슴이 덜컹했다.

고속 도로에서는 차를 돌릴 수 없으니 다음 나들목까지는 그대로 달릴 수밖에 없었는데 가도 가도 나들목이 나타나지 않았다. 진짜 멀었던 건지 아니면 그렇게 느꼈던 것인지는 잘 모르겠다. 초조해서 입이 말라가는데 아내는 태연하게 호수 물빛이 너무 좋다며 딴청을 피우고 있지 않은가. 은근히 부아가 치밀었다. 얼굴이 굳어지면서 아내와 말다툼이 시작됐다. "운전하는 사람은 초조해 죽겠는데 경치가 눈에 들어와요?" 하고 쏘아붙였다. 아내는 뭐가 문제냐는 듯 "좋은 걸 좋다고 하지, 경치 감상 안 한다고 길을 돌릴 수 있는 것도 아니잖아요" 하며 전혀 주눅들지 않고 대꾸했다. 더욱 부아가 치밀었다. "뭐라고. 떠나기 전에 그렇게 신신당부했잖아요. 지도 잘 보고 있다가 얘기해 달라고" 하며 언성을 높였다. 가족 여행의 즐거워야 할 분위기가 가라앉았고, 뒤에 앉은 아이들도 부모의 큰소리에 겁을 먹었는지 조용했다.

운전하느라 신경이 곤두서서 그렇지 사실, 아내의 생각이 옳았다. 놓친 길은 되돌아가면 될 일이었다. 혹시 길이 어긋날 것에 대비해 퓌센에서 만날 장소도 미리 약속해 놓지 않았던가.

한참 만에 고속 도로를 빠져나와 길옆에 차를 세우고 지도책을 펼쳤다. 좀 늦긴 했지만 컴컴해진 시청 앞 광장에서 기다리고 있던 친구 가족을 다시 만났다. 다음날 유명한 '노이슈반슈타인 성(Schloss Neuschwanstein)'을 두 가족이 함께 신나게 누볐다.

요즘은 내비게이션(navigation)이 있어서 차로 길을 찾아가는데 전혀 어려움이 없다. 혹시 길을 잘못 들어도 즉시 새로운 경로를 안내해 준다. 도착 예정 시간도 알려 주고 가는 길이 막힌다 싶으면 빠른 길도 알려 준다.
과거에는 모르는 길을 찾아갈 때 머릿속에 지도를 그렸다. 어려운 길은 미리 약도를 받기도 했다. 아는 사람에게 묻기도 하고 또 약도를 참고로 공간적 감각을 총동원해서 목적지를 찾았다. 잘 들어맞으면 다행이지만 예상과 다를 때는 난감했다. 주위를 뻥뻥 돌다가 정 안 되면 찾아가려는 사람에게 전화해서 직접 묻기도 했다.
이제는 내비게이션이 가라는 대로 따라가기만 하면 동서남북이고 뭐고 전혀 생각할 필요도 없다. 편리하기는 하지만 한편으로는 공간 지각 능력이 쇠퇴하는 것 같아 마음이 좀 불편하기도 하다. 어떤 때는 모르는 길이라고 생각하고 무작정 내비게이션이 가라는 대로 따라가 보니 기왕에 알던 곳의 바로 옆 동네여서 실소를 한 적도 있다.
뇌를 전공한 의사 아니랄까봐 내비게이션이 자라나는 젊은 세대의 공간 지각 능력 발달에 지장을 초래하지는 않을까 하는 걱정이 들기도 한다.

차의 시동을 걸고 내비게이션을 켤 때마다 스위스에서 길을 잃고 초조해하던 순간이 떠오른다. 그 시절에는 죄 없는 조수를 탓하면서 쓸데없는 말다툼도 잦았다.
2016년 가을, 아들과 함께 빨간색 메르세데스(Mercedes)를 타고 일주일 동안 독일의 아우토반(Autobahn)을 달렸다. 최고급 렌터카와 내비게이션을 이용했지만 운전하는 아들이 꽤 긴장하고 있었다. 시속 200킬로미터가 넘는 속도로 차들이 쌩쌩 지나쳤다.
예전에 가족과 함께 여행다니던 때가 떠올랐다. 그때는 어떻게 고물 소형차를 타고 이정표만 보면서 속도 제한 없는 아우토반을 달렸을까. 애들에게 하나라도 더 구경시켜 주겠다는 욕심과 젊음의 힘이 아니었을까.

하명

대학교에 입학하고 테니스를 배우기 시작했다. 나름대로 열심히 노력했는데 원래 운동 신경이 둔해서 그런지 실력이 쉽게 늘지 않았다. 생각한 대로 안 돼 차츰 흥미를 잃어가고 있을 무렵 획기적인 전기가 마련됐다. 일본 출장을 다녀오신 아버지께서 일제 '가와사키(川崎)' 테니스 라켓을 선물로 주신 것이다. 신이 나서 다음날부터 코트에서 라켓을 힘차게 휘둘렀다. 자신감이 넘쳤다. 누구라도 어떻게 구했냐고 물으면 으스대며 말해 줄 텐데 힐끔힐끔 곁눈질만 할 뿐 정작 묻는 사람이 없었다.
흠집이라도 나면 어쩌나 하는 조심스러운 마음에 땅에 가까운 공은 적극적으로 치지 않을 정도로 라켓을 아꼈다. 아버지의 정성이 듬뿍 담겨있는 라켓이 손상되는 게 싫었다. 라켓을 보며 아버지의 사랑을 오랫동안 가슴에 간직하고 지냈다.

생애 첫 해외여행은 1989년 아내와 함께 인도와 네팔에 다녀온 것이었다. 귀로에 홍콩(香港)에 들러 며칠 묵었는데 보고 싶은 것이 많았지만 애들 선물 사는 데 한나절을 아낌없이 투자했다. 세계에서 가장 크다는 '토이저러스(Toys-R-Us)' 매장을 찾았다. 시내에서 꽤 떨어진 곳에 있었는데 입구부터 어마어마한 규모에 압도됐다.
바구니에 물건을 담아 나중에 계산하는 엄청난 크기의 장난감 슈퍼마켓이었다.
애들이 특별히 부탁한 것이 있었다. 찰흙 같은 여러 색상의 놀이용

반죽이었는데 찾을 길이 막막했다. 장난감들이 알파벳 순으로 진열돼 있는데 놀이용 찰흙을 영어로 무어라 하는지 알 길이 없었다. 혹시 '클레(Clay)'가 아닐까 해서 C진열대에 갔으나 찾지 못했다. 하는 수 없이 점원을 붙들고 안 되는 영어로 손짓을 섞어가며 설명을 하니 "오우, 도우(Dough)"라고 하면서 손가락으로 멀리 있는 D진열대를 가리켰다. 감사를 표하고 달려가 보니 진짜 찾던 것이 놓여있지 않은가. 어찌나 반가운지 눈물이 날 지경이었다. 심마니가 산삼을 찾았을 때 느낌이랄까.
아파트 윗집 애가 찰흙을 갖고 놀면서 어찌나 유세를 떠는지 다른 애들은 만지지도 못하게 했다고 애들이 신신당부를 했다. 얼마나 가슴에 맺혔을까. 찰흙만큼은 꼭 사가야겠다고 몇 번이고 다짐했었는데 마침내 구한 것이다. 아빠의 면이 서게 돼서 큰 다행이었다.

해외여행에서 돌아와 가족이나 가까운 친지에게 선물을 주지 않으면 섭섭하게 생각하던 시절이 있었다. 당시에는 외국에 나가면 선물을 사야 한다는 중압감과 무엇을 사야 하나 하는 고민이 일정 내내 머릿속에서 맴돌았다. 운이 좋아 적당한 물건을 만나면 그렇게 반가울 수가 없었다. 마음에 뒀던 사람들에게 선물할 물건을 모두 구하고 나서야 안도의 한숨을 쉴 수 있었다.
나이가 들어 여유가 좀 생긴 뒤로는 학회에 참석할 때 아내와 동행하곤 하지만 젊어서는 주로 혼자 해외여행을 했다. 여행 전날 밤에 한창 짐을 꾸리고 있으면 아내가 깨알 같은 글씨가 적힌 조그만

쪽지를 건네주었다. 본인의 옷과 구두 크기를 유럽과 미국 방식으로 정리한 표였다. 그리고 구체적인 선물 내용을 단단히 일러주었다. 무엇이든 직선적으로 솔직하게 터놓고 말하는 아내의 활달한 성격이 그대로 나타나는 행동이었다. 학회 일정을 잘 소화하는 것보다 더 중요한 임무를 부여받은 것이니 어깨가 무거웠지만 대놓고 뭐라고 할 용기가 없었다.
학회 마지막 날은 오후 일정이 없는 경우가 많았다. 서둘러 수소문해 둔 백화점으로 향했다. 표를 꺼내 들고 물건을 고르기 시작하면 꼼꼼한 준비성에 점원들이 모두 놀랐다. 이렇게 임무를 마치고 나면 학회에서 멋지게 발표를 마쳤을 때보다 훨씬 더 홀가분했다.

선물은 받는 사람의 마음을 흡족하게 해야 한다. 아무리 비싼 물건을 선물해도 당사자가 만족하지 않으면 안 하느니만 못하다. 큰맘 먹고 준비한 선물에 아내가 시큰둥한 걸 경험한 뒤로 해외에서 물건 사기를 겁내는 남자들이 많다. "누가 이런 데 돈을 쓰냐"면서 얼굴을 붉히기도 하니 난감한 일이다. 그렇다고 빈손으로 돌아가면 섭섭한 표정이 역력하다. 같이 사는 아내지만 여자의 마음을 안다는 것은 여간 어려운 일이 아니다.
아내의 선물을 산다고 하면 같이 간 동료들이 걱정의 눈빛을 보낸다. 모두 쓰라린 경험이 있기 때문이다. 빙긋이 웃으며 코팅까지 해서 지갑 속에 고이 간직하고 다니는 표를 보여준다. 하명(下命) 받은 품목까지 얘기하면 한바탕 웃음이 터진다.
학회에 일하러 가는 사람에게 선물 목록을 건네는 아내가 처음에는 다소 못마땅했던 게 사실이다. 하지만 이내 굉장히 합리적인 방식이라는 생각이 들었다. 무엇을 살까 고민할 필요가 없고 또 아내는 원하는 것을 실수 없이 살 수 있으니 누이 좋고 매부 좋은 일이다.

사모님들이여, 여행 떠나는 남편을 시험하려 하지 마시고 원하는 품목과 자세한 스펙을 메모지에 적어 주시기 바란다.

너도나도 해외여행을 즐기는 시대에 선물을 주고받는 것이 오히려 촌스럽게 느껴지는 세상이 됐다. 무엇을 사야 할지 또 누구에게까지 선물을 줘야 할지 따위를 고민하지 않아도 되니 좋지만 한편으로는 정이 메말라 가는 것이 안타깝기도 하다.

쿠사츠 온천

2018년 6월 6일 오전 9시, 김포(金浦)국제공항에서 일본 도쿄(東京)행 대한항공 비행기에 몸을 실었다. 깜빡 졸았는데 하네다(羽田)공항에 무사히 도착해 시계를 보니 오전 11시였다. 아내의 꽁무니를 따라서 모노레일을 타고 하마마쓰초(浜松町)에 가서 다시 지하철로 갈아타고 도쿄 역에 도착했다. 너무 복잡해 동서남북을 구별하기 어려웠다. 물어물어 개찰구를 찾아 오후 1시 4분, 신칸센(新幹線)을 타고 비가 오는 고즈넉한 시골 풍경을 바라보며 가루이자와(輕井澤)로 향했다. 가루이자와는 나가노(長野) 현 남동부 아사마(淺間) 산 기슭에 있는 유명한 피서지다. 해발 1000미터 고지에 있어 여름에도 섭씨 25도 이하의 기온을 유지한다. 자작나무와 낙엽송이 많아 이국적인 분위기를 자아내며 부자들의 별장이 많은 곳이다. 비틀즈(The Beatles) 멤버인 존 레논(John Lennon)도 일본인 부인 오노 요코(小野洋子)와 함께 이곳의 별장에서 한동안 지냈다고 한다. 오후 2시 17분, 가루이자와 역에 도착했다. 셔틀버스를 이용해 숙소인 '프린스 호텔 웨스트'에 도착해 짐을 풀고 곧장 우산을 쓰고 산책에 나섰다. 호텔 주위로 대규모의 '프린스 쇼핑 플라자'가 원형으로 펼쳐져 있었다. 한결같이 모두 명품들이다. 눈요기를 하고 쇼핑몰에 있는 구제후쿠(久世福) 식당에서 메밀국수, 오징어구이, 닭튀김으로 늦은 점심을 먹었다. 오후 6시, 호텔 '아사마(淺間)' 룸에서 환영연이 열렸다. 일본 신슈(信洲)대학의 오랜 친구 가즈히로 홍고(和弘 本鄉) 교수가 이번 '유라시안 신경외과 아카데미' 학회의 회장이었다.

각국에서 온 여러 외국 친구들을 만나 인사를 나눴다. 언제 만나도 반가운 사람들이다. 오후 8시쯤, 방으로 돌아오니 많이 피곤했다. 차를 갈아타며 오는 게 꽤 신경이 쓰였던 모양이었다. 체력도 전만 못했다.

오전 7시, 아침으로 와쇼쿠(和食)를 먹었다. 비가 내려 다소 우중충했던 어제와 달리 화창한 날씨였다. 기분 또한 상쾌했다. 오전 8시, 학회가 시작됐다. 아내는 배우자 프로그램에 따라 관광을 떠났다. 선배인 J교수와 함께 학회에 참석했다. 오전 9시 30분, '서울대학교병원 방사선 수술(Radiosurgery in Seoul National University Hospital)' 이라는 주제로 약 20분간 연제 발표를 했다. 흥미가 있었는지 많은 참석자의 질문 세례를 받았다. 첫째 날 학회 일정은 오후 1시에 종료됐다. 학회 측에서 제공한 점심을 먹고 배우자를 포함한 모든 참석자가 관광에 나섰다. 전세버스를 타고 얼마 전까지 폭발했다는 활화산 아사마 산 북쪽 기슭에 펼쳐진 용암 들판인 '오니오시다시(鬼岬出園)' 로 갔다. 벌판에는 황량한 용암 바위가 겹쳐져 있고 고산 식물들이 군락을 이루고 있었다. 전망대로 이동했다. 삼각형의 멋진 산이 한눈에 들어왔다. 한동안 근처를 천천히 걸었다. 일본 전통 불교 사찰도 구경했다. 햇빛이 따갑고 꽤 더웠다. 다시 버스를 타고 울창한 숲을 지나 검은 암벽에서 수천 개의 물줄기가 하얗게 부서져 떨어지는 '시라이토 폭포(白糸の滝)' 를 구경했다. 높지는 않은데 폭이 넓어 특이한 모습이었다. 우렁찬 물소리와 열대림을 방불케 하는 숲에 마음마저 시원했다. 다시 버스를 타고 시내로 돌아왔다. 시가지는 크지 않은데 유럽의 뒷골목을 많이 닮았다. 성 파울로 성당은 아담하지만 아주 예쁘게 생겼다. 영화의 무대로 등장할 것 같은 느낌이었다. 아내가 성당에 앉아 한동안 생각에 잠겼다. 유럽 스타일의 테니스 코트에서 젊은 사람들이 운동하고 있었다. 전(前) 천황 아키히토(明仁)가 장차 황비가 될 사람을 만난 곳이다. '프렌치 베이커리'가 유명하다고 해서 들어갔는데 시간이 늦어서 빵이 모두 팔리고 없었다. 오후 7시, 호텔 '포리스타나 룸'에서 공식 만찬이 열렸다. 오붓하고 격의 없는 분위기에서 화기애애하게 진행됐다. 특히 스테이크가 일품이었다. 전에도 느꼈는데 일본의 서양 음식 문화 수준이 꽤 높았다.

오전 7시 30분, 명예 부회장 자격으로 비지니스 미팅에 참석했다. 다음 대회는 2020년 덴마크 코펜하겐에서, 그 다음은 오스트레일리아의 시드니에서 열기로 결정됐다. 그리고 명예 부회장은 독일의 루멘타(Lumenta) 교수에게 넘겨주었다. 뒤이어 시작한 학회에서 첫 번째 세션의 좌장을 맡았다. 학회는 오전에 모두 끝났다. 학회 측에서 준비한 점심을 먹고 외국 친구들과 작별 인사를 나눈 뒤 꼭 한번 가고 싶었던 '쿠사츠 온천(草津溫泉)'을 찾아 아내와 함께 길을 나섰다. 쿠사츠 온천은 일본 3대 온천 중 하나다. 오후 2시 10분, 가루이자와 역 북쪽의 시외버스 터미널에서 쿠사츠 온천행 버스에 탔다. 요금은 1인당 2,200엔이었다. 대형 버스에 손님은 우리 부부 뿐이었다. 약 1시간 30분 동안 울창한 숲속 산길을 달렸다. 길이 험하고 꾸불꾸불한데 경치는 기가 막혔다. 나가노 현과 군마(群馬) 현의 울창한 산악지대를 제대로 구경했다. 아담한 규모의 쿠사츠 버스

터미널에 도착해 호텔로 전화하니 승용차가 마중을 나왔다. 5분 남짓 걸렸을까 한적한 골목길 안 숙소 '츠츠이테이'에 도착했다. 주위 경관이 아름다웠고 옛 일본식 목조 건물이 운치 있었다. 현관 마루에서 기모노를 입은 종업원이 꿇어앉아 손님을 맞이했다. 체크인하는 동안 로비 옆의 방에서 말차(末茶)와 전통 과자를 대접받았다. 맛도 좋았고 말차를 담은 듬직한 찻잔도 맘에 들었다. 이곳저곳에 장식한 꽃에서 은은한 향기가 풍겼다. 삐걱거리는 나무 복도를 지나 2층 방으로 안내해 주었다. 미닫이를 여니 널찍하고 깔끔한 다다미방이 나타났다.
고급 료칸 '츠츠이테이'는 5,000평 넘는 대지에 방 10개만을 운영하고 있었다. 정원이 매우 아름다웠다. 가구들도 모두 옛것을 그대로 사용하고 있었다. 너무 비싼 곳에 묵는 것 같아 괜히 송구한 마음마저 들었다. 온천에서 몸을 풀고 식당으로 갔다. 독방에 아내와 둘이 마주 앉아 가이세키(會席) 요리를 천천히 즐겼다. 전통 복장의 여자 종업원이 영어로 설명을 해가며 시중을 들었다. 모든 음식이 그렇게 맛깔스러울 수 없었다. 마지막 디저트까지 먹으니 정말 배가 불렀다. 누가 일본 사람들이 소식(小食)한다고 했던가. 방으로 돌아오니 이부자리가 펴 있었다. 창가 의자에 앉아 아내와 깊어가는 밤을 즐겼다.

아침 일찍 목욕을 마치고 일본식 아침을 먹었다. 깔끔한 식사였다. 호텔에서 차로 '쿠사츠 호텔'까지 데려다주었다. 곧장 시내로 나갔다. 온통 유황 냄새로 가득하고 부글부글 끓는 온천수가 흐르는

'유바다케(湯畑)' 가 보였다. 유바다케는 쿠사츠의 얼굴로 장관이 아닐 수 없었다. 크지 않은 건물 앞에 사람들이 줄을 서 있었다. '네츠노유(熱乃湯)' 라는 곳으로 유모미 쇼를 구경하는 곳이었다. 유모미 쇼는 뜨거운 온천물을 식히기 위해 노처럼 생긴 커다란 널빤지를 휘저으며 장단에 맞춰 노래를 부르는 볼거리였다. 쿠사츠의 여러 온천을 경험하기 위해 패스를 끊었다. 먼저 '오타키노유(大龍乃湯)' 로 향했다. 규모가 크고 사람도 많았다. 내부는 온통 나무로 지었는데 나무 기둥과 대들보에 세월의 흔적이 고스란했다. 이동해서 '고자노유(御座之湯)' 에서 목욕을 하고 건물 2층에 마련된 커다란 다다미방에 누워 잠시 숨을 돌렸다. 오후 2시가 넘어 출출했다. 깔끔한 국숫집에서 메밀국수와 튀김을 먹었다. 다시 기운을 내 '사이노가와라(西の河原)' 공원에 갔다. 군데군데 온천수가 솟아나는 샘이 있는 길을 따라 걷다 보니 동산 위에 노천 온천이 있었다. 물이 뜨거운데다 머리 위로 햇볕이 내리쬐어 오래 머물기 힘들었다. 종일 돌아다니며 온천을 즐기다 오후 4시경, 호텔로 돌아왔다. 몸이 축 늘어졌다. 놀기도 힘들다고 생각했다. 오후 7시, 호텔에서 저녁으로 가이세키 요리를 먹었다.

아침에 일어나니 비가 왔다. 서울로 돌아가는 날이었다. 일찍 온천욕을 마치고 아침으로 와쇼쿠를 먹었다. 갈 길이 멀었다. 호텔에서 내준 승용차로 버스 터미널로 갔다. 오전 9시 25분, 나가노하라 쿠사츠구찌(長野原 草津口) 역으로 가는 버스를 탔다. 오전 10시 8분, 역에서 기차를 타고 타카사키(高崎)에 도착했다. 오전

10시 46분, 도쿄행 신칸센에 올랐다. 오후 2시경, 도쿄에 도착해 서둘러 다시 기차를 타고 나리타(成田) 공항으로 갔다. 공항에서 점심으로 생선초밥을 먹고 애들에게 줄 선물을 샀다. 오후 5시 20분, 대한항공을 이용해 인천(仁川) 공항에 도착하니 오후 7시 40분이었다. 리무진을 타고 삼성동(三成洞) 도심공항터미널에 내렸다. 아들이 차를 갖고 마중을 나왔다. 일정이 길지는 않았지만 일본 냄새를 만끽한 오래 기억에 남을 여행이었다.

일본 알프스

2018년 9월 23일 일요일 아침이었다. 딸네와 함께 남은 한가위 음식인 떡볶이, 송편, 빵, 그리고 커피로 간단하게 식사를 마치고 다 함께 길을 나섰다. 오전 9시 30분, 지하 주차장에서 예약해 둔 콜밴을 타고 인천(仁川) 국제공항으로 향했다. 출국 절차를 마치고 항공사 라운지에 들어가려는데 사람들이 너무 많았다. 하는 수 없이 푸드 코트에서 자장면, 만두, 볶음밥, 탕수육을 시켜 점심을 먹었다. 아빠를 만나러 가는 손녀들의 들떠 있는 모습이 보기 좋았다. 아쉬운 시간이 다가왔다. 딸과 두 외손녀와 헤어져야 하기 때문이었다. 그들은 추석 연휴를 이용해 미국에서 공부하고 있는 아빠를 만나러 가는 길이다. 오후 2시 30분, 미국 LA행 대한항공 비행기에 오르는 애들을 탑승구로 들여보냈다. 조금은 섭섭해도 가족이 만나 행복한 시간을 보내겠지 하는 마음에 이내 기분이 괜찮아졌다.

오후 3시 20분, 일본 오사카(大阪)행 대한항공 비행기를 탔다. 오후 4시 50분, 간사이(關西) 국제공항에 무사히 도착했다. 공항에서 와카야마(和歌山)행 버스를 타고 약 40분 만에 버스 터미널에 도착했다. 짐을 끌고 역전의 '호텔 그랑비아 와카야마'를 찾았다. 버스 터미널에서 멀지 않은 거리였다. 출출했다. 와카야마는 '주카(中華) 소바'가 유명하다고 들었다. 구글 지도로 '이데쇼텐(井出商店)'을 찾아갔다. 문밖에 이미 10여 명이 줄을 서 있었다. 약 20분쯤 뒤에 코딱지만 한 가게의 모퉁이에 간신히 자리를 잡았다. 국수 세 그릇을 시키고 기다리는데 식탁 위 조그만 소쿠리에 담긴 삶은 달걀과 초밥이 눈에 들어왔다. 아내가 참지 못하고 달걀 껍데기를 벗기고 초밥을 집어 들었다. 사바 초밥을 한입 물었는데 맛이 괜찮았다. 이내 국수가 나왔다. 이름이 '소바'라 메밀국수를 생각하고 있었는데 영락없는 일본 라면이었다. 시장이 반찬이라지만 두툼한 돼지고기, 진하고 짠 국물, 꼬들꼬들한 면발이 어울려 맛이 기가 막혔다. 식사를 마치고 거리를 기웃거렸는데 시간이 늦어 상점은 모두 문이 닫혀 있었다.

오전 6시경, 딸에게서 전화가 왔다. 미국 샌디에이고(San Diego)의 집에 잘 도착했다는 소식이었다. 딸애 혼자 두 아이를 데려가느라 애를 많이 썼을 텐데 적잖이 안심이 되었다. 아침을 거른 채 체크아웃을 하고 길거리로 나왔다. 월요일 아침인데 왠지 거리가 한산했다. 알고 보니 휴일이었다. 일본은 추분인 9월 23일이 공휴일인데 일요일이었기 때문에 월요일이 대체 휴일이 된 것이었다. 걸어서 '와카야마 성'으로 향했다. 날씨가 화창했다. 와카야먀 성은 일본의 여느 성들과 비슷했다. 경내가 꽤 넓고 정원이 아름다웠다. 제2차 세계 대전 때 소실된 것을 1958년 재건한 것이었다. 마침 재건 60주년 행사가 벌어지고 있었다. 입구에 시장이 서고 경내가 북적북적했다.
오전 11시경, 택시를 타고 '구로시오(黑潮) 시장'에 갔다. 수산물 시장인데 참치 해체 쇼가 있다고 해서 일부러 찾아간 것이었다. 빡빡머리에 수건을 질끈 동여맨 젊은이가 커다란 회칼을 들고 1.5미터쯤 되는 참치를 능숙하게 다뤘다. 해체된 참치는 부위별로 즉석에서 판매했다. 점심때가 돼 회덮밥과 생선초밥을 사서 야외의 식탁에서 먹었다. 시장에서 파는 찬 음식이라 맛이 기대만 못했다. 비린내가 나고 밥이 차가워서 쉽게 넘어가지 않았다. 시장 옆 '마리나 시티'를 한동안 돌아보았다.
오후 2시 30분, 택시를 타고 호텔로 돌아왔다. 짐을 찾은 뒤 다시 택시로 '기슈카타(紀洲加太)'에 위치한 '큐카무라(休暇村) 호텔'로 갔다. 해변의 언덕 위에 지어진 규모가 큰 호텔이었다. 짐을 풀고 호텔 내 온천에 몸을 담구니 피로가 단번에 풀렸다. 느긋하게 노천탕에 비스듬히 누우니 바다에 지는 해가 보였다. 주위를 온통 주황빛으로 물들였던 해가 이내 바다에 잠기고 하늘은 잿빛이 되었다. 식당으로 이동했다. 생선회, 도미 머리 조림, 새우튀김, 소고기찜, 그리고 회덮밥으로 맛깔스러운 저녁 식사를 했다. 1층 로비의 가게에서 유명하다는 '와카야마 라면'을 몇 봉지 사서 방으로 올라왔다. 다다미방에서 아내, 아들과 밤늦도록 이런저런 얘기를 나누며 깔깔거렸다.

새벽에 비가 내렸다. 호텔에서 일본식 아침을 먹었다. 택시로 와카야마 역 근처의 토요타(豊田) 렌터카 사무실에 가서 차를 인계받았다. 예약해 둔 토요타 '시엔타(Sienta)'를 아들이 운전해서 나고야(名古屋)로 향했다. 아들은 운전하느라 힘들겠지만 안락한 이동 수단이 생기니 정말 편했다. 오전 10시에 출발해서 중간에 쿠사츠(草津) 휴게소와 이부키(伊吹) 휴게소에서 과자, 커피, 소프트아이스크림 따위를 사 먹으며 쉬엄쉬엄 갔다. 오후 4시, JR 나고야 중앙역 근처의 '메이테츠(名鐵) 그랜드 호텔'에 도착했다.

대도시 중심가답게 대단히 복잡했다. 점심 먹은 게 시원치 않아서 배가 고팠다. 아들이 알아본 나고야 맛집 정보로는 장어덮밥인 '히쓰마부시(ひつまぶし)'가 유명하다고 했다. 메이테츠 백화점에 있는 '마루야(丸屋)'를 찾았다. 맛있어 봤자 밥에 장어 올린 것일 뿐이라고 생각했는데 상상을 초월하는 기막힌 맛이었다. 느끼한 맛은 전혀 없고 바삭바삭한 장어가 입에서 살살 녹았다. 식사를 마치고 근처를 거닐었다. 딸이 부탁한 손주들 목욕용 세제 '러쉬(Lush)'가 있어 몇 개 골랐다. 오늘은 방을 2개 잡았다. 세 식구가 밤늦도록 얘기를 나누다 아들은 자기 방으로 돌아갔다. 와카야마에서 나고야로 오느라 하루를 보낸 셈이었다. 그래도 세 식구가 차를 타고 오손도손 이야기하면서 일본 풍경을 마음껏 즐겼으니 전혀 아깝지 않았다.

날이 밝았다. 서둘러 호텔 식당에 가서 뷔페로 아침 식사를 했다. 오전 8시 30분, 체크아웃을 하고 '나고야 성'으로 갔다. 날씨가 화창하다. 나고야 성은 1612년 도쿠가와 이에야스(徳川家康)가 축성했으며 대대로 도쿠가와 가문의 거성으로 영화를 누렸다. 제2차 세계 대전 중이던 1945년 공습으로 소실되었으나 1959년 철근 콘크리트로 재건되었다. 한 시간 정도 둘러보았다. 오후 10시, 나가센도(中山道)를 구경하기 위해서 '마고메주쿠(馬籠宿)'로 향했다. 꼬불꼬불한 산길을 한참 달렸다. 가는 도중 한적하고 평화로운 시골 정취가 마음에 쏙 들었다. 우리나라 시골보다 더 시골 같은 느낌이었다. 나가센도는 옛 에도(江戸)와 교토(京都)를 잇는 다섯 개 도로 중 하나다.
마고메주쿠에서 옛 풍경이 그대로 남아 있는 나가센도를 걸었다.

날씨도 그만이고 분위기도 만점이었다. 좁은 길이 관광객으로 가득 차 있었다. 우리나라로 치면 문경(聞慶) 새재와 비슷하다는 생각이 들었다. 산길을 한참 걸어 올라 전망대에 서니 모든 것이 발아래 있었다. 푸른 하늘, 흰 구름이 마음을 시원하게 했다. 길가의 오래된 목조 건물 식당에서 메밀국수로 점심을 먹었다. 배꼽시계가 울린 지 한참 되기도 했으나 맛이 정말 좋았다. 길을 내려오다 유명하다는 '고헤이모찌(五平餅)' 와 아이스크림을 먹었다. 오후 2시, 차로 30분 거리의 '츠마고주쿠(妻籠宿)' 에 도착했다. 옛 도로의 마을 중 하나로 원래 모습을 가장 잘 보존하고 있는 곳이다. 분위기가 차분하고 한적한 것이 마고메주쿠보다 더 예스러웠다. 목조 건물이 늘어선 모습이 어려서 놀던 동네 골목을 닮았다. 동네를 벗어나니 진짜 산길이 이어졌다. 오후 3시 30분, '카미코치(上高地)' 를 향해 출발했다. 화창했던 날씨가 흐려지며 비가 오기 시작했다. 오후 6시, 산 아래 주차장에 차를 세웠다. 비가 억수같이 쏟아붓고 사방은 적막강산이었다. 여기서 택시로 숙소까지 가야 했다. 환경을 보호하기 위해 개인 차량은 올라갈 수 없기 때문이었다. 날은 어둡고 비가 하도 거세서 앞도 구별하기 어려운데 어떻게 택시를 불러야 할지 막막했다. 희미하게 불이 켜진 조그만 온천장이 보였다. 무작정 들어가 택시 콜을 부탁했다. 중년의 아주머니는 말이 안 통해도 상황을 충분히 이해하고 전화기를 들었다. 30분쯤 기다렸을까, 빗속을 뚫고 택시가 올라왔다. 속으로 '휴우' 하고 한숨을 내 쉬었다. 장대 같은 비를 뚫고 1시간 가까이 걸려 숙소인 '고센자쿠(五千尺) 로지' 에 도착했다. 예약한 손님이 오지 않아 주인이 걱정을 많이 했던 모양이었다. 문

앞에서 초조하게 우리를 기다리고 있었다. 일본식 저녁을 먹고 로지 내의 온천에서 피로를 풀었다. 바깥 기온이 쌀쌀했다. 비가 계속 내리는 산속의 밤은 어릴 때 비 내리는 가을밤 같은 느낌이었다.

9월 27일 목요일 아침이 밝았다. 내리던 비는 그쳤다. 따뜻하게 온천욕을 하고 뷔페식 아침을 먹었다. 오전 10시, 로지를 나와 일본 북알프스 트레킹에 나섰다. 산속인데다 비까지 와서 그런지 옷을 많이 껴입었어도 몸이 으슬으슬했다. 춥고 땅은 질퍽거려도 공기와 경치만큼은 더 말할 나위가 없었다. 안개 속에 솟아오른 산봉우리들이 눈앞으로 다가왔다. 많은 사람이 장비를 갖춰 본격적인 트레킹에 나서는데 우리는 근처에서 맛만 보는 정도로 산책을 했다. 묘진(明神), 묘진이께(明神池), 타시로이께(大正池) 등도 구경했다. 산속 풍광이 참 좋았다. 타시로이께에 다녀오는 길에 야생의 일본원숭이를 만났다. 텔레비전의 일본 관광 프로그램에서 보던 온천욕을 즐기는 원숭이와 똑같이 생겼다. 야생동물이니 가까이 가지 말라는 주의를 받아서 그런지 조금은 무서웠다. 재빨리 사진을 한 컷 찍었다. 조금 피곤하긴 하지만 일본 북알프스를 직접 느끼는 즐거운 경험이었다. 오후 3시, 택시로 주차장까지 내려왔다. 차를 타고 다음 목적지인 '시라호네(白骨) 온천'으로 향했다. 산속 지방이라 길이 험해 운전하는 아들은 힘들었지만, 풍경을 즐기는 사람들은 신이 났다. 한 시간쯤 걸려 산속의 산장 같은 '유모토사이토(湯元齋) 료칸'에 도착했다. 입구부터 유황 냄새가 코를 찌르는데 한눈에 보기에도 무척 오래된 여관이었다. 다다미방에 짐을 풀고 곧장 온천으로 달려갔다.

듣던 대로 물이 기가 막히게 좋았다. 가족탕이라 한 시간 만에 나가야 했다. 목욕하고 나오면서 이렇게 아쉬운 적은 처음이었다. 아들과 함께 목욕을 마치고 뒤이어 아내가 목욕했다. 몸이 나른해졌다. 식당에서 저녁으로 '스키야키'를 먹고, 방에서 밤이 늦도록 얘기를 나눴다.

좋은 물에서 온천욕을 즐기려고 일찍 일어났다. 일본식 아침도 먹었다. 오전 10시, 직원들의 배웅을 받으며 일본 북알프스를 조망하기 위해 '신호타카(新惠高)'로 향했다. 어제와 달리 날씨가 화창했다. 오전 11시 30분, 신호타카 로프웨이에 도착했다. 케이블카를 타고 2,156미터 높이의 전망대에 오르니 사방에 높은 산들이 병풍처럼 둘러싸고 있었다. 온도계가 섭씨 8도를 가리키고 멀리 고봉에는 눈이 덮여 있었다. 주위 경관과 분위기가 이름과 같이 스위스의 알프스와 너무 흡사했다. 전망대를 빠져나가 산책을 즐겼다. 세 식구가 어울려 서로서로 사진을 찍어주며 맑은 공기를 만끽했다. 별천지 같았다. 오후 1시가 넘어 '타카야마(高山)'로 출발해 1시간 30분 만에 도착했다. 곧장 시내 유명한 음식점 '교야(京屋)'를 찾아갔다. 주인아주머니와 아들이 반갑게 맞아 주었다. '히타규(飛彈牛)'를 시켰다. 우리나라에서도 소고기는 많이 먹어 봤지만 여기 고기 맛은 특별했다. 나오면서 주인아주머니, 아들과 함께 간판 앞에서 기념사진을 찍었다. 기억에 오래 남을 만한 음식점이었다. 시내 한복판 비지니스 호텔 '타카야마 시티 호텔 포시즌스'에 들었다. 규모는 작지만 깔끔하고 깨끗한 숙소였다.

호텔을 나와 길거리를 걸었다. 관광객이 많은데 서양 사람도 적지 않았다. '작은 교토'라고 불리는 별칭에 걸맞게 오래된 거리가 잘 보존되어 있었다. 오래된 고가를 민예관으로 꾸며 놓은 곳에서는 옛 일본인들의 생활상을 엿볼 수 있었다. 저녁 식사로 라면과 히타규를 먹고 호텔로 돌아왔다. 타카야마는 크지 않아도 정감이 있는 도시였다. 피곤해서 일찌감치 잠자리에 들었다.

오전 6시, 눈을 떴다. 호텔에서 온천욕을 하고 식당에서 아침을 먹었다. 조그만 식당에 손님들이 옹기종기 모여 앉았다. 주인아주머니가 해 주는 일본식 집밥이 정겹고 맛도 좋았다. 체크아웃을 하고 길을 나섰다. 또다시 비가 오고 약간 한기가 느껴졌다. 타카야마 진야(陣屋), 옛 관청, 옛 시청을 돌아보면서 느긋하게 길거리 구경을 했다. 주말을 맞아 관광객이 많았다. 수학여행 온 학생들도 떼 지어 다녔다. 깨끗해 보이는 길가 음식점에 들어갔다. 라면, 교자, 그리고 히타규 스시를 시켰다. 히타규를 얹은 초밥이 입에서 녹았다. 소고기로 이런 맛을 낼 수 있다니. 오후 1시, 호텔 주차장에 세워 두었던 차를 타고 '이누야마(犬山)'로 향했다. 이누야마는 작은 도시인데 성이 아름답다고 해서 일부러 찾아가는 길이었다. 2시간 만에 '메이테츠 이누야마 호텔'에 도착해 짐을 풀었다. 규모가 꽤 커다란 현대식 호텔이었다. 가을비가 계속해서 추적추적 내렸다. 호텔 바로 옆 '유락구엔(有樂園)'으로 갔다. 아름답게 꾸민 전통 일본식 정원이다. 일본답게 아기자기하게 구성해 놓았다. 우산을 쓰고 다니느라 좀 고생은 됐어도 비 때문에 운치는 더했다. 다시 걸어서 '이누야마 성'으로 향했다. 강가의 약 90미터 높이 절벽 위에 있는 성은 멀리서 보니 하늘에 떠 있는 것 같았다. 1537년에 축성된 이누야마 성은 규모는 크지 않아도 지금까지 원형을 그대로 보존하고 있었다. 1953년에 국보로 지정된 천수각 꼭대기에 오르니 시내가 한눈에 들어왔다. 가슴이 시원했다. 오후 5시경, 조금 더 머물고 싶었지만 문을 닫을 시간이 돼서 성을 나와 호텔로 돌아왔다. 여느 때와 마찬가지로 호텔의 온천장에서 몸을 풀고 뷔페식 저녁 식사를 했다. 이번 추석 여행도 막바지에 이르렀다. 바쁘게 돌아다니느라 힘은 들었지만 일본 중부 지방의 이곳저곳을 수박 겉핥기식으로나마 둘러볼 수 있었던 좋은 기회였다.

오전 5시에 일어나 온천욕과 뷔페식 아침 식사를 했다. 날씨가 서늘하고 잔뜩 찌푸렸다. 오전 7시 50분, 호텔을 나와 나고야 주부(中部) 공항으로 차를 달렸다. 오전 9시 10분, 공항에 도착해 차를 반납했다. 공항은 널찍하고 깨끗했으며 뜻밖에 한산했다. 이유를 알아보니 태풍 '짜미'가 올라오고 있어 대부분 항공기가 결항이라고 했다. 벽에 걸려 있는 표지판을 보니 거의 모든 편이 결항이고 우리가 타고 갈 대한항공 인천행만 남아 있었다. 마음이 조마조마했다. 오후 2시, 다행히 비행기가 이륙했다. 이날 일본에서 뜬 마지막 편이었다. 인천공항에서 리무진을 타고 귀가했다. 서울도 날씨가 서늘해져서 올가을 들어 처음으로 난방을 하고 잠자리에 들었다.

사그라다 파밀리아

2018년 초가을, 화창한 토요일 아침에 아내와 함께 길을 나섰다. 새벽 6시부터 법석을 떨었는데 파리를 거쳐 스페인 빌바오(Bilbao)의 호텔에 도착하니 밤 11시가 넘었다. 유명한 구겐하임 박물관(Museo Guggenheim) 코앞에 있는 호텔이었다. 택시에서 내리니 밤공기가 제법 쌀쌀했다.
이번 여행은 여름에 아껴뒀던 휴가를 내서 아내가 참석하는 세계 병리학회에 배우자로 동반한 것이었다. 오랫동안 벼르던 스페인 여행에 한껏 마음이 들떴다.
9월 9일 일요일부터 곧장 학회가 시작됐다. 아내가 공부하는 동안 박물관, 성당 등을 돌아보며 구시가의 이곳저곳을 쏘다녔다. 혼자서 멋진 것을 보니 둘이 같이할 때와 사뭇 느낌이 달랐다. 물을 갈아먹어 그런지 속이 좋지 않아 저녁 식사는 과일로 대신했다.

월요일 오후, 학회 일정이 없어 아내와 함께 근처의 작은 시골 마을을 찾았다. 시외버스를 타고 산탄데르(Santander)를 거쳐 토렐라베가(Torrelavega) 터미널에 도착하니 거리가 한산했다. 겨우 택시를 잡았는데 말이 전혀 안 통했다. 손짓 발짓으로 요금을 흥정해 15유로에 '산틸라나 델 마르(Santillana del Mar)'로 향했다. 마을에 거의 다 오니 유명한 알타미라 박물관(Museo de Altamira) 표지판이 보였다. 아뿔싸, 월요일은 휴관이 아닌가. 구석기 시대 크로마뇽인의 작품을 눈앞에서 놓치다니 너무 애석했다. 팔자에 없는 것을 인력으로 어찌하랴. 산틸라나 델 마르는 오래되고 조그만 시골 마을이다. 산티아고 순례길이 지나는 도시로 옛 정취가 비교적 잘 보존돼 있다. 돌로 지은 성당이 고풍스럽고 길가에 남아 있는 빨래터가 특히 정겨웠다. 하지만 기대했던 고즈넉함 대신 북적이는 관광객과 싸구려 관광상품을 파는 상점들로 가득 찬 거리는 다소 아쉬웠다. 버스를 갈아타고 시골길을 되돌아오느라 깜깜해져서 호텔에 도착했다. 힘은 들었지만 참 좋은 구경을 했다.

화요일, 구겐하임 박물관을 찾았다. 스페인 국왕이 20세기 최고의 건물이라 극찬했을 만큼 건물 자체가 작품인 박물관이다. 건물 외장을 티타늄판으로 했다는데 발상이 기발하고 보기에도 멋있었다. 박물관 앞 광장에는 또 하나의 명물 제프 쿤스(Jeff Koons)의 '꽃 강아지' 를 배경으로 사진을 찍으려는 사람들로 붐볐다.
입장료는 10유로였다. 안으로 들어가 보니 일반적인 박물관이나 미술관이 아니었다. 현대 작가들의 설치 미술이라고 하는데 구조도 특이하고 작품들도 난해했다. 상당히 넓은 공간에 중국 작품들이 전시돼 있었는데 별로 감흥이 일지 않았다.
천천히 걸어서 구시가로 이동했다. 316개 계단을 걸어 올라 체력과 인내가 한계에 이를 때쯤, 빌바오의 제일 높은 곳에 있는 '베고냐 성당(La Basilica de Begoña)' 이 눈에 들어왔다. 산티아고 순례길 중 빌바오에서 첫 번째로 들리는 곳이다. 시야가 탁 트여 시내가 한눈에 내려다보이니 흘렸던 땀이 단숨에 말랐다.

수요일 오후, 아내의 학회 일정이 마무리됐다. 서둘러 버스 터미널로 향했다. 예약한 버스를 타고 1시간 30분 만에 '산세바스찬(San Sebastian)' 에 도착했다. 비가 부슬부슬 내렸다. 산세바스찬은 프랑스에서 20킬로미터 밖에 떨어져 있지 않은 해안 지역으로 바스크 특유의 자부심과 근성을 그대로 간직하고 있는 고장이다.
호텔에 짐을 풀고 거리로 나갔다. 비는 어느새 그쳤다. 시원한 바닷바람을 맞으며 해안선을 따라 걷다 보니 구시가지가 나타났다. 고풍스럽고 좁다란 길이 사람들로 꽉 차 있었다.
음식이 유명한 지역이라 바스크 전통의 맛을 보기로 했다. 길가의 식당마다 입구부터 사람들로 발 디딜 틈이 없었다. 일부러 가장 붐비는 식당에 사람을 헤집고 들어갔다. 왁자지껄했다. 와인 잔을 들고 신나게 떠들며 음식을 즐기고 있었다. 남들 하는 대로 접시에 여러 가지 '핀초스(Pinchos)' 를 담아 계산대에 내밀었다. 핀초스는 조그만 바게트 위에 식재료들을 올려놓고 핀초(핀)를 꽂아 고정해 놓은 바스크 지방의 타파스(Tapas)다. 계산을 마친 뒤 접시와 음료를 들고 자리를 찾아 헤매다 겨우 서양인 남자와 동양인 여자 커플이 앉아 있는 테이블에 합석했다. 음식을 먹으며 이런저런 이야기를 나눴는데 남자는 프랑스 사람, 여자는 라오스 사람이라고 했다.
오래전 라오스를 다녀온 적이 있는데 라오스가 아닌 외국에서 라오스 사람을 만난 것은 처음이었다. 음식도 먹을 만하고 자유분방한 서민적인 분위기도 좋았다. 하루 동안 있었던 소소한 이야기와 소박한 음식으로 피로를 푸는 바스크 사람들 일상이 맘에 들었다.

아침 일찍 일어나 어제 걸었던 반대 방향으로 해변을 걸었다. 아침 공기가 상쾌했다. 해변 끝에 있는 바스크 출신의 유명 조각가 에두아르도 치이다(Eduardo Chillida)의 '바람 빗' 이라는 철제 조형물이 이채로웠다. 이겔도 산에 올랐다. 내려다보이는 양귀비 눈썹 모양의 해변에 돛단배들이 유유히 지나고 있었다. 한동안 멍하니 아무 생각 없이 바라보았다.

이겔도 산 반대편에 있는 우르굴 산에서 다시 한 번 해안의 평화스러운 풍경을 감상했다. 구시가로 향했다. 중세 시대의 정취가 그대로 남아 있는 골목을 천천히 거닐며 산타 마리아 성당과 산텔모 미술관 등을 둘러보았다. '산세바스찬' 은 작으면서도 옛 정취가 그대로 남아 있는 정겨운 마을이었다. 보여주기식 관광지가 아닌 바스크의 일상을 볼 수 있는 곳이었다. 짧게 머물렀지만 산세바스찬은 인상에 깊이 남았다.

호텔에서 짐을 찾아 택시를 타고 산세바스찬 공항으로 갔다.

바르셀로나(Barcelona)행 비행기편에 체크인한 뒤 서둘러 공항을 나와 택시를 잡아 타고 '온다리비아(Hondarribia)' 로 향했다. 온다리비아는 프랑스와의 국경 마을로 산티아고 순례길이 시작되는 곳이다. 현대식 옷을 입고 있는 사람이 없다면 진짜 중세 마을에 온 착각을 일으킬 만했다. 골목 안 주민들이 사는 옛집들이 정말 아름다웠다. 사람들이 따사로운 해를 맞으며 한가롭게 노천카페에서 유유자적하고 있었다. 순례자 방문지인 성당은 시간이 맞지 않아 보지 못했다. 마을 꼭대기에 있는 꽤 큰 성안의 카페에서 간단하게 요기를 했다. 성이 있는 동산 아래 강을 건너면 프랑스 땅이었다.

산세바스찬 공항에서 출발하는 예정된 비행기가 결항이어서, 짐을 들고 다시 빌바오 공항으로 돌아와 늦게 바르셀로나행 비행기에 올랐다. 택시로 호텔에 도착하니 새벽 0시가 넘었다.

숙소 앞 노천카페에서 크루아상과 커피로 아침을 먹고 '유로 자전거 나라'의 '가우디 프리미엄 투어'에 참여했다. 일행이 15명쯤 됐다. 맨 처음 '카사 밀라(Casa Mila)'로 향했다. 안토니 가우디(Antoni Gaudi)가 설계한 고품격 맨션으로 세상 어디에도 없는 건물이다. 오래전 오스트리아 빈(Wien)에서 본 훈데르트바서(Hundertwasser)의 집과 왠지 분위기가 비슷했다.
구엘 공원(Parque Guell)으로 이동했다. 바르셀로나가 한눈에 내려다보이는 언덕 위에 복합 주택 단지가 조성돼 있었다. 규모가 상당하고 기상천외한 건물들을 보며 입이 다물어지지 않았다. 마치 살바도르 달리(Salvador Dali)의 그림 속을 걷는 느낌이었다.
가우디의 건축적 특징이 잘 나타나 있는 콜로니아 구엘 성당(Iglesias de la Colonia Guell)은 외부도 내부도 그렇게 아름다울 수 없었다. 성당 한쪽에 옹기종기 모여 앉아 가이드의 설명을 들었다.
가우디의 작품에 빠져 있는 사이 어느덧 점심 시간이 되었다. 가이드가 알려 준 해변의 식당에 들어가 스페인 음식을 주문했다. 빠에야, 대구찜, 새우마늘찜, 꼴뚜기, 엔초비, 맥주, 포도주, 오렌지 주스, 콜라 등 맛은 그만인데 너무 많이 시키는 바람에 배가 남산만 해졌다. 먹다 남은 빠에야는 싸서 나왔다.
드디어 사그라다 파밀리아(Sagrada Familia)에 도착했다. 가우디의 명성과 성당은 텔레비전의 여행 프로그램에서 여러 차례 봐서 익히 알고 있으나 실물을 눈앞에 대하니 '와' 하는 탄성이 절로 나왔다. 텔레비전에서 영상으로 볼 때는 꼭 유령의 집 같았는데 가이드의 설명을 들으며 바라보니 감동이 밀려왔다. 물 흐르는 듯한 곡선이 정말 아름다웠다. 어떻게 이런 발상을 했을까. 가우디의 천재성을 인정하지 않을 수 없었다. 관광이 끝났어도 한동안 발걸음을 떼지 못했다. 이 감동을 제대로 표현할 재주가 없는 것이 너무도 안타까웠다. 아직 보지 못한 분들에게 정말 정말 꼭 한번 가 보시라고 권하는 바이다.

여행의 마지막 날 오전, '유로 자전거 나라'의 '구시가 걷기' 프로그램에 참여해서 바르셀로나 중심가를 둘러보았다. 국왕이 신대륙을 발견하고 돌아온 콜럼버스를 맞이하던 계단, 서민을 위한 산타마리아 델 마르 성당(Basilica de Santa Maria Del Mar), 하몽 파는 시장 등을 구경했다. 그중에서 파블로 피카소(Pablo Picasso)가 무명 시절 다니던 카페와 피카소 미술관이 가장 기억에 남았다.
카페 입구에 있는 포스터는 무명 시절 피카소가 커피값 대신 그려준 그림이라고 했다. 나중에 유명해지면 비싸질 거라며 절대 팔지 말라고 했다는 가이드의 설명이 재미있었다. 관광을 끝내면서 선물로 초콜릿과 외손녀 옷을 샀다. 스페인의 매력에 흠뻑 빠졌던 일주일을 뒤로하고 오후 6시 파리로 향하는 비행기에 올랐다.

설경

중학교 2학년 때 일본의 소설가 가와바타 야스나리(川端康成)가 노벨 문학상을 받았다는 뉴스를 들었다. 과학상은 여러 차례 받았어도 문학상은 처음이라 일본 열도가 떠들썩하다는 소식도 함께 전해졌다. 노벨상 수상작 『설국(雪國)』(1935-1947)을 읽어 보려 했으나 도저히 이해가 안 됐다. 내용은 모르겠고 다만 무대가 눈이 많은 지역이라는 기억만 남았다. 언젠가 기회가 된다면 눈이 사람 키 이상으로 쌓인 겨울 풍경을 경험하고 싶은 소망 하나를 마음에 간직하게 되었다.

현역의 신분으로 참석하는 마지막 국제 학회가 2019년 1월 일본 센다이(仙臺)에서 열렸다. 이틀간의 학회를 성공적으로 마치고 아내와 신칸센(新幹線)을 이용해 아오모리(青森)로 향했다. 비행기로 직접 아오모리에 도착한 아들과 신(新) 아오모리 역에서 만나 세 식구의 오붓한 겨울 휴가를 시작했다. 날이 금세 어둑어둑해졌다.
4륜 구동 SUV 렌터카를 핫코다(八甲田) 산으로 내몰았다. 산 입구에 들어서니 도로 양옆으로 엄청난 눈이 쌓여있었다. 이 주변은 세계에서도 손꼽히게 눈이 많은 곳이었다. 노일 전쟁에 대비해 군사 훈련 중이었던 1902년, 기록적인 한파와 폭설로 많은 인명이 손상된 지역이기도 했다. 계속 눈발이 날리고 제설 차량이 바쁘게 움직였다. 눈길에 사고라도 나면 어쩌나 하는 걱정에 몸에 힘이 잔뜩 들어가는데 아들은 아랑곳없이 콧노래를 부르며 산길을 달렸다. 인적이 드문 산 중턱의 '조카쿠라(城ヶ倉) 호텔' 에 도착했다. 규모가 크지 않은 2층

산장이었다. 눈이 덮여 주차장이 어디인지 알 수 없었다. 직원의 도움으로 간신히 차를 세웠다. 시키는 대로 차의 와이퍼도 올려놓았다.
짐을 풀고 노천 온천에서 몸을 녹였다. 뜨거운 물 속에서 몸은 노곤한데 흰 눈발이 밤하늘에 별똥별처럼 흩날려 머리 위로 떨어졌다. 맛깔스러운 가이세키(會席) 요리로 저녁 식사를 마치고 방으로 돌아왔다. 눈 오는 풍경이 보고 싶어 창문을 열려고 했는데 창문 꼭대기까지 눈이 쌓여 창문이 요지부동이었다.

아침이 밝았는데도 눈은 하염없이 내렸다. 일찍부터 사람들은 스키를 신고 크로스컨트리를 즐기러 어딘가로 떠났다. 때 묻지 않은 자연 속에서 여유 있는 휴가를 즐기는 사람들이 참 부러웠다.
짐을 꾸려 주차장으로 나왔는데 눈이 쌓여 차는 형체도 보이지 않았다. 올려놓은 와이퍼 끝이 눈 밖으로 빼꼼히 나와 있을 뿐이었다. 아들과 함께 삽과 빗자루로 주위의 눈을 치우고서야 가까스로 차 문을 열고 들어가 시동을 걸 수 있었다. 두꺼운 점퍼 속에서 몸이 땀으로 흠뻑 젖었다. 약 120킬로미터 떨어진 '카츠노(鹿角) 시'로 향했다. 호텔을 나섰는데 쌓인 눈 때문에 길이 보이지 않았다. 이른 아침이라 아직 제설 작업이 시작되기 전이었다. 어제는 늠름했던 아들도 초긴장 상태였다. 차가 간혹 조금씩 미끄러졌다. 도로 옆에 세워 둔 기다란 막대기 끝에 표시된 빨간 줄을 보며 엉금엉금 기다시피 나아갔다. 온통 하얀 세상에 눈발이 계속 거셌다. 언제 이런 광경을 또 볼 수 있을까. 차창 밖 눈 내리는 풍경은 말로는 형용하기 힘든 장관이었다.

수필가이자 독문학자인 김진섭(金晋燮)(1939)의 서정적 수필 「백설부(白雪賦)」가 생각날 만큼 온 세계가 순결한 모습이었다.
오후 1시 30분이 돼서야 깊은 산속 '고쇼가케(後生掛) 온천장'에 도착했다. 말을 타고 왔다가 온천을 한 뒤에는 걸어서 간다는 백 년이 넘은 유서 깊은 온천이다. 점심 식사는 우동, 저녁 식사는 어제처럼 가이세키 정식을 먹었다. 2층 방 창문에서 밤늦도록 말없이 설경을 보았다. 안전 때문인지 직원이 지붕 위로 올라가 눈을 쓸어내렸다. 쿵쿵, 밤새 지붕에서 눈덩이 떨어뜨리는 소리가 들렸다.
간밤에도 내내 함박눈이 내렸다. 어제처럼 차를 뒤덮은 눈을 치우느라 진땀을 뺐다. 눈 때문에 차단된 도로가 많아 이리저리 돌아가다 보니 오후 3시가 돼서야 '뉴토 온천마을(乳頭溫泉鄕)'에 도착했다. 점심은 중도에 이와테(岩手) 현 센토쿠(仙北) 시의 음식점 '소바 고로(五郞)'에서 메밀국수와 라면으로 간단히 해결했다.
눈이 끝도 없이 내렸다. 꽤 규모가 큰 '규카무라(休假村) 호텔'에 여장을 풀었다. 유황천에서 목욕을 즐긴 뒤 일본식 뷔페로 저녁 식사를 했다.

아침이 밝았지만 눈 폭풍에 늦은 오후 같은 느낌이었다. 근처의 여러 온천을 돌아가며 목욕하는 재미있는 일정을 시작했다. 첫 번째는 '오가마(大釜) 온천'이었다. 들어가 보니 오래됐긴 했지만 규모도 작고 별다른 특징이 없었다. 두 번째로 간 '쓰루노유(鶴の湯) 온천'은 주위의 눈 덮인 풍경이 압권이었다. 수건을 접어 머리 위에 얹고 몸을 담그니 기분이 최고였다. 노천탕 물 위로 떨어지는 눈송이가 솜사탕처럼 녹아 사라졌다. 남녀 혼탕이라 해서 긴장했는데 여성들은 한쪽 구석에 커다란 수건을 몸에 두르고 옹기종기 앉아 있었다. 세 번째로 '다에노유(妙の湯) 온천'으로 이동했다. 바쁘게 다니다 보니 출출했다. 온천 내 식당에서 우동과 오니기리로 요기를 했다. 노천 온천은 절벽 아래로 시냇물이 흐르고 앞동산의 눈 내린 소나무가 운치 있었다. 마치 신선이 사는 동네인 듯했다. 뉴토 온천마을에서 최고는 단연 다에노유 온천이었다. 마지막으로 들른 '가니바(蟹場) 온천'에서는 지치기도 하고 춥기도 해서 서둘러 온천욕을 마치고 호텔로 돌아왔다. 하루 동안 이렇게 목욕을 많이 해 보기는 처음으로 특이한 경험이었다.

아침 식사를 마치고 서둘러 '가쿠노다테(角館)'로 향했다. 가는 길에 일본에서 가장 깊은 호수라는 '타자와코(田澤湖)'를 구경했다. 마침 내리던 눈이 잠시 멎고 반짝 해가 나왔다. 햇살이 눈에 반사되어 눈이 부셨다. 호수 전체가 한눈에 들어왔다. 하얀 눈과 어우러진 잔잔한 호수를 한동안 넋을 잃고 바라보았다.
'작은 교토(京都)'라는 별명이 붙은 '가쿠노다테'와 '아키타(秋田)' 시내를 둘러보았다. 가쿠노다테 역전의 '포크로로(Folk Loro) 호텔'에 들었다. 늦은 저녁 식사에 사바 정식 고등어의 고소한 맛이 일품이었다.

아침 일찍 서둘러 이번 여행의 마지막 방문지인 '히로사키(弘前)'로 향했다. 하루 동안 히로사키 성 등 관광지를 둘러봤다. 그동안 기막힌 설경을 많이 봐서 그런지 히로사키 구경은 평이했다.
호텔 10층에 있는 온천에 올라가 보니 베란다에 노천탕이 마련돼 있고 시내가 한눈에 들어왔다. 그중에서도 눈 덮인 이와기(岩木) 산이 그림 같았다. 모양이 후지(富士) 산을 빼닮았다. 공항으로 갈 일만 남은 줄 알았는데 뜻밖의 보너스를 받은 느낌이었다. 이렇게 장장 9박 10일의 일본 설경 여행이 마무리됐다.

어렸을 적 겨울날 아침에 밤새 내린 함박눈이 장독 위에 소복이 쌓인 것을 보며 환호했던 기억이 난다. 뭐가 그리 좋다고 이리 뛰고 저리 뛰면서 눈싸움도 하고 눈사람도 만들었다.
요즘 서울에는 눈이 많이 오지 않는다. 어쩌다 눈이 오더라도 이내 녹아 버려 아무런 감흥도 일으키지 못한다. 이런 중에 우리나라에서는 하기 힘든 눈 구경을 만끽했으니 대만족이다.
소설 『설국(雪國)』의 무대 '에치코 유자와(越後湯澤)' 는 아니어도 중학교 때부터 무려 50년 이상을 마음에 간직했던 소망 하나를 해결한 것이다. 이제 소설을 다시 읽어 보면 이해가 될지도 모르겠다.

이별 여행

2019년 2월 2일, 토요일 아침 이른 시간이었다. 근처에 사는 시집간 딸이 어린 딸 둘을 데리고 집으로 왔다. 남았던 생일 케이크와 과일로 아침 식사를 간단히 해결하고 다 함께 길을 나섰다. 아들이 운전하는 렌터카 '카니발'로 삼성동 공항 터미널로 이동해 짐을 부치고 인천(仁川) 국제공항을 향해 신나게 달렸다. 모두 마음이 많이 들떠 있었다. 외손녀들의 재잘거리는 소리가 듣기 좋았다. 사위가 미국에서 연수 중이라 이번 여행에 빠져 총인원은 여섯 명이었다.
공항에 도착하니 아침이 부실해서 그런지 속이 출출했다.
'쉐이크쉑(Shake Shack)'에서 햄버거를 먹기로 의견의 일치를 보았다. 약간의 돈을 환전했다. 1홍콩달러는 약 150원이었다.
홍콩(香港)행 대한항공 비행기에 올랐다. 오후 2시경에 출발한 비행기는 홍콩 시각으로 오후 4시 30분 첵랍콕(Chek Lap Kok)섬에 있는 홍콩 국제공항에 도착했다. 공항에 연결된 페리 터미널로 이동해 마카오(澳門)로 가는 배표를 끊었다. 비행기 짐표를 보여주니 짐은 찾을 필요 없이 자동으로 배에 실린다고 했다. 오후 7시에 출발한 페리는 오후 8시 30분 마카오의 타이파(Taipa) 페리 터미널에 도착했다. 짐을 찾는데 아들의 가방이 영 나오지 않았다. 확인해 보니 사무 착오로 빠졌다고 했다. 기분이 안 좋았지만 뭐 어쩔 수 없는 일이었다.
무료 셔틀버스를 이용해 코타이(Cotai Central) 지역의 쉐라톤 호텔에 도착하니 오후 9시 30분이었다. 우리 부부와 아들이 한방을 쓰고 딸네

세 식구가 한방을 쓰기로 했다. 호텔 안의 편의점에서 아들의 속옷을 샀다. 저녁 식사를 못 했는데 피곤하기도 하고 너무 늦어서 밖으로 나갈 엄두가 나지 않았다. 룸서비스를 이용하기로 했다. 완탕과 피자를 시켰는데 종업원이 식탁을 가져와 방안에 근사한 저녁상이 차려졌다. 시장이 반찬이라 그런지 게 눈 감추듯 깨끗하게 음식을 해치웠다. 자정이 넘어 잠을 청했다.

호텔 식당에서 뷔페로 아침 식사를 마치고 페리 선착장으로 가는 무료 셔틀버스를 탔다. 서둘렀지만 어린 애들과 움직이려니 아무래도 시간이 지체될 수밖에 없었다. 오전 11시가 돼서야 마카오 시내를 도는 오픈 버스에 올랐다. 화려한 빌딩 숲, 옛 포르투갈의 흔적이 남아 있는 거리, 전형적인 중국식의 지저분한 뒷골목을 약 1시간 동안 둘러봤다. 대형 호텔과 휘황찬란한 카지노 건물들은 마치 작년에 다녀온 두바이를 연상시켰다. 꼭 20년 전에 혼자서 마카오에 한나절 다녀간 적이 있었는데 그때와는 천지개벽한 모습에 감탄이 절로 나왔다.
시내버스 투어를 마치고 유명하다는 이탈리아 식당 '안토니오'를 물어물어 찾아갔다. 설날이 가까워서 길거리는 사람들로 가득했다. 아니나 다를까 식당에 자리가 없었다. 예약 손님 아니면 받지 않는다고 했다. 다시 골목 안을 걷다가 '라 파밀리아'라는 곳에서 점심을 먹었다. 호텔까지 걸어와 방에서 잠시 쉬는 동안 아들은 선착장으로 가서 짐을 찾아왔다.
오후 6시, 다시 오픈 버스를 타고 야경을 구경하려고 셔틀버스를 타고 선착장으로 갔다. 마카오의 밤 풍경은 과연 장관이었다. 1시간의 투어 내내 번쩍번쩍하는 네온사인에 잠시도 눈을 뗄 수 없었다. 외손주들이 분수 쇼를 보면서 환호성을 질렀다. 흥분한 아이들을 보면서 여행 온 보람을 느꼈다.
호텔과 연결된 상가의 '이탈리안' 이라는 식당에서 양파 수프, 스파게티, 리조또, 피자를 시켜서 맛있게 나눠 먹었다. 즐거운 밤이었다.

2월 4일 아침, 본격적인 설날 휴가철을 맞아 호텔 식당에는 사람들로 발 디딜 틈이 없었다. 마침 식당 앞에서 애들을 위해 풍선을 불어 주는 행사가 있어 재빨리 줄을 섰다. 우산 모양의 풍선 두 개를 얻어 외손주에게 주었다. 무척 좋아했다.
짐을 챙겨 퇴실 절차를 마치고 로비에 짐을 맡겼다. 6인승 택시를 타고 '세도나(Sedona) 광장' 으로 향했다. '세인트 폴(Saint Paul) 성당' 으로 향하는 길이 사람으로 가득 찼다. 밀리다시피 하며 길을 가다 보니 마카오의 상징인 세인트 폴 성당이 앞에 나타났다. 성당 앞 계단은 기념 촬영하는 사람들로 인산인해(人山人海)를 이루고 있었다. 성당은 앞면을 제외하고는 모두 부서져 있었다. 가파른 언덕을 올라 성채의 정상에 도달했다. 대포들이 놓여있는 성벽에 서니 마카오 시내가 한눈에 보였다. 바람이 살랑살랑 불어 땀을 식혀주었다. '마카오 박물관' 을 구경하고 성채를 내려오면서 '세인트 도밍고(Saint Domingo) 성당' 도 구경했다. 길 양쪽은 온통 상점이었다. 유명하다는 에그타르트를 사서 맛을 보았다.

두 대의 택시에 나눠 타고 호텔로 돌아와 짐을 찾았다. 셔틀버스를 타고 마카오 페리 터미널로 향했다. 짐을 부치고 기다리는 동안 햄버거로 점심을 대신했다. 오후 3시 5분, 배를 타고 홍콩에 도착하니 오후 4시 10분이었다. 짐을 끌고 걸어서 침사추이(尖沙咀)의 '솔즈베리(Solisbury YMCA) 호텔' 에 도착했다. 짐을 풀고 곧장 지하철을 타고 센트럴 역으로 갔다. 한국 가이드를 만나 표를 받은 뒤 '빅토리아 피크(Victoria Peak)' 로 오르는 트램 역에 도착했다. 줄이 엄청나게 길었다. 한참을 기다려 정상에 올랐는데 안개가 자욱해 한 치 앞도 보이지 않았다. 고생고생해서 올라왔는데 너무 안타까웠다. 정신도 몸도 많이 지쳤는데 내려오는 버스를 기다리는 줄은 끝이 안 보였다. 오후 10시 30분이 돼서야 호텔에 도착했다. 오는 길에 과일 주스를 한 잔 사서 마셨다. 저녁 먹을 기운이 없어 그냥 쉬기로 했다. 애들은 진작에 곯아떨어졌다.

설날 아침, 어제 좀 피곤했는지 일어나니 몸이 뻑적지근했다. 호텔 식당에서 아침을 먹었다. 시내버스 투어가 시작될 때까지 시간이 있어 호텔 1층 카페에서 보이차(普洱茶), 레몬차 등을 마시며 쉬었다. 오전 11시 30분, 오픈 버스 시내 투어를 시작했다. 풍경은 마카오와 흡사했다. 센트럴 역에서 내려 천천히 시내를 거닐었다. 거리 곳곳에 많은 사람들이 신문지나 종이 상자를 깔고 삼삼오오 짝을 지어 얘기하며 음식을 먹고 있었다. 알고 보니 근처 나라에서 홍콩으로 일하러 온 사람들로 설을 맞아 한데 모여 인사를 나누는 것이었다. 앞에 국제금융센터(IFC)몰 빌딩이 우뚝 서 있었다. 구경하다 보니 점심때가 지났다. 유명하다는 미슐랭 레스토랑 '정두(正斗)' 에 가니 대기자가 많았다. 한참을 기다려 간신히 자리를 잡았다. 완탕면, 돼지고기, 스지(腱) 음식 등을 시켜 먹었다. 맛이 없는 것은 아닌데 또 오고 싶은 마음은 들지 않았다.
페리를 타고 바다를 건너 호텔로 돌아왔다. 바다 위에서 바라보는 해안가 빌딩숲 야경은 또 다른 모습이었다. 오는 길에 목이 컬컬해서 망고주스 등 과일주스를 마셨다. 방에서 쉬면서 과자와 음료수로 저녁을 대신했다. 오후 8시부터 길거리에서 설맞이 퍼레이드가 펼쳐졌다. 호텔 방에서 퍼레이드가 그대로 내려다보였다.
설날 떡국을 못 먹은 것이 좀 아쉽기는 하지만 손녀들과 재미있게 놀았으니 더 바랄 게 없었다.

이번 홍콩 여행의 하이라이트는 디즈니랜드에 놀러 가는 것이었다. 호텔 식당에서 미국식 조식(American Breakfast)을 먹고 오전 9시 30분에 디즈니랜드로 향했다. 애들 데리고 지하철을 두 번이나 갈아타고 가자니 보통 일이 아니었다. 애들 외삼촌이 고생을 많이 했다.
오전 10시 30분, 드디어 목적지에 도착했다. 입구부터 사람들로 가득했다. 입장료는 1인당 530홍콩달러였다. 65세가 넘은 시니어는 외국인일지라도 100홍콩달러였다. 괜히 돈을 번 것 같은 느낌이었다. 이리저리 뛰어다니며 가능한 한 많은 것을 구경시켜 주려고 애썼다. 여러 극장에서 공연하는 '미키 마우스', '라이온 킹' 과 입체영화 '환상 미키' 도 보았다. 숨을 죽이고 심각한 표정으로 앞을 응시하는 애들 모습이 귀여웠다.
점심을 먹어야 하는데 사람도 많고 식당도 마땅한 곳이 없었다. 하는 수 없이 가장 무난한 맥도날드에서 햄버거, 너깃, 닭튀김으로 점심을 해결했다. '정글 탐험 보트'를 타는 곳에도 기다리는 줄은 길었다. 배를 타고 가면서 동물들이 튀어나오는 놀이인데 애들이 많이 좋아했다.
오후 4시, 퍼레이드가 시작됐다. 햇빛이 꽤 따가웠지만 쉴 새 없이 등장하는 멋진 모습에 애들은 넋을 잃었다. 디즈니 만화에 나오는 캐릭터들이 총출동했다. 퍼레이드가 끝나고 아이스크림으로 더위를 식혔다. 애들이 원하는 인형도 사주었다. 디즈니랜드 구경은 대단히 성공적이었다.
지하철을 타고 호텔로 돌아오니 오후 6시가 넘었다. 모두 녹초가 됐다. 룸서비스로 저녁을 주문했다. 호텔 창문을 통해 불꽃놀이를 보면서 스파게티, 비프스테이크, 시저샐러드, 클럽샌드위치, 토마토밥을 먹었다. 근사한 저녁 식사였다. 해안가 높은 빌딩 숲과 바다를 배경으로 빵빵 소리를 내며 터지는 형형색색(形形色色)의 불꽃이 장관이었다.

벌써 여행의 마지막 날이 되었다. 어제 먹다 남은 음식으로 아침을 해결했다. 체크아웃을 하고 짐을 맡겼다. 공항으로 가는 시간까지 침사추이 거리를 거닐었다. 국숫집 막스 누들(Mak's Noodle)에서 국수도 사 먹고 시원한 과일주스도 마셨다. 정오에 짐을 찾아 셔틀버스를 타고 구룡(九龍) 역으로 갔다. 우리나라로 치면 공항

터미널 같은 곳에서 짐을 부치고 공항철도를 이용해 공항으로 향했다. 오후 3시 30분, 홍콩을 떠나 인천 국제공항에 도착하니 오후 7시 40분이었다. 홍콩은 초가을 같은 날씨였는데 서울은 몹시 추웠다. 집에서 저녁밥을 먹여서 딸네를 집까지 데려다주었다.

재미있었던 5박 6일의 가족 여행이 끝나니 서운한 생각이 든다. 마음이 착잡한 이유는 내달 초에 딸이 손주들과 함께 미국으로 떠나기 때문이다. 좋은 일로 가는 것이니 축하해야 마땅하지만 섭섭한 마음이 드는 걸 어찌하나. 이번 여행이 이별 여행이 된 셈이다. 미국에서 공부를 마치려면 5년은 걸린다고 하니 그동안 언제 미국에서 만날 수 있는 기회가 있겠지. 허전한 마음을 다잡으려면 얼마간의 시간이 필요할 것 같다.

이별의 인천 국제공항

2019년 3월 초, 외손녀 둘이 부모를 따라 미국으로 떠났다. 1, 2년도 아니고 5년을 떨어져 있어야 한다고 생각하니 몹시 섭섭하고 울적했다. 5년 뒤에는 70 노인인데…. 처음에는 공항에 가지 않고 집에서 헤어지기로 마음먹었다. 공항까지 배웅을 나가면 더 섭섭할 것 같았다. 하지만 아내의 성화를 이기지 못하고 결국 아들이 운전하는 차를 타고 공항으로 나갔다. 막상 공항에 가보니 그냥 보냈으면 후회가 너무 컸을 것 같았다.

처음에는 미국에 가기 싫다며 몇 날 며칠을 울며 보채던 6살 먹은 큰아이 인영(仁英)이는 울어서 해결될 일이 아님을 눈치채고 깨끗이 마음을 정리했다. 정면 돌파하기로 한 것 같았다. 현명한 판단이었다. 반면 3살 먹은 작은아이 우현(又賢)이는 아직 어려 무언가 상황이 심상치않게 돌아가는 것 같지만 좋은 건지 나쁜 건지를 몰라 어리둥절해 하고 있던 참이었다. 애들 모습이 귀엽기도 하고 한편으론 안쓰럽기도 했다.
딸네가 살던 집에서 짐을 빼고 애들 아빠가 연수 중인 미국 샌디에이고(San Diego)로 떠나기 전에 열흘간을 집에서 함께 지냈다. 가까이 살면서 매주 만났지만 그래도 같은 집에서 먹고 자니 더욱 정겨웠다. 애들이 착하고 귀여워 말만 하면 뭐든 해주고 싶었다. 그런 마음을 아는지 애들은 온갖 애교를 떨며 외할아버지, 외할머니 그리고 외삼촌의 애간장을 녹였다.

삼성동(三成洞) 공항 터미널에서 출국 절차를 마치고 인천(仁川) 국제공항으로 향했다. 서두른 덕분에 입국장으로 들어가기 전 얼마간의 여유가 있었다. 인영이는 아빠 엄마와 같이 있어 좋은지 신이 나서 이리저리 뛰어다녔다. 우현이는 할아버지, 할머니, 그리고 삼촌과 헤어지는 것을 알아채고 서운한 듯 다소 의기소침해 있었다. 이제 정말 헤어져야 할 시간이었다. 딸이 먼저 눈물을 보여 안아 주었다. 사위가 잘 있다 오겠다는 인사를 공손하게 하고 인영이 손을 잡고 앞서 걸어 들어갔다. 사위는 작년 7월에 미국으로 떠나 캘리포니아 대학교 샌디에이고 캠퍼스(University of California, San Diego)에서 박사후과정을 시작했는데 이번에 가족을 데려가려고 잠깐 귀국한 것이었다. 우현이가 엄마 손에 이끌려 가면서도 연신 뒤를 돌아보며 손을 흔들었다. 울먹이는 듯한 우현이 얼굴에 수심이 가득해 보였다.

배웅을 마치고 나니 쓸쓸한 기분이 들어 쓴 입맛을 다셨다. 아내와 아들도 비슷한 기분이었으리라. "미국에 꼭 놀러 와야 해"라고 말하던 애들 목소리가 멀어져 가는 우현이의 얼굴과 겹쳐져 가슴이 찡했다.

공항 주차장으로 돌아가는 길에 '쉐이크쉑(Shake Shack)' 이 보였다. 집에 가면 모든 것이 귀찮아 저녁을 거를 것 같아 햄버거를 사기로 했다. 평소 햄버거를 안 좋아하는 아내도 흔쾌히 동의했다.

돌아오니 집이 텅 비어 있었다. 든 자리는 몰라도 난 자리는 안다고 애들 장난감통이며 이부자리가 있던 자리가 휑하였다. 가만히 앉아 있으면 자꾸 생각이 날까 봐 청소도 하고 세탁기를 돌려 빨래를 널었다.
거실 한쪽에 어제 찾아온 사진 액자가 상자째 덩그러니 놓여 있었다.
미국으로 떠나기 전 사진관에서 다 함께 찍은 가족사진이다. 식당의
한쪽 벽 잘 보이는 곳에 걸으니 참 보기 좋았다. 새침한 인영이, 환하게
웃는 우현이 얼굴을 한동안 바라보다가 사진 속 애들 얼굴을 손으로
쓸어내렸다.
밤 9시경, 예정보다 1시간 늦게 비행기가 이륙했다는 카톡이 왔다.
"그래, 건강하게만 지내면 돼. 섭섭함은 시간이 지나면 괜찮아지겠지.
시간 내서 미국에 한번 가보지 뭐"라고 마음속으로 되뇌었다.
잊어버리려고 일찍 자리를 펴고 누웠지만 잠이 잘 오지 않았다.
아내도 생각이 많은지 계속 뒤척이고 있었다.

인영이는 초등학교 입학 전에 다니는 '킨더가든'에 들어갔다.
우현이는 어린이집에 가기 위한 등록을 마치고 지금은 차례를
기다리는 중이다. 인영이는 벌써 친구도 많이 사귀고 영어로 발표도
했단다. 우현이는 아직 집에서 엄마와 지낸다. 알아들을 수는 없으나
영어로 짐작되는 말로 가끔 혼자서 떠든다고 한다.
'페이스타임'으로 자주 화상 통화를 한다. 해가 좋아서 그런지 애들
얼굴빛이 연한 갈색으로 변했다. 화면 속의 애들 표정이 밝고
자신감이 넘쳐 보여 적잖이 안심된다. 생각해 보니 사실은 할아버지,
할머니가 괜히 쓸데없는 걱정을 하는 것이다. 애들은 부모 아래 좋은
환경에서 즐겁게 지내는데 무슨 탈이 있으랴.
주말마다 피크닉 다녀온 사진과 동영상을 보내준다. 미세먼지와 전쟁

중인 한국과 달리 사진 속의 하늘이 정말 청명하다. 주위에 박물관, 미술관, 도서관, 동물원, 놀이 시설 등 애들에게 교육적으로 유익한 시설도 많은 모양이다.
엊그제 일요일 오전에도 화상 통화로 애들을 만났다. 마침 저녁을 먹고 있었다. 돼지고기도 있고 채소도 있어 상이 푸짐해 보였다. "엄마 아빠와 함께 지내면서 맛있는 음식 많이 먹어서 좋지?" 하고 별생각 없이 물었는데, "응, 좋아. 그런데 할아버지, 할머니, 삼촌이 없어서 안 좋아"라고 대답하는 게 아닌가. 어린 애들의 이런저런 상황을 고려한 립서비스일 리는 만무했다. 마음이 뜨거워졌다. 이런 맛 때문에 삶이 즐거운 것인가.
아, 그래도 인영이, 우현이가 많이 보고 싶다.

벚꽃 놀이

2019년 2월 말, 정들었던 서울대학교병원에서 명예로운 정년퇴임을 하고 새로운 직장에 둥지를 틀었다. 40년을 지냈던 서울대학교병원이 위치한 연건동(蓮建洞)을 떠나 병원이 아닌 사무실에서 의료인이 아닌 사람들과 일을 하려니 은근히 겁이 났다. 어머니 치마 속에서 놀다가 초등학교에 입학할 때의 긴장, 초조와 비슷한 느낌이라고 할까. 막상 시작하고 보니 일 자체는 의료에 관한 것이라 큰 어려움은 없고 직원들도 예의 바르고 싹싹해서 이내 마음이 편해졌다.

정신없이 한 달이 지났다. 처음에는 긴장 때문에 몰랐던 것 같은데 적응이 좀 되나 싶으니 갑자기 피로감이 몰려왔다. 때마침 5월 초에 근로자의날, 어린이날 등 쉬는 날이 있어 중간에 이틀 휴가를 내면 5박 6일 여행이 가능했다.

길지 않은 기간이라 멀리는 못 가겠고, 중국은 아들이 마음 내키지 않는 눈치였다. 가까운 일본이 괜찮을 것이었다. 마침 아들이 홋카이도(北海道)에 못 가봤다고 했다. 한여름에는 시원해서 좋고 한겨울에는 눈과 얼음을 구경할 수 있어서 좋은 홋카이도. 하지만 봄철에는 어떠한지 특별한 얘기를 듣지 못해서 사실 썩 마음에 와닿지 않았다. 아내가 이것저것 뒤져보더니 5월 초 홋카이도에 벚꽃이 장관이라고 알려 주었다. 일본에서의 벚꽃 놀이라.

평생 공부하고 근무하던 연건동 지척에는 창경궁이 있었다. 창경궁이 동물원으로 변해 '창경원' 이라 불리던 옛날에는 밤 벚꽃 놀이가 유명했었다. 꽃 피는 봄이면 전국에서 몰려온 상춘객이 병원 앞까지 가득했다. 밤에는 사랑을 속삭이는 젊은 연인들도 많았다. 하지만 좋은 구경감을 가까이 두고도 실제 벚꽃 구경은 한 번도 못 했다. 워낙 바빴기 때문이었다. 봄바람에 싱숭생숭한 마음을 달래느라 벚꽃 놀이 대신 늦은 밤 당직실에서 동료들과 애꿎은 맥주만 들이켰다.
동물원이 과천(果川) 서울대공원으로 옮기면서 벚나무도 여의도 윤중로(輪中路)로 이사했다. 봄철이면 매스컴에서 여의도에 꽃비가 내린다는 소식을 접하면서도 여태껏 벚꽃 구경 한 번 못 했다.

아내와 함께 아들을 대동하고 일본 홋카이도 삿포로(札幌)행 비행기에 몸을 실었다. 홋카이도는 학회 참석차 몇 차례 다녀왔지만 오붓한 가족 여행은 처음이었다.
날씨는 잔뜩 흐렸고 서울과 달리 꽤 쌀쌀했다. 예약한 렌터카를 아들이 운전해서 '노보리베츠(登別)'로 향했다. 노보리베츠는 아이누족의 유적지로 유황을 뿜어내는 화산과 온천으로 유명한 곳이다. 마호로바 호텔에 짐을 풀자마자 곧장 온천으로 달려갔다. 시내를 내려다보며 유황과 철분이 많은 온천물에 몸을 맡겼다. 해산물이 풍성한 뷔페로 저녁 식사를 마치고 컴컴한 밤에 가까운 '지고쿠타니(地獄谷)'로 산책을 나섰다. 나무 하나 없는 황량한 산에 땅속에서 열탕과 유황 연기가 솟구치는 모습이 다른 행성에 온 것 같았다. 더구나 밤에 조명을 받아서 그런지 도깨비가 나올 듯한 분위기였다. 가랑비를 맞으며 한참 산책로를 걸었다.

아침부터 제법 비가 내렸다. 케이블카를 타고 산에 올라 아이누족 유적지의 곰 사육장에 들렀다. 전망대에서 '굿타라코(俱多樂湖)' 도 보았다. 화산 꼭대기가 함몰하여 생긴 칼데라에 물이 고여 만들어진 호수다. 우리나라에서는 경험할 수 없는 풍경이라 한참을 바라보았다. 둘레가 1킬로미터의 온천 늪 '오유누마(大湯沼)' 로 이동했다. 호수에서 김이 무럭무럭 피어올랐다. 바로 옆에 있는 비슷한 온천 호수 '오쿠노유(奥湯)' 에서는 호수가 부글부글 끓고 있었다. 전망대에 올라 활동하는 화산의 모습을 지켜봤다.
'노보리베츠 다테 지다이무라(登別 伊達 時代村)' 에 들렀다. 옛 에도(江戸)시대를 재현해 놓은 규모가 꽤 큰 민속촌이다. 다소 유치한 관광 시설이지만 외국인에게는 일본의 옛 모습을 느낄 수 있게 해 주었다.
서둘러 하코다테(函館) 방향으로 차를 몰아 유노가와(湯の川) 해변의 '헤이세이칸(平成館) 시오사이테이 호텔' 에 짐을 풀었다. 거친 파도가 로비의 대형 유리창 바로 앞까지 들이쳤다. 호텔 온천 노천탕에서 바다로 떨어지는 해를 보고 있자니 몸이 바닷속에 둥둥 떠 있는 느낌이었다. 호텔 뷔페식당 음식이 맛깔스러웠다. 신선한 성게알 카이센동(海鮮丼)이 씹지 않아도 입속에서 살살 녹았다.

아침에 일어나니 언제 그랬냐는 듯 날씨가 화창했다. 해변 도로를 2시간 넘게 달려 '마쓰마에(松前) 성' 에 도착했다. 입구부터 사람들로 북적북적했다. 그렇지 않아도 일본은 나루히토(德仁) 천황 등극으로 레이와(令和) 시대를 맞아 축제 분위기로 들떠 있었다.

계단을 오르니 연한 핑크빛 세상이 펼쳐졌다. 일본 특유의 우뚝 솟은 마쓰마에 성과 어울린 고목에 벚꽃이 만개했다. '와' 하는 탄성이 절로 나왔다. 넘실대는 검푸른 파도가 벚꽃의 고운 자태와 잘 어울렸다. 환하고 포근한 솜사탕 같은 느낌의 벚꽃에 고풍스러운 분위기까지 더해진 풍경에 압도되었다. 일본에서만 느낄 수 있는 풍경이었다. 벚나무가 10,000그루도 넘는다는데 아무튼 눈에 보이는 것은 온통 핑크빛 꽃송이뿐이었다. 나무 하나하나도 100년은 족히 됐을 것 같은데 세심한 손길의 흔적이 곳곳에 묻어 있었다.
걷다 보니 어느 가게 앞에 사람들이 길게 줄을 서 있었다. 한참을 기다려 벚꽃 향의 핑크빛 소프트아이스크림을 손에 들었다. 우유 특유의 고소함이 배어있는 부드러움이 좋았다.
벚꽃 속에 파묻혀 있을 때, 미국에 있는 손녀에게서 전화가 왔다. 잘 됐구나 싶어 화상으로 일본의 벚꽃을 보여 주었다.
하코다테의 국제호텔에 짐을 풀고 거리로 나왔다. 저녁을 먹으려는데 식당마다 만원이었다. 가까스로 라면집에 자리를 얻어 시오라멘으로 저녁 식사를 했다. 그리고 유명한 하코다테의 밤 풍경 속으로 들어갔다.

아침부터 카이센동으로 배를 든든히 채웠다. 해산물 판매로 유명한 하코다테 아침 시장을 둘러본 뒤 택시를 잡아타고 '고료가쿠(五稜郭) 공원' 으로 향했다. 휴일을 맞아 많은 사람들이 가족 단위 소풍을 나왔다. 성곽 위에 오르니 보이는 것은 온통 벚꽃뿐이었다. 몇 해 전에는 중국 황산(黃山) 꼭대기에서 산허리에 걸린 운해(雲海)를 보고 감탄했었는데, 지금은 발아래 '벚꽃 바다'가 펼쳐져 눈을 황홀하게 했다. 어제에 이어 오늘도 끝없이 펼쳐진 벚꽃 속에서 즐거움을 만끽했다. 화창한 날씨가 벚꽃 놀이의 즐거움을 더해 주었다.
회전 스시집에서 점심을 먹고 '유노가와 프린스 호텔 나기사테이'에 도착했다. 호텔 1층의 노천 온천에 몸을 담그니 쓰가루(津輕)해협이 한눈에 들어왔다. 멀리 희미하게 참치잡이로 유명한 혼슈(本州)의 오오마(大間)가 보였다.

아침 일찍 '오타루(小樽)'로 향했다. 먼지 하나 없는 화창한 날씨가 맘에 들었다. 해변 도로를 한참 동안 달리는데 후지(富士) 산처럼 생긴 눈 덮인 높다란 산봉우리가 멀리 보였다. 평지에는 봄꽃이 피는데 높은 산에는 눈이 그대로 남아 있다니. 야쿠모(八雲) 휴게소에서 멀리 병풍처럼 늘어선 눈 덮인 산맥을 한동안 바라봤다. 일본은 우리나라보다 덩치가 한참 큰 나라라는 생각이 들었다. 샤코탄(積丹) 반도의 시마무이(島武意) 해변과 카무이미사키(神威岬)에서 거센 바람을 맞으며 걸었다. 탁 트인 바다 풍경에 마음의 찌든 때가 시원하게 날아가 버리는 것 같았다.
늦게 오타루에 도착해 '마사스시(正壽司)'에서 혀에서 녹아내리는 생선 초밥을 맛보고 오타루 밤거리를 걸었다. 그랜드파크 호텔에서 창가에 앉아 오타루 앞바다를 늦도록 바라보며 이번 여행의 마지막 밤을 보냈다.

길지 않은 여행이었지만 다양한 구경을 했다. 온천, 화산, 음식 모두 만족스러웠지만 가장 인상 깊은 것은 역시 벚꽃이었다. 65세가 넘도록 우리나라에서 해보지 못한 벚꽃 놀이의 진수를 제대로 경험한 최고의 피로 회복 여행이었다.

남원 추어탕과 하카타 라면

전라도 남원(南原)은 성춘향(成春香)의 고향이다. 큰 도시는 아니라고 알고 있는데 『춘향전』이 하도 유명하니 무대가 된 남원 역시 우리나라 사람치고 모르는 사람이 없다. 하지만 고전에 관한 관심이 차츰 덜해지면서 최근에는 '추어탕'이 남원을 알리는데 더 큰 역할을 하는 것 아닌가 하는 생각마저 든다. 서울 시내에 '남원 추어탕' 간판을 내건 식당들이 도처에서 성업 중이기 때문이다. 성춘향과 이몽룡(李夢龍)이 연애하던 낭만의 고을에서 서민 음식 추어탕의 본거지로 변신한 것을 남원 주민들은 어떻게 생각할까.

고향이 남원인 후배에게 "남원은 추어탕이 왜 유명해요? 남원에서 미꾸라지가 많이 나오나요?" 하고 물었더니, "잘 모르겠는데요" 하며 시큰둥하다. "서울 시내 여러 곳에 남원 추어탕 집이 있는데 남원에 원조 식당이 있나요? 혹 남원에 가면 어디를 찾아가면 될까요?" 하며 얘기를 이어갔다. "전에는 맛있는 식당들이 있다고 들었는데 지금은 없어요. 미꾸라지와 요리사들이 돈을 따라서 모두 서울로 갔거든요, 서울에서 찾아보시는 게 빠를 걸요"라고 한다. 전혀 예상치 못한 대답이지만 듣고 보니 수긍이 간다. 어디 미꾸라지뿐이랴. 전국의 특산물이란 특산물은 모두 서울로 올라온다. 현지에는 없어도 서울에서는 돈만 주면 품질 좋은 물건을 얼마든지 구할 수 있다. 전국 어디를 가도 거리 풍경이나 상품들이 대동소이(大同小異)하다. 특색 있는 지방 산출은 없고 모두 서울의 슈퍼마켓에서 보는 것들이다. 지방 특산물이라 해도 서울에서도 어렵지 않게 구할 수 있는 것이 대부분이라 그렇게 새롭지 않다. 지방이 각기 갖은 특성을 잃고 전국이 마치 한 덩어리가 된 느낌이다.
지역 활성화를 위해 지자체들이 공을 들여 단장한 재래시장 역시 어딜 가도 모두가 비슷비슷하다. 시골 5일장에서도 특색있는 장터 풍경을 찾기 어렵다. 등산로 입구에 좌판을 벌인 할머니가 뒷산에서 직접 캔 거라며 파는 산나물이 중국산인 것을 나중에 알고 씁쓸했던 기억도 있다.

학회 참석이나 가족 여행 차 일본의 이곳저곳을 다녔다. 유명한 관광지 외에 기차나 렌터카를 이용해서 한적한 시골도 많이 찾았다. 풍경이 우리나라 시골보다 더 시골스러워 마음에 들었다. 어디를 가도 사람들이 친절하고 순박했다. 풍경이나 문화가 우리나라와 비슷한 점이 많았다. 같은 유교 문화권이고 일제 강점기 때 일본에서 들어온 문화를 보면서 자랐기 때문이었다. 특히 시골 거리 모습이 어릴 적 동네 골목과 너무 똑같아 과거로 타임머신을 탄 것 같았다.
음식도 입맛에 잘 맞았다. 평소 위장 기능이 좋지 않아 물만 바꿔 먹어도 설사를 하는데 일본 음식은 좀 과식을 해도 속이 편했다.
가족 모두가 국수를 좋아해 소문난 우동, 소바, 그리고 라멘을 두루 맛봤다. 일본은 국수도 지역마다 특색이 있고 본거지에 가야 제대로 된 맛을 즐길 수 있다. 작은 고장이라도 유명하다는 식당은 어김없이 문 앞에 차례를 기다리는 사람들로 북적였다. 유명한 국수의 고장을 꽤 많이 찾아다녔는데 아직도 가봐야 할 곳이 더 많다.
관광객의 호기심을 자극하는 이야깃거리도 잘 만든다. 아주 오래전 아리마(有馬) 온천의 탁한 진흙탕 물에서 목욕을 즐겼다. 당시 그곳 사람들이 일본 3대 온천의 하나라며 자랑이 대단했었다. 최근에 우연히 생각이 나서 찾아보니 아닌 게 아니라 아리마 온천, 쿠사츠(草津) 온천, 게로(下呂) 온천이 3대 온천이라고 쓰여 있는 것 아닌가. 갑자기 세 곳 모두 가보고 싶은 치기 어린 마음이 발동했다. 결국은 아리마 온천을 경험하고 20여 년만인 2018년 6월에 쿠사츠 온천을 찾았다. 가까운 장래에 게로 온천까지 경험해서 3대 온천을 정복하고 싶다.

국수에 관해서도 3대 국수가 있다. 3대 우동은 아키타(秋田) 현의 이나니와(稻庭) 우동, 군마(群馬) 현의 미즈사와(水澤) 우동, 카가와(香川) 현의 사누키(讚岐) 우동이고 3대 라면은 홋카이도(北海道) 라면, 후쿠오카(福岡)의 하카타(博多) 라면, 후쿠시마(福島)의 키타가타(喜多方) 라면이다. 또 3대 소바는 나가노(長野) 현의 토카쿠시(戶隱) 나마(生) 소바, 시마네(島根) 현의 이즈모(出雲) 소바, 그리고 이와테(岩手) 현의 완코(椀子) 소바다. 우동은 우선 면발이 탱탱하면서 쫄깃쫄깃하다. 반죽하는 기술과 삶는 기술의 합작품이다. 국물도 맛이 다르다. 조미료를 넣지 않아 다소 심심해도 오랫동안 우려내 깊은 맛이 난다. 입맛을 한층 돋우는 토핑도 일품이다. 하지만 뭐니뭐니 해도 대를 이어 내려온 전통이 맛을 더 하는 것 같다. 누가 일본 사람 아니랄까 봐 담아내는 아기자기한 그릇까지 음식과 조화롭게 어울린다.

일본 라면을 처음 경험한 것은 약 20년 전쯤이다. 후쿠오카에서 개최된 제59차 일본 신경외과학회에 갔을 때다. 일본 친구가 라면이나

한 그릇 먹자는 말에 따라나섰다. 우리나라의 인스턴트 라면과 비슷하겠거니 했는데 예상이 완전히 빗나갔다. 돼지 우린 진득한 국물에 된장도 풀었고, 국수 위에는 두툼한 돼지고기도 한 점 올렸다. 주황빛 달걀노른자가 인상적이었다. 꼬불꼬불한 노란색 국수의 식감 또한 일품이었다. 돼지의 누린내도 전혀 없었다. 하카타 라면을 통해 처음 맛본 일본 라면이 지금도 일본에 갈 때면 즐겨 찾는 최고의 기호 식품이다.

우리나라에서는 모든 분야에서 서울이 최고다. 돈도 일자리도 서울에 집중돼 있어 사람들이 서울로 서울로 모인다. 한국을 소위 서울 공화국이라 칭하는 것은 과언이 아니다. 반대로 지방은 고민만 점점 더 깊어갈 뿐 해결책이 보이지 않는다. 적지 않은 지자체에서 서울을 닮아가는 것이 발전의 지름길이라고 판단하는 것 같다. 논밭 옆에 고층 아파트가 들어서고 어느 곳을 가도 전국 체인의 편의점이 있고 그곳에는 공산품이 즐비하다. 촌스러운 것은 모두 없애고 세련된 서울의 문화를 쫓는다. 낙후된 재래시장을 개선해서 모양은 깔끔해졌는지 몰라도 옆 고장 또 그 옆 도시와 똑같은 재래시장만 생겨난다. 지역의 특색이 없어진다고 여기저기서 비판하고 걱정하는 소리도 나온다.
가장 한국적인 것이 경쟁력이라는 이야기를 들은 적이 있다. 지당한 말씀이다. 각각의 지방도 가장 지방적인 것이 최고의 경쟁력이다. 가까운 일본은 수도와 지방의 균형 발전 문제를 어떻게 해결하고 있을까. 남을 따라하기보다 지역 특성을 더욱 강화하는 쪽으로 방향을 잡고 있다. 아주 사소한 거라도 자기들만의 풍습을 계승 발전시키고 있다. 먹거리, 온천, 자연 경관 등에 스토리를 만들어 붙여 개성을 부각한다. 짧은 소견이지만 올바른 정책이 아닌가 싶다.

최근 일본의 급속한 우경화 정책으로 그렇지 않아도 얄미운 일본이 점점 더 싫어지지만 진정한 극일(克日)을 위해 제대로 일본을 알고 또 배울 것은 배워야 하지 않을까.

냉정과 열정 사이

2019년 9월 7일 토요일 아침, 들뜬 마음으로 집을 나섰다. 세 식구가 유럽 여행을 시작하는 길이었다. 추석 연휴에 붙여 사흘간 휴가를 냈다. 아들이 운전하는 차를 타고 인천(仁川) 국제공항 고속 도로를 달렸다. 비는 오지 않았지만 잔뜩 흐린 날씨에 바람이 만만치 않았다. 북상하는 태풍 '링링' 의 영향이었다.
탑승한 아시아나 비행기가 활주로에 들어섰다. 이제 곧 이륙하겠거니 했는데 한참을 기다려도 요지부동이었다. 불안감은 곧 현실이 됐다. 태풍 때문에 공항 폐쇄 명령이 내려 비행기가 다시 제자리로 돌아왔다. 출발하지도 않은 비행기에서 기내식을 먹어 보기는 난생처음이었다. 무려 다섯 시간을 비행기에 앉아 기다린 끝에 출발 신호가 떨어졌다. 독일 프랑크푸르트 공항에서 간신히 루프트한자 연결 편으로 갈아타고 프랑스 니스에 도착하니 밤 0시가 가까웠다. 구시가에 있는 '하이파크(Hipark by adagio) 호텔' 에 여장을 풀었다.

9월 8일 일요일 아침, 아내가 학회장인 '아크로폴리스(Acropolis)' 로 떠났다. 화요일까지 사흘 동안 아내는 니스에서 열리는 유럽 병리학회에 참석해야 한다. 아들과 함께 호텔에서 아침 식사를 한 뒤 니스 시내 구경에 나섰다. 구시가를 천천히 걸었다. 골목길에 예쁜 카페들이 줄지어 있었다. 가게 앞길에 상을 차리며 점심 장사 준비에 한창이었다. 전형적인 유럽의 풍경이다. 광장에는 이탈리아 통일의 주역 '주세페 가리발디(Giuseppe Garibaldi)' 의 동상이 있었다.

프랑스에 왜 이탈리아 영웅이 있을까. 휴대폰으로 찾아보니 니스가 가리발디의 출생지로 과거 이탈리아에 속해 있었기 때문이다.
'프롬나드 데 쟝글레(Promenade des Anglais) 해변' 도 걸었다. 따가운 햇빛 속에 철 지난 해수욕객들이 해변에 북적였다. '콜린 성(Collins du Chateau)' 에도 올랐다. 평화로운 해변과 시내가 한눈에 들어왔다. 벤치에 앉아 콜라 한 잔을 마시며 불어오는 바람에 땀을 식혔다. 마음이 평온했다.
버스로 시내에서 꽤 떨어진 '앙리 마티스(Henri Matisse) 미술관' 에 갔으나 이런, 휴관이었다. 색의 마술사 마티스를 만나고 싶었는데 실망이 컸다. 옆에 있는 고고학 박물관을 둘러보며 아쉬움을 달랬다.
'마르크 샤갈(Marc Chagall) 미술관' 으로 향했다. 성서(聖書)와 관련된 그림들을 전시하고 있었다. 재미있게 보았지만 감동은 크지 못했다.
아들이 추천한 노천 식당 '레스칼리나다(I' Escalinada)' 에서 세 식구가 저녁을 먹었다. 맛 좋은 음식과 함께 깊어가는 가을밤 유럽의 정취를 만끽했다. 밤바람이 다소 쌀쌀했다.

9월 9일 월요일 아침, 아내는 걸어서 학회장으로 갔다. 호텔에서 뷔페로 아침 식사를 한 뒤 아들과 우버 택시를 타고 요새 같은 산꼭대기 마을 '에즈(Eze)' 로 향했다. 약 30분 만에 도착해 과히 높지 않은 산을 오르기 시작했다. 이내 마을이 나타났다. 조그만 골목길이 미로처럼 얽혀 있는데 깜찍한 요정이 살 것 같이 예뻤다. 골목 안에는 옛집을 개조한 상점들이 즐비하고 아담한 호텔들도 있었다. 이런 곳에서 느긋하게 며칠 쉬어도 좋겠다고 생각하다가 여기까지 어떻게 짐을 갖고 올라오지 하는 쓸데없는 걱정도 했다.
꼭대기의 보타닉 가든에 들어서니 이색적인 선인장들이 많았다.
전망대에서 바라보는 지중해의 경치가 환상적이었다. 이런저런
각도에서 사진을 찍어도 작은 카메라로는 감동적인 풍경을 담아낼 수
없어 아쉬웠다. 내려오면서 마을 입구 식당 '피노키오' 에서 피자와
리조또로 늦은 점심을 먹었다. 우버 택시를 불러 호텔로 돌아왔다.
아들 덕에 우버 택시를 처음 이용해 보았는데 꽤 괜찮았다.
오후 7시가 넘어 아내가 호텔로 돌아왔다. 아내가 호텔 바로 길 건너
있는 대형 슈퍼마켓 '까르푸(Carrefour)' 를 구경하고 싶다고 해서 가
보았다. 빵, 요구르트, 살라미, 과일, 초콜릿 등을 샀다. 호텔로 돌아와
사 온 음식으로 방에서 저녁 식사를 했다.

9월 10일 화요일 아침, 아내는 학회 마지막 일정을 위해 나갔다.
날씨가 심상치 않았다. 아들과 전차를 차고 역으로 갔다. 역사(驛舍)에
있는 아비스(Avis)에서 승용차 세아트 레온(Seat Leon)를 빌려
'무스티에 생트마리(Moustiers-Saint-Marie)' 로 달렸다. 고속 도로에
들어섰는데 장대 같은 비가 쏟아지기 시작했다. 가는 3시간 내내 비가
오면서 기온도 떨어지고 기분도 가라앉았다. 다행히 주차장에 차를
세우니 비가 좀 잦아들었다. 옷이 얇아 추위에 몸이 떨렸다. 시간도
되고 배도 고파 우선 점심을 먹기로 했다. 미슐랭 표시가 있는 식당
'레스 산톤스(Restaurant Les Santons)' 에 들어갔다. 전채는
푸아그라와 새우 다진 것, 주요리는 티본 스테이크, 푸아그라 송로버섯
스파게티, 그리고 후식은 마카롱과 초코 브라우니를 먹었다. 값이 좀

비싸도 맛은 그만이었다. 식당을 나서니 비도 그치고 속이 든든해서 그런지 기운도 났다. 시내를 걸었다. 아름다운 마을이었다. 혹자는 여기가 남프랑스에서 가장 예쁜 마을이라고 했다. 전망대가 있는 산 정상은 시간이 촉박해서 가지 못했다. 서둘러 귀로를 재촉했다.
마을을 벗어나면서 탁한 하늘색 호수가 펼쳐졌다. '베르동 협곡(Verdon Gorge)' 의 '생크로와 호수(Lac Sainte Croix)' 다. 날씨가 맑았으면 물빛이 정말 좋았을 텐데 조금 아쉬웠다.
역에서 차를 반납하고 호텔로 오니 오후 6시였다. 좀 피곤했다. 오후 7시가 넘어 돌아온 아내와 어제처럼 먹을 것을 사와 호텔 방에서 저녁 식사를 해결했다.

9월 11일 수요일, 일찌감치 어제 먹다 남은 빵과 요구르트, 납작 복숭아, 파인애플로 아침 식사를 하고 역으로 향했다. 밀라노행 기차가 1시간을 연착해 오전 9시에 출발했다. 사보나(Savona)에서 기차를 갈아타고 제노바(Genova) 공항에 도착했다. 공항의 알라모(Alamo)에서 '아우디 에이4(Audi A4)' 를 렌트해 제노바 시내에 들어오니 오후 1시가 훌쩍 넘었다. 길거리 카페에서 파스타, 리조또 등으로 점심을 먹었다. 저렴한 가격에 음식도 먹을 만했다. 아내와 아들은 에스프레소를 한 잔씩 곁들였다.
구시가로 들어가면서 입이 딱 벌어졌다. 엄청난 규모의 중세풍 건물들이 보는 이를 압도했다. 중심가(Via Garibaldi)를 걸으며 번창했던 제노바의 위력을 느낄 수 있었다. 산타 마리아 델 바인 성당, 산 로렌조(San Lorenzo) 성당, 델 제수 교회(Chiesa del Jesu)를 둘러보았다. 성당 내부가 하나 같이 모두 화려했다. 페라리 광장(Piazza Ferrari)에서 시원한 분수를 바라보며 한동안 머물렀다. 마지막으로 콜럼버스가 살았던 집을 구경했다. 일정이 촉박해서 안타까웠다. 시간을 충분히 잡고 꼭 다시 오고 싶은 곳이었다.
급히 차를 몰아 성벽 마을 '루카(Lucca)'에 도착했다. 숙소는 성안 구시가에 있는 주택이었다. 자기의 집을 상품으로 내놓는 숙박 공유 플랫폼 '에어비앤비(Airbnb)'로 예약한 숙소였다. 처음 경험하는 일이었다. 주택가의 보통 집인데 방에 들어가 보니 호텔보다 더 넓고 깔끔했다. 주차는 5분 거리의 공용 주차장을 이용했다.
오후 8시가 넘어 밖은 벌써 캄캄했다. 한적한 시내를 걸어서 집주인에게서 추천받은 '메세나테 식당(Ristorante Mecenate)'을 찾았다. 동네에서 꽤 유명한 식당이었다. 양파수프, 문어감자샐러드, 스테이크, 파스타, 감자튀김 그리고 붉은 포도주를 먹었다. 식사 뒤에는 밤거리를 걸었다. 시간의 때가 묻어 있는 운치 있는 마을이었다. 중세 유럽 속에 들어온 느낌이랄까. 밤공기도 쾌적했다. 뒷짐을 지고 호두를 딸그락거리며 아무 생각 없이 골목 속으로 빠져 들었다.

9월 12일 목요일 아침, 정원에 마련된 식탁에서 아침을 먹었다. 소박하지만 정갈한 음식이었다. 루카 시내 관광에 나섰다. 마을을 둘러싸고 있는 성벽에 올라 천천히 걸었다. 산책 나온 동네 사람들이 많았다. 마을을 둘러싸고 있는 성벽은 1645년에 완성됐는데 높이가 12미터이고 둘레가 4.5킬로미터라고 했다.

미로 같은 구시가 골목들이 정감있게 다가왔다. 산마르티노(San Martino) 성당, 산미켈레(San Michele) 성당을 구경했다. 이탈리아의 옛 성당은 하나같이 내부 장식이 정말 화려했다. 잠시 노천카페에 앉아 커피와 주스로 몸을 재충전했다. 푸치니 동상에서 기념사진을 찍었다. 루카는 지아코모 푸치니(Giacomo Puccini)의 고향이다.
루카에서 마지막 일정으로 종탑(Torre Guigini)에 올랐다. 종탑 위에 정원이 꾸며져 있는 것이 특이했다.
주마간산(走馬看山) 격의 루카 구경을 마치고 피렌체로 향했다. 오후 3시 30분경, 옛 수도원을 개조한 '산티시마 안눈치아타 광장(Piazza della Santissima Annunziata)' 에 있는 '로지아토 델 세르비티(Loggiato del Serviti) 호텔' 에 무사히 도착했다. 차를 반납하고 호텔 방에 들어서니 왕궁 속 침실에 들어온 듯했다.
시내 역전 광장의 '산타마리아 노벨라(Santa Maria Novella) 성당' 에 들어섰다. 멋진 성화(聖畵)들과 화려한 제단이 눈길을 사로잡았다. 그중에서 가장 유명한 마사초 (Masaccio)의 '삼위일체(La Trinity)' 를 보았다. 회화 역사상 투시 원근법으로 그려진 첫 작품이라니 흥미로웠다. 이웃한 수도원과 많은 회화 작품들이 인상 깊었다.
'두오모 대성당' 까지 피렌체 길을 걸었다. 거리에는 사람들로 넘쳐나고 날씨 또한 꽤 더워 발길이 무거웠다. 그래도 피렌체의 골목길은 정말 운치가 있었다. 대성당 옆 골목 안에 있는 티본 스테이크 전문점 '레지나 비스테카(Regina Bistecca)' 에 들어갔다. 1.5킬로그램의 티본 세트를 주문했다. 입속에서 녹는 환상적인 고기 맛에 혀가 호강했다. 전채 하몽과 달콤한 후식 또한 일품이었다.

모처럼 맛 좋은 식사를 포도주와 함께 느긋하게 즐겼다.

9월 13일 금요일, 이번 여행의 하이라이트가 시작되었다. 서둘러 '시뇨리아 광장(Piazza della Signoria)' 으로 향했다. 우피치(Uffizi) 미술관과 베키오 궁전(Palazzo Vecchio)이 자리 잡고 있었다. 중앙의 '코시모 메디치(Cosimo Medici)' 동상과 '넵튠의 분수' 가 시선을 사로잡았다. '유로 자전거 나라' 투어가 시작되었다. 광장 한편 '메두사의 머리를 든 페르세우스' 를 위시한 조각품으로 둘러싸여 있는 아치 형태의 공간(Loggia dei Lanzi) 계단에 옹기종기 앉아 일정에 대한 설명을 들었다. 광장에서 빼놓을 수 없는 것이 다비드상이었다. 진품은 아니지만 단연 많은 사람의 시선을 사로잡았다.
피렌체를 가로지르는 아르노(Arno)강에서 가장 오래된 베키오 다리(Ponto Vecchio)로 이동했다. 로마 시대에 세워진 피렌체에서 가장 오래된 다리다. 다리 양쪽으로 보석 가게들이 다닥다닥 붙어 있었다. 조금 이동해서 가죽 시장인 누오보 메르까또(Nuovo Mercator) 시장 입구의 멧돼지 청동상에서 기념촬영을 했다. 멧돼지는 피렌체의 토속동물로 건강과 행운을 상징한다. 코를 만지면 부를 갖다준다고 하는 속설이 있어 사람들 손길에 코가 반질반질했다.
우피치 박물관으로 이동했다. 가슴이 설레였다. 제일 처음 접한 그림은 성화들이었다. 중세와 르네상스의 이행기 '치마부에(Cimabue)' , '지오토 디 본도네(Giotto di Bondone)' 의 작품들에 대한 설명을 한참 들었다. 이들 덕분에 성화는 종교적인 의미만을 강조하던 시대에서 인간적인 관점에서, 좀 더 사실적인 묘사를 하는 시대로의 문이 열렸다.
사람들이 바글바글 모여 있었다. 유명한 작품임에 틀림없었다.
'산드로 보티첼리(Sandro Botticelli)' 의 '프리마베라(Primavera)' 는 그림 전체가 영적인 분위기였다. 보티첼리의 시적 정신과 자연 연구의 결정체다.
우피치 박물관의 최고 작품인 '비너스의 탄생' 과 마주했다. 과연 천의무봉(天衣無縫)의 필치라 할 만했다. 이런저런 설명이 있었지만 그저 멋지다는 생각뿐이었다.
흔히 '도니의 원형화(Tondo Doni)' 라고 불리는 미켈란젤로의 '성(聖)가족' 도 만났다. 미켈란젤로의 몇 안 되는 회화 작품의 하나다. 예수가 성모 마리아의 어깨 위에 있는 모습을 그렸는데 그리스도를 높은 위치에 둠으로써 군림하는 그리스도를 표현한 것이다. 피렌체의 명문가 도니의 결혼을 축하하기 위한 것으로 미켈란젤로가 직접 디자인했다는 액자 또한 일품이다.
레오나르도 다빈치의 '수태고지(The Annunciation)' 도 만났다. 보는 각도에 따라 달리 보이게 그린 다빈치의 천재적 재능이 빛을 발하는 작품이었다.
라파엘의 '성모와 아기 예수' 는 색감이 무척 좋았다. 세례자 요한이 건네주는 머리에 피가 묻은 새는 닥쳐올 고난을 의미한다.
잠깐 휴식 시간이 주어졌다. 카페테리아에서 커피와 샌드위치로 허기를 달랬다. 한결 기운이 났다.
카라바죠(Michelangelo da Caravaggio)의 '메두사', '바쿠스', 그리고 '이삭의 희생' 을 재미있게 보고 우피치 박물관을 나왔다. '로렌조 디

메디치와 그의 어머니' 그림도 인상에 남았다.
단테의 집을 구경하러 가는 길에 피렌체의 명물 젤라또를 맛보았다.
두오모로 이동해 설명을 듣고 투어를 마쳤다. 다리가 뻐근해도
천재들을 만난 흥분에 피곤한 줄 몰랐다.
점심을 거르고 '피티 궁전(Palazzo Pitti)' 으로 향했다. 메디치가(家)가
궁전으로 사용하던 곳을 박물관으로 이용하고 있었다. 팔라티니
미술관(Galleria Palatinate)의 엄청난 양과 질의 전시품에 기가 질렸다.
라파엘, 티치아노, 루벤스의 작품들이 있었다. 거주지였던 로얄
아파트에서는 은그릇, 상아 제품, 귀금속, 도자기 등의 엄청난
컬렉션도 확인할 수 있었다. 르네상스풍의 보볼리 공원(Giardino di
Boboli)은 시간이 늦어 들어가지 못했다.
눈은 즐거우나 몸이 피곤했다. 호텔 근처 식당에서 피자와 샐러드로
간단하게 저녁을 먹었다.

9월 14일 토요일 여행 마지막 날 아침, 일찌감치 메디치가의 성당인
'산 로렌조(San Lorenzo) 성당' 에 갔으나 문이 닫혀 있었다. 산
마르코(San Marco) 성당과 옆의 수도원에 들렀다. 수도원 내부를
둘러볼 수 있어서 좋았다. 2층 벽에 걸려 있는 프라 안젤리코(Fra
Angelico)의 '수태고지' 가 기억에 남았다.
마지막 일정인 '아카데미아 갤러리(Galleria del Academia)' 로 향했다.
중앙 복도가 사람들로 가득했다. 복도 끝 돔 지붕 아래 햇살을 받으며
우뚝 서 있는 눈부신 석상이 보였다. 진품 '다비드상' 이었다. 눈이
부셨다. 몇 번이고 석상의 둘레를 돌았다. 옆방에 있는 진품 '사비니

여인의 약탈' 도 보았다. 복제품을 볼 때와 느낌이 사뭇 달랐다.
짐을 찾아 공항으로 가기 위해 호텔로 향했다. 호텔 앞 광장에 잠시 멈춰 아쉬움을 달랬다. 쌍둥이 분수와 페르디난도 데 메디치 기마상이 있었다. 기마상 뒷면에 서니 멀리 두오모가 보였다. 일본 영화 〈냉정과 열정 사이〉에 나왔던 그림 같은 앵글이 시야에 들어왔다.
피렌체 공항에서 비행기에 올라 프랑크푸르트를 거쳐 서울에 도착하니 9월 15일 일요일 오후 2시였다.

죽마고우 H 교수

자연의 웅장함에 입을 다물지 못했다. 미국 그랜드캐니언(Grand Canyon)의 협곡을 바라보면서 가슴이 서늘하도록 감격했다. 작은 나라에서 느껴보지 못한 규모에 놀랐고 자연 앞에 속 좁은 인간이 아등바등하는 것이 부끄럽기도 했다. 1999년의 일이다. 바쁜 일정 때문에 오래 머물지 못했어도 끝이 보이지 않는 주황빛 계곡을 한동안 바라보았다. 낭떠러지 옆에 난 좁은 길로 노새를 타고 내려가는 사람들이 보였다. 계곡 바닥에서 올려다보는 풍경은 어떨까. 서너 시간을 머물다 경비행기를 타고 라스베이거스(Las Vegas)로 돌아왔다. 깊은 계곡 위를 날 때는 기류 변화로 경비행기가 몹시 흔들렸다.
추석 연휴를 이용해서 아내와 중국의 '구이린(桂林)'을 구경했다. 우뚝우뚝 솟은 수많은 봉우리가 강을 따라 이어졌다. 대나무 뗏목을 타고 가마우지 낚시를 하는 노인이 어우러져 한 폭의 동양화가 연출됐다. 과연 구이린의 산수는 천하제일이라 할 만했다.
진안(鎭安)의 마이산(馬耳山)을 보고 감탄한 적이 있었는데 구이린의 규모에 비하면 시쳇말로 새 발의 피다. 마이산과 같은 기암괴석은 석회암 지형의 특징으로 베트남의 하롱베이로 이어진다. 중국은 모든 것이 컸다. 과연 대국이었다.
금강산(金剛山)의 아름다움이 늘 궁금했지만 금강산 관광이 열려 있을 때도 기회가 닿지 않았다. 대신 중국의 황산(黃山)으로 금강산의 아쉬움을 달래 보기로 했다. 부부가 손을 잡고 여행사 단체 관광에 합류했다. 중국은 자유 여행이 엄두가 나지 않았기 때문이었다.

천하제일의 명산이라는 말은 틀린 말이 아니었다. 절벽 허리에 걸려 있는 잔도를 걸으며 기기묘묘(奇奇妙妙)한 풍경에 넋을 잃었다.
오묘한 바위들과 함께 운해(雲海) 속에 펼쳐지는 장대한 풍광이 보는 이를 압도했다. 자연의 위대함을 느끼기에 부족함이 없었다.
학회 참석차 모로코를 방문했다. 가기 쉽지 않은 곳이라 오래전부터 마음이 설레었는데 기대를 저버리지 않았다. 북아프리카의 풍경과 이슬람 문화가 정말로 흥미진진했다.
학회 일정을 마치고 몇몇 군데 유명한 곳을 둘러보았다. 모든 곳이 인상적이었는데 그중에서도 압권은 사하라의 일몰 풍경이었다.
낙타를 타고 모래 능선 위를 갈 때는 모래 언덕의 높이에 아찔했다.
언덕 꼭대기에 담요를 펴고 비스듬히 누웠다. 지는 해가 붉은 모래 바다를 더욱더 붉게 물들였다. 사하라에 어둠이 내리고 기온이 떨어지기 시작했다. 궁둥이에 담요를 깔고 미끄러져 모래 언덕을 내려왔다.

성 베드로 성당 한구석에 있는 미켈란젤로의 '피에타'는 진하게 묻어 나오는 성모 마리아의 슬픔을 공감하게 한다. 천재의 손끝에서 우러나온 아름다움이 감동적이다. 이름 모를 작가가 만든 그리스의 '미로의 비너스'와 미켈란젤로의 '다비드'는 신이 만든 신체의 아름다움을 신보다 더 멋지게 드러낸다. 로댕의 '생각하는 사람'은 헤아리기 어려운 사고의 깊이까지 묘사한다.
루브르에서 만난 '모나리자'의 잔잔한 미소는 누군지 모르는 실제 모델의 얼굴에서 느끼기 어려울 따뜻한 모습까지 볼 수 있다.

상트페테르부르크의 국립 러시아 미술관에서 조우한 천재 화가 일리아 레핀(Ilya Repin)의 '볼가강의 배 끄는 인부들' 앞에서는 신음이 절로 나온다. 레핀이 3년 동안 그렸다는 대표작이다. 레핀은 인간의 내면세계를 아무도 흉내낼 수 없을 만큼 사실적 방법으로 표현했다. 여러 사람의 표정에서 각자 자기만의 생각이 읽힌다.
인도 아그라 '타지마할'에서 느낀 감동은 30년이 지난 지금도 생생하다. 엘로라와 아잔타의 석굴도 인간이 만들 수 있는 작품의 한계를 보는 듯하다. 대리석 덩어리나 그냥 평범한 바위산을 다듬어 위대한 작품으로 탄생시켰으니 인간의 위대함을 읽을 수 있다.
조선백자 달항아리는 질기면서도 푸근한 조선의 아낙네를 연상시킨다. 무엇을 넣어도 품어줄 것 같이 넉넉하다. 고려청자는 기막히게 오묘한 자태와 에메랄드빛으로 경국지색(傾國之色)의 미를 보는 듯하다. 겸재(謙齋)의 '진경산수'는 동양화 특유의 간결한 붓 터치로 풍경을 바라보는 작가의 마음까지도 담고 있다.
불교 신자가 아니더라도 석굴암 본존불상에서 자비로운 미소를 본다. 다보탑과 석가탑이 어우러진 불국사(佛國寺)에 들어서면 자연스레 옷깃을 여미게 된다. 영주(榮州) 부석사(浮石寺) 무량수전 배흘림기둥 앞에 서면 잠시 숨을 고르게 된다. 인간이 만든 더할 수 없는 아름다움이다.

죽마고우 H 교수는 미술 감상이 취미다. 아니 취미 수준을 넘어 프로급이다. 최근에는 본업인 의사보다 그림 공부에 더 열중이다. 특히 서양화 중에서 의학에 관련된 그림에 일가견이 있어 책도 출간하고 텔레비전 방송의 미술 강좌 시리즈에 강사로 초빙되기도 한다. 그는 자연의 미(美)보다 인간이 만든 작품의 아름다움을 좋아한다. 실제보다 더 생생한 메시지를 주는 미술 작품을 사랑한다. 자연보다 더 자연스러운 인간의 작품에 감탄하며, 한편 인간이 도저히 범접할 수 없는 자연에 경외를 느낀다. 자연과 인간의 작품은 비교의 대상이 아니다. 둘의 작품 모두 위대하며 어느 것에 더 감동하느냐는 각자 호(好), 불호(不好)의 문제다.

자연의 작품보다 인간이 만든 오묘한 작품에 침을 튀기며 환호하는 H 교수 생각에 전적으로 공감하지 않지만, 아름다움을 느끼는 것에 그치지 않고 인간 작품의 미를 기술하고 만든이의 마음마저 읽어 보려는 H 교수를 존경한다. 앞으로도 더 많은 활동을 기대하며 응원의 박수를 보내는 이유다.

은퇴로 얻은 여유가 그의 영혼을 더 자유롭게 만들어 재미있는 입담이 화수분처럼 쏟아지기를 기대한다.

동백꽃을 보신 적이 있나요

2020년 설 연휴는 짧아서 어디 멀리 가기가 어려웠다. 결국 일본 아니면 중국인데 중국은 '신형 코로나바이러스 감염증(일명 우한 폐렴)' 이 창궐하고 있었다. 선택의 여지가 없었다. 생각해 보니 일본의 네 개 섬 중에서 시코쿠(四國)에는 가보지 못했다. 아내와 아들도 흔쾌히 시코쿠 여행에 동의했다. 시코쿠에 대하여 아는 것은 별로 없었다. 일본 우동을 대표하는 '사누키(讚岐) 우동' 이 유명한 곳이라는 것이 알고 있는 전부였다.

2020년 1월 24일 금요일, 세 식구가 새벽같이 길을 나섰다. 오전 8시 5분, 대한항공편으로 인천 국제공항을 이륙해 1시간 30분 만에 오카야마(岡山) 모모타로(桃太郎) 국제공항에 도착했다. 간밤에 비가 내렸는지 춥지는 않아도 하늘이 잔뜩 흐렸다.
공항에서 닛산(日産) '세레나' 를 렌트했다. 아들이 운전대를 잡았다. 세도나이카이(瀨戶內海)를 가로지르는 세도 대교를 건너 시코쿠 카가와(香川) 현의 마루가메(丸龜)로 가는 길에 사카이데(坂出)의 '히노데(日出) 제면소' 에 들러 유명한 사누키 우동을 시식했다. 게딱지만 한 조그만 식당이었고, 달걀이 든 국수에 국물을 붓고 파와 유부 고명을 얹어 먹는 간단한 우동이었다. 소문대로 국숫발이 탱글탱글했고, 값 또한 250엔으로 저렴했다.
마루가메 역에 주차하고 걸어서 마루가메 성을 찾았다. 성으로 오르는 길에 동백이 만개했다. 군데군데 늙은 매화나무는 이제 막 꽃망울을 터트릴 참이었다. 마루가메 성은 작고 아담했다. 언덕 높은 곳에 있어 전망은 좋으나 특징 있는 성은 아니었다. 성보다 동백과 매화를 만나 반가웠다. 둘 다 마음에 잔잔한 여운을 남기는 꽃이었다.
오후 3시쯤, '고치(高知)'를 향해 출발했다. 중간에 고속 도로 기비(吉備) 휴게소에서 쉬었다. 오후 6시, '조세이칸(城西館)'에 도착했다. 전후 첫 번째 수상 요시다 시게루(吉田茂)가 자주 이용했다는 100년이 넘은 유서 깊은 료칸이다. 따뜻한 목욕탕에서 몸을 풀고, 료칸 식당에서 일본 정식으로 저녁 식사를 했다. 생선회, 사바 초밥, 각종 뎀뿌라, 채소조림, 소고기스키야키, 도미양념밥, 된장국 등 맛이 그만이었다. 최고의 음식을 만끽하고 다다미방의 푹신한 이부자리에 누워 시코쿠에서의 첫잠을 청했다.

설날 아침이 밝았다. 온천탕에서 목욕을 하고 료칸 식당에서 뷔페로 아침 식사를 했다. 잔뜩 흐린 날씨에 빗방울까지 떨어졌다. '고치 성'으로 차를 달렸다. 전형적인 일본성으로 천수각에 오르니 시내가 한눈에 들어왔다. 마루가메 성과 달리 꽤 규모가 큰 성이었다.
'카츠라하마(桂浜)'로 향했다. 멋진 해변과 사카모토 료마(坂本龍馬) 기념관이 있는 곳이다. 언덕 위의 기념관 주위에도 동백이 한창이었다. 료마는 막부 체제를 종식시키고 천황 중심의 중앙 집권제 근대 국가를 만드는 데 중요한 역할을 하여 국민적 영웅으로 추앙받는 풍운아다. 한발 빠른 근대화로 일본은 강국이 되었고 결국 조선을 집어삼키게 되었으니 만감이 교차했다.
언덕의 동백나무 사이에서 검은 모래 해변을 바라보았다. 바람 때문에 파도가 크게 일었다. 해변을 거닐 생각이었는데 날씨가 여의치 않아 한동안 보는 것으로 대신했다. 점심때가 지나 출출했다. 기념관 옆의 호텔 식당에서 우동, 돈가스, 새우덮밥으로 점심 식사를 했다. 달콤한 소프트아이스크림의 유혹을 뿌리치지 못했다.
산호 제품을 전시하면서 판매하는 곳에 들렀다. 산호는 아내가 가장 좋아하는 패물이다. 지금은 채취가 금지되어서 산호의 가격이 꽤 비쌌다. 격이 높은 물건을 보는 것으로 만족했다. 에히메(愛媛) 현 마쓰야마(松山)의 도고(道後) 온천으로 발길을 재촉했다. 중간에 우마다테(馬立) 휴게소에서 커피를 마시며 피로를 쫓았다. 도고의 료칸 '도고칸'에 도착하니 오후 5시가 넘었다. 료칸의 온천탕에서 느긋하게 목욕을 즐겼다. 몸이 한결 개운해졌다.
가이세키(會席)로 저녁 식사를 했다. 신선이 먹는 음식 같았다. 어제와 오늘 배 속이 놀라지 않았을까 걱정이 됐다.

간밤에 비가 많이 왔다. 비는 그쳤는데 날씨가 음산했다. 일찌감치 온천욕을 마치고 도고 시내를 둘러보기로 했다. 도고 온천 본관과 별관, 카라쿠리(일명 봇짱) 시계탑, 장난감 같은 기차역과 봇짱 기차를 구경했다. 다시 료칸으로 돌아와 오전 8시에 아침 식사를 했다. 식사가 정갈했다.
'마쓰야마 성'으로 갔다. 케이블카를 타고 언덕 위에 오르니 큰 규모의 성이 나타났다. 걸어가는 길에 흐드러진 동백과 군데군데 새침한 매화꽃을 보았다. 일본식으로 단장한 소나무와 웅대한 마쓰야마 성의 조화가 아름다웠다.

차를 돌려 '오즈(大洲) 성'으로 향했다. 시코쿠는 사방이 산이었다. 사이사이에 계단식 논밭이 있으나 넓은 평야는 찾기 힘들었다. 교통이 불편하고 물산이 부족한 곳이었다. 오즈 성에 도착하니 모처럼 해가 나왔다. 나이를 꽤 먹었을 매화나무 가지에 꽃이 피기 직전이었다. 일주일이나 보름 정도 지나면 매화 동산이 장관일 듯했다. 흰빛의 오즈 성은 시골 색시처럼 소박했다. 내부를 새롭게 단장해서 삼나무에서 스며 나오는 냄새가 상쾌했다.

오후 2시, '가류(臥龍) 산장'에 도착했다. 강가에 지은 초당으로 정말 운치 있는 곳이었다. 단순한 초가집일 뿐인데 주위 경관과 어우러져 제갈량(諸葛亮)이 깃털 부채를 들고 나타날 것 같은 분위기였다. 사람 손이 많이 갔을 정원에서도 이상하게 자연의 맛이 났다. 메이지(明治) 시대 대부호의 별장이라고 하는데 금방이라도 신선이 하늘에서 내려올 것 같았다. 단연 이번 여행의 백미라고 할 만했다. 점심을 못 먹어 배가 허전했다. 주차장의 가게에서 갓 튀긴 크로켓으로 허기를 달랬다.

오후 5시, 이마바리(今治)의 세토우치도요(瀬戸内東豫)에 위치한 '큐카무라(休假村) 호텔'에 도착해 여장을 풀었다. 큐카무라는 일본을 여행하면서 자주 이용하는 호텔 체인이다. 목욕을 마치고 식당으로 갔다. 저녁 특선 메뉴는 복어 요리였다. 복사시미, 복구이, 복튀김, 복나베, 복죽이 차례로 나왔다. 아들을 위해 소고기샤부샤부를 추가했다. 탱글탱글한 복어 요리의 참맛을 제대로 느낀, 잊을 수 없는 식사였다.

아침에 일어나니 바람 소리가 대단했다. 호텔에서 뷔페로 아침을 먹고 길을 나섰다. 비바람이 몰아쳐 몹시 쌀쌀했다.
오전 9시 30분, '이마바리 성'에 도착했다. 성은 넓은 해자에 둘러싸여 있는데 해자의 물이 바닷물이었다. 성은 꽤 높고 층마다 옛 유물들을 전시하고 있었다. 제일 꼭대기에 올라가니 바람이 더 셌다. 천수각을 내려와 유물전시관을 구경하고 다시 길을 재촉했다. 비는 그쳤지만 바람이 수그러들지 않았다.
오전 11시, 세토나이가이를 건너 '오노미치(尾道)'에 도착했다. 다시 비가 내렸다. 시장 거리를 거닐다 라면집에서 라면과 볶음밥으로 점심 식사를 했다. 멋진 카페가 눈에 들어왔다. 밀크티, 커피, 그리고 와플을 시켜 나눠 먹었다. 차도 와플도 맛이 그만이었다. 날씨가 음산했지만 걸어서 '센코지(千光寺)'와 '텐넨지(天寧寺)'를 구경했다. 언덕 위에서 내려다보는 텐넨지 탑의 뒷모습이 왠지 모르게 쓸쓸해 보였다.
오후 3시, 오늘 묵을 숙소를 향해 오노미치를 떠났다. 산길을 달렸다.
오후 5시 30분, 산장 같은 '라포레(Laforet) 후키야(吹野)'에 도착했다. 짐을 끌고 로비로 들어서는데 쥐 죽은 듯 조용했다. 인기척을 내니 안에서 사람이 급히 뛰어나왔다. 절차를 마치고 방으로 안내하면서 오늘 밤엔 손님이 우리뿐이라고 했다. 같이 크게 웃었다. 큰 숙소에 손님이 우리뿐이라니, 여행을 많이 다녔지만 이런 경험은 처음이었다. 밖은 비바람이 치고 산속이라 기온도 낮았다. 우리를 위해 물을 받아놓은 목욕탕에서 몸을 씻고 소박한 저녁을 먹었다. 산에서 난 채소가 향기로웠다. 이불 속에 몸을 깊숙이 파묻고 잠을 청했다.

목욕탕이 추울 것 같아 방의 욕실에서 샤워로 아침 단장을 대신했다. 일본식 아침을 먹고, 근처 '후키아 후루사토(吹野故郷) 거리'를 걸었다. 오래된 옛 구리광산 마을인데 관광 시즌이 아니어서 그런지 사람은 그림자도 보이지 않았다. 붉은 염료 공장(Bengala Factory)도 문이 닫혔고 구리광산 갱도 역시 문에 쇠줄이 쳐 있었다.
좁은 산길을 한참 가서 '히로가네 저택(廣兼 邸)'에 도착했다. 넓은 주차장이 텅 비어 있었다. 언덕 위에 성 같은 커다란 집이 보였다. 옛 광산의 주인집이다. 안으로 들어가니 전통 일본식으로 규모가 상당하고 정원도 아기자기하게 잘 꾸며져 있었다.
오전 10시 30분, '타카하시 나리와(高梁 成羽) 미술관'에 도착했다. 이곳 출신 '고지마 도라지로(兒島虎次郎)'의 작품을 전시하는 미술관으로 유명한 건축가 '안도 타다오(安藤忠雄)'가 설계했다. 고지마는 20세기 초에 활약한 서양화가로 구라시키(倉敷)의 '오하라(大原) 미술관'을 건립하는데 중추적인 역할을 한 사람이다. 전시된 작품은 모두 서양화로 꽤 정감 있었다. 갓 쓴 조선의 할아버지가 연못 속의 금붕어를 바라보는 그림이 보기 좋았다. 미술관의 카페에서 차와 조각 케이크로 점심을 대신했다.
오후 1시, '비추 마쓰야마(備中松山)'에 도착했다. 성으로 가는 산중턱의 주차장에 물안개가 자욱했다. 한참을 걸어서 오르니 고색창연한 모습의 성이 안갯속에 아련했다. 해발 430미터의 산 정상에 위치해 '천공(天空)의 성'으로 불린다는 말이 실감났다. 흐린 날씨와 안개가 운치를 더하는데 규모는 작아도 정감 있는 성이었다. 이번 여행에서 가장 좋은 풍경이라 할 만했다. 한동안 머물다 산에서 내려와 무사의 집 두 곳과 라이큐지(賴久寺)의 정원을 구경했다.
오후 5시, 마쓰야마 역 앞의 닛산 렌터카에 차를 반납하고 근처 '호텔 그랑비아 마쓰야마'에 들었다. 방을 두 개 잡았다. 역전 식당가에서 생선초밥과 장어덮밥으로 저녁 식사를 했다. '이온몰(Aeon Mall)'에 들러 이것저것 필요한 물건도 샀다. 여행의 마지막 밤이 깊어갔다.

오전 6시 40분, 역 앞에서 공항으로 가는 리무진 버스에 올랐다. 30분 만에 모모타로 공항에 도착했다. 카레라이스, 계란덮밥, 우동, 닭튀김으로 허기를 달랬다.
오전 10시 50분, 대한항공 비행기가 이륙했다.
감기 끝에 나선 여행길이라 다소 피곤했다. 시코쿠 지방을 여행하면서 무의식적으로 흥얼거린 노래를 비행기에 앉아서도 흥얼거렸다.
송창식(宋昌植)이 부른 〈선운사(禪雲寺)〉라는 노래다. 시코쿠는 지는 것이 보기 좋은 동백이 아름다운 섬이다.
"동백꽃을 보신 적이 있나요. 눈물처럼 후두둑 지는 꽃 말이에요."

하와이 크루즈를 기다리며

2019년 2월 28일, 일생을 같이 하다시피한 서울대학교 의과대학에서 정년퇴직했다. 40년 이상 뇌종양 환자들과 살을 부대끼면서 생활했던 곳이었다. 후배들이 분에 넘치는 정년 퇴임식을 거창하게 열어 주었고, 많은 선배, 동료들로부터 축하 인사도 받았다. 건네는 덕담에 잠시 우쭐해져서 대과 없이 임무를 마친 스스로가 대견하기도 했다. 섭섭함이 없지는 않다. 신경외과 의사로 평생 수술칼을 잡고 뇌를 만지며 살았는데 이제 이별을 해야 한다니 아쉬움이 적지 않다. 이런저런 생각에 잠시 의기소침해지기도 하지만 어쨌든 큰 짐을 내려놓았으니 몸과 마음이 홀가분하다.

실상은 몇 년 전부터 많은 일을 후배들에게 넘겨주고 뒷방 노인으로 지내면서 퇴임에 대한 마음의 준비를 했다. 평소 존경하는 선배님이 다리를 놓아 근로복지공단 산재의료전문위원으로 일할 수 있게 돼 적당한 소일거리도 생겼다. 인생 후반전의 정지 작업이 순탄히 마무리된 것이다. 아무나 누릴 수 없는 커다란 행운이 아닐 수 없다. 운이 좋은 사람이다.

사무실이 경기도 화성(華城)시에 있어 출퇴근 거리가 다소 먼 것이 흠이지만, 혼자 차를 몰고 다니면서 좋아하는 노래도 듣고 이런저런 생각도 할 수 있으니 꼭 불편한 것만은 아니다. 직원들이 모두 착하고 성실하다. 발랄한 그들과 같이 일을 하다 보면 몸도 마음도 같이 젊어지는 느낌이다.

근로복지공단에서의 주된 임무는 신청된 산업재해의 타당 여부를 제출 서류로 확인하고 적절한 치료 기간 등 보상 업무에 대해 의학적 측면에서 자문하는 일이다. 전공인 신경외과 이외에 정형외과, 혹은 외과적인 문제도 다뤄야 하는 어려움이 있지만 그렇다고 크게 까다로운 것은 아니다. 일의 분량도 아주 많지 않아 체력적인 부담도 적다. 다만 대학교수로 비교적 자유분방하게 살아온 사람이 출퇴근 시간을 꼭 지키며 생활하는 것이 조금은 갑갑하다.

대학병원에서 근무할 때 만났던 외상 환자들은 머리를 다치거나 팔다리가 부러진 사람들이 대부분이었는데 공단에서 서류를 통해 간접적으로 만나는 환자는 대개가 손이나 손가락을 다친 사람들이다. 기계를 손으로 조작하다가 손가락이 잘린 사람들의 의학 사진은 평생 피 냄새를 맡으며 살아온 신경외과 의사가 보기에도 끔찍하다. 업무를 같이하는 직원들은 이런 사진을 볼 때마다 눈을 돌리며 몸서리를 친다.

불행한 산업 재해를 보면서 안전이 정말 중요하다는 것을 되새긴다. 안전사고는 다친 근로자는 물론이고 사업자도 피해자로 만든다. 소홀하기 쉬운 안전장치와 안전교육의 중요성을 새삼 깨닫는다.

내국인 외에 외국인 재해자도 아주 많다. 특히 3D 업종에는 외국인 근로자들이 아주 많다. 조선족 출신 중국인이 가장 많고 몽골, 네팔, 스리랑카, 중앙아시아, 동남아시아 등에서 온 사람들이다. 조선족은 대부분 우리말을 잘하지만 타 외국인은 의사소통이 원활치 못하다. 게다가 업무에 익숙하지도 않아 사고의 위험에 그대로 노출돼 있다. 따라서 작업에 대한 충분한 사전 교육이 절실하다. 그러나 중소기업의 현실은 그렇게 녹록하지 않다.

돈을 벌려고 멀리 외국까지 왔다가 몸이 상했으니 얼마나 마음이 아플까. 이런 사람 중에는 불법 체류자도 있다. 불법 체류자도 공단에서 치료해 주기 때문에 그나마 다행이지만 치료가 끝나면 추방 조치 된다. 이래저래 안타까운 일이다.
우리나라도 과거 어려웠던 시절에 외국에 근로자를 파견했다. 그들의 고생했던 이야기를 들을 때마다 모두가 눈물을 훔쳤다. 올챙이 적 어려웠던 일을 잊지 말고 외국인 근로자들을 측은지심(惻隱之心)으로 보살펴 주는 따뜻함이 필요하지 않을까.

쉴 틈 없이 돌아가는 병원을 떠나 유유자적(悠悠自適)하며 지내니 욕심도, 걱정도 없다. 무엇 때문에 그동안 하루도 편할 날 없이 살았을까. 수입이 예전만 못해서 경제적으로 다소 쪼들려도 연금이 있으니 입에 풀칠하는 데 큰 지장은 없다.
은퇴한 뒤로 명절 휴일을 끼고 가족과 함께 해외여행을 두 차례 다녀왔다. 현역 시절 국제 학회에 참석하느라 외국에 나갈 때는 늘 무엇에 쫓기는 기분에 마음이 무거웠다. 연제 발표를 해야 하고, 회의에 참석해서 우리의 의견을 적극적으로 개진해야 하고, 또 외국의 유력 인사들과 교류도 해야 했다. 비행기를 타고 가면서도, 호텔의 화장실에 앉아서도 영어 발표를 연습하느라 혼자서 중얼중얼댔다. 부여된 임무를 수행해야 한다는 중압감에 파티에서도 눈앞의 맛있는 음식에 입을 대지 못했다. 반면 그저 즐기기 위한 가족 여행은 몸도 마음도 홀가분했다. 아침에 호텔에서 느긋하게 맛 좋은 아침을 먹고 좋은 경치를 구경했다. 특색 있는 현지 음식도 즐기고 온천장에서 몸을 풀기도 했다. 특별한 맛집을 찾아가 깊어가는 이국의 밤을 만끽했다. 달콤한 디저트가 혀에 닿으면 행복감이 몰려왔다. 피곤하면 쉬면 되고 분위기가 마음에 내키지 않으면 안 하면 그만이었다. 아무런 제약도 꼭 해야 할 의무도 없었다.

2020년에도 몇 차례 가족끼리 떠나는 해외여행을 계획했었다. 따뜻한 일본의 온천과 맛깔스러운 생선 요리, 태국의 풍성한 열대과일과 에메랄드빛 바다, 스코틀랜드의 고풍스럽고 고즈넉한 풍경 등을 기대했는데 '코로나'라는 놈이 모든 것을 수포로 만들었다. '코로나'는 언제쯤 수그러들까. 하루빨리 획기적인 전기가 마련돼 오는 12월 크리스마스 시즌에 예정된 하와이 크루즈만은 계획대로 진행되기를 고대한다. 미국에 있는 외손주들과 함께하는 인생 최고의 여행이니 더욱 간절해진다.

추억의 보석 상자

우리나라 보통 사람 치고 꽤 많은 나라를 돌아다녔다. 해외여행은 갈 때마다 가슴 설레고 즐거웠다. 나라마다 시기마다 특징이 달라서 언제나 새로운 경험이었다. 경이로운 풍광을 보면서 감탄사를 연발했고, 오묘한 예술품을 보면서 인간의 한계가 무한함을 느꼈다. 하지만 한껏 들뜬 마음으로 시작한 여행이 끝나갈 때는 아쉬움과 허전함이 밀려왔다. 어떻게든 감동과 즐거움을 오래도록 간직하고 싶었다. 여행지를 상징하는 작은 기념품이라도 챙겨가면 나중에 옛 감흥을 불러오는 데 도움이 되지 않을까.
여행지를 대표하면서도 비싸지 않은 작고 귀여운 것들을 이것저것 사서 모았다. 하지만 살 때의 기대와 달리 귀국한 뒤에는 집구석 어딘가에 처박히고 말았다. 특별한 공간을 만들어 정리하면 좋겠다는 바람은 늘 일에 쫓겨 마음속에만 남아 있었다.

2004년 여름에 새집으로 이사를 했다. 애들이 컸고 살림살이가 늘어나 조금은 집을 늘릴 필요가 있었다. 그렇지 않아도 아파트 배관이 낡아 여기저기 수도관이 터지는 통에 그냥 살아도 대대적인 보수가 불가피한 시점이라 겸사겸사 분양하는 근처 아파트에 새로운 둥지를 틀기로 한 것이었다. 결혼 생활의 황금기를 함께 했고 딸과 아들을 20년 가까이 키웠던 집을 떠나는 섭섭함은 컸지만, 새롭게 삶의 터전을 마련한다는 기쁨 또한 적지 않았다.
애들 방에 책상과 책장을 붙박이로 짜주고 집안 정리가 수월하도록 몇몇 틈새 공간에 수납장을 만들어 붙이기도 했다. 이외에도 실생활에 꼭 필요한 부분을 최소한의 범위에서 손을 댔다. 그리고 여행의 추억을 반추하기 위한 기념품 전시 공간도 만들었다.

여행 기념품 전시 공간을 위해 구상했던 내용을 인테리어 전문가와 상의했다. 현관에서 거실로 이어지는 복도 한편에 특별히 주문한 장식장이 세워졌다. 철물 구조에 각각 다섯 개씩 유리 선반을 얹어 칸을 나누고 통유리로 문을 만들었다. 전면은 꽤 넓어도 폭이 좁아 통행에는 전혀 지장이 없게 했다.
여기저기 흩어져 있던 옛 추억들이 차곡차곡 선반 위에 올라앉기 시작했다. 장식장을 너무 크게 제작한 것은 아닌가 했던 처음의 우려와 달리 온 세계 풍물들로 장식장이 규모 있게 채워졌다.
독일에서 유학 중에 구한 호두까기 인형들과 크리스마스 장식들, 네덜란드의 나막신과 나무 튤립, 오스트리아 '아우가르텐' 도자기 꼬마 인형, 체코의 보헤미안 크리스털 오케스트라 인형, 영국의 도자기 꽃다발, 알프스 젖소 방울, 그리스의 사람 얼굴상, 스웨덴의 상징인 목마와 바이킹 인형, 핀란드 헬싱키 새벽 주말 시장에서 구한 나무 컵, 에펠탑 모형, 폴란드 이콘, 헝가리 전통 복장의 종이 인형, 러시아의 크고 작은 마트료시카와 나무로 만든 커다란 부활절 달걀, 일본의 기모노 입은 여인과 고양이 인형, 중국의 동자 인형과 대모(玳瑁) 상자, 타이완의 크리스털 인형, 홍콩에서 산 쌍으로 된 사자상, 마카오의 상징 수탉 인형, 인도의 앙증맞은 은제 상자들, 스리랑카의 나무 코끼리와 귀신 탈, 필리핀의 나무로 만든 악어, 태국의 전통 집과

나무 개구리, 미얀마의 칠기, 베트남의 대리석으로 만든 행복한 부다, 라오스의 대나무 밥통, 캄보디아의 목각 압살라 댄서, 발리의 흑단 인형, 오스트레일리아의 에뮤알과 부메랑, 뉴질랜드의 양과 키위, 미국의 자유의 종, 터키의 동(銅) 쟁반, 요르단의 타조알 공예품, 모로코의 삼엽충 화석, 바르셀로나에서 산 똥 누는 메시 등이 그것들이다. 정리를 마치니 기대 이상으로 멋진 공간이 탄생했다. 아내도 애들도 대만족이었다.

심심하면 장식장에 환하게 불을 밝히고 추억 속에 잠긴다. 조그만 소품 하나하나를 바라보고 있노라면 여행 당시 보았던 풍경과 감흥이 영화를 보는 것 같이 눈 앞에 펼쳐진다. 여행을 다닐 때도 물론 좋았는데 기념품들을 만지며 아내와 함께 옛 기억을 더듬는 것도 여행의 즐거움 못지않다.
손주를 안고 소품들을 구경시켜 주면서 재미있었던 얘기를 들려준다. 아직은 어려서 이해하지 못하겠지만 알록달록한 색상의 인형들을 보면서 좋아한다. 만지며 놀고 싶다고 하면 꺼내 주기도 한다. 혹시 망가트리면 어쩌나 하는 걱정은 있어도 손주들이 원하면 무엇이든 해주고 싶은 마음이 앞선다.
집에 놀러 온 사람들은 장식장을 보고 놀라고 부러워한다. 물건들을 모으게 된 이야기와 장식장 만들던 무용담을 들려주면서 괜히 우쭐해진다. 몇몇 대표적인 기념품에 대한 특징과 가치를 설명할 때도 마찬가지다.

가족과 같이 보낸 일생의 행적이 고스란히 녹아있는 추억의 보석 상자, 유리 장식장을 바라보면서 졸고(拙稿)를 쓰고 있다. 나중에 누가 저것들을 건사할까 하는 걱정이 들기도 하지만 언제 보아도 흐뭇하다. 아내가 끓인 따뜻한 생강차가 뿜어내는 매콤달콤한 냄새가 향긋하다. 앞으로 얼마나 더 해외여행을 계속할 수 있을까. 경제적 여건과 건강이 허락할 때까지는 다닐 작정이다. 그리고 나중에 꼬부랑 할아범과 할망구가 더는 여행을 못할 때가 되면 장식장을 바라보며 갔던 곳을 마음속에서 다시 거닐어야지.

세월이 흐르면서 추억의 보석 상자가 더욱더 마음을 풍요롭게 한다.

아침의 기억, 아침의 언어 — 김동규 에세이 『마음놓고 뀌는 방귀』에 부쳐

이인성 (소설가, 전 서울대학교 불문과 교수)

옛날옛적에…… 김동규 교수와 나는 이를테면 '불알친구' '소꿉동무' 였다. 세월의 변화가 너무 무쌍해 이제는 '옛날옛적' 이라 부를 수밖에 없는 1960년대의 몇 년간, 우리는 지척 거리에 있던 서로의 집을 오가며 놀기도 참 많이 놀았다. 종종 그림책이나 동화책을 함께 읽기도 했지만, 그보다는 숨바꼭질, 제기차기, 자치기, 말타기에다, 여름에는 물총 싸움, 겨울에는 눈싸움, 그리고 때론 동네 여자아이도 불러 말 그대로 소꿉놀이를 하는 게 훨씬 더 즐거웠던 것 같다. 나이를 한 살씩 더 먹어가면서는, 인왕산 기슭을 조심스레 탐험하며 미끄럼 바위를 탔고, 좁은 골목에서 공이 이웃집 담장을 넘어가기 일쑤인 어설픈 야구나 축구를 하다가 동네 어른들께 이런저런 야단을 맞으면서도 아랑곳하지 않고 깔깔댔었다. 초등학교 5학년 이후, 중학교 입시 준비 때문에 서로의 시간표가 조금씩 어긋나가기 전까지는 거의 언제나 등하교를 같이하면서, 특히 하굣길에는 짬짬이 번데기, 해삼을 군것질 삼아 만화가게에 들리거나, 돌아오는 길의 옥인동 어디 쯤에 위치한 시립병원— '순화병원' 이라 불리던— 뜰에서 뛰놀다가 나무 그늘에 앉아 저 병원에선 과연 무슨 일이 벌어질까에 대한 공상을 둘만의 비밀인양 은밀히 속삭이기도 했다. 단정하고 수줍으면서도 마음을 튼 상대에 대해선 한없이 세심하고 다정했던 이 친구와의 아득한 추억의 파편들은 여전히 내 머릿속 저 낮은 곳에 수도 없이 흩어져 있다.

객관적으로 돌이켜보면, 우리의 가장 진한 인연은 초등학교—그때는 '국민학교'라 불렸다— 시절의 몇 년에 한정되어 있다. 그 유년 시절을 넘기자마자 우리는 점점 멀어져갔다. 처음은 서로 다른 중학교로 진학하게 되면서부터였다. 3년 후 우리는 고등학교에서 다시 만나긴 했지만, 이번엔 대학 진로의 방향이 갈려—그는 이과로, 나는 문과로— 각자 또 다른 입시 전쟁에 시달리면서, 그리고 결국 그는 의학의 길을, 나는 문학의 길을 평생의 소명으로 받아들이게 되면서, 지극히 실존적인 실제 삶의 영역과 방식을 달리하게 된 것이다. 그러고 보니, 대학 진학 이후로 우리가 스치듯이나마 마주쳤던 게 과연 몇 번이었나 싶다. 그와 내가 정색을 하고 다시 만난 건 불과 10여 년 전이고(또 다른 초등학교 동창을 통해 소식이 닿아서), 내 기억이 맞다면 그게 우리가 함께한 최초의 '술자리'였다. 그때 그는 건강 문제 때문에 술을 끊은 상태라 술은 나만 마셨지만, 요컨대 어른이 되어 처음 제대로 만났다는 뜻이다. 그런데 희한해라, 우리에겐 아무런 어색함도 없었다. 마치 얼마 전에도 만났던 친구처럼 스스럼없이 자신의 일상과 속내를 이야기하며, 우리는 재회를 즐겼다. 그토록 오랜 이별 뒤의 그런 자연스러움이라니!

그 사이, 누구라도 그러했듯이, 우리는 각자 거친 숨결을 내뿜으며 청년·장년·중년의 날들을 통과해왔을 터였다. 당시의 시대 분위기도 유독 그랬지만, 그 시절의 삶이란 대개 뒤돌아보지 않고 앞으로만 일직선으로 치달려 나가는 삶이었다. 마치 영원한 전진만이 있다는 듯이. 그게 성장이며 성숙이고, 성취이며 발전이라는 듯이. 그러나 문득, 숨이 가빠지며 걸음이 무뎌지는 순간이 온다. 그리고 잠시 멈춰서서 주위를 하염없이 둘러보는 순간이 온다. 머릿속에서 뭔가 전혀 다른 것이 작동되기 시작하는 순간이다. 그중에서 가장 뼈저린 깨달음은 아마도, 자신은 직선의 길을 달려왔다고 생각했는데 실은 둥근 원의 길을 뒤쫓아왔다는 게 아닐지 모르겠다. 내 발길이 오디세이의 귀향 의지처럼 온갖 우여곡절을 거쳐 원점으로 돌아가고자 했다는 야릇한 느낌. 왜 그럴까? 역설적이게도 우리가 힘겨운 직선의 삶을 살아온 건 자신이 추구한 어떤 '행복'에 도달하기 위해서였을 것이다. 그런데 궁극적 행복은 과연 어디에 있는가? 정신분석학이나 상상력 이론을 살짝 빌려오자면, 인간이 꿈꾸는 지고의 행복은 오로지 어머니 뱃속에 있었을 뿐이다. 그리고 그건 지상의 삶에서는 구할 수 없는 것이다. 살아서 그리로 돌아가는 게 현실적으로 불가능하다면, 어머니 뱃속을 막 나와 세상 모르고 놀던 유년 시절이 그나마 행복의 구체적인 원형에 가깝지 않을까? 그러니까 아무런 현실적 목적의식 없이 무상의 놀이를 한껏 즐겼던 그 어린 시절이야말로 우리의 무의식 혹은 전의식 속에 새겨진, 잊으려 해도 살이 저절로 기억해내는 어떤 행복의 현실적 표상인 셈이다. 그게 우리의 '뇌' 속에 깊고 야무지게 간직되어 있다가 마구 피어오르는데, 아무리 오랜만이라 해도, 어찌 우리의 만남이 자연스럽고 기쁘지 않을 수 있었겠는가.

우리가 다시 만난 이후, 나는 그에게서 두 권의 책을 받았다. 먼저는 『브레인』(2013)이란 수필집이었는데, 나는 그 책을 통해 그와 만나지 못했던 오랜 세월의 공백을 거의 메꿀 수 있었다. '뇌로 마음을 보다' 라는 부제의 뜻과 함께, 학생 시절부터 시작하여 의사이자 교수로서 치열하게 치뤄냈던 '의학적' 행적을 꼼꼼히 기술하고 있는 이 책은 마치 내가 계속 곁에서 그를 보고 그의 속말을 들어온 듯한 느낌을 주었기 때문이다. 그만큼, 그 책에 기술된 과거의 실상들은 생생하기 이를 데 없었다. 그리고 2년 전, 그의 은퇴를 기념해 펴낸 『삶의 기쁨』(2018)은, 의사라는 전문가이면서 동시에 일상을 사는 인간으로서의 자신의 삶을 가감 없이 고백하고 있다는 점에서 나의 '문학적' 관심을 자극하는 책이었다. 거기서 나는 문화 애호가, 여행 애호가로서의 그의 또 다른 모습을 엿볼 수 있었고, 그게 독자적 개인으로서의 그를 더 잘 이해하는 계기를 만들어 준 것이다. 그만큼, 그 책에 기술된 그의 사유와 감정은 솔직 담백하면서도 웅숭깊었다. 이제 나는 그의 세 번째 책과 마주하고 있고, 그 제목은 『마음놓고 뀌는 방귀』이다. 첫 원고 묶음을 보내주었을 때의 가제가 『추억의 보석 상자』였기 때문에 나는 잠깐 두 제목 사이의 이질감에 당혹감을 느꼈지만, 다시 보니 (유머가 가미된) 그 방귀는 '추억의 방귀' 였다. 같은 제목의 수필에서, 대장 내시경 검사를 받고 뀌는 방귀가 "산 정상에 오른 사람들이 내지르는 '야호' 소리와 비슷하다"고 표현하는 걸 보면, 이제 그는 그동안 긴장된 현실을 살며 억제해 온 추억의 방귀를 웃음과 함께 자유롭게 방출하고 싶은 모양이다. 야릇한 단말마의 소리를 내며 몸을 빠져나오는 방귀의 실체는 기체다. 사실, 추억도 그렇다. 몸 안에서 발효된 추억은 몸 밖으로 빠져나오며 (어떤 냄새와 함께) 기체로 퍼지고, 퍼지면 또 사라진다. 바로 이 지점에서, 그의 마지막 의지가 발동하고 있다. 추억을 방출하되 추억을 사라지지 않게 하는 것, 즉 추억을 담는 '용기(用器)—책'을 만들어 그 총체적 의미를 스스로 되새기고 따져보는 것! 과연, 이 책에는 저 오랜 유년 시절의 어떤 사물에 대한 그리움부터 '꼰대'로서의 어떤 자기반성에 이르는, 가족에 대한 애틋한 사랑부터 사회적 문제에 대한 진중한 성찰에 이르는, 그가 살아온 모든 행적이 파노라마처럼 펼쳐진다. 거기서 나는 그에게 무엇이 진정 실존적으로 소중한 것인지, 여전히 어떻게 새 삶을 추구하고자 하며 앞으로 어떻게 마지막 삶을 완수하고 싶어 하는지를 반복해 뒤져보고 있다.

다소 느닷없고 엉뚱하게 들릴지 모르겠는데, 문학을 업으로 삼아온 내 시각에서 봤을 때, 그의 글쓰기가 보여주는 가장 두드러진 특징의 하나는 '나'라는 주어를 거의 사용하지 않는다는 점이다. 한국어는 물론 주어 없이 문장을 구성할 수 있으나, 나는 그의 수필들만큼—자기 이야기를 펼치는 게 대개 '수필'임에도 불구하고—'나'라는 주어를 생략하며 전개되는 경우를 본 적이 거의 없다. 그의 문장들은 가급적 간결하게 단문 위주로 흘러가기 때문에, 그런 특징이 더 부각되어 보였는지 모르겠다. 아무튼, 대부분의 문학이 '나'에 집착하는 태도와 뚜렷이 구별되는 이 특징은 다음 단계의 특징으로 이어지는 듯하다. 마치 뇌 속의 기억이나 생각을 외과수술을 통해 있는 그대로 끄집어내듯, 최대한 자신의 주관을 감추고 자신을 객체화시키고 있다는 것 말이다. 그래서인지, 그의 글들은 자주 자기 삶의 어떤 국면을 몇 장의 연속적인 스냅사진, 혹은 짧은 동영상이나 다큐멘터리 필름처럼 보여주는 듯한 효과를 자아낸다(『브레인』에서 보여줬던 의료 현장의 장면들이 다시 떠오른다). 이런 효과는 단순히 행위의 차원에 그치는 게 아니라, 마음의 움직임을 드러낼 때도 마찬가지다. 과장된 자기 감정과 주장을 최대한 억제하며, 그것들을 화면의 색채를 조절하고 효과음을 까는 정도로 배면화하고 있는 것이다. 그럼으로써 그는 자기 모습을 최대한 원형으로 드러내고, 그에 대한 해석이나 가치 판단은 타자의 몫으로 남겨둔다.

내 짐작에, 그는 대단한 '기록-광(狂)'이다. 특히 뇌 의학을 전공하면서부터는 거의 매일 일기(내지는 그와 흡사한 글)를 쓰지 않았을까 싶다. 이 말은 그의 기록 욕망이, 대개의 의사가 환자들의 병증 진행을 예의 주시하기 위해 그 변화를 열심히 기록하는 것과는 또 다른 목표를 품고 있었으리라는 뜻이다. 조금 비약하자면, 그건 그가 혹시 뇌의 근본적인 한계를 느꼈기 때문이 아닐까? 뇌 전문가 앞에서 뇌에 대해 함부로 언급할 처지가 아니지만, 기억력에 대해서만 말하자면, 뇌의 주름은 일단 기억의 저장 창고일 텐데, 무슨 까닭인지, 우리가 그 기억을 필요로 할 때 원하는 그대로 되살려주지는 못한다. 그는 뇌에 생기는 질환을 치료해 그 기능을 정상화시키고 개선하기 위해 평생을 바쳐온 뇌 전문의지만, 정상적인 뇌조차도 우리가 원하는 만큼의 기억 활동을 충분히 해주지 못하는 점에 대해 은근히 불만을 품고 있었던 것은 아닐까? 문학적으로 유추하자면, 그래서 그에 저항하듯, 뇌의 미진한 기억 용량을 의식적 기록을 통해 보충하고자 해 온 것은 아닐까? 주워들은 바에 의하면, 그런데 이건 단순히 뇌가 지닌 기억 용량의 문제가 아니라 한다. 뇌의 용량은 충분한데 뭔가가 기억을 선별한다는 것이다. 그 숨은 메커니즘을 따지자는 게 지금의 내 의도는 아니다. 내가 강조하고 싶은 것은, 뇌 속에 묻혀버릴 수 있는 기억마저도 최대한 보전하여 사람의 미래를 변화시켜 나갈 수 있는 단초 혹은 근거로 삼고 싶다는 그의 순결한 욕망이다.
그의 순결성은 그의 글들 전체를 관통하는 두 가지 마음가짐을 통해 우리에게 전달된다. 안분지족(安分知足)과 측은지심(惻隱之心). 그의 글을 읽다 보면 자연스럽게 느껴지는바, 그는 어떤 개인적 욕망이 솟구쳐도 지나친 법이 없다. 어쩌다가 자신이 이루어낸 성과 혹은 업적에 대한 자부심을 은근히 드러내다가도, 그는 곧 멈춰서서 그 한계와 새로운 미래에의 기대를 덧붙인다. 자신은 자신이 해낼 수 있었던 만큼의 결과에 작게 만족하면서 그다음을 강조하고 기원한다. '그다음'이란 곧 미래이자 타자이다. 그런데 그 타자는 어떤 뛰어난 능력을 지닌 선구자만을 지시하지 않는다. 그는 그 선구를 위한 무명의 희생자들을 언제나 염두에 두고 있다. 가령 의과대 학생들의 해부 실습을 위해 몸 바쳐진 무명의 시신들에 깊은 연민을 간직하듯이. 그래서 그는 늘 주위의 삶을 살핀다. 남들이 자신과는 다른 어떤 고통 속에서 어떤 삶을 살아가는지에 대해. 그가 거의 생래적으로 체득했고 긴 인생 역경을 거치며 단단히 다져진 듯이 보이는 이런 마음가짐은 인간의 삶이 인류의 한 개체로서 얼마나 짧고도 긴 '여로'를 밟는지를 되새기고 성찰하게 만든다. 이건 필시 그가 왜 '기록-광'인 동시에 열렬한 '여행-광'인지를 알게 하는 이유일 것이다.
……소싯적 친구를 다시 만나, 내 삶의 기원에 자리한 우정을 되씹으며 내 삶 전체를 다시 바라보는 기회를 얻은 것은 아무래도 내게 너무 큰 행운인 것 같다.

그에 대한 내 마지막 문학적 상상은 이렇다. 조금 앞서 그가 대단한 '기록-광'일 거라 했는데, 나는 그의 그 기록 작업이 밤이 아니라 아침에, 어쩌면 남들은 아직 잠들어 있고 혼자 깨어난 새벽녘에 이루어졌으리라 상상한다. 술에 취했거나 고된 일과 뒤에 뭔가 정리되지 않은 혼탁한 상태에서가 아니라, 투명한 정신으로 자신의 시간을 기록하고 싶었을 거라 여겨지기 때문이다. 그는 능히 그럴 만한 사람이다. 내가 읽기에, 그의 글들은 늘 새롭게 시작하는 아침에 아침의 언어로 되새기는 기억이자 자의식이고 다짐이다. 그때마다 그의 머릿속에는 푸른 파도가 출렁거렸을 것이다. 발레리라는 시인의 저 유명한 한 싯귀처럼: "바다, 언제나 다시 시작하는 바다!" 나이를 좀 먹었지만, 그의 미래는 여전히 열려있다!

—모두가 힘겹게 버텨온 2020년 가을의 끝자락에서

지은이 **김동규**(金東奎)는 1954년 서울에서 출생했다. 경기고등학교를 나와 서울대학교 의과대학을 졸업했다. 같은 대학교에서 석박사학위를 받았고, 서울대학교병원에서 수련한 뒤 신경외과 전문의를 취득했다. 1990년부터 2019년까지 서울대학교 의과대학 교수로 재직했으며, 서울대학교 의과대학 신경외과학 교실 주임교수 겸 과장과 서울대학교병원 의생명연구원장을 역임했다. 현재는 서울대학교 명예교수로 있다. 세부 전공은 뇌종양 수술이며 특히 독일 쾰른대학에서 연수한 뒤 방사선 수술을 국내에 정착시키는데 선도적 역할을 했다. 국내외 정위 뇌수술 및 방사선 수술 관련 학회의 회장으로 활동하면서 국제 학회를 세 차례 서울에 유치했고, 350여 편의 국제학술지 논문 발표와 여러 권의 영문 교과서를 집필했다. 대한신경외과학회지의 편집장으로 5년 동안 일하면서 학회지를 SCI에 등재했고, 미국과 유럽의 세계적 신경외과 학술지의 편집위원을 지냈다. 뇌종양 치료의 발전에 대한 공로를 인정받아 네 차례의 대한신경외과학회 학술상, 대한암학회 학술상, 대한민국 학술원상 등을 받았다. 중앙 일간지에 여러 편의 칼럼을 기재했고, 수필집으로 『브레인』과 『삶의 기쁨』이 있다.

마음놓고 뀌는 방귀 ___ 김동규 에세이 ___

2020년 12월 3일 초판 1쇄 발행
2021년 5월 19일 초판 3쇄 발행

발행 연장통, 출판등록 제406-40600002510020080000091호, 경기도 파주시 청암로 28, 815-803,
전화 070 7699 4950, 팩스 031 8070 4950, www.yonjangtong.com

ISBN 979 11 88715 04 6 (03810)

이 도서의 국립중앙도서관 출판예정도서목록(CIP)은 서지정보유통지원시스템
홈페이지(http://seoji.nl.go.kr)와 국가자료종합목록 구축시스템(http://kolis-net.nl.go.kr)에서
이용하실 수 있습니다.
(CIP제어번호 : CIP2020047941)